苦菜花

冯德英/著
悦汐/缩写

吉林美术出版社|全国百佳图书出版单位

图书在版编目（CIP）数据

苦菜花 / 冯德英著；悦汐缩写． -- 长春：吉林美术出版社，2018.7
（无障碍阅读红色经典系列丛书）
ISBN 978-7-5575-4093-7

Ⅰ．①苦… Ⅱ．①冯… ②悦… Ⅲ．①长篇小说－中国－当代 Ⅳ．①I247.5

中国版本图书馆CIP数据核字(2018)第133125号

无障碍阅读红色经典系列丛书

苦菜花
KUCAI HUA

著　　者	冯德英
缩　　写	悦　汐
出 版 人	赵国强
责任编辑	陈　鸣
开　　本	710mm×1000mm　　1/16
字　　数	230千字
印　　张	18
印　　数	1—10000册
版　　次	2018年7月第1版
印　　次	2018年7月第1次印刷
出　　版	吉林美术出版社
发　　行	吉林美术出版社图书经理部
地　　址	长春市人民大街4646号
	邮编：130021
网　　址	www.jlmspress.com
印　　刷	长春新华印刷集团有限公司

ISBN 978-7-5575-4093-7　　　　　　定价：29.80元

第一章 1
第二章 14
第三章 25
第四章 34
第五章 45
第六章 58
第七章 68
第八章 83
第九章 96
第十章 109
第十一章 127
第十二章 144
第十三章 165
第十四章 182
第十五章 195
第十六章 208
第十七章 222

第十八章 240
第十九章 255
第二十章 272

第一章

名师导读

故事的主人公出现了,她是谁?在鬼子侵华战争的背景下,主人公与共产党将会发生哪些故事?王唯一是什么样的人物形象?为什么会遭到人们的唾弃?

秋天了。漫山遍野发了黄,是收割庄稼的时节。谷子被饱满坚实的大穗儿压弯了腰,随着微风,一起一伏地荡漾着。

庄稼长得真好啊!可是,人们的心里像铅块一样重。【阅读能力点:前后对比,为何人们的心情如此沉重,设置悬念。】因为日本鬼子占了县城,汉奸、特务、伪保安队经常出来胡作非为(不顾法纪或舆论,毫无顾忌地做坏事),除了地租田赋之外,又加上了什么"维持费""保安粮"等苛捐杂税,日子越过越难了!

在山坡上,一块狭长的谷地里,有两个女人,正在割谷子。谷根儿带起的尘土,飞扑到她们的眉毛上、头发上。天气还真有些热呢。她们不断用衣袖揩拭额上和流到脸腮上的汗珠,把滑到脸上的散发理到耳后去,也时常交换着一两句话语。但从不停止手中的活计。

割到了地头,她们站起来,其中一个年老的说:"娟子,歇会儿再割吧!"

"你歇着吧,妈!俺不累。"娟子说着,擦擦额上的汗珠,又弯下了腰。

【阅读能力点:通过语言描写交代了人物身份,是一对母女。】

母亲实在是累了,她怜悯爱惜地看着女儿从容的动作,和那已被汗水浸湿贴在前额上的几缕头发,叹了口气,疲倦地坐在堤堰的野草上。她撩起衣襟,擦着汗,扇着风。母亲今年39岁,看上去,倒像是四十开外的人了。她的个子,在女人里面算是高的,背稍有点驼,稠密的头发,已有些灰蓬蓬的,在那双浓厚的眉毛下，一对大而黑的眼睛，陪衬在方圆的大脸盘上，看得出，在年轻时，她是个美丽而和善的姑娘。现在，眼角已镶上密密的皱纹，本来水灵灵的眼睛失去了光泽，只剩下善良微弱的接近迟钝的柔光，里面像藏有许多苦涩的东西一样。在她那微厚的嘴唇两旁，像是由于在忍受着巨大的疼痛，而紧闭着嘴咬着牙不呻吟似的，有两道明显的弯曲的深细皱纹，平时，她的嘴总是这样习惯地闭着。在她的下颚右方，长着一颗豆大的黑痣，像是留给幼儿好找妈妈的标记，也在发着显眼的善良光彩。

歇过一会儿，母亲走出树荫，用手遮着从云缝射出来的刺眼的阳光，看看太阳快正南了，该回家吃午饭了。

她朝谷地里走去。

已经看不到女儿的影子，她顺着女儿割出来的趟子走去。发现女儿的镰刀放在一堆割倒了的谷子上，人却不见了，她就接着头向前割去。

"她上哪去啦，怎么还不回来呢？"母亲割了一会儿，一面自语着，一面把自己挑的和女儿挑的谷都捆好，可是还不见娟子的影子。【阅读能力点：通过心理描写，表现出母亲的焦急。】

母亲焦急地向四周巡视一番也没找见，就大声叫道："娟——娟子——"

"妈，我在这呢。"娟子像是从天上掉下来的，突然出现在母亲身后，笑嘻嘻地说。

母亲急忙转过身来，爱惜并略带责备地说："看你，上哪儿去啦？天晌了，没看见？"一见女儿头上粘有"草狗子"，忙用手给她摘掉。

娟子有些犹豫不安，她看看母亲，带点撒娇地说：妈，你先回去好啦。俺，俺还有点事呢！"【写作借鉴点：设置悬念，引起读者的阅读兴趣。】

"咦！什么事，这么要紧，连饭都不吃啦？"母亲有些吃惊。这时，她才意识到，女儿头上为什么粘上草狗子。又忙问道："娟子，你才到哪儿去啦，这长时间才回来？"

母亲话里的怀疑和眼神中的恐惧，娟子还是第一次遇到，这使她更加不安。娟子因不能把一件事表明，而使母亲误会，又难受，又害羞，脸红到耳根，话声也更含糊了。

"妈，我，我没上哪去。"娟子第一次感到自己的嘴真笨死了，"妈，刚才是……是德松哥叫我去有点事。妈，以后你就会知道……"娟子说着，头愈来愈低，声音愈来愈小，一只脚无意识地向后蹉着土。【阅读能力点：通过动作描写，表现出娟子心里的紧张、害羞。】

"孩子，你今儿是怎么啦？"母亲看见女儿的神情，心里愈来愈不好受，"娟子，你有什么事好瞒着妈呀？你，你可要正经……"

"妈！"娟子知道母亲是越想越不对头了，一见她已撩起前襟擦眼睛，忙抓住她的手，心里也不好受起来。她一想，把事情告诉妈妈吧……可不行！她又仰脸望着母亲的脸，心里镇静一下，轻轻摇着母亲的手，说："妈，你快不要瞎猜想啦，你还不知道自己的闺女吗？妈，你再说下去可把俺屈死啦，我也要哭了。妈，你相信我，俺做的全是正经事……妈，这以后——你就会知道啦。妈，就求你答应我，叫我过会儿再回家吧。"

母亲有些迷惑地看着女儿，眼睛里的泪水在游移不定。她没马上回答娟子的话，轻轻把手放在女儿的肩上，抚摸着孩子的头发。看，这脸流露出的是多么天真可爱的神情，那水汪汪的大眼睛里充满了只有孩子对母亲才有的那种乞求讨饶。母亲的心软了，她微微地点点头，轻声地说："去吧。如今世道不安宁，兵慌马乱（形容战争期间社会混乱不安的景象）的，要早点回家。"

女儿的背影在视线中消失，母亲立刻又紧紧地锁上了眉头。做母亲的不知道自己的女儿吗？女儿是她一口奶一口饭、一把屎一把尿拉大的，形影不离（指两个人关系很好很亲密，就像身体和影子一样连在一起，去哪里都不会分开）地在自己身边长大的。娟子是个最知道干活的孩子，非常正经，连话都不多说一句，有什么事，从来不瞒着母亲。想到这里，母亲宽慰地舒了口气。可是她的心马上又收紧了。

孩子大了，有什么心事都能说出来吗？这半年她不有时夜深了才回家吗？母亲知道娟子在一个远门侄子——德松家里，同他妹妹兰子一起绣花。可是有时娟子回来讲的一些话，很使母亲纳闷。

"妈，你说说，咱们穷人为什么这样苦呢？"娟子望着母亲问。

"那是咱的命不好呀！"母亲不在意地愁悒悒地答道。

"妈，这不对。妈，你再说穷人多财主多？"

"那还用问，自然是穷人多。咱村不也是吗？"

"那为什么多数人要受少数人的欺呢？"

母亲随便支吾了几句。她不明白，女儿为什么提出这些很少有人问的事。

母亲想前想后，心里有些明白，又有些糊涂。她不自觉地又抬眼望望女儿去的地方。一阵秋风从山头刮来，刮得那谷叶儿和母亲的头发一起飘拂起来。母亲看看天，天上大块的白云，在慢慢聚集起来，转变成黑色。母亲全身一阵紧张，她预感到，一场暴风雨就要降临了。

"怎么，老大娘走了吗？"当娟子回到会场——长满各种一人多高的草木的山洼里，【写作借鉴点：破折号的运用是对会场的解释，表现出共产党开展工作的艰苦。】七八双担心询问的眼睛看着她，正在说话的姜永泉，代表在座的每个共产党员的心情，问了一句。

娟子朝大家笑笑，点点头，就在兰子旁边坐下来。兰子看样儿比娟子还小些，长着一对机伶的灰色眼睛，两个圆脸腮老是红润润的，说起话来翻动着薄嘴唇。她抓住娟子的胳膊，急急地问："娟姐，你给大婶说了吗？"

"还没有呢。"娟子又转向姜永泉说："我是想，先告诉她，她一定怕得不行，闹不好还坏事。我等天快黑了再对她说，她一准会答应我的。嗨，俺妈就是心软，我要求她什么，她都会答应的。"

姜永泉看着娟子充满自信的神气，也赞同地点点头。他说："秀娟这样打算也对，老人是容易受惊的。这老大娘是个好人，我想她会答应的。"

王官庄党支部书记冯德松对姜永泉说："老姜，这事就按原来的打算办吧，我们家和娟子妹家是掩蔽地。你再往下说别的吧！"【阅读能力点：此段起着引领下文的作用。】

"好。"姜永泉的脸上变得严肃起来，说："今夜这次暴动，是咱们党的组织从地下转为公开的决死一战！不光我们村，周围几十个村子都一齐动手干。上级指示，乘日本鬼子还没扎下根，咱们要先下手，把政权夺过来，领导人民坚决抗日！只要咱们划算好，到时候不要慌，别看几杆土枪、几个手榴弹，也一样把敌人收拾干净！

"同志们！咱们盼望多少日子的武装斗争就要开始了！是每个共产党员拿出真本事的时候啦！同志们！咱们决不能失败，一定要战胜敌人才行！"

德松瞪大那双青春的眼睛，里面闪灼着充满信心和勇敢的光芒，看着姜永泉的每一个动作。娟子和兰子激动得脸直发烧，鼻尖上浮着一层细小的汗珠。七子祖露出毛楂楂的坚实胸脯，用力地抽着烟，烟袋发出吱——吱——的响声。

静默一会儿，德松叮咛大家道："老姜的话大伙都要记在心里头。回去后再抽时间检查一下武器，别到时打不响。"姜永泉接上问道："好吧，就这样干！都要记住暗号，按分配的小组去行动。要保住秘密，外人谁也不能告诉。发生意外情况我告诉大家。秀娟，你回去好好劝劝妈妈，不行再想法子。"

"行，一定行。俺早寻思好啦！"娟子满有把握地回答。

秋雨前的冷风，一阵紧似一阵地刮来，横扫着落叶，令人感到寒栗。那三五成群的燕子，飞得很低，互相呼应着赶着风头。母亲背着一捆干草，摇晃着往家走。母亲被草捆压弯了腰，只顾低着头，艰难地走着。突然，一阵马蹄子响和铃铛声，惊得她忙抬起头。

一辆搭着席篷、围着花花绿绿带穗缨的篷布、两匹大骡子拉着的大车，旋风般地冲到母亲跟前。母亲吓了一跳，慌忙向旁边一闪，连人带草倒在地上。大骡子受了惊，猛地停住，大车掀起，可怕地震动了一下。车上立时发出种种惊叫和怒骂。接着，跳下两个提着枪的伪军，照母亲腰上就是一枪把子，骂道："你这老东西，眼瞎啦！"【阅读能力点：表现出伪军的残暴。】接着，一声鞭响，车轮滚动，向南拐去。

娟子是那样集中心思摆弄着那支陈旧的猎枪，母亲走到身后她也没察觉，直到她拿起那鼓肚的像海蚌壳一样的药葫芦，向枪里装药的时候，她才吃惊地抬起头，看到母亲的眼眶里，饱含着泪水，呼吸异常用力，全身在抽搐。娟子急忙迎上来："妈！你？是你呀！"

母亲全身像没有了筋骨，瘫痪地坐在锅灶台上，泪水顺着嘴唇两旁的深细皱纹，流进嘴里，一股苦涩咸味冲进心间。她一切都明白了，把猜疑弄清楚了。噢！女儿一切背人的行动，就是为的这支枪！【阅读能力点：前后文相照应，回答了上文中母亲的疑问。】

母亲隔着浑浊的泪水，蒙眬地看着女儿的脸，悲恸着无力地说："孩子，你要做什么？！你知道你……你爹……"

"妈，你别太伤心。我记得，全记得！"

两年前的事，像凉风一样，冲进母女俩的心间，隐隐绰绰的影子，仿佛就在眼前。

冯仁善、冯仁义是同胞弟兄两个，都是好庄稼手，加上屋里的女人过日子细，一家人披星戴月，不分白天黑夜地苦干活，省吃俭用，吞糠咽菜，日子虽苦，可和和气气过得倒还安静。仁义的儿子德强还念着书。几辈没个识字的人，弟兄俩下决心供一个学生。仁善的老婆，生下第一个孩子不久就去世了。丢下一个儿子德贤，也是娟子的母亲——仁义媳妇照养大的。德贤18岁娶了亲。这媳妇又俊俏又勤快、村里人没有不夸奖她的。

然而这样的日子，"老天爷"也不让过下去，大祸毕竟临头了。【写作借鉴点：采用了插叙的叙述方法，交代故事背景。】

四月间，一个晴朗的日子。闺女媳妇们，成群结队地奔上山岗，寻采各种野菜。她们是多么快乐啊！这是家里万不得已、为了度过青黄不接(旧粮已经吃完，新粮尚未接上。也比喻人才或物力前后接不上)的春荒，男人们又都在地里忙，才叫她们出来采野菜，否则，女人是不能上山的。

闺女媳妇们聚拢来打趣一阵，然后又分散开，埋头剜着野菜。就在这时，王唯一的儿子王竹，他的远房侄子王流子，扛着猎枪，领着狮毛大黄狗走来了。女人们像见到毒蛇，都远避着他们。娟子拉着正在低头拔菜的嫂子，低声急促地说："嫂，咱们走！"

王竹他们已赶上来，挡住她们的去路。王竹嘻皮笑脸地说："呀！真不虚传。耳闻不如目见，嘿！德贤这小子真有福气。哈哈……"说着王流子咧着大嘴跟着嘿嘿地笑。

嫂子是个刚过门不久的新媳妇，怎么能受得住这种侮辱！她又害臊又气恨，紧挽着娟子的胳膊，气急地骂道："不要脸的东西！青天白日瞎了眼。走，妹！""嘿，好厉害呀！"王竹啐了一口唾沫，向王流子一歪头，接着放下枪，向娟子的嫂扑去。

娟子早气破肚子了。但她知道王竹是什么人，本想赶快躲开，不要惹火烧身。现在见他们真来了，就大叫道："你们要干什么？坏蛋！"说着向王竹扑去，但被王流子挡住了。

一场激烈的撕斗展开了。王竹死命抱住德贤媳妇往沟里拖，媳妇拼命地呼救、挣扎；王流子紧挡住又咬又打又骂像疯了似的娟子。那只大黄狗帮助着撕娟子的衣服……

当闻信后拿着鞭子的仁善赶到时，媳妇的衣服已被撕烂，躺在地上了。王流子眼快，见势不好，喊了一声就跑。谁也想不到，这个老实忠厚、走路怕踩死蚂蚁、受了一辈子苦的仁善，这时竟变得像只猛虎一样，不待王竹明白王流子为什么叫，用鞭杆已经一阵打鼓似的落到王竹的头上、身上……【阅读能力点：面对妻子的惨状，老实忠厚的仁善也忍无可忍。】王竹像条死狗一样，耷拉着脑袋，昏倒在地上。

人们不约而同地把惊恐担心的眼光集聚在余愤未消的仁善身上，替他捏着两把汗。

这件搅乱人们生活平静的事，像农人的汗珠流进干燥的泥土里渐渐被吸干消失那样，担忧和惶恐慢慢从人们心里抹去，都以为雨过天晴，各人又忙着自己苦难的营生。

啊！淳朴忠厚而又迟钝的人们哪！怎么能算完呢？

德贤媳妇回家就病倒了，身上两个月的孩子也流产了，整天说胡话。一家人都在痛苦中。

一个漆黑阴沉的夜里，一阵狂乱的狗吠声，夹杂着各种怪叫声，把母亲惊醒。接着，她凄厉地惊叫道："他爹，快起来！啊！哥住的西屋起火啦……"

仁义披上衣服向仁善的住屋扑去。"砰！"一枪，使他慌忙趴在地上。

村里沸腾了。大人叫喊，孩子哭嚎，声声连成一片，震撼了环山。人们把火扑灭后，房子已着得差不多了。炭火在黑暗里闪烁着、像是在控诉害它的凶手。【写作借鉴点：采用了拟人的修辞手法，生动形象。】老实如绵羊的仁善，只为他要保卫自己的孩子，被人吊在梁头上，浇上煤油，烧成了灰。第二天早上，在北山沟里又找到德贤和他的媳妇，他们满身被血浆糊住，媳妇已断了气；德贤奄奄一息，睁开一只被血糊住打得青肿的眼睛，用他年轻顽强的生命力的最后一瞬，抓着仁义的手，嘶哑地叫道："叔叔！报仇啊……是南头子害的！"

仁义心如刀绞(内心痛苦得像刀割一样)，眼瞪得那样可怕。南头子，像一座山，压在人们的头上。仁义抓起那支父亲遗留下来的打猎的土枪，装上火药就走！母亲急忙上前，扑到他身上，哭着说："不能啊，他爹！看看这群孩子！你是去送死啊！万万不行啊！"妻子的哀嚎，孩子的哭叫，使刚强的仁义流下了眼泪。

在这家人惨痛悲泣的日子里，王唯一龇着被鸦片烟熏黄了的大门牙，躺在炕上，对儿子王竹说："嘿，这小子要拼命造反，留着也是个祸根。哼！就给他个斩草除根(除草时要连根除掉，使草不能再长。比喻除去祸根，以免后患)，叫他知道知道厉害！"

夜晚。

母亲咬着牙挣扎起月子里虚弱的身子，收拾了一个小包袱，把所有的一点积蓄拿出来，给丈夫做盘缠。仁义用呆滞失神的眼光望着她，在他们的身边围着最大的孩子娟子才16岁、德强13岁、秀子9岁、德刚4岁，还有出世几天的婴儿。就要分别了，一家人悲泣在一起。

风，忽忽地刮着，刮得窗纸嗖嗖响。风从门缝里吹进屋来，豆油灯一忽一闪，它那淡黄微弱的光线，隐隐现现地照着每个人那苍白黄瘦的脸面。【阅读能力点：凄惨的环境映衬出主人公凄惨的命运。】

母亲极力使自己的眼泪向心里淌，叫孩子们不要哭。仁义抱着德刚，尽量使自己安静些，对妻子说："不要太伤心啦，身子要紧。我还会回来的……"他的声音沙哑了。母亲忍不住一把一把擦去不听话的眼泪，抽泣着说："你放心去吧。家里不用你管，孩子由我拉扯。出门要保重些啊！"

娟子仰着头，眼睛一眨不眨地端详父亲的脸，像是要把每一个看惯了的记号铭刻在心上。

德强坐在炕角落里。他并没有哭，只是那稚气的脸上，涌现出同他年龄不相称的、像个经历极广的成人那样的可怕痉挛。母亲的吩咐，打断了他的沉思，他也走到父亲身旁……

突然，街上传来急狂的狗叫！母亲一口气吹灭灯。仁义推开后窗，跳了出去，大踏步上了后山，黑暗随即吞没了他。娟子、德强、秀子、德刚，一齐紧紧抱住母亲，仿佛谁要把他们的妈妈劫去似的。

是由于这些悲惨的回忆，还是为丈夫离家后两年来的痛苦生活，母女俩都痛哭流涕了。【阅读能力点：交代了娟子和母亲的故事背景，渲染了悲痛的气氛。】

娟子抑制住自己，擦干眼泪，从母亲怀里接过妹妹来，劝说道："妈，不要哭了，别伤心啦。过去的事，不会再来了！"

母亲渐渐止住哭，把女儿拉到自己身旁，慈爱地抚摸着女儿圆厚健壮的臂膀，用温柔微弱的目光，端详着没离开自己一寸一步长大的女儿。娟子18岁了，长得同母亲差不多高。在她那被太阳晒成黑红色的开朗的脸庞上，总是无变化似的平静得几乎没有表情，前额上有几道细细的纵横纹线，像老是在思索什么，显示出她单纯而又有主见、天真而又有成熟的某些老练。她平常不爱多说话和嬉闹。

母亲的目光，又落到这支两年前曾使愤怒的丈夫抓起过、又不得不摔掉、而现在女儿又拿起来的土枪上，不由得浑身颤悸着，恐惧地说："孩子，你怎么又拿出它来啦？可不能再惹祸啊！你再有个三长两短，叫妈可怎么活啊？唉……"她又哭了。

"妈！快别哭了，你听我说呀！我不像俺爹一个人，拿着鸡蛋碰石头，我们有很多人。妈，你放心好啦，我一定替全家人报仇！""报仇？！"母亲吃惊地抬起头，颤动着嘴唇，非常惊讶地看着女儿。"我们有了组织，就是穷人集在一起，力量就大了。我们有共产党——就是些最好的人，【写作借鉴点：破折号的用法是用来解释说明，用最朴实的语言描写共产党。】来给咱们带头，打鬼子，杀王唯一这样的大坏蛋！妈，我把事都告诉你吧，王唯一的死，就在今夜啦！"

"啊！真的？！"母亲大吃一惊。

"真的。"娟子平静地回答，"妈，你不要害怕，咱们一定能打过他们的。妈，咱家南屋今晚我们要用用，因咱家靠山，不会被坏人知道。再说，妈，我们都信着你呢，到别家不放心呀！妈，你能答应我吗？"

母亲愣怔住了。她来不及领会女儿话里的全部意思，一阵恐怖向她袭来，她一想起街上那一幕，忙说："娟子，刚才街上又来了一大车当兵的，朝南头子去了。"

"好，妈，我马上出去看看。"娟子刚迈出一步，又急忙回头问："妈，你让不让我领人来南屋呢？"

"嗯，嗯，好，好，你快去吧！"母亲急匆匆地应着。母亲的心被复杂的感情交织着。她不知道是甜是苦，是酸是辣。她嘴唇两旁的深细皱纹更明显了，像是在咬牙忍痛，又像是在苦楚地微笑。

娟子一出胡同，迎面碰上兰子。兰子刚要张口，娟子却先开腔小声问道："你看到了吗？"

"什么？"兰子眯缝着眼一怔，一下明白过来，"你怎么知道的？哦，是大婶告诉你的吧？她挨了打……"【阅读能力点：设置悬念，娟子得知母亲挨打后会做出什么反应？】

"什么挨打？"娟子吃惊地问。

"啊，她没告诉你呀？！就是大车上的二鬼子打她一枪把子。"兰子把当时情况说了说，拉着娟子悄声道："走，告诉老姜去。我数清了，车上四个二鬼子，一人一支大枪……"

大车摇晃着进了围墙的半圆形的拱门，在挂着"胜水乡乡公所"的白板黑字长牌子的大门口停下来。从车上跳下四个伪军，走进朱漆森严的大门里。

在深宅子里的正堂客厅门口，出现了一个人。他那颗肥胖的头圆圆的，光秃秃的，眉毛几乎见不到，看上去恰似一个肉蛋子。他身上的黑色丝绸夹袄闪着青光，和他脸上的油光相照映。【阅读能力点：从外貌描写可以看出带有讽刺色彩。】

伪军中那个脸上有麻子的快步抢上阶台，恭敬地笑着说："王乡长，你身体安好！"

"哈哈，郭班长回来啦！辛苦！辛苦！"王唯一龇着黄门牙，说着同郭麻子班长进了屋，喝着茶水谈起了事情……

这胜水乡乡长王唯一家，是几辈的老财主了。不过从来没有像王唯一承家以来这样兴旺过。王唯一还有个叔伯弟弟叫王柬芝，两家虽一墙之隔，但感情淡薄。王柬芝从进中学开始，就一直在外面，是不理家业的。村里人对这同是财主的弟兄两个，一向有着不同的看法。王柬芝对人的态度很和蔼可亲，对受苦人也不歧视。村里人都说，到底是念过书出过门的人有出息、见识广呢！可是他那叔伯哥哥王唯一就不同了。王唯一袭了他父亲的职，当上乡长。那些什么秦司令、丁团长、黄三爷、七二老等地方军阀，统治着这一带山区。王唯一就倚仗这些自封司令、各霸一方的土匪势力，当了土皇帝。平时父子横行乡里，什么恶事都能干出来。王家的住宅，占去村子的一小半，一律是青灰色的大瓦房。房周围有高大的围墙包着，墙头上满布着铁蒺藜。在大门口的一旁，威严地矗立着守门的炮台。

"七七"事变以后，听说日本人不论穷富，是中国人都杀都抢，王唯一非常害怕。这光景不是要完蛋了吗？后来军阀秦玉堂投了日本，捎信来，要他扩张势力，组织保安队。他高兴得不得了，比过去更威武了三分。

没多久，伪县长被起义军打死了，地面很不太平。王唯一又吓得要命，急忙要求日本人派兵来。【阅读能力点：写出王唯一的卖国贼行为。】但鬼子连大地方都缺兵，哪还顾得到山区来？倒还是秦玉堂派来一队伪军，加上保安队，分散住在周围几个村子里。乡公所住有一班伪军和二十几个保安队员。

可是地面上仍旧很不安稳，共产党就像数不尽的火星撒布在秋天的山草上，火苗越来越大，越来越猛烈，各地都有起义军，杀了不少伪政权的头目和汉奸卖国贼。王唯一更加感到这山区不牢靠。"这怎么行，这怎么行？"【写作借鉴点：运用了反复的修辞手法，起着突出强调的作用。】王唯一听郭麻子说日本人还没过来，心神不定地来回踱着步，摇着肉蛋子脑袋。

郭麻子倒不怎么在乎，笑笑说："嘿嘿，乡长不必担忧，丁县长说啦，住一时期看看这地方实在待不下去，我们就撤进大据点去……"忽然传来一阵女人的清脆笑声，像谁扯着他耳朵扭过去的一样，郭麻子的头立刻转向后窗，眼睛随即瞪大起来。他看到了王唯一的女儿玉珍。"哦，丁县长这么说了？"王唯一停住脚步。

"是啊，"郭麻子急忙转回头，"你家王竹和流子留在县城待几天，就是为你家安排住处的。"说着，他的眼睛又向后窗瞟去，向玉珍挤了一下眼。

王唯一没去注意郭麻子的脸像，只顾摸着秃脑门，黄门牙渐渐露出来了。

随着夜的降临，雨也下来了。

开始是断续的雨星，渐渐增多，一会儿就变成倾盆大雨。天黑得伸手不见五指（形容光线非常暗，看不见四周事物的情况），在这滂沱的雨夜里，路上一个行人也没有。已是下半夜了。

村西北角母亲的南屋里，从外面看来黑糊糊的，实际上是用被子遮住窗户，挡住了里面的灯光。这时，里面走出十多个人。他们走得脚步非常轻，出了胡同口，就分成三股，消失在雨夜里。

几乎是在同一时刻，德松的父亲，轻轻地开了门，也送走了十几个人。不多会儿的工夫，那个威风凛凛（威风：威严的气概；凛凛：严肃，可敬畏的样子。形容声势或气派使人敬畏）的高大围墙，就处在神不知、鬼不觉的包围中。

德松灵巧得和猫一样，踏着高大的七子那宽厚的肩膀，爬上了门楼子。上面有个不大的窄空隙，他用力挤了进去。大黄狗立即扑来。他忙把手里一块猪肉往狗嘴里一堵，狗就衔着肉跑到窝里去了。德松掏出豆油瓶子，往门枕上、门闩上抹了抹，接着，沉重的大门就无声地打开了。【阅读能力点：德松和七子是战斗的排头兵。】

一大群人，立即涌了进来。

炮台上，那站岗的披着雨衣、挟着枪缩在一起。一听有声音，刚转回头来，七子已抢到跟前，拦腰将伪军抱住。敌人正要喊叫，姜永泉一个箭步赶上来，一手捂住他的嘴，一手举起锋利的菜刀，向敌人的喉咙砍去。屋里漆黑一团，正在睡觉的伪军和保安队员们被惊醒，慌作一团。有大胆的想去拿枪，向墙上一摸，枪早没有了。一个个磕头的磕头，下跪的下跪，乱得像麻雀窝被戳了一棍。

姜永泉和七子也赶来了。

"留下几个人由德松领着看俘虏。"姜永泉把手一挥，"快！到上房抓王唯一！"【写作借鉴点：起着引领下文的作用。】

王唯一还没有睡着，一听到外屋的响动，他知道不妙，可已经晚了。人们已包围住房子，冲到门口。他折回身，掩在门后，向外打枪。

"砰！砰！"七子应声倒在泥水里。

"快趴倒！"姜永泉喊着，自己一个蹿跳冲到墙根下，"王唯一！你快出来缴枪！不然抓着你，可不能轻饶！"姜永泉厉声叫道。

这时大家正要冲进去，但被姜永泉制住了。他知道王唯一正守在门后，进去是挨死打。

"姓王的！你听着：你不想要你一家人，你就别缴枪，我马上把炸弹扔进去！"姜永泉警告说。

王唯一的小老婆把枪扔了出来。

人们蜂拥而进。

枪声惊醒了在睡梦中的全村人们，惊动了每个僻静的角落。山峦被感应，发出旋回的悠久的声响。

这一夜里，同样的事情，也在周围其他村庄发生了。

【学习要点】

本章节在介绍故事进展时，运用了插叙的叙述方式，将娟子母女与王唯一家的仇恨用插叙方式表现出来，交代故事的背景，使事件更加完整。插叙在叙述中心事件中，往往起着帮助展开情节或刻画人物的作用。

【读品悟】

地主王唯一作恶多端，烧杀抢掠，欺压百姓。俗话说"善有善报，恶有恶报"，共产党首先要消灭的就是投靠鬼子打压中国人的叛徒，王唯一就是典型代表。

【思考探究】

1.文中的主人公娟子母女俩和王唯一有着什么样的深仇大恨？请做简要描述。

2.为什么娟子敢同叛徒王唯一正面交锋？娟子神神秘秘地加入了什么组织？

第二章

　　王唯一被判刑,使村里的百姓感到痛快、开心,同时,人们也开始意识到有一股伟大的力量在引领着人们前进。这股力量是什么?就在革命事业慢慢展开时,一个神秘人物回到村子,他是谁?

　　雨后的早晨分外爽快,太阳出来了,照耀着一片新生气象。那座座的山峰被雨水浴洗过后,搭着层淡淡的朝霞,矗立在蓝得像海洋一样的天空中,显得格外庄严和秀丽。山底下那条河流,雨水冲着泥沙,后浪推着前浪,正在急急忙忙地向西奔流。

　　当母亲吃过早饭抱着孩子来到会场时,场上已经拥挤了好多人。

　　昨晚她一宿没有睡,眼睛有些发红。她怎么能合上眼皮呢?女儿正在参加那可怕的殊死战斗,时时有死亡在威胁着孩子,做妈的能不为她担心害怕吗!?【阅读能力点:写出母亲对女儿的担忧。】

　　当母亲听到枪声时,浑身颤抖起来。她真后悔不该叫女儿去,自己为什么不拉住她呢?当娟子领着人来的时候,母亲的心灵深处产生一种连自己也不能理解的感情,她没有阻止女儿的行动,相反,倒不知不觉有意无意地在帮助女儿的行动。她一次次不忍心孩子受委屈,宽恕她的行为,应允她的请求。她答应把南屋作为他们出发的地点,并把被子拿出来给他们堵窗户遮灯光。在做这一切的时候,她没思虑很多,她多半不信女儿说的真能把仇人杀死。她纯粹是为对女儿的担心和疼爱来做这一切的。

　　当人们消失在雨夜里时,母亲感到巨大的空虚和恐怖,心随着雨点跳起来:她怎么这样傻,眼睁睁看着亲骨肉去做有被人杀死的危险的事情呢?她想叫,嘴张不开；她想跑上去阻拦，腿挪不动。只剩下那可怜的、替孩子命运担心的、做母亲本能的权利了。

终于母亲看到了全身湿得像个落水鸡一样的女儿背着大枪，狂喜地奔回来，并告诉她，王唯一被抓住了。母亲简直不相信这是真的。母亲又流下眼泪，这过于令人激动和兴奋的现实，掺杂着痛苦的往事，一齐涌到她的心头，浇着她的全身。【阅读能力点：泪水包含着母亲多年痛苦的往事和对女儿的担忧。】

清早，娟子要母亲来开会，并要她在会上把过去的冤仇说出来。母亲不想来，更不能当着那么多的人说话。母女俩争执好半天，德强也帮姐姐劝说，母亲才答应来看看，至于诉苦——她摇摇头。

现在，母亲来到会场，观看会场上的整个情景。【写作借鉴点：此句起着引领下文的作用。】

这是村南边靠山根的一条小沙河，河的北岸就是王家的围墙。现在墙根下面搭起个不大的台子，人们都在台子前面的沙滩上，有坐着的，有立着的，围成一个大半圆形。围墙上面，贴着：王官庄公审大会。围墙两旁和台柱子上，还贴了"打倒日本鬼子""铲除卖国贼"等等标语。

台子上还没有人，台下人们乱哄哄地在说闹。今天来的人特别多，男女老少，全村人差不多都来了。他们的心情各有不同，一种说不出的快感，不自觉地从他们脸上流露出来。

"静一下，乡亲们！都不要动啦……"德松踏在台子上，招呼着骚乱的人群。可是人们像没听到他的话，依然拥挤着向前看。

王唯一被两个全副武装的青年——玉秋和大海押上台。他被五花大绑着，那肉蛋子脑袋用力耷拉在胸口上。台子两旁和人群的周围，都有拿枪的人在警卫。还有两个女的——娟子和兰子，也紧握着枪，很威武地站在台子两边。这使人们格外感到惊讶和新奇。【阅读能力点：王唯一被抓，开会要审判王唯一的罪行。】

母亲看到王唯一的样子，心跳得非常厉害。啊！这么一个过去谁也不敢碰一碰的大恶人，就这样完了吗？这是多么巨大的变化和突然的事啊！

一阵按捺不住（按捺：压抑，忍耐。心里急躁，克制不住）的悲喜暖流从母亲心里涌上来。她又看到女儿的神气，呵！她的孩子也是个参与者呀！这是动枪弄刀的事啊！恐怖的寒流，强有力地向她袭击，她又颤悚起来了。可是她到底有过几次的经历，想起女儿说的一些话，心，安定一些。

"大家静一下，不要吵啦！"人们才渐渐静下来。德松接着说："现在，由咱六区抗日民主政府的姜同志，给咱们说话。"

台口上出现了姜永泉，他，二十三四岁，消瘦的中等个子，宽宽的肩膀稍有点向前塌，这不是衰弱的表示，而是从小的苦难生活、过重的劳动留下的纪念。相反，倒表示出无论有多大困难痛苦，他都有力量克服和忍受。他那瘦长的脸上，有一双精明的眼睛。眉宇之间，仿佛是生来就有一道垂直的皱纹，里面像藏着不可告人的秘密似的。

姜永泉的家离王官庄二十多里路，在黄垒河南岸。他从小死去母亲，跟着父亲长大成人。家里原来有几亩地，都是爷爷辈上一锨一镢开出来的。父亲自己种着地，姜永泉小时给地主放牛，大了就当长工。父亲拼命干活，想有点积蓄好给儿子娶个媳妇，成个家。谁知一场风波，弄得他们家破人亡。【阅读能力点：交代姜永泉的身世背景。】

过年前夕，姜永泉到东海给东家去赶猪，刚过河就遇上一帮秦玉堂的部队，一哄把二十多只肥猪抢得一干二净。姜永泉和他们争辩，还挨了一顿打。唉！这可怎么回去呢？地主一定不会甘休，可拿什么赔呀？东想想西想想，走投无路（投：投奔。无路可走，已到绝境。比喻处境极困难，找不到出路），不敢回家去。正巧，听说文登一带有穷人起来造反，远近闻名的神枪手于得海带领着他们，杀富济贫，替穷人作主，人们纷纷参加。姜永泉狠狠心，就投奔去了。

这支起义军，是当时中国共产党胶东特委书记理琪组织领导的。由开始17个人发展到一千多人。其中主要是被迫起义的农民。于得海是个老共产党员，是一股起义农民的领袖。【阅读能力点：交代起义军情况以及发展历程。】

1938年2月的一天夜晚，理琪率领着一部分人，拂晓冲进牟平县城，活抓了伪县长宋健吾和许多汉奸，召开了群众大会，进行抗日救国宣传，枪决了伪县长。消息传开，人们无不欢欣鼓舞，大大激发了抗战的热潮！

当天下午，他们撤出牟平城，在附近山上的雷神庙，被从烟台赶来的日本鬼子包围了。

这支新生的人民军队,和比自己多十几倍的敌人,展开了激烈的战斗。其中有许多神枪手,他们像砍高粱杆似的把一个个冲上来的敌人打倒。但毕竟寡不敌众(寡:少;敌:抵挡;众:多。人少的抵挡不住人多的),突围时,理琪同志壮烈牺牲了。

姜永泉在这次战斗后,参加了中国共产党,并当上班长。后来在战斗中腿上负了伤,接受组织的指示,他转入开辟地下工作。

姜永泉看着人们的惊讶表情,笑了笑,大声地说:"乡亲们!从今天起,这里的天下就是咱们自己的了,咱们老百姓要当家做主啦!王唯一无恶不作,欺压穷人,大伙算算,被他害死、逼跑的人有多少?鬼子还没来,他就先当上了汉奸,出卖咱中国。大伙想想,他做了多少坏事,犯下多少罪恶?

"现在咱们要打倒汉奸,组织自己的政府,一心抗日救中国。大伙不要害怕,咱们有共产党领导,有自己的子弟兵八路军撑腰。大伙还该记得,伪县长宋健吾是怎么死的。谁要当汉奸,谁就落这个下场!乡亲们!咱们就开始公审王唯一吧。谁有什么尽管说什么,把他的罪恶都说出来。咱们报仇雪恨的日子到啦!"

会场上鸦雀无声。人们都低下头,是这些话说进了他们的心坎,使他们忆起了痛苦的过去,还是为这梦想不到的变革惊怔住了?【阅读能力点:通过人们的反应表现出人们长期受王唯一的压榨。】

母亲想着想着,心酸了,流泪了。她抬起头,瞅着跪在台子上发抖的王唯一,眼睛渐渐迸出愤怒的光,恨不得上去咬他几口,撕他一顿。可是有一种东西使她止住了脚,她本能地感觉到人们这种寂静中的恐怖。她浑身一震,又紧闭上嘴,于是,唇边的深细皱纹,又显现出来。她微微地摇摇头,心里像有块石头向下坠。

娟子看着母亲的一举一动。她尽量想把自己的渴求眼光同母亲的目光对起来,可是母亲像是有意在回避,看也不看她一眼。母亲和人们的懦弱与沉默,使娟子非常气愤。【阅读能力点:人们的沉默源于常年饱受压迫的懦弱。】她气红了脸,毫不犹豫地冲到王唯一跟前,激动愤慨,使她的声音有些颤抖:"王唯一！你还记得两年前的事吗？"她又朝向人群，人们被惊醒似的抬起了头。"乡亲们！你们谁都记得，俺大爷一家三口是怎么死的，我爹如今不知下落……"

人群开始骚动。娟子的叙述像熔铁炉里的铁流，滴打在每个人的心上。【写作借鉴点：运用比喻的修辞手法，形象生动。】他们联想到自身的不幸，同情和痛苦的热泪，从愤怒的眼睛里，泉水般地涌出来。女人都哭出声来了。

母亲那块坠心的石头已被愤怒的火焰烧化。她抓起沙子石头，狠命地向王唯一打去。人们不顾一切地冲向台子，打打打！姜永泉心里有说不出的激动。他非常兴奋地看着这些暴怒的人们，就连那些衰弱的老太婆，都在动手打这坏蛋，多么炽烈的复仇火焰！他自己虽没动手，但也觉得一样的解恨。他的感情同人们的交汇在一起。

人们在大声地诉着苦。他们的苦楚是诉不完的！辈辈世世的眼泪是流不干的！

姜永泉被愤怒的火焰炙烧着，大步走到台口，代表抗日民主政府，宣布了王唯一的罪状，判处王唯一死刑，立即执行枪决。【阅读能力点：欺压百姓的王唯一终于受到了严处。】

按照上级的指示，区政府代表姜永泉宣布：除了留给王唯一的家属够维持生活的财产外，将他的其余财产全部没收，分给贫苦的群众。接着产生村政府，选举村干部。村长还是当过几年村长、其实一点权力没有的老德顺。这人有五十多岁，是个老实怕事的人，会写写算算，办事有些办法，所以大家还叫他当。又选出德松当农救会长，负了伤的七子是副村长，玉秋、大海分别当了民兵队长和青救会长。

可是一听说组织女人参加妇救会和青妇队，娟子和兰子两个闺女要当会长和队长，人们都哄动起来了。【阅读能力点：旧时女性地位低下的封建思想毒害着人们。】可怕的封建毒虫悄悄地从他们的心底爬起来，伸头长大，冲锋陷阵，特别是那些老太婆、老头子闹嚷得最厉害。母亲站在人堆里，也感到冷起来。

母亲在村中一向是受人尊重信赖的女人。谁都晓得，她贤惠，心肠好，待人直，为人正派，肯帮助人。女人们常来串门子，把为难的事告诉她，请她想想法子，帮帮忙。她人虽穷，可知道穷人的苦楚。人在受难时，是最需要同情的。哪怕是几滴共鸣的眼泪，几句体贴的心里话也是好的。

母亲这时觉得有些反常，冷讽热刺的言语，钻进耳朵，扎进心里。母亲正在难受，迎面走来个老头子，两眼恶狠狠地盯着母亲。这老头子是母亲门里的最长辈，娟子的四大爷，是个最讲究道德伦理的人。他整天满口的"三从四德""二十四孝""三善道三恶道"的不离嘴。他注意到女人也出了头，真是大吃一惊，照他的说法是"阴人"要当朝了。一见族里的孙女在里头，早把他气坏了。但他不敢到台上直接找娟子——他怕她的枪——却向孩子的母亲奔来了。

"仁义家的！你看到没有？你、你眼瞎啦！"他气愤得浑身发抖，枣木拐棍用力向地上一点一点地直撞，像要把地球捅透似的，"你……你闺女反啦！还要不要脸啦！啊？"【阅读能力点：通过语言描写表现出老人思想的腐朽落后。】

母亲深知这个老人的一切，但她还是第一次遭到他这样的叱责和侮辱。她恐怖地看着他，乞求哀怜地说："他四大爷，孩子自个愿做的，当妈的也没法子呀。"

他用拐棍指着——几乎打到母亲的脸上，大声地嘶叫道："你反啦！啊？快去把她拖回家去！快，快快快！"

娟子两眼噙着泪水，紧紧地瞅着母亲。啊！妈妈太可怜了，她要去护住她！娟子正要冲下来，但被姜永泉拦住了。他对德松、玉秋说了几句，他俩就跳下台来。

母亲闭着嘴，咬着牙，显露在嘴唇两旁的皱纹更深了。她用力把怀里的孩子护住，仿佛要准备挨打似的。她非常怕这个长辈，他有权叫一个女人死去。不是有的女人犯了"家规""族法"被处死过吗？不是有的寡妇得罪了长辈被卖掉的吗？【阅读能力点：写出当时的人们深受封建思想毒害。】她本该去拖着女儿回家，好好教训她一顿，再不准出门惹是非，叫做妈的担惊受怕，受人责骂。然而，有种东西，像是一把火从她内心烧起来，把她屈从哀怜的眼泪焚干了。女儿有什么不对呢？她杀死了一家的大仇人，她和男人一样地上山下地。女人就该比男人矮一头吗？不能同男人一起做事吗？啊，娟子！娟子是好孩子，不能让她受委屈，有多大罪自己来受吧。孩子没有错！【阅读能力点：表明母亲并非一般封建的妇人，她有进步的思想意识。】

母亲那善良驯顺的心，被愤怒的火燃烧着。她大声坚定地说："四叔！你愿怎么做，就怎么做好啦！孩子是我的，别人管不着。我不叫！"

老头子一听，张大嘴巴，恼怒地抡起拐棍，被德松等人拦住了。

娟子两眼夹着泪珠儿，像小孩子似的笑了。母亲的心里有一块东西，像糖一样发甜，又像黄连一样苦涩。她到家，天已经响了。她感到很疲乏，腰酸腿痛。她把孩子交给秀子抱出去，就开始做午饭了。

不一会，德强拉着姜永泉的手，后面跟着娟子，有说有笑地走进来。

母亲见有生人来，不知称呼什么好。娟子忙笑着说："妈，姜同志要去咱南屋住，好不好？"

"哦！怎么不好？好。"母亲怔愣一下，又不知怎么招呼，她觉得"姜同志"她不能叫，嘴怎么也张不开，只好憨憨地笑笑，说："哎，快上炕坐坐吧。"又吩咐德强去扫扫炕。

娟子看着姜永泉，两人会意地笑了。

姜永泉第一次来到这屋里。但从娟子嘴里，他已知道这个家和母亲的一切。他这时打量着这幢低狭的茅草屋。这一共是三间房。显然因年久失修，墙壁黑黝黝的。当中一间安着两口锅，旁边两间都用泥坯砌的墙壁隔着。西房门挂一条门帘，已经认不出原来的颜色，现在变成青灰色。正间靠北墙有几张桌子，上面摆着碗橱和几个油瓶。桌底下放着咸菜坛子，桌旁有个水缸，缸旁边放着几个摘下不久的肥大菜瓜。加上另一些什物用具，把屋子摆得满满的。可是东西都是干净的，整理得有条有理，放的位置也很合适。人一进门，就有个整洁的感觉，会马上想到屋主人的勤劳、整洁和作风的利落。

姜永泉看着母亲埋头在做饭，她那浓厚的黑里带灰的头发，和面时前后起动的身子，一飘一忽地掀动着，心中升起一种同情又敬佩的感情。觉得这位老大娘跟自己的母亲一样，不，比亲母亲更好些。他想起刚才在会场上那一幕，多不容易啊！看起来是那样衰弱无力的女人，竟有那么大的勇气和力量。【阅读能力点：姜永泉对母亲产生无限的敬佩之情。】他当时真担心她吃不住，会拖着闺女回去！

"大娘，今天那个老大爷，是谁？"他已听娟子说过，这时却故意问道。

"是他四大爷。"母亲叹了口气。

"大娘，你做得真对！"姜永泉从心里发出热烈的赞叹。

母亲听着赞许的话，不自然地笑笑，微微地摇了摇头，停住活计，很担心地问："姜同志，"她不知不觉地叫出来了，"你说世道真变了吗？"

"大娘，真变啦！"姜永泉见她舒了口气，接着说："大娘，你不要害怕。

你看，王唯一不是被咱们打倒了吗！只要咱们穷人都起来，跟着共产党走，就能当家做主人，再不是财主的天下啦。现在鬼子侵占咱中国，大伙要一条心打走鬼子，好过太平日子。"

母亲静静地听着。她心里豁亮了好些。

"姜同志，你看俺家娟子能行吗？"

"大娘，她很行。她很能干！"

"噢，就是个女孩子家的，怕人笑话。"母亲嘴上这么说，心里却有些兴奋。

"不，大娘！咱们新社会，男女讲平等。往后哇，女人也一样做大事。"姜永泉想起军队里的生活，兴奋地说："大娘，咱们八路军里，还有女兵呢！"

母亲心里那块苦涩的东西全消失了，都是甜丝丝的味道。不知是那锅里沸开的水冒出来的白色热气蒸的，还是从未有过来自心内的欢悦的缘故，母亲那布满纹线的脸上，浮现出一层油腻腻的红晕，放着春色般的神韵！【阅读能力点：写出母亲对未来新生活的美好愿景。】

秋末的黄昏来得总是很快，还没等山野上被日光蒸发起的水气消散，太阳就落进了西山。于是，山谷中的岚风带着浓重的凉意，驱赶着白色的雾气，向山下游荡。而山峰的阴影，更快地倒压在村庄上，阴影越来越浓，渐渐和夜色混成一体，但不久，又被月亮蚀成银灰色了。

王唯一死后一个多月的一天晚上，王官庄的人们都在家吃饭的时候，朦胧的月光下有两个人影，很快地向村南头走着。【写作借鉴点：设置悬念，引发读者阅读兴趣。】后面那个人挑着东西，显然是前面那个戴礼帽穿长袍的人的脚夫。他们很熟悉地进了高大围墙的拱门，走进有着长长的走廊的大门里。

杏莉听到一阵脚步声，扭回头一看，把她惊怔住了。灯光下，只见那个人细长的个子，穿着灰色长袍，纹褶分明的香色礼帽，压在狭长的头上，脸皮雪白，以致脖子上的血脉清清楚楚地现出来，像根根的青绳子。这时，他正在小心翼翼地帮那挑夫从担子上拿下一个沉重的皮箱。

"哎呀，爹！是你回来啦！"杏莉惊喜地叫着跑上去，"爹，你快歇歇吧，我来拿东西。"

王柬芝已把皮箱轻轻地放在地上，拿出白绸子手帕，摘下礼帽，揩着秃脑门上的汗水，然后才看着女儿带笑地说："哦，好孩子，你长这么大了。"

把东西收拾好后，王朿芝盼咐女儿把挑夫带出去吃饭、安顿下住处。又问道：

"你妈呢？"

"她在北屋。"杏莉答道。

"哦，叫她到这里来。"

不一会儿，王朿芝的妻子走进来。她是三十几岁的人，白晳鸭蛋形的脸儿，还红晕晕地很有光彩，细眯眯的眼睛在说明她是个好看而多情的女人。她走在门槛外，黑暗中略停一刹，那淡淡的细长眉毛猛耸了几下，当她迈进门里站在灯光下时，随着这一步，她的眉毛展开了，嘴角上的细皱纹变成了微笑，但像有苦味的东西衔在口里似的，这笑显得不自然。【阅读能力点：通过外貌描写，表现出王朿芝妻子的心理变化。】

"啊，你，你回来了。累吧……吃饭吧？我去做。"她似乎想托故走开，身子向门外侧偏着，话一停，就有个阴影浮在她眼窝下。

王朿芝扬起一条眉毛，向妻子身上打量几眼，笑笑，没理她的话。他叫她打开放在柜子顶上的朱漆黑红的大樟木箱子，把他带来的那个沉重的皮箱放在里面，外面加上两道大铜锁，并把几副钥匙都从妻子手里要过来。

王朿芝的突然回来，莫说他的妻子、女儿很惊异，就是他本人也不能不感到生活变化得实在突兀，环境变换得实在急速。他还真有点不大相信，前几天还住着牟平城的华丽楼房的他，现在已躺在大荒山村里的炕上了。事情演变得多么快啊。

王朿芝在北平的大学里念新闻系的时候，已经是个国民党员了，特别是在破坏学生运动、监视进步学生方面，表现出了他的才干，得到上司的重视。大学毕业后。他到了烟台，在"鲁东日报"报馆里当编辑，不久，又到一个中学当语文教员。这不过是他的公开拿薪水的职业罢了，而他实际上的责任，那就重要得多了。那就是对付共产党，进行间谍工作。【阅读能力点：交代王朿芝的真实身份。】七七事变后，国民党山东省政府主席韩复渠望风而逃（远远望见对方的气势很盛，就吓得逃跑了。形容十分怯敌），其他下面的官员们更是乱成一团，各保自身，忙于发财逃命。他的直接上司——国民党鲁东区特派专员郑威平，得到上峰的明确指示：亲自剿共政策坚定不变。为此，他们就留下来和日本人合作了。牟平县伪县长宋健吾被共产党领导的起义军打死后，郑威平为了加强对地方的控制，和日军更密切有力地合作，就从烟台搬到牟平城来。王柬芝跟着上司到了牟平，名义上还是教学，其实是负责和日军的秘密联络工作。

胶东的昆仑山一带，素来是个不安宁的地方。这倒不是那些山上自古就有的起来造反的农民使他们担心，而是因为共产党在那里种下了种子，这可真是他们的心腹大患（指严重隐患或要害部门的大患）了。虽说民国24年共产党发动的暴动被他们拼尽全力镇压下去，可是这不等于那里的地面太平无事了；相反，像扑不灭的野火、伐不尽的山木一样，共产党的组织在老百姓中更加生了根，逐步扩大起来了。七七事变以来，共产党为了抗日救中国，又领导人民举行起义，比上次更凶更猛，好些地方已是他们的天下了。眼看昆仑山区成了胶东共产党的心腹根据地。在国民党反动派的心里，这怎么能不可怕呢！？

唯一死得是那样突然和迅速，简直把王柬芝惊愣住了。

正在这时，郑威平专员派人来找他了。王柬芝到了专员那里，见一位日军情报官也在座。一切计划很快谈好了。王柬芝就忙着试电台，做行动的准备工作。他把已经正式当了伪军的侄子王竹和王流子找来，了解了家乡的近况，回到本来他很不愿回来的山区的家乡。

王柬芝躺在炕上，眼望窗户想着先前的事情和今后的生活。虽然长途的跋涉已使他相当疲劳，他却还是睡不着。在离开牟平之前，王柬芝就早打算过了：他对自己回到这个已经变成另一个天地的山村，并不感到有什么可怕的。他知道自己虽是地主，可是没面对面地剥削压迫过农民，没得罪过人，回家的那几次他也非常注意到博得老百姓的好感，同时也收到了效果。【阅读能力点：上一章讲述王柬芝对百姓的友善是为他的真实身份作掩护。】而且，谁会知道他的实际职业呢！他还想起，在民国24年春天共产党的暴动失败后，他回家去住了些天，怎样把粮仓里快发霉了的粮食分给那些饿得发昏的穷小子，从一张张瘦骨嶙嶙的脸上他看到了是怎样地表示对他王柬芝的感激……当然，那些感激他的施舍的人不会知道他王柬芝那次回来是有使命的，（在王柬芝那次回来交给衙门里一张名单以后，使多少个共产党员和跟着共产党走的积极分子的人头落地了啊……）他们不可能了解这个秘密。过去的事都好办，最主要的问题还是看今后怎么做！

王柬芝想到刚才过分紧张的心情，脑子里油然浮现出这样一个情景：有一只灰色老狼，在黑夜中向庄院袭来。狼本来的走路声已经够轻了，轻得到了人的耳朵听不见的程度，可是它还是胆颤心跳，尽量放轻软软的脚掌。其实它有什么可怕的呢？一只鸡或者是由于父母疏忽而丢在街头的小孩子，对狼来说还不等于是送到嘴里的肉吗！【写作借鉴点：采用了比喻的修辞手法，生动形象。同时也暗指王柬芝的心理。】

王柬芝想到把自己比成老灰狼的角色，不觉脸上皱起一层笑纹。

【学习要点】

本章节在描述中采用了大量的肖像描写，如"只见那个人细长的个子，穿着灰色长袍，纹褶分明的香色礼帽，压在狭长的头上，脸皮雪白，以致脖子上的血脉清清楚楚地现出来，像根根的青绳子"，活生生将人物的外貌展现在人们眼前。通过本章可以很好的学习如何描写人物外貌。

【读品悟】

四大爷听说娟子要当会长，就因为她是个女孩便当众叱责辱骂母亲。这是因为四大爷受传统封建顽固思想毒害很深，深受"三从四德""二十四孝"的封建旧思想束缚。在现代社会，崇尚男女平等，宣扬女性的自主意识，可见社会的进步。

【思考探究】

1.四大爷看见娟子在台子上扛着枪，为何气冲冲地责骂母亲？母亲又是如何做的呢？

2.王柬芝突然返回家乡，有何原因？有何企图？他的真实身份是什么？

第三章

名师导读

王柬芝计划为伪军王竹送密信，但他不能亲自出面，他会怎么做呢？为了能找到替代者，他设置了一个圈套，是个什么圈套呢？

一个寒冬的晚上，稀稀疏疏的雪花，在暴风中狂舞、挣扎。屋里，明亮的灯光下，铺着带花纹的雪白的大苇席的炕上，放着雕刻着蛇龙的弯腿的暗红色炕桌，桌上摆着鼓肚锡酒壶，大盘小碟一个挨一个。王柬芝正在和两个人饮酒。三个人满面春风（比喻人喜悦舒畅的表情），吃吃喝喝很是痛快。

王柬芝刚回来时，和外人谈起来，开头他总是说当他回到家听说王唯一被民主政府判处了死刑，心里也有点难受。"他毕竟和我是叔伯弟兄啊！"王柬芝有些伤心地说。可是接着他马上就改变了态度，变为愤怒。他痛骂王唯一卖国当汉奸，在乡里犯了那么多的罪恶，他的死是罪该应得的，然后表示他王柬芝拥护共产党的做法，他素来就同王唯一不和，他王柬芝是和王唯一走的两条路。谈到自己在外面的情况，王柬芝便满怀愤恨悲痛地讲起他所看到的和亲身遭遇的事情：国民党如何不抗战，鬼子来了，到处杀人放火，奸淫掳掠，祖国遍地一片焦土。同胞的血淋淋的尸首使他认清了现实，深深感到亡国奴的日子没法过下去，他领着学生参加反对日本帝国主义的宣传活动，结果被敌人抓去关在牢狱里好几个月，出来他又不顾迫害地参加了救亡工作。当他听说家乡有了共产党领导抗日，就不顾敌人的阻难而奔回来，誓为抗日尽力。他说这些话时，那种痛苦万状、捧腹揪心的神态，很使人们动心。光说空话不行，王柬芝还用实际行动来证明自己的抗日爱国心。他把山峦、土地献出一部来，又把大批陈粮交了公粮，并自愿帮助政府办小学，以尽他知识分子的一点力量。

王官庄是周围十几里最大的一个村子,又是乡公所的所在地,因此自早中心小学就设在这里。学校的校长和校产的东家都是王唯一一人,收入是属于他自己的。现在王唯一死了,为了团结抗日,民主政府就叫王柬芝当了校长。【阅读能力点:可见,狡猾的王柬芝得到了人民和政府的信任。】

两个男教员中,一个叫宫少尼的是王柬芝的姑表弟,年纪轻轻,爱打扮,留着洋头,镶着金牙,细溜溜的身材,穿得漂漂亮亮,很是洒落雅致,满身风流。前些年他曾跟表哥王柬芝在外面逛过,后来家里死了娘,回来带孝送殡,由于年头不太平没再出去,就被大表哥王唯一请来教学。

另一个叫吕锡铅,是离此五里路万家沟村的人。这人有四十多岁,一副老私塾先生打扮。他那颗长长的头,上面大下面尖,和驴头的形状相仿佛,走起路来头老是向前一点一点的,好像身子担不住头的重量,头老想掉下来似的。吕锡铅往年曾在县衙门里当过书记,后来不知怎么丢了差事,又教开学了。

这两位先生,很快就成为王柬芝的党羽。今晚上王柬芝宴请的客人,就是这两位人物。【写作借鉴点:上文运用插叙的叙述手法,交代两位党羽的身份。】

王柬芝这时转过身来,细眯着左眼,向对面那个脖子已喝红、身穿黑马褂的一位说:"老吕,你好些了。可是还要注意,一定要做到爱学生,不打不骂,要学生家长满意才行。"

"唉!"吕锡铅委屈地叹息着,摇摇紫红的大驴头,"柬芝,你不知道,这些穷小子真气死人,什么抗日呀,抓汉奸哪,特别是冯德强这小子!"说完仰起脖子喝口大酒,仿佛吞下他恨的人似的。

"不,吕先生!"那个镶着金牙的年轻人,瞪着一双小绿豆眼,【阅读能力点:外貌描写含有贬义色彩。】讨好地看看王柬芝:"柬芝兄说得对,他们得势的日子不会长,将来有那么一天,我宫少尼……"他把手用力举起,狠狠地攥着黄瘦的条条青筋的拳头,放下时却很轻。"老吕,少喝点吧,不要醉了。"王柬芝说,"明天回家再和万守普碰碰头,看看他们的情形……"

当啷一声,吕锡铅的酒杯掉到炕上,把王柬芝吓了一跳。

吕锡铅瞪起血红的眼睛,凶狠地叫道:"够……够啦!我不去!我不去求他这个国民党的红人!"

"老吕，你醉了怎的？"王东芝有些吃惊。

"我……我没醉。我人醉心不醉……"他说着抓起酒壶又往口里倒，宫少尼忙夺下酒壶：

"吕先生，你……"

"好，你们不给我喝我就不喝，我不喝你们的臊尿水，你们也别想叫我去拉磨……我，我命苦啊……"他忽然大哭起来，哭得又是鼻涕又是泪，不管王东芝和宫少尼如何阻拦，他都不听，呜呜咽咽地说下去："我是狗，就只能给人家颠颠跑跑。嘿嘿！我吕大头前些年也在人前站过，衙门里谁不知道我吕书记！我一杆笔一张纸，谁想打赢官司不给个百儿八十块的哟！唉，他姥姥的，县太爷的小舅子要来，就把我一脚踢开了。"

"你住口！"王东芝可气炸了，用力猛击桌子，那盘盘碟碟都跳了起来。

吕锡铅猛吃一惊，头脑有些清醒，蒙眬着泪眼看着王东芝那狰狞的凶像，脸上立刻现出恐惧的表情。他像胆小的人闯下大祸似的木呆呆地等候着就要来临的恶果。【写作借鉴点：采用了比喻的修辞手法，形象生动。】但是王东芝瞅了瞅他，脸上现出缓和的神气，亲昵地对他说："老吕，以后可不要喝这么多酒啦！要是在这上面坏了事，那可太不值得了！我知道，你近几年很受委屈，可谁没有自己的苦衷和不幸呢！拿我来说吧，为什么城市不住，那样的荣华不享，来到这荒山沟里呢？我受的教育、我的地位不比你高吗？这就叫大丈夫能伸能屈。老吕，想出人头地，就得多为大局、为将来着想，'皮之不存，毛将安附（比喻事物失去了借以生存的基础，就不能存在）？'这样浅显的道理你还不懂吗？"

"老吕，想必你看到家兄的死了吧？难道还不明白。我王东芝为什么看着哥哥的墓头还没长上草，就去向杀他的人献殷勤呢？我们要搞垮他们。要相信汪总裁的卓越领导和精辟的见解。他早说过，日本人并不可怕，可怕的是共产党。还不明白吗？这山区是胶东共产党的老窝，他们赖以图存的命根子。所以，我们这些国家的栋梁——国民党员们，不能坐以待毙，而要行动起来！嘿，老吕，脑子清醒些吧！等我们胜利了，毋庸说你那个小小的书记职位，就是当区长、县长，又有什么不可呢！"

吕锡铅脸上的苦皱纹舒展开来了。

过了一会儿，王柬芝又苦恼地说："唉，不知怎么闹的，电台就是沟不通，真成问题。你们去都不合适，哪里能找个适当的人去联络一趟呢？唉……"【写作借鉴点：此段起着引起下文的作用，国民党眼前的困难出现了。】

忽然，门响了。他们有些吃惊。宫少尼打开门，见是长工，才松口气。王柬芝一股怒气冲上来，可马上又笑了，说："是长锁呀，坐坐吧。"

王长锁一见自己来得不是时候，正要退回去，听东家这么一让，忙陪笑道："啊，是先生们哪！咱是来问问校长，明儿村上要大车送公粮，咱去不去？"

王长锁说罢，他忙答道："嗨，这还用问，抗日的事嘛，咱还能落后！去，一定去！"

王长锁一出门，宫少尼狠狠地盯他一眼，轻蔑地笑笑……

他忽然心里一亮，对王柬芝说："哎，叫这家伙去怎么样？"

"你傻啦，他能靠得住？"

宫少尼却意味深长地笑着，他笑得有故。【写作借鉴点："他笑得有故"这句引出下文插叙中关于王长锁的故事。】

14年前，正在牟平城念书的王柬芝，被还没死的父亲叫回家成亲。

他，一个年轻的花花公子，可是他拗不过固执的父亲，结果和一个没落地主家的闺女成了亲。他是那样轻蔑她，讨厌她，没住几天就走了。王柬芝根本不承认自己有老婆，也没把这件事放在心上。

这位可怜的千金小姐，守着这座阴森高大的住宅，是多么空虚和孤寂，多么阴冷和痛苦！家里除去一个快老死已不管事的公公外，什么别的人也没有了。她是唯一的主人。她渐渐埋怨父母不该把她嫁给这样的富人家，她仇恨这个有钱少爷的无情。她甚至想到不如跟个穷人好，有个人做伴，就是苦，也比这年轻轻地守活寡好受啊！她觉得世界上的人都比她好过，她是个最不幸的人了。

她慢慢地注意到年轻力壮的长工王长锁。王长锁是个没爹没娘的孤儿，他忠厚淳朴得有些迟钝。他做梦也没想到一个有钱有势人家的年轻女主人会注意到他。他根本没想到这辈子还能有老婆。这老实人初发觉时，立即逃避，他以为她是在戏弄他，他不相信她心里会真有他。但受苦人善良的同情心是强烈的，他感激她、同情她……

一个大风雪的深夜里，王长锁披着衣服到马棚里去给牲口添草。突然，一个黑影扑到他身上，伏偎在他怀里。他一时吓呆了……一切都明白了。他屈服了，做了她的俘虏……从此以后，每当夜静更深的时候，王长锁就偷偷地溜进女主人的屋里。

不久，有了孩子。正在他们惊恐万状的时候，老公公死了，王柬芝回来送殡，住了几天又走了。她欢喜极了，可以生下自己的孩子了！因为她可以把孩子说成是王柬芝的，能轻易地遮盖过去了。就这样，把杏莉生下来了。他们在表面上还是主仆关系，实际上却起了变化。她觉得他就是她的丈夫，她就是他的妻子，他就是她的一切。

宫少尼——这位年轻的表弟看上了这位表嫂。可他碰到几鼻子灰，他又羞又怒，又恨又恼，就越眼馋心痒。但当宫少尼发现她已有情人时，越发加上个"醋"字，可是他不舍得把她损害。现在他笑了，心里涌出一个美妙的圈套，这圈套足以使那美人儿不能不投向自己的怀抱。【阅读能力点：这个圈套将会是什么呢？设置悬念。】

宫少尼知道表兄不爱妻子，外面另有女人。他藏头露尾地把表嫂和王长锁勾搭的事说了几句，说得是那么含糊、那么巧妙。但从王柬芝时时抬眼向他望着的表情上，他知道表兄听懂了，渐渐地表兄脸上泛起那熟悉的阴冷的微笑，这是他决定什么主意的预兆。自从王柬芝回来后，王长锁早不敢同杏莉母亲来往了。杏莉母亲一天到晚愁颦着眉脸，偷偷地哭泣，在王柬芝面前，还要做出高兴的样子。她希望他快点走，永远别再回来。可是看情形他倒要长久住下来，这是她不能忍受的。

夜，深沉阴冷的夜。

院子里脱了叶的檀香树，和长青的柏松树，在随风呼啸。

"我该走啦，不早了……"这是王长锁不坚决的声音。

"不。他今夜不回来啦，天亮还早……多不容易在一块啊！"杏莉母亲柔情幸福地说着。

突然，一阵叫门声传进屋来，王长锁急忙爬起，浑身打哆嗦，不知所措（形容处境为难或心神慌乱）。杏莉母亲身上也凉了半截，忙把他按到炕前的桌子底下。

"杏莉他妈，快开门呀！"外面有人叫道。

"哎，来、来啦。就、就来……"她慌里慌张，蹬上裤子，拉一件衣服披上，跑来开门。

门开了跟着一道刺眼的手电光射进来，王柬芝带埋怨地说："开门这长时间，怎么闹的？少尼那铺盖少，冻醒了。看，睡觉大门也没插好……"【阅读能力点：这是王柬芝故意设下的圈套。】

她呆在那里，心里像揣着个小兔嘣嘣乱跳。她把他让进屋，什么也答不上来。

王柬芝若无其事地闩上门，又叫她点着灯，他那双眼睛四处巡视着。杏莉母亲越来越控制不住自己，端灯的手颤抖不停。她用身子挡着向桌子方向射去的灯光，催他快睡下。

"咦！你这穿的谁的衣裳？"

她的脸刷一下惨白了：她正披着王长锁的衣服。

"哦，噢，我急着去开门，穿、穿错啦。是、是伙计的，扣子掉了，下晚拿、拿来缝缝的……"她的嘴唇颤抖着，忙去换衣服。

"哦，是这么回事。对啦，我的那双皮鞋呢？明天要穿，找来擦擦。"王柬芝说着就要到桌子底下去摸。

这一刻，她的心都停止跳动了！忙阻拦道：

"我替你找……"

"啊！这是谁？"王柬芝向桌底下一摸，大叫道。

王长锁爬出来，捣蒜般地磕头。杏莉母亲扑到炕上，大哭起来。

"好哇，你们做的好事！啊！这还了得……"王柬芝破着嗓子叫起来。

"我……我错了。都是我的罪过。是我自个儿来的，不怨她！校长、掌柜的、开开恩吧……"王长锁跪着求饶。他这一刻全被巨大的恐怖控制住，悔不该当初失了足，这不单是害了自己，而且戕害了她，害了挚爱着自己的人。他的求饶，完全是为了她。"掌柜的，开开恩吧！叫我爬刀山过火海我都去。只要你饶了俺们这回。"

王柬芝沉下脸来，说："长锁，你可知道你们犯下多大的罪，就是我能饶你们，要叫八路干部知道了，哼，不是刀杀就是活埋！"

杏莉母亲只是哭嚎。王长锁不住声地苦苦哀求。王柬芝长叹一声，说："唉，好吧。碰上你们这些不争气的人，我也跟着丢脸，我不是那旧脑筋的人，就饶过你们吧。不过，长锁，人要有良心，你以后可得听我的话！"他又瞪妻子一眼，说："你呀，反正不愿跟我，我也是外面有人，那就随你们的便吧！可是不能被外人知道了。这对我是小事，你们可就别想要命了！"

他俩刚上来还不信这是真的，后来听到要用着王长锁了，才半信半疑（有点相信，又有点怀疑。表示对真假是非不能肯定）地答应下来，向这个"大恩人"叩头。

几天以后，王长锁找着村长，开了通行证。他对老德顺说要到西山村姑家去走亲戚。西山村离日本的据点——道水，只有五六里路。

杏莉母亲被一阵敲门声惊醒，她心里一阵剧跳。自从她和王长锁的事被王柬芝抓住后，她连惊带怕，又羞愧又无办法，真是痛苦极了。王长锁走后这几天，她越想越怕，日夜为他担心。她怕他在路上出什么凶险，担心有人会知道他是进鬼子据点去的。

王长锁按着王柬芝的吩咐，到村长那里开了张假装到姑家去的通行证，实际上是把一个小包裹送给在道水的王竹。王柬芝说，这是王竹的媳妇和妹妹玉珍托他找人送给王竹的钱和几件衣服。虽说王唯一家是汉奸，可是看在兄弟情分上，加上女人们的苦苦哀求，他王柬芝不能不可怜家破人亡（家庭破产或破碎，人口死亡或逃亡）的侄子啊。当然，他也知道他们是坏人，不好亲近，故此为避免外人怀疑和找麻烦，叫王长锁背着别人的眼睛，行动要特别谨慎小心。他又暗示出，万一要是碰上八路军查问，切不可说实话，否则，他们——连杏莉母亲在内，性命也将难保！

杏莉母亲和王长锁，虽然不知道那个包裹里夹的是王柬芝给他上司的密信，但背着人偷偷地到鬼子据点里去，送东西给当了伪军的王竹，这不明明是和八路军作对吗？更何况，王竹当伪军小队长，吃、穿、花是不愁的，用不到家中送钱和衣服给他，王柬芝这不是明明白白在撒谎，要是被人家发现了，会当汉奸治罪的，多么危险啊！不去吧，把柄攥在王柬芝手里，惹恼了王柬芝，他们马上就完了！为着他们的私情不被外人知道，为了他们的孩子杏莉，他们顾不得这件事有多大危险，违背良心去干了。【阅读能力点：为了孩子，即使王长锁知道王柬芝的阴谋也只好前往。】自长锁走后，这两天她真是提心吊胆（形容十分担心或害怕），坐卧不宁，怎么他还不回来呢，莫非叫八路军捉去了……

　　杏莉母亲正在胡思乱想之际，听到有人敲门，高兴极了，一定是长锁。"啊，你可回来了！"她迎着一股寒气，向前扑去。

　　来人一声不响，张开两臂紧抱住她那只穿着内衫的身子。这样沉默好一会儿，对方身上的寒气驱散她身上的温暖，使她从狂热的激情中镇静下来。她开始觉得不对头，这双一刻不停地抚摸着她的赤臂的细腻的手就不对。她一摸到那流油的洋头，像被蝎子猛蜇了一下似的，立时惊叫起来：【阅读能力点：设置悬念，此人不是王长锁，会是谁如此猥琐狡诈呢？】"你是谁？啊！你这东西！快滚开！"她急忙挣脱身子，恐惧愤怒地盯着宫少尼。

　　"嘿嘿！不中意？我不比那个老长工强？"他说着逼向前来。

　　他的冷笑使她全身发麻，她嘶哑地喊道："你走开！快滚！……你干什么？我要叫人来啦！"

　　他一动不动，冷冷地说："好哇，叫去吧！走，找村干部，找姜永泉去。嘿嘿！我倒不怕，有个人当上汉奸，到道水送信还没回来，可要论个什么罪？"

　　"你说什么，谁是汉奸？！"她惊吓地叫道，可是马上明白了。啊，到底被人知道了！她恐怖地颤悚着。一刹，她又镇静起来："这坏种早在打我的主意，他是想用法子把我压住……不，他不一定知道……"她想着，转用强硬的口气说："你别血口喷人（比喻用恶毒的话污蔑或辱骂别人）！谁当汉奸？你凭什么证据……""哼哼，还装相吗？"他冷笑着，加重语气说，"偷汉子是要活埋的，可你们倒这样舒服！想一想，王柬芝是傻瓜，能这样轻轻饶过你们吗？哼！你以为我不知道吗？王长锁假装走亲戚到鬼子据点给王竹送信，这是假的吗？！"这几句话确实打中要害，她立刻觉得浑身瘫软下来，眼里直冒金星。宫少尼见她软下来，就上前搂抱她。

　　杏莉母亲再没有反击的力量了。她心里千头万绪，像乱麻一样纠缠着。她懊悔，不该上了王柬芝的当，死就死个干净，可是谁叫自己贪生，又落上当汉奸的罪名。她现在才感到,这汉奸的罪名是多么可怕!王柬芝就是为着这个才饶了她和王长锁的啊!【阅读能力点:写出王柬芝的阴险狡诈,利用她的妻子设下圈套。】她恨死了他们。她决不能再屈服。她又振作起来,把向她伸来的手狠狠摔开。

"好啊,好啊!瞧着吧,我马上报告民兵,抓起你们这些汉奸!你看到王唯一是怎么死的。"他说着就要向外走。

啊,天哪!生死就在这一关。不,不能啊!为他,为孩子!她,她顾不得自己了。她流着苦泪,哆嗦着无力的身子,上前拉住他的胳膊,拼尽全力从牙缝中挤出来:"表弟,可不能啊!我求求你……"

他淫猥地笑了:"是嘛,只要表嫂看得起我,我还能看着叫表嫂完了?我宫少尼才不是那样狠心的人……"【阅读能力点:通过语言描写表现出宫少尼的猥琐、卑鄙。】

他像老鹰抓小鸡似的,把她抱上炕……

柔弱的女人,已失去知觉,变得像根木头一样麻木了……

【读品悟】

王柬芝设下圈套,使王长锁和王柬芝妻子的事被他抓住把柄。他利用此事让王长锁为其卖命,保全自己。王柬芝的特务行为暴露无遗,表现出王柬芝是一个卑鄙、狡诈之人。从他的身上让我们看到了特务的丑陋嘴脸,应遭到人们的唾弃和批判。

【思考探究】

王柬芝因抓住王长锁的把柄而要挟他为王竹送包裹,真的是去送包裹吗?王长锁会不会有危险?

第四章

名师导读

敌人打来的消息一传出,村里的百姓纷纷逃亡。王东芝在这兵荒马乱的时候,又会做出哪些破坏活动呢?他秘密使用电台,接到了一封什么电报,电报的内容是什么呢?

敌人打来的消息传得一天紧似一天,像敲破锣一样难听的飞机声也时常出现在天空。【写作借鉴点:交代故事发生的背景,为后文渲染气氛。】

今年冬天特别冷,雪下得有两尺多厚。早晨起来,风门都推不开。而天上大块大块的乌云像瓦一样,堆叠在一起。鹅毛大雪还在继续下着,看起来老天爷真要把天地间的空间填满。那山上地下全盖上一层厚厚的白被子,天地连在一起,白茫茫地看起来怪美的。

经过干部们磨破嘴唇的劝说,大会小会地开,积极分子民兵的带头,总算说动了大多数人,把粮食藏起来,人准备着逃上山去。

母亲的南屋里,炕上地下挤满了人,正在开干部会。

区农救会长姜永泉刚从区上回来,他询问着每个部门的情况,时而点头,时而摇头,接着说出自己的意见。众人再讨论一回,一般的事情商量个差不多了,然后他又提出王东芝的问题:"从表现来看,他还很开明,咱们是欢迎开明士绅参加抗日的。上级说,知识分子往往很明理,有些气节,咱们应当好好团结他们抗日。他不当汉奸,咱们都应当团结他们打日本。不过有团结也要有斗争,他在外面多年,说是教书,可也很难实信。他哥被打死,王竹、王流子还在外当伪军,说不定他安的什么心,咱们要防备些才是。【阅读能力点:表明党对王东芝的看法,不偏不倚,既不完全相信也不完全否定,体现了辩证的思想。】德松,你再到他家看看，藏东西的人手不够咱们可以帮忙。"

"前儿我就到他家去过了。"德松答道，"王柬芝说他已挖好地洞，东西也都藏了。"

接着又详细研究了民兵怎样掩护群众转移。最后姜永泉又对大家叮嘱道："就这样吧。大家分头去做。这几天要好好加强岗哨。我去看看七子哥怎么样啦！"

姜永泉从狭窄的胡同转到大街。他习惯地向四周扫视一眼。街上冷清清的，看不见行人的痕迹，就是有人走过，脚印也马上被雪埋没了。西面街口上，一个民兵背着枪在放哨，像个雪人一样。这时村外走来一个人，走到民兵前停住一刹，马上又朝前走了。

姜永泉好奇地站着等那人走过来。渐渐看出那人背着个白包袱，只顾埋头走路，没发现有人在注意自己。【阅读能力点：此人只顾埋头走路的行为引起了姜永泉的注意，他会是谁呢？为何行动如此诡异？】走到跟前，姜永泉认出是王柬芝的长工："这不是长锁叔吗？上哪去啦？"

"哦！是你。"王长锁略有些吃惊，接着笑笑说，"唉，好冷啊！走亲戚才回来哩。"

王长锁拐弯向南走了。姜永泉看着他的背影朦朦胧胧地消失在大雪里，就向七子家走去。

七子的家是在街北一个很别扭的深胡同里。姜永泉非常熟悉这条路，很快就走到门口。一个瘦弱的女人出来开门，一见来人，忙亲热地招呼道："哎呀！真稀罕，多日没见着啦！快里面坐吧！"她忙拿起一把条帚给他扫掉身上的雪。

"谁来啦？"七子问道。

"是老姜啊！"她快乐地回答。

"快上炕来吧！"

七子起身让地方，姜永泉忙捺住他，亲切地问："快别起来，我坐这就行啦。好点吗？"

"唉！还不行。又化了脓。昨黑夜一宿没睡着，身上烧得烫人！"妻子叹口气，痛苦地说。

"也不怎么样。天冷了，就重些。"七子岔开话题，关切地问，"老姜，工作都安置好了吗？情况怎么样啦？"

"工作都安排好了，情况是很紧。你别惦记这些，安心养着吧。"他安慰着，又向前凑凑，"来，我看看伤口。"

"算了吧，怪脏的。"七子说。

"哎，我怕什么？来，嫂子！帮帮忙。"

姜永泉同她掀开被子，七子的大腿根底下，有个碗口大小的疙瘩，肿得像饽饽一样。在包着的白布边上，还流着黄水。【阅读能力点：表明七子的伤势很重。】姜永泉用手轻轻按了按，皱起眉头说："肿得真不轻。区上也找不到药。我和交通（负责联络传递信件的人，类似通讯员）说了，叫他务必到军队上要点来。"

盖上被子后，七子不过意地说："就算了吧，还叫人家操心。"

"你安心养着吧，别犯愁，"姜永泉说，"敌人来了，用担架抬着你跑。"

"这倒不用啦，她给我挖好一个洞。"

"到时我背他到洞里去。这大冷天，出去也不行。"

姜永泉看着他两口子，心里很感动。

他两人在外表看来很不一样。七子是个又粗又高的汉子，方圆的大脸上长满麻子，一对土黄色的眼睛，两边镶着深密的皱纹。女人恰恰相反，又细又矮，干黄的脸，样子像有病，其实是从小营养不足的缘故。从他们结合的那天到现在，两个人从没吵过一次嘴，红过一次脸。七子虽力大如牛，性子刚直，可是对待好人，却软绵绵地像个老妈妈。【写作借鉴点：运用了比喻的修辞手法，形象化地表现出七子外刚内柔的性格特点。】他俩都是在苦难里长大的人，互相体贴，都是一样的心肠，互相疼爱。可就是她不生育，因为她有病，是从小饿坏的。为此她哭过，觉得对不起他。但七子从不怨她，总是叹口气，安慰她说："唉，要孩子做什么？家里盛不开，也养活不起，这样倒松快些……"其实他何尝不想有个孩子呢！

七子的父亲是烧炭窑的，他自小就跟着喝炭灰。有年春天大地震，窑塌了，父亲和一些工友都砸死在里面。窑东家是王唯一，人死了一个钱不赔。七子娘俩把破柜腿砍去当棺材，把父亲埋了。后来王唯一做出一副慈善相，说是可怜孤儿寡妇，把七子母亲弄来当做饭的佣人，住了半年，王唯一就把她卖给了东海的人贩子。七子12岁给王唯一放羊，大一点又回到窑里做工。他是姜永泉来王官庄最先发展的一个共产党员。【阅读能力点：交代七子的身世背景，充实整个故事，如此老实善良的人却被地主王唯一打压多年，这是姜永泉最先发展他的原因。】

吃过早饭，母亲抱着孩子，手里提着一包鸡蛋，走出家门，走进四大爷家里。

屋里像没有人在里面似的那样沉寂。儿媳妇和出嫁后回到娘家的女儿花子，一见母亲来了，都忙下炕亲热地招呼，让母亲上炕坐。

花子接过母亲递给她的鸡蛋，说："哎，大嫂！你怎么又送这个来啦！留给俺侄和嫚子吃吧。"

"送给他四大爷，看看老人家的病。"母亲微笑着答道。

这老头子，自那天开会被门里媳妇顶撞以后，真是又气又恼。要去管教她吧，一看世道不对头，她家有干部和刀枪，他害怕。不管吧，可实在憋不下这口气，也没有脸面上街了。无奈何，只好躺在炕上发气。整天不是骂儿子就是骂闺女，咒骂母亲和娟子，口口声声要等着仁义回来出这口气。敌人要来，村干部叫他埋东西，准备跑，说什么他也不听。娟子来劝他，他几乎要动手揍她。这时，听到母亲同闺女媳妇在东房间说话，他厌恶地嗤了一下鼻子，用被紧包着头。

他掀开被头，愤怒地嚷道："你，你来干什么？快给我出去！我算没有这个近门！"

母亲并不惊异，她温和地说："四叔，别生那么大气啦。有话慢慢说嘛！"

"哼！慢慢说，赶快说你都当耳旁风！你快走吧，快走！"

母亲深深叹口气，紧闭着嘴唇。母亲一想到日本鬼子和王竹他们来了一定要祸害人，她马上又可怜这个守在家里等死的老人，她要劝他逃出火坑，【阅读能力点：通过心理描写表现出母亲的心地善良，即使面对的是责骂她的四老爷，她依然好心好言相劝。】何况又是女儿和姜永泉叫她来劝的呢？他们说的都是对的，她怎么能拒绝他们要她做的事情呢？

"四叔，鬼子快来了，东西也不藏一藏？"

"我不藏。反正咱也没要人家的。"

母亲这时也不去同他分辩，只是说："鬼子可不管你的我的，他都抢。"

"哼！我就不信。"

"王唯一和那帮二鬼子在时，你也不是不知道。"

"哼，人家找八路，关乎咱百姓什么事。你们是干部，你们跑。"

母亲抑制不住心里冲上来的愤怒，她的手有点发颤了。这个执拗顽固的老头子，净讲一些气人的话。"四叔！"母亲有些愤懑了，"大伙都走了，剩下你一家，出了事后悔可就晚了！"这下老头子也气炸了。他一翻身坐起来，脖子上的青筋跳起好高，大口地喘着气，颤抖着白花花的胡须，怒吼道："我，我后悔……我情愿！你，你管得着？啊！走，快给我出去！滚！快滚！"

花子跑进来，边哭边说："爹！大嫂说的都是好话，叫咱好。鬼子是杀人不眨眼的，你不走，俺可要走。"

"你走？我打断你的腿！没有家法啦？小兔崽子，不跟好人学……"

夜幕沉沉地拉下来。风吹着压满冰雪的枯树枝，枯树挣扎着。那狂风无情地横扫着雪野，把高处的雪刮到凹处去，把屋顶上的白被子掀掉，茅草不结实的部分，就被大把大把地撕下来，摔撒到空中去。【写作借鉴点：采用了拟人的修辞手法，将狂风拟人化，描写出环境的恶劣。】

母亲正在拾掇逃难用的干粮。她把留着过年的一点麦面，掺上煮熟后稀软的地瓜，烙了一些甜烙饼，给姜永泉当干粮。准备自家吃的是粗面馍馍和地瓜干儿。德强从外面走进来，脚步是那样缓慢，就和腿上带着200斤东西似的，几乎抬不动了。他一腚坐在已经揭去锅的灶台上。母亲有些诧异儿子这种异常的举动。仔细一看，啊！德强沮丧着脸，眼泪快掉下来了。母亲懵怔一下，又领会到什么似的笑笑，对他说："不去就算了吧。人家是要去打仗，也不是闹着玩的，掉了队怎么办？跟着我跑还不是一样？帮我拿拿东西也好啊。"

"你不知道，别说啦！"德强把身子一扭，寻思了一刹，又转过身软和地说："妈，打日本鬼子，不分男女老少都有份，我又是儿童团长，怎么能和老百姓一起，叫鬼子撵着跑，那太没出息啦！"【阅读能力点：通过语言描写表现出德强的爱国情怀，一心想要参加抗日。】

母亲忍不住笑了："呀！俺德强已不是老百姓啦……"

母亲走到南屋门口,被里面的说话声止住了脚。她没感到自己是站在及腿肚子深的雪地里,没理会那风雪掀扯着她的衣服,吹打她的脸,撕揪她的头发。

"不,秀娟!你该好好想想。就算你能行,可是大娘谁照顾呢?这么多的孩子,她身子又不好,冰天雪地的,怎么能行呢?"这是姜永泉那低沉恳切的声音。在母亲听来,是那么亲切和动心。

"姜同志,你也该为俺想想,我是共产党员,能落后吗?不该拿枪杆子去打鬼子吗?"是娟子那激动的带点男音的声音。母亲听着心里一热一酸。

"这不算落后。打敌人不光是拿枪杆子,你可以帮助村里工作呀!"

"村里有德顺爷和玉秋、兰子他们就行了。姜同志,我不是不疼俺妈,她是需要帮忙。可是他们也可以照顾些呀!再说,还有俺大兄弟呢。"

沉默了一会儿,显然姜永泉有些被说动了:"大娘她愿意不呢?"

"我想,她……"

"我愿意。去吧!"母亲一面说着走进门来。【阅读能力点:一句"我愿意"表明母亲对娟子抗日的支持,写出母亲的爱国情结以及免除女儿后顾之忧的心情。】

母亲的突然到来和果断的话语,使他们吃了一惊。姜永泉忙迎上去,很激动地说:"大娘!"

娟子蓦地抬起头来,把辫子向身后一甩,一见母亲,不知怎的,像害羞又像受了委屈似的红了脸,她那双明媚黑亮的大眼睛,湿漉漉水汪汪地像两池澄清的沙底小湖。【阅读能力点:通过外貌描写,表现出娟子虽想参加抗日却内心担忧母亲的矛盾心情。】她趴在母亲的跟前,两臂搂着母亲的臂膀,急促地叫道:"妈!你……"

母亲在门外听着他们的对话,埋在雪里的双脚冻麻了,身上被风吹得没有一点热气了,头发像堆乱草——这些她都没觉得。听着姜永泉对她体贴照顾的话,很是感激,而更使她兴奋的是自己的女儿是个共产党员。过去她是猜疑,现在明确了。就为这一点,她也不希望自己的孩子落在别人后头。她的母性的慈悲,对儿女无限的宽宥,加上她的好胜心,儿子的请战,使她不再计较一切,就走进屋来,同时发出有力的回答。

母亲用手轻轻地理着女儿脸上的乱发,嘱咐道:"去吧。放心去吧,别管我。"

"永泉，叫她去吧。还有，德强叫我来求你，让他也跟你们去吧。他哭了呢。"

姜永泉惊愕地忙阻止道："大娘，这不行啊！他们都走了，家怎么办？再说，他还小啊！"

"家，家里有我呢。他不小了，跟着你，我就放心啦！"母亲的话声渐渐缓下来，她用温爱的目光，看看女儿，又看看姜永泉。在她心目中，隐约地出现了一种新鲜又模糊的感情。【写作借鉴点：在此设置悬念，这种感情是指什么？】

半夜里，姜永泉接到情报：敌人离此不远了。立刻，村庄沸腾起来。人们像潮水般地涌出来。出了村，上了山……

一幢僻静的小屋，夹在深宅大院的很多房子中间，显得格外隐蔽。这原先是王柬芝他父亲的静神室，老头子死后，把他的遗像和用过的贵重遗物，像拐杖、烟具、奇特的宝珠和其他一些精细的玩艺，陈列在这里。房子后面有个不大的长方形小花园，园内贴墙有几株四季常青的柏松树。其中一棵大树上，用铜线绑着一个长圆形瓷质的蛋子，在这根悬在空中成为水平面的铜线的中间，又接着同样粗的一根铜线，顺着一棵树的身干，垂直地拉下来。内行的人一看就知道，这便是无线电台的天线。顺着拉下来的这条线看去，它接在一个灰绿色正方形的箱子上，这箱子的正面有着很多古古怪怪的黑亮旋钮，旋钮上还镌印着银色的英文。这是一部美国式的小型无线电台，专供固定的特务使用。【阅读能力点：这个供特务用的电台让人联系到它的使用者——王柬芝。】

从外面看这屋子，黑糊糊静悄悄的，就像什么也没有一样。其实里面却是明灯亮烛，并有三个人。原来窗上门上都用几层黑幔帘遮得严严实实的。

王柬芝那长长的秃脑袋瓜上夹着耳机，白煞煞的脸绷得挺紧。他左手熟练地调整着机器上的旋钮，右手在控制发报机讯号的电键上上下跳动，一会儿又拿起铅笔在纸上迅速地写着什么：他是在通报。

宫少尼和吕锡铅偎在他身后。宫少尼翻查着一个小本子，看着王柬芝给他的写满一组四个数码的纸，一个字一个字地查对着。他每念一个字，吕锡铅就应声记下来。

王柬芝的右手最后跳动几下，发出"good—bye"（英语，再会之意），就关上机器摘下耳机，喘了口气。一会儿，宫少尼和吕锡铅把电报翻译出来。王柬芝接过来看，上面写着：

柬芝弟：

秘扎收悉。电台之故，乃敝处报务员失职，已重责。

此次扫荡，旨在摧残共党根据地，兼筹粮，望弟尽力协助。惟据上峰钧示，此山区系胶东重地，共党赖以图存，势在必争，吾弟慎勿暴露，必获全胜而后已。吾弟明达，当不负重托。功成之日，飞黄之时，幸勿遗我碌碌也，尊宠无恙，顺告。

愚兄郑威平

王柬芝站在门后，瞅着人都走了，就直奔王唯一家里来了。【写作借鉴点：此段起着引领下文的作用，王柬芝为何要在此时跑去王唯一家呢？】

王唯一死后，只剩下女儿玉珍和王竹媳妇两个人。她们的大瓦房，被没收后分出一部分给穷人住，另一些被民兵和各个团体占用了。村政府就安在原来的乡公所里。两个女人，被赶到原来是长工住的下屋里。

此时，这幢庞大的住宅冷清清的、空洞洞的，其他的人都走光了，只剩下玉珍和王竹媳妇在里面。王柬芝左环右顾，谨慎地走进屋里来。看到她们正在忙着收拾东西，他故意地问道："大家都走了，你们还没跑啊？"

王竹媳妇提着个大红包袱直起腰，愁苦地说："叔叔，你说怎么好，人家都要跑上山去。可是这个天气……"

王柬芝瞅着王竹媳妇说："我管不着你们，走不走随你们的便！侄媳妇也不要听信些闲言乱语。哦，我可是要跑的……"王柬芝对玉珍使个眼色，走到黢黑的走廊的角落里。

等玉珍来到跟前，王柬芝把叠起来的纸条塞进她手里，严肃地叮嘱道："把它装好。你在家里藏着，等见了王竹把纸交给他。一定要亲手交给他！记住了吗？"【阅读能力点：回应前文王柬芝为何来王唯一家的原因。】

"记住了！"玉珍有些紧张地回答，又悄声问，"叔叔，我哥一准儿回来吗？纸上写的什么？"

"那还用问？他不回来谁给你爹报仇。那上面是情报。你们两个就跟王竹去吧，在家里没你们的好事。好，你快回去收拾吧，多加点小心！我走了。"

村里逃难的人都走光了，静悄悄的，显得很空旷。是谁家走得太慌乱了，没把门锁好，那风雪就撞开门板，冲进屋里去；哪家的鸡没带走，在雪地里扑扑打打地乱飞跑，咯咯地惊叫着。【阅读能力点：通过环境描写表现出人们逃走时的恐慌。】远处，不时响起零星的枪声，在提醒人们将要到来的恐怖。

走着走着，王柬芝看到前面有个黑影，在慢慢地晃动着。

他怔楞一下，仔细一看，就紧步赶上去。

"啊，是七子和侄媳妇呀！"王柬芝惊讶又亲昵地招呼。

七子被妻子背着。他那高大沉重的身体，把她压得透不过气来，她几乎是在爬着走。七嫂子满身是雪，膝盖上的裤子摔破了，皮摔碎一块，一滴滴热血，掉在雪上，雪被溶化出一个个深黑的小洞。他俩一听有人招呼，就停下来。七子扶着妻子的肩膀，回答道："啊，是校长呐！你还没走出去？"

"我是为点事耽误了一下。"他又同情地询问道，"你们怎么才走到这里？哦，知道啦，是受了伤。咳，有功之臣哪！怎么干部也不关照些呀？"

"干部们忙着，咱自家慢慢走就行啦。"

他关切地询问道："这冰雪的寒天，七子有伤在身，你们怎么抵得住，打算躲到哪里去呢？"

"咱们要到东山里去躲躲，"七子的粗嗓门压下七嫂子后面的话。

王柬芝眉头一耸，说："好，我也是往那走，我来帮帮忙吧。来，侄媳妇，包袱给我拿着。"

"不用，校长！你头走吧。"七嫂子谢绝。别看七嫂子是个女人家，她说这话可有两重意思。一是刚才她要说出口的到洞里去的话被丈夫插断，使她明白了他的心思，提醒了她，她也真怕被坏人利用，倒没有自己吃些苦牢靠得好；【阅读能力点：表现出七子和七嫂子对王柬芝心存戒心。】再是她从心里觉得劳累别人（特别王柬芝是个先生）不合适，过意不去。

王柬芝看样子倒是助人心切，已抢上来提过包袱，说："这有什么，还不都是为抗战？走吧，我也是顺路。谁和谁还用客气？瞧，这包袱也够重的。"

七子虽在家养伤，村里的事情常有干部去告诉他，对王柬芝进步的表现也是知道的，所以只有警惕，却没对他存特别的戒心。他见妻子太苦太累，确实需要帮忙，王柬芝又一再这么慷慨，并已把包袱拿到手，若是再拒绝他，人情上也过意不去。为此，他就对妻子说："那也好，校长这么肯帮忙，就走吧！"

丈夫既然应允，七嫂子也就依从了。但过了河，一步步接近洞口时，七嫂子的心越来收得越紧。对自己丈夫的担心一刻也不间息地捆箍着她，使她想得很多很多。她想起丈夫刚才对王柬芝不说是到洞里去，现在却要进洞去，这怎么行呢？【阅读能力点：谎言马上要被识破，他们将怎样面对王柬芝呢？七嫂子紧张起来。】

终于，七嫂子停住了，紧看着丈夫的脸。

七子一愣，接着知道了她的心情，就转头对王柬芝说："校长，你还是先走一步吧，咱们走得太慢，耽误……""哪里，哪里！"王柬芝忙分辩，"没有人帮忙你们走得更慢了。这份忙我该帮，快走吧！"

"不！"七嫂子的话说得很明快，使人没有再回驳的余地，"劳累你啦，校长！你请头走吧，俺要歇息会儿呢！"

王柬芝一听再找不出帮忙的理由，只得说了几句体贴的话，向前走了。但走出一段距离，他就藏在一株树后，看见他们又动了，他立刻尾随跟去。一会儿，王柬芝又飞快地回了村……

七嫂子膝盖上滴在洁净的雪面上的鲜血印迹，被王柬芝那污秽的鞋底所践踏。【写作能力点：人物形象间形成鲜明的对比，正义与邪恶的较量，为下文设置悬念，王柬芝会如何做呢？】而他的步步肮脏的脚印，又被狂风掀起的暴雪，立时埋没得无影无踪（踪：踪迹。没有一点踪影。形容完全消失，不知去向）。

【学习要点】

本章节采用了大量的环境描写，一方面渲染故事气氛，另一方面烘托出人们的心情同恶劣的环境是一样的。文中使用环境描写的作用是对人物所处的具体社会环境和自然环境的反映，交代事情发生的背景，增加事情的真实性。

【读品悟】

　　娟子一心要投入到抗日战争中，因为她是一名共产党员，为了国家和人民的利益她义无反顾。可是，家里有母亲和亲人，使她不忍心离开。在难以抉择的时候，母亲毅然决然地支持娟子参加战斗，表现出母亲的伟大。

【思考探究】

　　1.鬼子要来了，全村逃亡。王柬芝在这个过程中，又会采取哪些破坏行动？他接到了秘密电报，有什么任务等待着他执行呢？

　　2.娟子在参加抗战和照顾母亲之间矛盾着，她最终的决定是什么？母亲又是怎样做的？

第五章

名师导读

七子和七子媳妇被困在山洞中,这时敌人收到情报赶到,接下来会发生什么?七子和七子媳妇会被活捉吗?他们能抵抗住敌人的进攻吗?德强前去给七子送药,他又将面临什么呢?

王官庄的人们跑出去的第二天上午,敌人丢下在村头被地雷炸死的尸首,像一股恶风卷进村里来。【写作借鉴点:运用比喻的修辞手法,将鬼子比作恶风席卷,形象化地表现出了鬼子的凶残。】立刻,王官庄就翻了个过,变了个样。

那些没跑的人,一看苗头不对,都知道糟了。家家都用木柱子、大石头死顶住门,全家人哆嗦着挤在一起。四大爷家的情景也是如此。他的病早飞到九霄云外(在九重天的外面。比喻无限远的地方或远得无影无踪)去了。他吩咐儿子和媳妇赶快用木头顶住门,自己也不知从哪里来的那么大的力气,两手端起百来斤的放水桶的大石条压在木头根上。也顾不得家规,把儿子和媳妇都叫到自己炕上来,这样好壮壮胆子。听了一会儿,没有动静,他才叫媳妇回到东间,吩咐儿子——柱子到外面看看风声。

柱子刚出门,就遇上鬼子,没说二话,就被两个鬼子拳打脚踢地架走了,另外三四个鬼子闯进屋里来,把粮食囤子用刺刀戳开,那豆粒哗哗啦啦撒得满地都是。两枪把子捣破锅,几脚踢碎陈旧的柜门。四大爷跪在地上叩头哀求,鬼子们抬起带铁钉子的翻毛皮靴,狠狠地踢了他一顿。【阅读能力点:表现出鬼子的残暴,对百姓的凶狠,无恶不作。】

突然,东屋间传出尖利凄惨的女人嘶叫声。四大爷慌忙向里扑去,但被鬼子一枪把子打倒了。他又爬起来,疯狂地奔去,又被打倒,身上挨了一刺刀,他再也爬不起来了。他绝望地躺在血泊里，抽动着重伤的衰老身体。

三四个鬼子狰狞地哈哈大笑着从东间里走出来，一双双的大皮鞋踏着浓重的血浆走过，块块猩红色的血印，随着皮靴踩雪的咯吱咯吱声，越来越远地留下去。凡是这些皮靴踏过的地方，到处都留下血的足迹。

一大群鬼子，横冲直撞地从大门涌进来。玉珍一看不对劲，吓得屁滚尿流（形容惊慌到极点，非常惊惧害怕，狼狈不堪），哆嗦成一团。鬼子们东翻西找，你争我夺，搞了个天昏地暗，门塌屋倒。有一个瘦鬼子，走到王竹媳妇的房门口，大叫起来。门被鬼子用脚踢、用枪把子捣得砰砰响，不一会儿，门闩被撞断，门哗啦一声开了。鬼子恶气腾腾地扑进来，他见是个吓昏了的花姑娘，就哈哈大笑起来。他摔掉枪，跳上炕，搂住浑身瘫痪得没有一点力气的王竹媳妇……

正在这时，伪军分队长王竹在院子里跳下马，走进屋来了。

王队长一看自己老婆身上压着一个鬼子，一股火气冲上来，他立刻窜上去，用手枪照鬼子头上猛烈刨去，鬼子像一根木头一样滚到炕上。

王竹还没缓过气来，郭麻子一步跨进房，用手枪指住王竹："嘿嘿，好哇，分队长！这是你干的好事。举起手来吧，不要动！跟我见大队长去！"

王竹的脸变得煞白，强笑着说："老郭，咱兄弟……"

"少废话！"郭麻子阴沉着脸，有些得意地说，"今儿你知道厉害啦，才叫弟兄！哼，你平时那威风呢？不行，咱们公事公办，走吧！打死一个皇军，我看你有几颗脑袋！"

王竹更加心慌起来，哀求道："郭队副，求求你，以后我一定忘不了你的恩情。你要什么都行……喏，这是钱。这还有……"

"哼！"伪军分队副郭麻子接过王竹从身上各处拿出的洋钱、金戒指、金耳环……但他并不满足，用蛤蟆眼斜睨着他垂涎已久的王竹媳妇说："好，我照顾你这一回，可是你得先出去一会儿……"说着他又似笑非笑地瞅一眼已经清醒过来的王竹媳妇。

王竹分队长明白了。羞怒交加的火气冲上来，他很快地抽出手枪，恶狠狠地说："郭麻子！你别得寸进尺（指贪心不满足，比喻贪得无厌），想在我王竹眼前干那种事，哼！办不到！要命我这有一条！"

郭麻子一听，怔楞半刹，接着把枪收了，陪笑道歉说："啊，王队长，别上火，我是和你开个小玩笑。嘿嘿，咱弟兄……好，你快把那鬼东西的尸首藏好，我到外面看着点风声。"说着他匆匆离开了。【阅读能力点：表现出郭麻子是个贪生怕死之人。】

玉珍是藏在隔壁屋子的板棚上，听到她哥哥的声音才从板棚上爬下来的。"啊，哥哥……"玉珍叫着跑上来，把王柬芝给她的纸条交给王竹，又说："叔叔说副村长七子藏在东黄泥沟……"

王竹听完玉珍的话，接过纸条，忽然想起妹妹和郭麻子的关系，心里立时一亮，忙吩咐道："妹妹，快！去找郭麻子。他刚走出去的！务必把他拦住……"

看着妹妹快步走出去以后，王竹才轻松地舒一口气，回到了屋里。

"你听，有人！"七嫂子听到一阵格嚓格嚓的踩雪的脚步声，推推丈夫，惊惧地说道。

"啊？像是！"七子侧着耳朵静听一会儿，有些惊异地回答，他想坐起来。

这是离村不远的一条黄土沟，紧靠着东山根，是成年累月从山上冲下的洪水疏壑而成的，巨大的岩石，分散地屹立在沟崖上。七子他们的洞，是顺着岩石缝挖进去的，有块大青石，刚好遮住洞口。下着这么大的雪，雪把洞口可疑的迹象和脚印完全湮灭，不知道的人，走到跟前也看不出破绽来。

七子躺在干谷草上，妻子坐在他外面，用她细瘦的身体，挡住从石缝吹进来的风雪。这时外面的脚步声越来越大，渐渐听出有好多人，再后来，呼哧呼哧的粗气喘息声也听到了。

七子意识到这是有目的的行动，他把姜永泉留下的四颗手榴弹挪到身边，对妻子说："好家伙，被鬼子知道啦！你快到里面去。"

"不，你别急。谁会知道啊？！"【阅读能力点：此句对应上文王柬芝跟踪七子的行为，是王柬芝出卖了他们。】

然而，随着她的话音，传进来铁锹碰击石头的铿锵声。七嫂子恐惧而颤悚，他把噙着眼泪的妻子拉到身后去，抓起手榴弹爬到洞口。他清楚地看到一群鬼子和伪军，在王竹的指挥下，王流子领着在挖洞口。奇怪，七子这会儿一点没感到害怕，心里倒想："这些傻瓜，找死来了！"他左手撑着地，右手揭开手榴弹的盖，用牙咬着把弦一抽，手榴弹咻咻冒着白烟，狠狠地飞进鬼子群里——爆炸了！

敌人被这突然的打击弄得乱跑乱叫，雪地上留下几具尸体。王流子吓得滚到沟底下去了，耳朵被枣针划破一点，直淌血，他以为头被打个大窟窿，哼哼着直叫不能活，好一会儿才爬起来。王柬芝哪知道他殷勤地帮七嫂子提的那个包袱之所以那么沉重，就是给他同伙的礼物呢？

鬼子小队长气火了，扇了王竹一个耳光子，叫骂一顿，命令他上前指挥人再挖。王竹忍气吞声（指受了气勉强忍耐，有话不敢说出来），掩在大石头后面，只露着头，大骂道："七麻子！再不出来，老子要开枪啦！"

七子的脸气得火辣辣的，每个麻疤都像要流出血那样红。

他把牙咬得吱格吱格响，狠狠地回骂道："王竹！你别做梦！可惜你小子碰运气不在家，没赶上跟你老子一块下泥坑！等着吧，有一天抓住你，非刀剐了你不可……"

王竹被骂得羞怒交集，指挥着开枪。

七子身上中了两弹，扑倒在地上。七嫂子忙扑过来，哭着说："天哪，天哪！这可怎么好啊！……"

七子苏醒过来，巨大的疼痛使他浑身颤抖，那粗大的汗珠从他额头上涌出来。他极力镇静着对妻子说："哭什么，这不是流泪的时候。反正是要拼上去！"

七嫂子哭得更厉害了，她那孱细的身躯在剧烈地抽动。她紧抱着丈夫的宽大肩膀，把脸偎在他的胸脯上。她的心，她的肉，她的血，她的骨头，她的筋髓，她的一切一切，全碎了！全化了！全变成泪水。七子的心也被她哭碎了。他看看跟着自己几年的妻子，她那干瘦枯黄的脸，那像病孩子一样的不成熟的身体，就越觉得可怜她，更加疼爱她。

枪早停了。敌人现在并不想打死他们，敌人要的是活人，要的是情报。【阅读能力点：点明敌人跟踪七子的原因，就是为了夺取情报。】

鬼子小队长举着战刀嘶叫着，王竹抡着手枪喊着，伪军和鬼子们又开始向前挖洞了。

七子瞅得准准的，把两颗手榴弹的弦扭在一起，等敌人都靠近了，就用力向外扔……可是他再没有力量抬起胳膊了。七嫂子满脸还是泪迹,痛苦还在煎熬着心肠,但她止住哭声忍住了眼泪。就在这一刻,她一见他没有了力量,手榴弹紧握在他的大手里,就毫不踌躇地接过来,学着样子拉断弦,用全力摔出去!

轰轰的响声,震撼着山谷。敌人的血肉横飞遍地,惨叫声连绵不绝。

七嫂子见丈夫那苍白的脸上露出满意的微笑,就又抓起另一颗,照样要扔出去。可是七子忙把她的胳膊把住,有些激动地说:"就这一个了!"她明白了一切。她慢慢垂下头,眼泪簌簌地流下来。七子也在哭,却没有流泪,是心里在悲恸。

"别再哭啦。"他使劲制止住手的颤抖,慢慢抚着妻子散乱的头发,很温和清晰地一字一字地说:"你听我说呀!我是共产党员,你呢——是我的老婆,也是穷人。咱们就要死,我要你明白,咱死得有道理。咱们穷人在旧社会里,早晚要被逼死害死。这些理过去我不懂,老姜来了,才把我领上革命的路,才懂得穷人要翻身,就要起来把那些害人的坏种拾掇干净!咱们为穷人能过好日子死,死得值得,死得应该,死后会有人替咱们报仇!【阅读能力点:通过语言描写表现出七子很高的政治觉悟,为了抗战的胜利甘愿牺牲生命。】

"你说,你懂了我的话吗?你不怨恨我吗?"

"不。我都懂了。你全是对的!我跟着你活,跟着你死!"七嫂子擦干眼泪,完全没有了恐惧和求生的余念。七子把手榴弹送到妻子跟前,七嫂子就在丈夫手中揿开它的盖,拉出它的弦,两人用全力使劲拥抱在一起,手榴弹紧挤在他们的心窝上。夫妻对视了一眼,像是互相最后记住对方的模样。听着咻咻的导火线的燃烧声,他们紧闭上了眼睛……

五六十个搜山的敌人,在艰难地向山上爬着。不知他们是太蠢还是雪太滑,时常有人滚下山去。一个个像三伏天的狗,大口大口上气不接下气地喘息着,嘴像小烟筒似的冒着白气。【阅读能力点:运用比喻的修辞手法,将敌人比作狗,含有讽刺意味。】

姜永泉和干部们领着民兵,趴在山顶上的岩石后面。那嗖嗖的北风,像刀子一样直往肉里钻,刮起的雪粒,把人们快埋住了。大家时常把手放到嘴上,用热气哈一哈,不然手就会被冻僵了。他们都紧盯着爬上来的敌人,心嘣嘣地跳个不停。

姜永泉掩在最高处，把敌人的行动看个一清二楚。"大伙千万不要慌，等敌人到跟前听我的口令打！"姜永泉一面把手榴弹揭开盖，一面对大家说："咱们一定得顶住一个时候，等山洼里的群众都转移完才能撤。"

人们看着他的行动，都在准备武器。德强凑近娟子身旁，着急地说："姐姐！你快看，手木啦，死也掀不开。快帮帮忙呀！"

娟子看着弟弟的脸蛋冻得血紫，嘴唇乌青乌青的，眉毛成了白色，睫毛上结着冰渣渣，有些不忍心。她忙给他把手榴弹的盖揭开，把他两只冻木的像冰一样凉的手握住，低头仔细一看，呀！都裂口出血啦！娟子猛抬头瞅着弟弟，一句话也说不出来。【阅读能力点：表现出人们为了抗日不顾环境的恶劣。】

"姐，你怎么啦？行了，这下我能打响啦……"

娟子见弟弟脸上没有一点痛苦的表情，心里稍松快些。她把他的手放到自己口上用热气烘烘，心里想："被妈知道他冻成这样，早不忍心啦！"她爱惜地说："兄弟，我给你暖和暖和……受得了吗？"

"行啦，姐！我受得了。"德强抽出手，满不在乎地说。为表示自己不怕苦，又天真地笑笑，然后爬回自己的岗位。

敌人逼近了。

"注意啦！"姜永泉喊道，"打！"

霎时间，钢枪、土枪、土炮、手榴弹响成一片。敌人被这意外的居高临下（形容占据的地势非常有利）的打击搞昏了头脑，趴在地下向上乱放枪。

凭着有利的地势，民兵们甩出一阵手榴弹和石头，又把敌人打下山去。

打了一歇又一歇，姜永泉看到弹药已不多了，就命令道："把刺刀上好，向后面山头撤退！"

于是，人们背着牺牲的民兵，呼呼啦啦向后撤。德强只一颗手榴弹，打完后什么也没有了。他正为难，一眼看见刚才被敌人的掷弹筒炸开的石头，忙拣了两块最尖利的，紧紧抱在怀里。娟子回头见弟弟拉下了，忙过来拉着他就跑。姐弟俩紧紧相挨着。

敌人的指挥官看到正面不好攻，就分配兵力从侧面迂回。他把雪亮的指挥刀一指，十几个敌人端着三八大枪和歪把子轻机枪，向旁边斜插过去。

民兵们刚翻过山梁，迎面碰上敌人。有的被惊呆了，几个胆小些的想向后跑。"拼刺刀！"姜永泉喊着冲上去。德松、大海等人都跟着往上冲，展开了肉搏。

娟子迎上一个鬼子，她枪上没有刺刀，只能用枪把子打。鬼子却伸长三八大枪上的长刺刀来挑她，眼看刀尖就要触到她胸前的衣服，就在这时，德强猛扑到鬼子跟前，抢起尖利的石头，照鬼子的脑袋狠命打去……现在，姐弟俩同时看着鬼子叽哩咕噜地滚到深山沟里去了。

敌人开始来不及施展火力，这时那端机枪的大个鬼子已把机枪安到岩石上，疯狂地扫射起来。

民兵们被压迫回来，又有一个人倒下去……

正在这生死关头，突然敌人背后响起枪声，鬼子乱了阵。只听一阵喊杀声，雪亮的刺刀出现在敌人身后，还没等鬼子的机枪掉回头去，见一个高大有力的汉子，纵身窜跳上去，飞起一脚踢翻那鬼子射手，迅速地端起机枪，猛烈地向敌人射击……【阅读能力点：出现的高大汉子是谁呢？在此设置悬念。】

民兵们被这突然的一幕惊喜住了，也看呆了。姜永泉抑制不住狂喜，高喊道："同志们！咱们的八路军来啦！快，冲上去啊！"

人们应声蜂拥地往上冲。

这股从侧面迂回过来的敌人，很快被消灭光了。那正面的敌人又攻上来。八路军端着机枪横扫从正面攻上来的敌人，战士们奋勇地向敌群冲杀。敌人倒下去的很多，其余的敌人纷纷溃逃下去。战斗迅速结束了。

德松抢上去拉住那个抢敌人机枪的高个儿战士，兴奋地说："哎呀，同志！你真行，真是好样的！"

"没什么，没什么，"那战士被夸奖得有些不好意思地红了脸，他指着那个挎驳壳枪的人说："这是我们连长。"

"谢谢你们，连长！"姜永泉紧握着李连长的手说，"多亏你们的援助啊！你们是怎么知道的呢？"

李连长把情况简单地告诉姜永泉他们。他是奉团长的命令率领一班人给部队侦察情况，当尖兵的。他们的军队从昆仑山东麓开过来，要截击扫荡的敌人，隐蔽在后面。刚才李连长他们听到枪声密集，赶过来一看情势，就从敌人的背后打过来。

打扫完战场后，按照李连长的意见，大家迅速转移了。走时姜永泉派德松领着人把两个牺牲的民兵抬到村里人躲难的地方去，并嘱咐他好好掌握群众。

部队转移到一个山洼里，大家坐下来休息，有的人就整理缴获来的武器。民兵们经过这第一场战斗，并且在八路军帮助下打了胜仗，心里有说不出的高兴。他们都亲热地和战士们又说又笑，真像一家人一般。【阅读能力点：通过这场战斗八路军和人民更加亲近了。】德强瞪着两只大眼睛，紧瞅着那个夺敌人机枪、战士称他王班长的人的一举一动。看哪，他长得多棒啊！个子那么高，身子又粗壮，一伸胳膊一抬腿都显得有力气，满身和铁打的一样。再看，他脸上黑黝黝的，眼睛圆彪彪的，多有精神呀！德强心想，自己什么时候也能长到他这样大这样壮，那该多么好啊！

姜永泉忽然想起什么，忙问道：

"连长，你们带药品没有？"

"带的一点都用光了。谁负伤啦？"

"不是。是咱们的副村长受了伤，好多日子啦。伤口都化脓了。"娟子伤心地答道。

"咦，叫王班长带些回来！团里有。"李连长说。

"这样好啦，我们派一个人跟着去拿吧！"姜永泉想到七子的伤，心里不能不急啊！

"我去吧，姜同志！"德强抢着说。

姜永泉起初不答应，后来只好准了。叮嘱他一番，并叫他回来就到村里人躲难的地方去。娟子也嘱咐弟弟一回，要他路上小心，赶快回来找母亲去。

德强跟王班长和于水走后，李连长领着战士和姜永泉一伙，向王官庄一带——敌人的主力所在地，搜索情况去了。

德强和王班长、于水，翻过一山又一山，走进大山沟里，一个十几户人家的小村庄，突然出现在眼前了。【阅读能力点：出现在眼前的便是团里，团里会有一番怎样的景象呢。】德强跟着他们走进村。呀！里面的人马可多着哩！谁会想得到，这样寂静的小山村里，会住着这么多队伍呢！

他们躲躲闪闪地走着，怕踏着睡在雪地上的战士们。战士们怀里抱着枪，相互靠着身子枕着臂膀，发出酣睡的鼾声。德强见每人左胳膊上都扎着一寸多宽的白布条，觉得奇怪。于水告诉他，这是打仗时敌我的识别。德强又问，怎么不都穿绿色军装，还有穿老百姓衣服的呢？王班长说，这都是新参军的，部队在一天天扩大呀。他们走进一个茅草屋。屋里有四五个军人在围着一张桌子看地图，并没注意到有人进来。

王班长右脚往左脚跟一靠，宏亮的嗓子喊道："报告团长，我们回来报告情况！"

人们被惊醒似的抬起头，亲切地打量着他们。<u>德强心里很紧张，在他心目中的团长一定是个非常了不起的人，可是这几个人都和战士穿戴得一样，分不出谁是当官的，谁是当兵的，他很感奇怪。</u>【阅读能力点：团长的穿戴和战士们相同，表明了八路军的亲民。】

一个中等个子的人，身体粗壮，黑红的脸膛上，长着胡楂楂，长着一双炯炯有神的眼睛，看起来他很英武严峻，这时却慈祥地笑着走过来，拍着王班长的肩膀，说："好哇！大力士，王东海！坐下，快坐下！"那被称为团长的人看到德强，就问道："这是谁呀？"

德强正在发愣地想："这就是团长吗？看他多和善呀……"一听问到他，心里慌乱得不知回答什么好。王东海答道："他是区干部派来要点药的……"接着叫德强把七子负伤的事情讲了一遍。

团长立刻对于水吩咐道："王班长在这里报告情况；你领他到卫生队去一趟，快！"

德强的心全被那团长的事占满了，他出门就问道："那个人就是团长吗？"

"团长就是团长嘛，就是啊。"于水奇怪德强为什么会这样问，看着他笑笑。

"你不知道，我原先以为带一千多人马打仗的团长，那才和普通人不一样呢。唉，想不到他也是个平常人，穿的跟你一样的衣服。啧！"德强像是替那团长不是他想像的那个样子惋惜。

"照你说团长该是什么样的呢？"于水忍不住又笑了。

"到底该是什么样，我也说不上，反正该是个最有本事的人才对。比方说，像于得海那样……"

"哈哈哈哈！"于水笑得那样的厉害，说，"你呀，唉！可惜你的眼这么大。你猜那团长是谁？"

"谁？"

"那就是于得海呀！"

啊！？德强猛刹住脚步，惊讶地瞪大眼睛看着于水。于得海！这个响亮的名字，那就是他啊！

提起这于得海，不单是德强吃惊，在这山区里从大人到小孩没有不知道他的。都知道他领着一帮"造反"的穷人，活跃在昆仑山里，同地主恶霸和地方官僚斗争，替受苦人做主。穷人称他们是"红胡子"，是"逼上梁山"的绿林好汉。【阅读能力点：百姓用"红胡子"这样英雄的名称称呼于得海，可见于得海深受穷人的爱戴。】官兵屡次围剿也拿他们没办法。人们像神话般地传颂于得海的事迹。

德强真不敢相信，他看到的这位穿着普通战士军装、非常和蔼的团长，就是那神一般的英雄于得海！

于水却没告诉德强，他就是于得海的儿子。德强跟着于水来到另一幢房子。屋里挤满躺在铺草上的伤员，人们都在紧张地忙碌着。他俩站在门口等了好一会儿，看见一个头发达到耳朵的女军人，包扎好一个伤员，在准备药物。于水忙挤到她跟前，说："喂，卫生员大姐，咱们有事呢！"

"什么事？"她跟着于水的目光转过身来，一发现了德强，禁不住惊叫起来："啊！德强！"

德强怎么也想不到，他同杏莉日夜怀念的白老师，竟在这里碰到了。

白芸把德强拉到院子里，两手紧托着他冻红的两颊，眼睛激动地闪着泪花，注视了好一会儿才说："好兄弟！你怎么来啦？"

德强两手紧抓着她的胳膊肘，兴奋地说："白老师呀！你怎么会到这里来啊？"

德强把白芸走后村里的变化都告诉给她。白芸是济南人，父亲是张学良部下的一个团长，"七七"事变不久，这位有民族气节的老团长，同日本侵略军战死了。白芸从小受着正直父亲的教育，读了不少进步作家的书籍，对她有很大影响。抗日救国的热潮激动着青年人的心，白芸初中毕业后，就同一帮子热血青年，参加了一些爱国人士在中国共产党的感召下组织起来的抗日救亡团体，到处演剧宣传。【阅读能力点：交代白芸的身世背景，渲染了白芸的人物形象。】

不久，国民党政府的山东省主席韩复榘，丢下3800万人民逃跑了，日本人很快打进来。整个山东到处一片混乱，人民处在水深火热之中。白芸他们的团体，因缺乏组织领导被打散了。她只好跟着逃难的人群飘流到胶东来。在山区找个中学生可不简单，王唯一马上把她雇下当教师。白芸一方面想挣些钱做路费到延安去；另方面感到教学也是教育儿童的机会，就答应了。

然而，她想得太单纯了。她倾全力把爱国思想贯输给像德强和杏莉那样的孩子，但她的努力却遭到吕锡铅和宫少尼的处处非难。正当山东像一艘失去方向的船，在狂风骇涛中摇摇欲沉的时候，平地一声春雷，共产党领导人民起来反抗了！党把武器交给农民，那保卫祖国的枪口，对准了敌人！【写作借鉴点：运用了比喻的修辞手法，表明党领导人民抗日是多么的及时。】当白芸知道理琪等人的起义部队时，她立即投奔进去。

白芸留德强吃过饭暖和暖和再走，可是德强固执地拒绝了。她留恋不舍地一直把他送到村外，反复地嘱咐他一路要谨慎，赶快找母亲去。直到德强的细小身躯被山挡住以后，她才走回去。

太阳像个被水蒸气迷惘着的火球，离西山顶只有一杆子高了。淡紫色残散的夕阳光，无力地铺在雪面上。那冻硬的雪面反射出柔弱阴冷的青光。成群的雁队，摆成人字形，咕咕呱呱地叫着，逆着朔风，向北方飞去。风可真大，掀起一层细沙般的雪粒，摔打到光秃秃的枝干的大树上，白水条似的树枝发出欲折的呼救的哀鸣。只有那苍郁的松树上，虽然结满冰雪，但松针抖掉雪粒，露出葱绿的锋芒，无论多么严寒，也冻不死它坚韧旺盛的生命。

德强是迎着风走，棉衣早被风吹透了，但他没感到冷，身上发散出的热气，抵御着外来寒流的侵袭。突然，咕咚一声，他一条腿插进冰窟里，身子扑倒在冰上。德强咬着牙皱着眉，费好大事才把腿拔出来。棉裤摔破了，膝盖出了血，鞋子裤子湿了个透，骨头像被刀子钻进去一样刺痛。德强痛得站不住，一腚坐下来。嗖嗖的北风吹着湿腿更痛了。德强忍不住，真想哭啊。可是哭给谁听呢？白茫茫的大雪山，一眼望不到边，连个人影也没有啊！德强寻思一会儿，一看裤腿，快冻成冰了！他猛地爬起来，把眼睛一擦，更快地向前跑去。【阅读能力点：在环境如此恶劣的情况下，德强依然顽强奋力地走着，作为孩子的德强身上有着可贵的品质。】

他一面跑着一面想着："哎呀！我卡破一点就这么痛，七子哥的伤口那样厉害，那更不知怎么痛哩！哎，我何不就近把药品赶快送给他呢？对啦，一直送去！"德强忽然停下来，把从鬼子身上摘下来的一颗小手雷，往怀里揣好，又弯下身紧紧鞋带，朝村东山的方向跑去。

他站在一棵小松树后面，喘口气，巡视着周围是否有人。只见村庄上空一片灰茫茫的，和村边的山连在一起，看不见人迹，听不见声息，只有偶尔几声枪响，划破雪野的寂静。

德强加快脚步向石洞走去。他越来越紧张，心扑通扑通跳起来，他见到雪被踩得稀乱，像是有很多人来过。他更加快了脚步。

黄昏的降临总是阴沉沉的。夜风一阵紧似一阵，卷刮着枯草和雪片。德强不由得打个寒噤，牙齿格噔格噔在打响，浑身像在抽筋：一滩滩黑糊糊的东西显在眼前，他低头一看，是血溶化了雪，时间久了变成黑色了。一块块人肉人骨头散乱遍地，带钉子的破烂皮靴，就像是死去的尸首没埋好，被一群狗子扒出来撕吃的一样，沾污了这块盖着洁白的雪的黄色土地。

德强猜到这是经过一场激烈的战斗后，敌人留下的代价。但他一想，是谁打的呢？他再抬头一看，发现那炸塌的地洞。一切都明白了！德强急促地呼吸着，急跑上去，可是什么也没有了。这样好一会儿，德强才慢慢从怀里掏出白芸给他用白绷带包起来的药，看着看着，一腚坐到石头上，眼泪开始往下淌，接着抱住药品，大声地痛哭起来！悲痛使孩子忘记了一切。【阅读能力点：德强猜到这一定是七子与敌人战斗的结果，他也想到七子一定牺牲了，因此悲痛欲绝。】

一小队巡逻的敌人，闻声赶来。

苦菜花

等德强听到响声抬起头，敌人已冲到跟前了。两个鬼子呼哧呼哧地扑到他身边，就要动手抓。德强一头从敌人胳膊缝里钻出去，飞快地窜进山沟，向山上猛跑。

也许敌人欺他年小，也许敌人是想抓一个和八路军来联系的活口，他们不放枪，只是呜哇地叫着追。

不知怎的，是心太慌，是掉进冰水里的那只脚冻麻木了，还是跑路太多累坏了？德强这时跑起来很费力。

敌人越追越近，只隔几十步了。

德强连头也来不及回，一边跑一边掏出手雷，急转身，用力摔出去。轰的一声，一个鬼子应声倒下去。

趁敌人趴下和烟幕的遮蔽，德强一头钻进稠密的大松林里……【写作借鉴点：德强是否能逃出鬼子的追捕，在此设置悬念。】

【学习要点】

本章节最精彩的部分是七子和七媳妇在山洞中与敌人殊死战斗的场面。在身受重伤的情况下，二人不畏惧敌人，义无反顾地与敌人决一死战。他们虽然出身穷苦，但他们在共产党的指引下，敢于正面与敌人对抗，不妥协不屈服，这样的品质正是一个共产党人的光荣品质。

【读品悟】

德强虽然年龄小，但他始终向往能像大人们一样参加战斗。他羡慕于水能穿着军服成为一名小八路，因为在他幼小的心灵中有着对共产党的崇拜，他相信跟随党的指引一定能取得抗日的胜利。

第六章

名师导读

经过几天的逃难,村民们纷纷返回故乡。回到村子,村民们将会看到怎样的景象?面对如此悲惨的局面,他们会怎么做呢?母亲同意德强参加抗日战争,她的心情是什么?

度过几天几夜的雪山石洞生活,人们开始蹒跚地往家走了。每个人的心情,都非常沉重和惶惑不安,不知道家里变成什么样!【写作借鉴点:此段起着引领全篇的作用。】

母亲同花子拖儿携女地也在人群中,她心里比别人更加重一层负担。几天来,她吃不下饭,几个夜晚,她不曾合眼,她担心不在眼前的儿女,担心她觉着和自己亲儿子一样的姜永泉,还有和自己的孩子生死都在一起的人们。每当听说发生了战斗,听到枪声,母亲的心,就收紧起来,一直到发痛。她有时埋怨自己不该让孩子们离开她。可是她眼见只因孩子们去参加了战斗,才能使这么多男女老少安全地活着,她心里又觉得孩子们做得对,应该让他们去。如果她的儿女做了逃兵跑到她跟前,她会感到羞耻。她只盼望他们别遇到不幸,希望他们只有胜利没有死亡。

两个牺牲的民兵抬来了。死者的父母妻子发疯地痛哭着,人们都流下泪。母亲也哭了,悲戚伤心地哭了。她努力去安慰死者的父母妻子,她觉得她们太可怜、太不幸了。她甚至下意识地想,毋宁把这种不幸落到自己头上好,她自信自己不会那么可怜,她会忍受下来的。

当德强赤着脚、流着血,一只裤腿冻成冰棍,浑身像个雪球似的跑来时,母亲心里一阵酸楚疼痛。可是儿子却一点不显得难受,倒兴奋地讲述他们怎样打鬼子的事，骄傲地说着他用手雷炸敌人救出自己的经过。这使母亲也受到胜利者的感染，她微笑了。人们都称赞夸奖她儿子，使她也觉得光彩。

但是七子夫妇的死讯，唤起人们更大的悲恸。母亲几乎痛哭失声，她越发觉得好人死得太多了，这打鬼子的事多不容易啊！她痛惜死去的人，就越担心子女和人们的命运。【阅读能力点：身边七子夫妇的死令人们感到死亡是如此近，更加担心自己的亲人。】慢慢地，她把这一切转为痛恨。没有鬼子汉奸，哪会有这些不幸呢？！

人们离村还有好远，就嗅到了潮湿的硝烟气味。他们的心收得越来越紧，不由得加快脚步。渐渐听到人的喊叫声、火烧柴草的爆裂声、水的拍击声，乱哄哄地响成一片。村里成了火海，浓烟弥漫，人们急涌进来。八路军战士和民兵们，有的在房顶上、墙头上、院子里，紧张地救火；有的从屋里穿进穿出，抢救东西。

母亲看着那些战士们，身上冒着烟，着了火，忙得满脸都是汗，心里很感动。在这些人里面，她发现了姜永泉。

从一个胡同里抬出一块门板，上面躺着一个蒙着被子的人。走到身旁，母亲才认出，那个拦腰捆着子弹带、肩上斜背着大枪、抬着门板一头的人，原来就是她的娟子！她的心像一块石头落下地，松快多了。【写作借鉴点：运用比喻的修辞手法，表现出母亲对女儿的牵挂。】

母亲想起什么，回头找儿子，但德强已不在身边了。她吩咐秀子，领着德刚拿着包袱先回家去，她抱着嫚子同花子直奔四大爷家来。

一进院子，她们都惊呆了：四大爷满身是血躺在雪地里，身边的雪都溶化了。

花子扑上去，嚎啕起来。

母亲的眼泪像断了线的珠子，簌簌往下掉。

正在这时，走进两个战士，对母亲说："老大娘，老大爷受伤啦，我们抬去治疗吧！"

大家把老头子抬到门板上，他略微睁开一下青肿的眼睛，又慢慢闭上了。

屋里可真够瞧的：粮食和着泥水撒满一地，锅碗瓢盆所有家具成为碎块，鸡毛蛋壳、小猪蹄子大猪尾巴扔得遍地都是，连个插针的地方也没有。就像疏忽的主人出去忘记关门，闯进来豺狼，被搅乱得一塌糊涂。【写作借鉴点：运用比喻的修辞手法，贴切形象，将鬼子比作豺狼具有讽刺意味。】

花子哭叫道："天呀！俺哥嫂都哪去了啊？……"

母亲一进东房间，一股腥臊气几乎把她熏倒。天哪！儿媳妇仰躺在炕上，全身赤裸裸的，肚子涨得像鼓一样，身上青一块紫一块，头发蓬乱，眼睛愤怒地瞪着，血把炕席都染红了。

母亲用手摸摸她，已经僵硬了。她挡住就要扑上来的花子，悲痛地说："花子，人死啦……"母亲不得不一次次擦去眼泪，"去，听大嫂的话，找点布来。"母亲的衣襟已被泪水浸湿，嗓子里有块咸腥的东西在塞着，她说不出话来了。突然，一口黑红的血，从她口中冲出来！母亲正同花子在收拾媳妇的尸体，忽然柱子闯进来。花子跑上去抱着哥哥的胳膊，痛哭道："啊，哥呀！我的嫂……"

柱子的眼睛疯了似的骇人地瞪着，呆怔一会儿，一头头往墙上撞，呜呜地哭叫道："天哪！都是我害的你呀……鬼子！这王八蛋……"他忽然变得残暴起来，满地寻找东西，像要去拼命似的。

母亲用力拉住他，一声声地叫他，柱子忽地扑通跪在母亲面前，抱着她的腿，哭着说：

"大嫂啊！这都怪没听你的话！这下我算明白啦。幸亏八路军救出我来，不然早叫抓进据点啦……大嫂！我一定豁上这条命去跟鬼子拼！"【阅读能力点：通过亲身经历，柱子后悔当初没有听母亲的话，也认识到八路军才是人民的军队。】

秀子忽然哭着跑来："妈——妈！咱的房子都叫烧光啦！"

母亲站在院子里，三个小点的孩子都偎在她身边，注视着她的脸。她看着几乎被烧光、又被八路军救下来、还冒着白白的水汽的房子，一声不响，也没流泪。她的眼泪流干了，可是她嘴唇两边的深细皱纹更为明显，并在微微地抽动。

母亲紧攥着手指，牙根咬得有些发痛，心里在清晰地说："王唯一！王竹！日本鬼子！两年前你们害得我一家死的死，逃的逃，今儿又烧得我家寸草不留，这前世的冤，今日的仇，我烂了骨头也要跟你们算清！"

村子里渐渐平静下来。

锣声响起。人民都向开会的南沙河拥去。【写作借鉴点：此句起着引领下文的作用。】谁也不和谁说话，就连孩子们惯常的嘻闹也绝迹了。人人的脸上像罩着一层乌云，阴沉沉的；眼睛像下了一层露水，湿漉漉的。他们默默地走进会场。【阅读能力点：人们悲痛的表情表明他们对敌人的憎恶，对失去家园的痛心。】

会场上，空气异常肃穆紧张，一排排整齐的战士坐在前面，带着刺刀的大枪，像树林般地齐齐耸竖在人们头顶上。

姜永泉在台上悲愤地大声讲话，他宏亮的声音有些沙哑。"乡亲们！"他说，"大家都哭了！谁能不流泪呢？我们受的损失可太大了！藏的粮食被抢去好多。大家亲眼看到，没走的人家所遭的殃，人被抓去，女人被糟蹋……七子、七嫂子牺牲了……"

随着他愈来愈低沉悲痛的声音，人们不由得注视着放在台子一旁的四口赭红色、雕刻着各种花纹的棺材。这是七子夫妻和两个民兵的灵柩。棺材是那些老人自动献出来的自己的寿材。

会场气氛更沉重悲怆，令人窒息。

"乡亲们……"姜永泉被沉痛的情绪控制着全身，他的话音更加沙哑。他真想痛哭一场。但他明白，这么多眼睛在看着他，是多么信任、渴求和希望的眼光啊！他们不需要眼泪，他们需要的是力量，是希望他告诉他们眼下怎么走，将来怎么过！

姜永泉用满腔的勇气和力量，大声地吐出每一个字："乡亲们！死去的人为咱们做出榜样，要想保住家乡，必须战斗！乡亲们，死去的人不是要咱们活着的人为他们哭，他们不需要眼泪，要咱们来报仇！"【阅读能力点：姜永泉不断鼓励人们要坚强。】军队喊起口号，立时带动了全场。那呼声好似洪水奔腾：

"打倒日本鬼子！"

"收复失地！"

"坚决为死难同胞报仇！"

"同胞们！擦干眼泪，洗掉血渍，拿起刀枪，保卫家乡！"

……………

会场沸腾了。姜永泉接着说:"乡亲们!咱们不能等死啊。这次多亏我们的八路军,把敌人打回据点,把抓去的人救回来,又帮咱们救火抢东西。咱们民兵在八路军的帮助下,也打了胜仗,没使跑出去的人受害。咱们要感谢八路军。要想过太平日子,就必须把鬼子赶出去。要想打走鬼子,就必须扩大子弟兵……"

【阅读能力点:姜永泉为苦难的人民指明前进的方向。】

娟子领着人们又喊起口号:

"感谢共产党八路军!"

"老百姓要支援自己的队伍!"

"青年人要参加子弟兵!"

军队鼓起掌,喊起口号……

德强心热了。他早就羡慕上于水和白老师,想当个和王班长一样威武强大的人,更觉得那个得海团长不但英勇无比,而又是个很亲切很和善的人。他挤过来,拉着被这一切激动吸引住的母亲,像要求又像告别地说:"妈,我要走啦!"

"上哪去?"母亲一时莫名其妙(指事情很奇怪,说不出道理来)。

"跟八路军去……"

会场继续沸腾着,不少青年往台子上跑。

母亲的心浸泡在激动里,等她想起儿子,忙转身要对他说话,但德强早不在眼前了。她这才发现,台子上夹在人群中的那最小的一个,就是她的德强。

开完党员会,已经是半夜了。

姜永泉把疲惫的人们送出村政府的大门口,刚想关门,可突然袭来一阵昏晕,只觉眼前直冒金星,一口酸水吐出来,他忙倚在门框上。喘息一会儿,觉得头烧得厉害,脑子像有针扎似的刺痛。他扶着墙走出来抓一把雪在前额上擦了擦,冰凉使他清醒了一些。【阅读能力点:姜永泉为了革命的事业不顾身体的病痛,可见他品质的高尚。】

在会上,大家都认为害七子和干部们的房子被烧的这些事情,是王唯一家的女人干的。她们也跟敌人走了。娟子提到过王柬芝,但立即遭到许多人的反对。

都说这人平时表现挺好，这次又跑出去了，怎么能怀疑是他呢？

困惑的情绪又把姜永泉抓住了。平时他经常注意王柬芝的行动，虽然这人像娟子说的他毕竟是地主家出身，他哥王唯一又被镇压，平时对干部有些过于恭维，很可能不可靠；可是他也没做过对抗日不利的事情啊！而且样样事都想走在头里，处处表示对抗战的忠心。在这次敌人扫荡中，姜永泉也曾派人监视过王柬芝的行动，可他确实是和全家人藏在洞里，一直没有出来过，人们都回村后他才出洞回家的。这些事使姜永泉越来越迷惑，是什么力量使王柬芝和这个汉奸家庭的关系割断得一干二净呢！【阅读能力点：姜永泉对王柬芝也心存怀疑，只是毫无证据，他的内心不停地发出疑问。】是真因为他是个知识分子明大理，敌人惨无人道的兽行激发起他爱国的热情吗？娟子、德松他们说得也有理，他终究是个财主，要团结他抗日，也要防备他存心不良……

"谁？"姜永泉正想着，见有人走来。

"我，是我。"来人凑上前，一认出是谁，忙说，"啊，是姜同志啊！在这里不冷吗？"

姜永泉见是王柬芝，就说："不冷，在这清凉清凉。这么晚你要上哪去？""找你呀！听说你在开会，也不好打扰。"接着王柬芝恳切地说，"唉！姜同志，看到法西斯的兽行，真叫人难过，我找你是想商量商量，看谁的房子烧了没住处，到我那住去。谁没吃的，我家里粮食也有些，拿出些分分吧。这丧尽天良的强盗哇！"

姜永泉想了想说："王校长，你诚心诚意（形容对人十分真挚诚恳）这样做，我们很感激，群众也会欢迎。好，明天我和村里干部商量商量看。房子还好对付，粮食倒是很需要。天不早啦，你先睡吧！"

"哪里哪里，还不都是为着共同的敌人。"王柬芝正说到此，见有人走过来，就告辞了。

来的是娟子。她胳膊下夹着一个包袱，一见走的是王柬芝，就问："他来干什么？"

"他说见村里受到损失，想拿出房子和粮食来救济。"姜永泉答道，又问她，"你来有事吗？"

娟子没回答他，却又问道："你答应他了吗？"

"那怎么能不答应，为抗日出力是好事嘛。"

"我看他不一定是出于真心，该不要他的！"娟子有些气愤地说，一面迈步向屋里走。

姜永泉跟在她后面，边走边说："秀娟，这样做就不对了。咱们的抗日统一战线是不论穷富，有力出力有钱出钱，咱们都欢迎，怎么能不要人家的呢？"他又接下去说道："秀娟，光有气不行，怀疑他有假，就要注意他什么地方有假，要弄清他到底是真心还是假意才行。"

"我一见他就有气，也许是因为他和王唯一是一家人。以前我光是不信他，往后多留点神好啦！"娟子说着进了屋，把包袱放到炕上。

姜永泉微笑着说："秀娟，这些日子受得住吗？"

"受得住。再苦也不怕……"娟子忽然鼻子一酸，眼泪几乎掉下来，用力压抑着说，"唉，就是咱们的人死了好几个。七子哥和七嫂子多么好的人啊！还有柱子媳妇，你没看到糟蹋成什么样子，肚里还有五个月的孩子……唉，鬼子可真狠心哪！把他们消灭干净才好！"【阅读能力点：娟子因为看到自己的队友遇难，更加痛恨鬼子。】

姜永泉习惯地把手撸起棉袍子插进腰里，在地上徘徊一会儿，像回答她的话又像自言自语（自己一个人低声嘀咕）地说："是啊，革命就是要流血的。咱们是在半道进入革命的，那些前辈受的苦流的血就更多了。红军在长征时，那环境是多么残酷啊！记得理琪同志时常拿毛主席的话教导我们。毛主席说，要拿枪杆子改造咱中国，穷人就这一条活路。革命的路虽长虽苦，可是最后胜利一定是属于咱们的！"

每一个字，都打在娟子那温柔善良的心坎上。她振作起来，全身充满了愤恨、热爱和由此而来的力量。她恨，恨死了敌人！她爱，爱那些革命战友！娟子的心房里早已印上姜永泉这个影子，她越来越觉得他可敬可爱。生死患难过的战友的友情，是人类的任何友谊，都无可比拟的。

娟子回到家，母亲还没睡下，正在给德强缝补衣裳。她要帮忙，被母亲阻止了，催她快睡下。巨大的疲倦悄悄地却强有力地袭来，她迷迷糊糊闭上了那美丽明媚的大眼睛。看，那张母亲<u>百看不厌</u>（对喜欢的人、事物等看多少遍都不觉得厌烦，比喻非常喜欢）的恬静而幼嫩的脸蛋，多么美好，多么讨人爱啊！

忽地，母亲动了一下，用针把灯花拨掉，将灯芯挑了挑，灯立时明亮起来。她擦擦眼睛，两手撑着炕，端详着每个孩子的脸。几天的战火生活把娟子累苦了，她脸上显得有些憔悴，前额上那几条纵横的细细纹痕，像是更清楚了些；但满脸依然是血色充沛地泛着红晕，焕发着美丽的光彩。

母亲深深地叹了口气，给孩子们整理一下被子。一床被五个孩子盖可真难啊。本来是两床被子，但母亲一听说姜永泉的被丢了，就立刻吩咐女儿把另一床给他送去。母亲一针一线地缝，一块一块地补，调过来覆过去，把裂口缝严，把破洞补好。她眼花了，腰酸了，腿麻了，手累了。这些她好像全没觉着，唯有一颗心，别使孩子挨冻。【阅读能力点：母亲不辞辛苦在为孩子补衣服，表现出母爱的伟大。】

德强起来得比谁都早，天才麻麻亮，淡蓝色的天空上还缀着几颗明亮的星星。他很快走进杏莉的家门，杏莉还在睡着。

德强静静地坐着，专注地端详着杏莉的睡态。在曙光的沐浴下，杏莉侧仰着身躺着，睡觉不老实，一只白晰的小胳膊露在红花被面上。德强又看看这屋里雪白的石灰墙壁，明亮的玻璃窗，赭红色的桌凳，眼前就浮现出自己家里的情景，成为了鲜明的对照。要是看到别人家这样，他早就产生出鄙视愤恨的情绪了。可是在这里，享受这一切的是自己的好朋友，是杏莉啊！德强呆呆地看了一会儿，心想，她那只露在外面的胳膊一定冷了，用手一摸，真的是冰凉的。他就轻轻地把它放进被里去。他一触动她，杏莉马上睁开眼睛，高兴地说："呀，来的这么早哇！多久来的？"

"不一会儿。你还睡吗？"

"不睡啦。"

"俺妈什么都给我预备好啦。她一宿没睡觉。"德强说。

杏莉看着德强身上多的新补丁，说："你妈真是个好人，真进步！谁叫我是女的，不然咱俩一块去，该多好啊！"

"女的也行，白老师也是女的呀！你还小，先干儿童团，也一样打鬼子。过几年再去吧。"

他站起来要走，杏莉拦住他说："你等等，我还有点东西给你。"她急忙开箱子拿出个小花包袱来。打开一看，有条白手巾；一条杏莉时常围着的褐色绒毛线织成的厚围巾；一个用各种彩绸绣的"卫生袋"（用各种色彩布缝成的长形小袋子，是盛牙粉（膏）、牙刷、肥皂用的，故称卫生袋。是妇女们赠送给参军的人们的一种珍贵礼品）。

德强一见，忙说："哎呀！你怎么给我这些东西，围巾你不用吗？我不要。"

杏莉抿嘴笑笑，边包边说："我，你别管。出去可冷。卫生袋还是妈妈帮助缝的。"

正好，杏莉母亲出现在门口。她朝德强说："好孩子，都拿着吧。这也是你同学和妹妹的心意呀！别回去啦。大婶给你预备着好吃的呐。"

"对！就在我屋里吃吧。"杏莉高兴地说。

"不，大婶！俺妈等我哩。我马上要回家。"说着他就要走。

德强急急忙忙地往家跑。

母亲早把饺子煮好了，真等急了，刚要打发秀子去叫，德强已跑进来。母亲也舍不得责怪一声，只催着快吃饭。【阅读能力点：表现出母亲对德强的牵挂与爱，特别是在战争环境下，更加突显。】

母亲一面给儿子捆背包，一面嘱咐道："出门不像在家里，多留点神。跟着大人走，别想家。有机会捎封信回来，我也好放心。"

街上非常热闹，人们把十几个参军的青年围在中间。为照顾到村里的工作，姜永泉把德松、玉秋留下来。另外一些家里实在离不开和身体不行的人，也都没让去。母亲也在人群里面，她紧瞅着自己的孩子，像要看看孩子身上是否还缺少什么东西，她要给他再加上似的。

姜永泉踏着碾盘，向参军的人们致祝词。勉励他们杀敌立功，不要想家，家里有政府照顾。

军队里的指导员接着讲话，欢迎新战士。大海代表参军的人，向乡亲们保证：不打走敌人，誓不甘休（表示要坚持到底，决不善罢甘休）。接着军队和儿童团喊起口号，几个中年人和老头子敲起锣鼓。娟子和兰子领着青妇队，把纸扎的一朵朵大红花，戴在参军的青年们胸前。小伙子们高高挺起胸脯，一张张兴奋严肃的脸上，放着青春的光辉，再加上红花一映，更显得光彩了。

队伍要出发了。德强急忙转身去找母亲，一见到她，他一边转回头笑着向母亲招手，一边跟着队伍前进。母亲急赶几步，想最后摸儿子几把，对他再说句话，可是已来不及了。她只能用眼睛紧看着他的背影。

他，是他！排在队伍最后面的一个，那细小的身躯，背着个小背包，摇晃着渐渐消失在银妆的山野里。一颗灼热的大泪珠，滴在母亲怀里的孩子脸上！

【学习要点】

鬼子进村后进行烧杀抢掠，对人民进行残暴地屠杀。这种惨烈的局面使人们为之震惊。人们通过惨痛的现实，真切认识到鬼子的可怕，必须行动起来，只有通过抗争，团结奋战才能取得战争的胜利。

【读品悟】

娟子对王东芝始终保持着怀疑的态度，而姜永泉则用辩证的方法看待他，坚持团结一切可以抗日的力量，但姜永泉也并非完全相信他。从这个故事中，告诉我们，无论任何事情都具有两面性，不能以单一的角度对事物做出判断，那么结论一定是片面的。

【思考探究】

1.通过鬼子扫荡过的村庄，百姓认识到了什么？为什么许多家长同意他们的孩子去参加抗日？

2.母亲同意德强参加部队作战，但她心里依旧担心他的安危。这表现在什么地方？

第七章

名师导读

娟子在回乡途中遭遇偷袭,这场偷袭是谁预谋的?在打斗过程中,娟子是否能够打败敌人?最终的结局如何?王东芝与这场袭击案有何关系?

暖流溶化了岩石上的冰层,滴下第一颗粗大晶莹的水珠,宣告了春的来到。山区的军民,随着青纱帐起,更加活跃了。敌人虽疯狂残暴,时常下乡扫荡,对山区我根据地进行残酷的进攻,实行"蚕食政策""三光政策""封锁政策"……然而,八路军和地方武装利用这高山峻岭、稠密的青纱帐,到处打击敌人、消灭敌人。由于敌人兵力的不足和我们农村根据地的广大,使它只能把守靠大路的市镇,安下据点。敌后的抗日军民就掌握了这种有利条件,开辟根据地,扩大解放区。【写作借鉴点:交代故事背景,为下文作铺垫。】

人们习惯战争的生活环境,如同习惯过贫穷苦难的日子一样。当敌人来扫荡时,人们就实行空舍清野,躲到山里去,敌人走了,人们又回来生产。白天有妇救会和儿童团站岗,夜里有民兵自卫团放哨。村头的山顶上,埋有"消息树"。敌人来了,它就倒下来,人们就按着它倒下的方向跑。

在受过一次次的灾难后,这些善良忠厚的农人,就一次次在心中留下了烙印。【阅读能力点:这"烙印"是指对敌人的仇恨。】他们一次次减少了悲痛的眼泪,一声不响,想出最好的办法,寻找最好的机会,对付他们的仇敌。

抗日民主政府实行了减租减息、增加工资、合理负担的政策,并没收汉奸卖国贼的财产土地,分给那些最贫苦的人们。当他们那长满茧的手,颤抖地拿着新发的盖有民主政府的大红印的土地照时,两眼流出感激的眼泪,心是怎样地在跳啊!世道变了,是的,社会变了。但最使他们感动的是,能至少使肚子饱一些,能说一句从祖辈不敢也不能说的话："啊！这块土地，是我们的！"【阅读能力点：通过外貌和心理描写，表现出一直以来农民生活的悲惨，老实忠厚的农民的心愿是吃饱肚子，不免令人心酸。】

当他们在地里劳动着的时候，就会轻轻地抓起一个土块，慢慢地在手中搓揉着，搓揉着，直到把土块搓成粉面，粘了一层在出了汗的手上时，才慢慢地撒下去。再用力拍打拍打手，用口吹吹，惟恐手汗带走了一点泥土。……

大地，春天的大地，到处像蒙上碧绿的绸缎似的闪着柔和的绿光。那润湿的泥土，只要一粒种子落进去，几天就生芽出土了。"一年之计在于春，一日之计在于晨"，人们都在紧张地劳动，想多把一粒种子插下地。

满山遍野吵吵嚷嚷的。那大声吆喝牲口的吼叫，震撼山腰的尖脆皮鞭声，伴随着歌声，成为一支高昂的交响曲，像是整个山野都在抖动，都激荡在春耕的漩涡中。【阅读能力点：农民在山间地里劳作是如此地惬意美好，没有战争的日子，使农民感到欢快。】

母亲在栽植地瓜，垄已经打好了，她弯着腰，一起一伏地把地瓜芽插进松软的土里去。然后担起水桶挑水来一棵棵浇。最后把土坑埋上，两手用力把松地按结实。母亲去打水，被一担一百多斤重的水压得可够呛，走几步就要歇憩一会儿。脸上的汗珠直往下淌，她也顾不得去擦。实在挑不动了，她心里很懊恼身体的衰弱，真不相信这才是刚40岁的人啊。

母亲很生气，停下来用衣襟擦擦汗，又担起水来，鼓起全力硬挺上去。正走到最陡处，脚下的黄沙子滚动，支持不住，腰要折了，腿要断了，天也转地也动，眼前一黑，连人带桶哗哩咣当滚了下去！

过了好一会儿，母亲才苏醒过来。一面心里怨恨自己，一面想站起来。可是刚一动腿，一阵像针扎似的剧痛，使她眉头紧皱，几乎叫出声来，忙又坐到地上。母亲牙齿紧咬着，前额冒出冷汗，腿痛得已有些麻木了。她低头一看，呀！右腿那膝盖以下的裤子已被血浸红了，沙子搓破衣服钻进肉里，那血还正往外淌哩！母亲吃了一惊。

母亲听到一个女孩子的越来越近的歌声，想是有人来了。她下意识地把摔坏的腿压在另一条腿下面，忙拍打掉身上的泥土，整理一下衣服，努力做出从容的

样子。【阅读能力点：这一系列动作描写表现出母亲的性格，所有的苦痛都习惯自己承担。】

花子和她父亲打着锹镢走上来。母亲瞅着她那红扑扑的笑脸，嘴里哼着歌儿的兴奋神气，心里很惬意，暂时忘记了疼痛。花子这姑娘真变了样，从前整天愁眉苦脸（形容愁苦的神色）的样儿消失了，活泼了许多，并当上村里的副妇救会长。四大爷也变了，逢人便说八路军的好处，救了他一家人的命。四大爷也早不生母亲和娟子娘俩的气了，倒满口夸奖不休……母亲心想，永泉说"战争能改变人"，这不是明摆着的吗！

四大爷父女一见母亲的样子，忙奔过来。花子放下铁锹靠着母亲蹲下身，关心地问："哎呀，大嫂！怎么摔倒了！卡破哪里啦？"

母亲强笑着，若无其事（形容好像没有那么回事似的）地说："唉，一不留神，叫沙子滑倒啦。没卡着，我坐这歇歇呐。"

"该叫他们帮你挑嘛。你一个人有孩子，身板又不好，可怎么行？"四大爷皱皱眉头，关怀地说。

"没什么，四叔！人家也是怪忙的，帮着把垄打好就行啦。前二年没有代耕，还不是自己种？"母亲笑笑说。

"来，大嫂！我给你挑吧。"花子说着就去拾扁担。

"不用啦，快放下。我自己慢慢来。你们忙去吧！"

母亲目送着他们的背影。

母亲的头愈来愈低地垂下去，离那棵苦菜愈近了：她似乎尝到了苦菜根的苦味。她感到创伤更痛，浑身出了一层细汗。她一动也不能动了啊！没多久，在她脑海中出现一个影子，他那消瘦的脸面，那双明亮的眼睛，都很清晰，好像就站在她的跟前，【阅读能力点：母亲脑海中的人是谁呢？此人一定对母亲产生了深深的影响。】他老是用那么诚恳亲切的声音在说："大娘，革命不是一天半天的事，还远着呢。打走鬼子还要建设国家，把咱中国建成像苏联那样。啊！那真是太好了。干事不识字真难呀，也做不成大事。过去穷人念不起书——你知道，小兄弟念书是多么的苦——现在念书不花钱，应该叫她们去。人年轻时不念几年书，以后工作困难可就大了……"姜永泉的话在母亲心中鸣响、回萦，使她蓦地抬起头："对，革命要紧，孩子前程重要！我老了，吃些苦受些罪怕什么呢！"

母亲眼前还是夹在杂草中的那棵还未开花的鲜嫩的苦菜。苦菜虽苦，可是好吃，它是采野菜的姑娘到处寻觅的一种菜。苦菜的根虽苦，开出的花儿，却是香的。母亲不自觉地用手把苦菜周围的杂草薅了几把。她自己也不明白她这样做，究竟是为了让采野菜的女孩子能发现这棵鲜嫩的苦菜，还是想让苦菜见着阳光，快些长成熟，开放出金黄色的花朵来呢？【阅读能力点：这里表面看似在写苦菜，其实质在隐喻自身和女儿，也是暗指穷苦百姓必能等到胜利的那天。】

接着，母亲把头发理理，咬着牙用力站起来，忍痛拖拉着腿走到泉水边。她卷起伤腿的裤子，仔细地洗涤已经变成黑赭色的血渍。洗干净后，她把衣服里的小襟撕下一块，包好伤口。她又蘸着水抹了几把脸，立时觉得清凉了好多。她干脆又用手舀起一些水喝下去，心里舒服爽快起来。像是阴凉清甜的泉水给了她力量，母亲又担起水来！走到陡坡处，她就半桶半桶地提上山去，终于把水挑到地里了！

"妈呀，快来看哪！八路军！那么多啊！"德刚和嫚子一见母亲来了，几乎是同时叫喊起来，一齐偎缠在母亲身上。两颗小心灵激动得简直要跳出来了。母亲擦擦满脸的汗，望着山下行进着的部队行列，兴奋地笑了。

母亲觉得每个八路军都和自己的儿子一样，家里也有个像她一样的母亲，在日夜思念着儿子。一听到枪声，就联想到自己儿子身上，心就不由得跳起来，仿佛每颗子弹都会打到她孩子身上。

母亲把给军队做的每一双鞋、每一件衣服、织的每一尺布，都和给自己孩子做的那样，用出她的最大心血。由于对自己孩子的疼爱，逐渐扩大起来，她爱每一个战士，爱整个八路军。本来妇救会不叫她做军用品，娟子做一份就行了。可是她哪能放弃为自己的孩子——那些离家别母的战士们，尽一分力量的机会呢！

【阅读能力点：母亲把对德强的牵挂和思念逐渐转变为对八路军战士的牵挂，表现出伟大的母爱。】

姜永泉担任区里的教导员（即区委书记。因战时区中队特别重要，是营的编制，区委直接掌握，区委书记兼任其教导员职务。同时党在当时不公开活动，一般都称区委书记为教导员），不在王官庄住以后，母亲就把南屋腾出来，专供军队住。每次来住的战士，很快就跟她熟了。战士们看着这位和自己母亲一样亲的老大娘，又感动又亲热。

有次母亲家住了一班战士，就是王东海那一班。其中有一个叫小李的战士，母亲最疼爱他了。这青年战士，也真讨人喜欢，秀子、德刚就连嫚子在内，几天就和他亲得比亲哥还热几分。母亲知道他是昆仑县人，父亲被鬼子杀了，他和老娘到处讨饭吃。八路军一来，他就参军了。现在他母亲在哪，是死是活他也不知道。正为此，母亲对他更疼爱些。

小李生了病，母亲无微不至（形容关怀。照顾得非常细心周到）地伺候他，使他很快好了。她由此联想到，儿子在外面生了病是否有人管呢？可是当她看到战士们像亲兄弟一样，还有像慈母一样的上级，她的心就宽慰了好些。军队要走了，这是全村从大人到小孩最难过的事情。

母亲默默地听着战士们的激动告别："大娘！真麻烦你老人家啦！我们一定多杀敌人，来报答你的恩情！"仔细地看着每张年轻的脸，要把每个人都牢牢记在心上。她一直把战士们送出村，站在村头的堤坝上，望着渐渐走远、依然留恋不舍地向后挥手的队伍，直到看不见最后一个影子，她才慢慢地走回家。

夕阳已靠山了。天上迤逦着几块白丝条般的云彩，涂上一层晚霞，宛如鲜艳夺目的彩缎，装饰着碧蓝的天空，和青山绿水媲美，映衬着春天的风光。远远看去，像大雨后山上下来的洪水一般的军队行列，从山根的大路上，浩浩荡荡向村中走去。

母亲怀里抱着、手里携着孩子，一进村，就觉出一种反常的热闹，街上到处洋溢着愉快的欢笑。【阅读能力点：可见全村人民对八路军的拥护，对战士的欢迎。】母亲到家天已经昏黑了。一堆战士在院子里，一见她进来，忙迎上来："哈！老大娘回来了。""呀！老房东来啦！""德刚，还认识我不？"
……………

母亲一看，知道又是那班战士回来了，连忙笑着应和着。

母亲正陶醉在欢乐的气氛里，王东海凑近她，兴奋地说："大娘，德强我打听着了！"

"在哪？！"母亲像听到春雷。

"在我们团部里。当通讯员。我见着他了，把你家的事都告诉他啦。哈，他可比早先又高又胖了。大家都夸奖他能干哩！"

"哦，好！那就好！"母亲的全身都浸泡在幸福中。

晚饭后，母亲要到南屋去，打算把战士们要补的衣服、鞋子拿来，趁夜里做做。忽然，她发现少了几个人，仔细一看，就问王班长道："啊，怎么小李几个没来呢？"

这一问不要紧，战士们都消失了脸上的喜色渐渐垂下了头。

母亲看着发楞，敏感地发觉到这是不好的征兆。她的脸也灰暗下来。

王东海那黑红的脸膛收得挺紧，努力抑制内心的感情，沉重地说："大娘，小李和副班长牺牲了！"

母亲的脑子嗡的一声，鼻子一酸，赶忙用衣襟捂着眼睛。

王东海接着从容地说："大娘，不要太难过。当兵就要打仗，打仗就要流血牺牲！小李他们死得光荣！"

母亲怔怔地望着王东海的脸。一个机伶活泼的青年浮现在她眼前。这青年总是眯着带点稚气的眼睛笑嘻嘻的。而现在，他却早早地离开了人世。多么短促的生命啊！母亲一动不动地凝视着跳动的灯火。母亲觉得这不是在自己屋子里，而是在战火纷飞的战场上。她仿佛看到：一个强悍的青年端着明晃晃的刺刀，向鬼子群里杀去；而在另一个不知什么地方，有一个白发苍苍的老母亲，在绝望地痛哭着……【阅读能力点：母亲从小李的牺牲不免想到德强的危险，情绪难以抑制。】

在这一霎，母亲似乎预料到自己的儿子也会牺牲掉，随之又涌来一阵更紧张的感情，使做母亲的她更加痛感到失去孩子的可怕、战争的可怕！同时她并不希望孩子回到自己身边来，她更为清楚地体味到：没有这些孩子在前线战斗，敌人就会打过来残害更多的人、更多的母亲。

学校扩大了，学生增多了，娟子也来了。娟子在过去就跟弟弟德强识些字，加上她的聪慧和如饥似渴(形容要求很迫切，如同饿了急着要吃饭，渴了急着要喝水一样)地努力学习，一连跳了好几级，不到一年工夫，她就念到了三年级。

只是她太大了，同孩子们搞在一起，站队比别人高出一头来，真有点不好意思。但她下定决心，管它呢，念好书就行！每天早上起来，她同妹妹秀子就上了山，锄地拾柴采野菜，吃完早饭才夹着书去上学。晚上就开会，做拥军支前的工作，一直搞到大半夜。不知她哪来的那些精力，一点不知道累！

这天吃过早饭，娟子到学校来请假，因为接到区上的通知，村干部都要去开会。

王柬芝满口答应，并关照地说："嘿，那怎么不行，行。要几天？和谁去？"

"村长、民兵队长和我。今晚就回来。"娟子回答后，鞠了一躬，走出去。

回到家里，母亲递给她一个包袱——这是给姜永泉做的衣服和给她准备的一小包中午吃的干粮。她伴着村长老德顺和民兵队长玉秋，一块向区上出发了。她多么想看到姜永泉和调到区上当区中队长的德松哥啊！

娟子走后，王柬芝咬着下嘴唇思索了一阵，忙吩咐吕锡铅和另一个新来的高老师去上课，自己领着官少尼转回家来。【阅读能力点：不知王柬芝又有什么坏想法，设置悬念。】

这些日子王柬芝可闹得挺出名。全区里差不多都知道这个进步的抗日分子。他自动把大部分山峦土地献出来，平时经常救济穷人，他那和蔼可亲的态度，很使一些人受感动。不少人更加夸他有出息，倒真是在外面念过书的人深明大理哪。特别是王官庄的学校，在他的领导下办得最受人拥护。

他不但在群众中的威信高，就是干部对他也慢慢失去戒心了。像娟子那样反感他的人，虽说还是觉得他在学校里对她的特别关照和客气有些虚伪，但事实毕竟是事实，渐渐也怀疑起过去对他是有成见了，思想上减少了疑虑和警惕，不大再有意识地去注意他。

但王柬芝自己却并不快活。

白天他像喜鹊似的有说有笑，晚上却烦恼地捶胸顿足。【阅读能力点：王柬芝白天黑夜判若两人，表现出他内心反共的真实想法。】他不得不承认这些土共产党的厉害，使他不敢有一点疏忽，没有一点空隙可乘。每次发出的电报都没有重要的情报和活动的成绩。这使他的上司也沉不住气了。王柬芝到底是王柬芝，他没有灰心丧气（形容因失败或不顺利而失去信心，意志消沉），他是坚定而有主见的人。论说，他能在这种情势下插下脚，站得住，也就不是容易的了。尽管他为付出的代价感到心疼，但对前途和将来的向往，他还是非常乐观的。

宫少尼默默地跟着表哥走，心想不知又有什么事。他憋得慌，又不好问，就抽起香烟来。

进了屋，按照王柬芝的示意，宫少尼把门闩上。等他转过身，王柬芝的大白手里已握着手枪，枪身的青黑的光芒在闪烁。宫少尼有些惊异地把烟丢掉。

"这是机会，不能放过！"王柬芝带着快活的口气，低沉地说着，"到区上来回有三十多里山路，开完会回来，走到猫岭山天就会黑了。这三个是村里的主要干部，除掉后，村里对我们就太平了。特别是冯秀娟，平常对我们的态度就很硬……哼，他们三个，我们去四个！"说着他把手枪递给宫少尼，叮咛道："到万家沟找着万守普他们仔细商量好。只要天黑时他们走到那深山里就可下手！可要是他们白天回来或遇到什么意外，千万不能冒险！"

区上开完会，离天黑还有一会儿。娟子对玉秋和老德顺说："你们先回去吧，我到姜同志那有点事。"

老德顺没注意这些，望望满天的乌云，关切地嘱咐道："看样子要下雨啦，你也要快着点。"说完和玉秋先走了。

娟子答应着，向姜永泉的住屋走去。她走到大门口，碰到房东老大娘提个篮儿向外走。娟子向她打个招呼正想进去，不料老大娘一把拉住她的胳膊，神秘地笑着说："妇救会长，你猜姜同志家里谁来啦？"

"他家会有什么人来？"娟子疑惑地反问道。

老大娘再憋不住心里的话了："他来客啦！"

"客？"

老大娘把大褂前襟一拍："是啊。好个俊人儿哩。"她又压低声音："嘿，是才从县上来的，她对姜同志可亲热着呐！哈哈，我看哪，像是他的媳妇……"老大娘全被自己的兴趣控制住，没有发觉听者脸上的变化。

娟子忘记回答对方的话，怔怔地站着呆望老大娘颠拐着小脚走去的背影，不知怎的，心里一阵不好受。【阅读能力点：写出娟子的心理变化，表明她对姜永泉的感情。】她想转回身走掉，可是脚不由心地跨进门槛……真的听见有个青年女人银铃般的说话声，话声里充满了喜悦，娟子心里涌上一股她有生之年第一次感到的酸溜溜的滋味。她想退回去，又想带来的东西怎么办呢？可转念一想，最好不进去，别把人家的谈话冲断了。对，把衣服交给房东老大娘转给他吧！

娟子正要转身向外走，里面女的声音响了："老姜！你看，谁来了？"

"啊，是秀娟呀！"姜永泉说着跑出来，"天快黑了，我当你们都回去啦。怎么停在院子里，快进去吧！"

这句"我当你们都回去啦"的话，在平常听起来没有什么，谁知娟子这时听了，就越发不受用。她很尴尬地支吾道："不，嗯，俺怕你有事，想再来。"

姜永泉没注意到她的表情，只是热情地把她向屋里让。娟子机械地走进去。

姜永泉指着坐在炕上的那位穿着黑裤褂脸上红扑扑的青年女子说："这是刚从县上来的赵星梅同志，是接替区里妇救会长工作的；星梅，这就是王官庄的妇救会长冯秀娟。"

还没等娟子放下包袱，那星梅忽地下了炕，抱着娟子的两臂，大笑着说："太好啦！刚才还说起你呢。在县上我就听说有位能干的妇救会长，还有个进步的好妈妈！我早想见见你啦！"

说笑之间，星梅看到娟子很窘，心想她来一定有什么事，就告辞道："你们谈事吧，我先到区政府看看去。"

姜永泉也没留，同她握握手，送出门口后，转回来对娟子笑笑说："看，这人不错吧！是工人出身，经过锻炼。咱们农民出身的人，要好好向她学习哩！"

娟子像傻子似的呆立在那里。她全信那老大娘的话了。你看，自己同他在一起工作这么长时间，从来也没握过手，可是她刚来，就……就像回到自己家里一样。【阅读能力点：写出娟子吃醋的心理变化。】

姜永泉见她总不开口，才发现她老垂着眼皮，脸上有不高兴的颜色。他的笑容也渐渐淡下来。

娟子想快走。她打开包裹，拿出母亲给他做的衣服、鞋子，这才使谈话融洽起来。"真叫大娘又费心啦！怎么样，老人身体还好吗？"姜永泉满怀感动和挚爱地说。

"还没有什么。就是有她也不说。看样子腰痛得厉害。前些时担水浇地把腿摔得那么重，她谁也不告诉。有时我真念不下书了。"娟子非常怜悯和疼爱母亲，这些话她只对他才讲。

"村里不是有代耕吗？"

"代耕。妈说人家也挺忙，帮帮忙就行了，不能全依靠人家。我也是这么想的。"

"真是，她真是个好妈妈！"姜永泉重复着星梅刚说的那句话。无限感慨地说，"是一个革命的妈妈。她一点不疼惜自己，她自己吃苦抚养孩子，养大一个就送给革命一个，她还是吃苦……咳，现在咱们最需要这样的人，这样的好妈妈！等革命胜利了，一定要这些好老人，多多享些福。"

屋里的光线渐渐暗下来，天黑了。看样子真要下雨，燕子叽叽喳喳地在院子里飞叫。娟子站起来，说："时候不早了，我该回去啦。"

"怎么，这么晚还能走？"姜永泉有些惊异，"在区上宿下吧，有你住的地方。"

"不，还是回去好。妈妈不放心！"娟子很固执。

"那么吃点饭再走吧，很快！"姜永泉恳切地挽留。

"不饿。俺不想吃！"

离家十多里路，虽说敌人不会出来，但一个人在深山里夜行还是不大好的。娟子生性胆大刚强，但最主要的是她心里很乱，身底下像有个刺猬，使她坐不住。【写作借鉴点：运用了比喻的修辞手法，表现出娟子心乱如麻的状况。】另一方面，娟子也真怕母亲不见她回家，一宿不睡在担心。

姜永泉把她送到村头，看看天色黝黑，很是不放心。结果把"三把匣子"枪给了她，要她谨慎小心。看她走远了，他深深地叹了口气！

娟子爬过一座山，翻过一道岭，听着雷鸣般的瀑布声。她完全仗着那双熟练的脚把她带到要去的地方。在这墨黑的夜里，加上山里崎岖的羊肠小道，一般的人早不知东西南北了。

姑娘心里很难过，在错乱地想着："秀娟呀秀娟，你这是做什么呢？生谁的气呀？人家又没对你说过什么，你也没告诉他什么呀！你和人家是什么关系？唉，真不知道害臊！"她的脸发起烧来，重重地垂下了头。

一声惨厉的猫头鹰嚎，骤然传来。娟子不自禁地打个冷颤，浑身起了一层鸡皮疙瘩。她这才感到空旷和孤单，也随即带来了紧张。她警觉地向四周看看，把匣子枪掏出来，顶上火，紧握着继续向前走。

突然一阵草响，接着是人的脚步声急切地传来。娟子还没来得及回转身，就被人从后面将她连胳膊带腰紧紧地抱住，那呼哧呼哧喘出的粗气，直喷到她的脖子上。【阅读能力点：宫少尼找到了娟子，娟子能够逃出他们的魔爪吗？】

娟子浑身一抖，她立刻明白了是怎么回事。她觉得胳膊弯以上被箍住，以下还可以动，就用力把右手向后弯去，枪筒正好从她肩膀上伸过去。她狠狠地勾了扳机……

随着枪响，扑通一声倒下一个沉重的东西。可是马上又有一只手，像钳子一样掐住娟子的手腕。娟子手一麻，枪掉了！

那人用绳子照她脖子上就套，娟子两手扒着绳子，身子猛地转过来，向那人扑去！

对方丢开绳子，用枪指着她，阴沉地喝道："不准动！"

啊！这声音多么熟悉！是谁？知道了，她知道了，是宫少尼！

娟子盯着在黑暗里像一只怪兽的眼睛一样闪着阴光的枪眼，不自觉地向后退了一步。娟子在后退这一步中，像闪电似的在脑海中泛起一个念头："跑吧，只要向山洼里一窜，怎么也打不着了。"

"抓住他！死也要抓住他！"

她趁对方伸过手，飞起右脚，照握枪那只手狠命踢去。枪，飞落到山沟里。宫少尼见枪被踢飞，也顾不得手的痛麻，慌忙去摸娟子那支枪。娟子跳上来，扑到他身上，抓住他的胳膊向后死扭。可是宫少尼还挣扎着去摸枪。娟子眼见他快将枪拿到手，自己已抢不到了，就用脚把那支枪也踢出去了。宫少尼翻起身来，扭打娟子。娟子使出全身力量，一点不松劲地和敌人搏斗着。【写作借鉴点：一系列动作描写，生动地刻画出打斗的场景。】

他们从山脊上打到山坡上。宫少尼趁一棵松树把娟子的衣服扯住，挣脱出来，弯下身去摸石块。娟子猛地一挣，衣服哗哧一声撕开。她纵身扑向宫少尼，猛然，娟子觉得头上被打击了一下，接着全身急剧地软下去。宫少尼觉得对手的手在渐渐松开，他猛一用力翻上来，压到娟子身上。他感到她的呼吸在减弱，胸脯在下陷，心里有说不出的松快……

娟子浑身瘫软。骨头也酥了！可是还用手抓住宫少尼的胳膊，生怕他逃走。当宫少尼的手卡着她的咽喉时，娟子的脚正好触着身边的一棵树。她急中生智（形容事态紧急的时候，突然想出办法），把一只脚蹬着树干，另一只弓起踏着草地，用尽生平力气，猛力向上一翻，又把宫少尼摔到底下。她不等他还手，抽出一手，握紧拳头，照他的前额打去。这打击来得有效有力，宫少尼两手松开，躺着不动了。

娟子越发来了力量，要想把他绑起来，可是没有绳子，怎么办呢？他醒过来还是难以对付的。娟子找到一块石头，照他头上打了几下。啊，依着她对这坏家伙的仇恨心理，她一定要把他砸死才罢休。可是她没那样做，她要留着他，问个水落石出（比喻事情终于真相大白）。

娟子估计宫少尼一时苏醒不过来，就想去把枪找到，那样就容易对付这坏蛋了。可是她刚挪动两步，就扑通一声倒下去。只觉得眼前黑糊糊的一片，什么也看不清了。不知过了多久，娟子渐渐醒过来，可是她还站不起身，挪不动步，全身痛得似刀割锥扎，血已把衣服粘住。头上那个窟窿疼得更厉害。

娟子艰难地爬上山坡，用手到处摸索。那棘针怎么刺她，乱石怎么扎她，她都不觉得痛，只是找她的枪，枪！摸索了好一会儿，她才看到树根旁有个东西在闪光。娟子狂喜地拿起来，枪，是它！【阅读能力点：为了找到枪，能够逃离危险，娟子不顾一切痛苦。】

娟子爬回来，见宫少尼动了一下，她端起枪，气愤地想立刻打死他，但她再一次克制住涌上心头的怒火。宫少尼苏醒过去，他痛苦地扭歪了脸，咧着嘴，绿豆似的小眼睛也痛得鼓胀起来。他真懊恼死了。

王柬芝派他们四个人来，那三个是万家沟的。他们等了多时，看到玉秋和老德顺是白天过去的，没敢动。本来要回去，可是他舍不得。因为这次干成功的报酬是每人一个金元宝。更加使他舍不得的、馋在嘴上的是这个漂亮姑娘。他叫另两个人走了，留下他和万守普两人。万守普被打死的那一瞬间，他甚至有些高兴，因为这样他就可以独吞了。却不料，这样不顺手，相反落到她手里，眼看要完了。

宫少尼实在疼痛得难熬，嘶哑着说："冯秀娟！你……你就打……打死我吧……"

"哼！你想得倒容易，等着吧，回村后再和你算账！"娟子愤恨地说。

娟子的身子愈来愈贴紧大树干，全身似火烧，脸色煞白，豆大的汗珠滚过脸腮，牙在打颤，手在发抖，渐渐她靠着树身坐下来，可是枪口还在对准敌人！

那宫少尼虽是遍体鳞伤（形容受伤很重），疼痛难熬，可是到底没有致命的伤处，当他完全清醒后，知道了他的结局，真是狗急跳墙，他又在想法挣扎。

时间啊，过得真慢哪！怎么还不来人呢？！娟子眼前一阵阵金花在迸飞，头愈来愈沉重，她实在支持不住了……【写作借鉴点：在此设置悬念，娟子能坚持下去吗？宫少尼是否能被捉住？】

"是妈把炕烧得太热啦，怎么这样烫人呢？……啊，谁在说话？是天亮了？哎，怎么眼睛睁不开呢？……我不是在打宫少尼那坏蛋吗？怎么，他跑了？枪，我的枪呢……"娟子昏昏迷迷地想着，一睁开眼睛，灯光照得她什么也看不清，可是她一瞅见那个向她俯下来的黑影，不禁叫出一声："妈……"

"娟子，"母亲的泪水在眼眶中游动，见女儿醒过来，忙再用羹匙把温开水送进她嘴里，"娟子，妈在这里。"她看清是躺在自家炕上，母亲、弟妹和好多人都围住自己，她明白是怎么回事了。

她一发现玉秋，忙问："玉秋哥，宫少尼那、那坏蛋……"

"你放心，抓到了。"玉秋忙答道，"大婶告诉我你从区上没回来，很不放心。我领着人去迎你，过了西山听到枪响……等找到地方，见你倒在树根下，昏过去啦。宫少尼已被你打中一枪，死过去了……"

"死了？"娟子吃惊地问。

"不，是昏过去了，心窝还有气。我们把他弄回来，这会儿在学校里押着。"

"那就好。天亮审问他……"

王柬芝闻讯大吃一惊，像凉水浇身，骨头都麻了。【写作借鉴点：运用了比喻的修辞手法，表现出王柬芝听闻宫少尼被抓，怕自己暴露的恐惧。】他在屋里转了一圈，把抽到半截的烟狠狠摔掉，跳上凳子，开开箱子，拿出一支手枪，哗啦一声推上子弹，揣进腰里，回身就想向外走：逃吧！唉，愚蠢哪愚蠢！想不到大事坏在轻举妄动上面……他突然停住：要沉着！不到山穷水尽，是不能退却的。

王柬芝悄悄来到学校里，见教室外面挤着一大群人，在吵吵嚷嚷地纷纷议论着。只听王老太太对一个中年女人说：" 唉，真是'画虎画皮难画骨，知人知面不知心'哪！谁晓得平常那么好的先生，会是个汉奸！"

王柬芝浑身一震，刚想走开，忽听那中年女人叹息地答道："是啊！咳，幸亏娟子那孩子壮，不然早没命啦！听说还有一个坏东西，叫她放枪打死了。真是……"

听到这里，王柬芝心里一松，长脸抽搐了一下："好哇，只剩这一个还好办……"想着推开人们向里走，一面大喊道："这、这还了得！我平时拿他当好人，原来是、是个汉奸！"【阅读能力点：这时王柬芝仍在演戏，假惺惺地想保全自身。】

人们见校长气恨得发抖，都尊敬地让开路，叫他走进去。

王柬芝一看，宫少尼满脸是血，浑身泥血沙土糊在一起，躺在那里像条死狼。

两个看守的民兵，在给人们讲着他们怎样找到娟子，怎样把宫少尼抬回来的情景……王柬芝觑着手枪，计上心来，抢前一步，气得发疯似的指着宫少尼大骂道："你这人面兽心的东西，卖国的汉奸！我恨不得喝你的血，扒你的肝。"

王柬芝越骂越火，冷不防夺过民兵手里的短枪，人们还没弄清是怎么回事，当当两枪，随着惨叫声，宫少尼的脑袋开了花。王柬芝靠在墙壁上，声泪俱下地嘶叫道："气死我啦！想不到在我的学校里会有这号坏人，叫我怎么有脸见人啊！"

当"打死了！"的声浪在人群里沸腾起来的时候，王柬芝突然变得惊恐万状，浑身颤抖着说："什么？打死啦？我把他打死啦？我一生一世别说杀人，连只鸡也没杀过呀！都是这强盗逼的我呀！"他哭了，哭着说着："我糊涂，我随便打死了人，我糊涂！"

他的哭声激起了人们的同情，那些单纯正直而又处在紧张时刻的人们，谁也没注意到他用那支枪的熟练动作，人们反而劝他不要害怕，说他做得对。

杏莉一阵风似的跑到家里："宫少尼叫我爹打死啦！"

"莉子，你爹打死宫少尼，听到人家都说什么来着？"杏莉母亲问。

"听到了，妈！人家都夸他不讲亲戚私情！"杏莉很高兴地说，停了一下又补充道："就是娟子姐说，她为想抓个活汉奸，费了好大的事。她说该审问审问宫少尼，看他有一块的……"

"一块的？！"杏莉母亲惊吓地重复了一次，头嗡了一声，一腚坐到石阶上。【阅读能力点：通过娟子的提醒，她猜到王东芝的意图。】

她明白了王东芝为什么杀死宫少尼。天哪！这王东芝是多么阴毒啊！

她想去把一切告诉娟子，把这窝狼都除掉。可是不行，王长锁呢？杏莉呢？也都得死去啊！她的心像有刀在绞，像在油锅里煎熬。她诅咒王东芝他们快被八路军抓住，杀死！这样，他们就可以悄悄地活着，多多为抗日出力，赎回自己的小罪行。可是老天爷就像有意为难，王东芝不但不死，反而越来越成为红人。她不知道八路军为什么这样做，为什么看不透他。王东芝似乎是个不可推倒，不可战胜的巨人。

【读品悟】

王东芝得知宫少尼杀害娟子等人失败，反而被活捉。决定不惜一切代价，冲向宫少尼将其击毙用来掩盖自己的罪行。王东芝这种利用他人，不顾他人死活，只保全自身的自私行为最终会得到应得的报应。自私自利的人，未来的道路只会越走越窄。

【思考探究】

1.请用自己的话语描述娟子与宫少尼的打斗场面，最终的结果是什么？

2.王东芝听说宫少尼被活捉，他的反应是什么？

第八章

名师导读

姜永泉带领着队员们接受了组织派来的新任务,新任务是什么呢?他们能够顺利完成吗?文中以对话的形式展现了星梅的人物形象,星梅具有什么样的可贵品质呢?

德强离家快两年了。他现在可长高啦。细条条的个子,胸脯高高的,一身很合体的草绿色军装,腰间围着赭红色的皮子弹转带,左面挎一支带淡黄色木漆外壳的驳壳枪,右面挂一支七星手枪,皮枪背带上插满了发亮的子弹。膝盖以下,打着紧绷绷的裹腿。呀,真英俊威武啊!这二年德强经历的事可真不少,打了无数次仗。他很快学会了骑马,并成为出色的骑手,也是那个老号长教给他的呀!【阅读能力点:交代故事发展变化,德强参军两年变化很大,已成长为一名出色的军人。】

说起老号长,德强刚参军时给团政委当通讯员,就和老号长在一起。在德强参军几个月以后,一次缴获到敌人一匹大洋马。这马全身赤红,没有一根杂毛,和熟透的枣一样颜色,谁见了谁说是好马。那时德强还达不到它脊背高,却老想骑上跑跑。可是它的性子像把烈火,人一凑近,它就颤抖着鬃毛,嘶嘶地叫起来,如果你还不走开,它就甩蹄子踢你了。【写作借鉴点:运用了比喻的修辞手法,将马刚烈的性格形象化地描写出来。】

说也怪,可它就是对老号长一个人驯驯服服,百依百从(形容一切都顺从别人)。其实他也是以痛苦的代价换来的,只是他不告诉人罢了。过了几天,老号长把于团长的通讯员于水、陈政委的通讯员德强和参谋长的通讯员小张找来,指着马说:"看,一马三人要,不能把它切开呀。这样吧,你们哪个能骑住它不摔下来,就把它给哪个。"

三个小家伙都眼睁睁地瞅着马,很是羡慕,可是也都知它性子烈,不好骑。于水眯着眼,笑着说:"老号长,你倒先给咱们做个样看看呐。"

"对呀!做个榜样咱们看个热闹吧!"小张有些幸灾乐祸(指人缺乏善意,在别人遇到灾祸时感到高兴)地附和着。

老号长知道他们要拿他这一手,也正合上自己的心意,说了声:"嘀,瞧着吧!"他蹬上马镫,随着那马弯转身子的劲儿,疾身跨上去,马直直地向前奔去……

德强非常敬慕地注视着老号长的每一个动作。等老号长跑过一圈转回来,他立刻想去骑,老号长却把缰绳交给于水,说:"先让这小伙子试试,他要不行,你们俩就别想吃这'天鹅肉'啦!闹不好摔坏了,我老孙可担当不起哩……"他说着又笑起来。

那马又踢又蹦,于水费好大事刚上去,立刻又被摔下来,脸也被沙子擦了一块皮去。

老号长摸着下颚的胡子哈哈笑道:"好了吧?小伙子,你们还得几年才行啊!"

"老号长,让我试试。"

老号长一见是德强走上来,就看他一眼,又笑起来说:"小家伙,见了好马别忘了命,算了吧,这可不是好玩的!"

"不,我一定要试试!你刚才不是说每人都要骑骑。"德强很倔强地说。

老号长收起笑容,瞅了德强一眼:"好,好吧!"

德强充满信心地接过缰绳,刚要去骑,那马仿佛瞧不起他似的,嘶嘶叫起来,屁股还不断左右扭动。德强心里有些慌,但他并不畏缩,用力勒住马嚼子,猛一跳抓住鞍,趁马在弯身,蹬上马镫一抡腿,忽地上去了。大概是马不服气,又觉得背上的人很轻,就疯狂地撒开四蹄飞跑,身后扬起高高的沙土。德强越来越沉不住气了,因为那马根本不听他的约束、横冲直撞地只管跑,渐渐地后面老号长他们的呼喊声也听不到了……【阅读能力点:通过德强骑马的故事表现出德强倔强的性格特点。】

迎面来了几辆送粪的车子,德强一看心慌起来:如果让马冲过去,会踩伤人的!他心里一急,顾不得许多,就一头栽下来……战马是有这种习性的,当它的骑者掉下时,它会立即停住。

人们都吃惊地赶过来。不一会儿，老号长他们也气喘吁吁地跑来了，七手八脚忙着把跌在粪堆上的德强救起。幸亏粪泥是软的，没有大伤着。德强被唤醒过来后，扶着老号长，一跛一拐地回团部去。

德强常跟老号长学本事。老号长是跟陈明政委从山东省委来的。去年德强给陈政委当通讯员时，陈政委常讲老号长作战经验丰富，他当过红军，参加过长征。他现在的任务是看管首长的马匹和这几个小家伙。德强他们虽然常和他嬉闹，可都很尊敬他。

老号长也很愿意把一切经验都介绍给他们。也许就因为他是从百战中钻出来的老兵吧，迄今还没有一颗子弹碰过他一下呢！有一次，子弹把他的裤子穿了一个洞，打完仗他笑呵呵地说："哈哈！这家伙想吃我的肉。嘿，我老孙有俺那一家子孙悟空大圣传授的'分寸避弹器'，一分一毫都给它算好啦，它一辈子也别想擦我一根汗毛去。"【阅读能力点：通过语言描写刻画出老号长乐观、亲和的性格特点。】这老头子像个小孩子似的，整天乐呵呵的，再艰苦的环境也不能给他带来一点愁闷。

在老号长的带领下，德强、于水和小张几个小家伙长大成人，现在都成为首长的警卫员了。德强跟于得海团长，于水跟陈政委，小张跟参谋长。

一个月前，陈政委带着于水出去执行任务，今天就要胜利归来了。这消息振奋着全团人的心，上上下下忙个不停，像就要出发打仗一样。德强全副武装，从大门里牵出两匹战马。白色的是团长骑的，枣红色的是他自己的坐骑。嘹亮激昂的集合号声响起来，部队都向西面的沙河滩跑去。

一会儿，一个装束打扮和德强差不多的小战士飞也似的跑过来，近前看时，是参谋长的警卫员小张，小张边跑边嚷："小冯，快，快！来啦，来啦！"

于团长脸刮得净光，身上穿着洗得干干净净、熨熨贴贴的军装，大步从门里跨出来。德强牵着马，紧跟在他后面，向西沙河走去。

部队像要阅兵一样，线打的那样整齐的队形，行行列列地排在河滩里。【写作借鉴点：运用比喻的修辞手法，贴切地表现出队形的整齐以及迎接胜利的喜悦。】战士们都鸦雀无声，纹丝不动，挺身肃立。枪上的刺刀，在阳光下闪闪发光。

看热闹的老百姓，拥挤在堤坝上，围了个水泄不通。

西方的大路上空尘土飞扬，渐渐一百多人的队伍出现了。

前面，陈政委同一个矮黑胖子并辔而行。这人就是赫赫有名的柳八爷。

这柳八爷是胶东的土匪司令之一。早先也是农民起义的首领，但长期的绿林生活，使他养成了浓厚的流寇习气。他手下有一百多人，个个身强力壮，每人一支钢枪，大都是神枪手。他们四处游动，到哪吃哪，遇着不好说话的官吏和财主，就把他们抢劫屠杀一空。抗战初期，八路军曾派人去动员他们抗日。柳八爷说叫他帮帮忙倒可以，参加八路军受人管束可不干。【写作借鉴点：交代柳八爷的人物形象，为后文作铺垫。】

为争取这部分力量，陈政委到柳八爷队伍上住了一个多月，进行谈判和政治教育，结果到底说通了。前天陈政委来信，把情况谈了。一来于团长要叫他们看看八路军的军容和威武——因为他们最傲慢，瞧不起八路军的阵容；二来也是表示欢迎；所以就事先做好了准备。部队喊着欢迎的口号，宏亮的呼声齐起齐落，接着热烈地鼓起掌来，带动了看热闹的群众，也一齐跟着拍巴掌。

德强和小张向于水互相友爱地笑笑，他们并肩跟在首长后面。

柳八爷对人们的欢迎，不知是惊异还是轻蔑，目光有些迷惘，厚嘴唇斜咧着。看了一会儿，他有些不自在起来。他看到八路军的队伍整齐划一，个个精神抖擞（形容精神振奋，饱满），人人神采焕发，很是威武。再看看自己那一伙，一个个穿着长袍大褂，歪戴帽子拖拉着鞋，耷拉着脑袋歪着头，五颜六色，眉歪眼斜，真是乱七八糟。

柳八爷很恼火，心里不服气地说："妈的！摆样子有个屁用？有本事比比手法！"

于得海团长一直在注意柳八爷的神态，看到他这种表情，心里早已明白，就带着钦佩的口吻说："柳八爷，早闻你好枪法！很想领教领教。就请亮亮手吧！"

"哪里哪里，也不过是虚传。嘿嘿！"柳八爷高兴得眼睛都笑眯了。他嘴上这么说，眼睛却寻找什么似的张望着。

沙滩中央，队伍的前面放着一张桌子，桌面上摆有两个鸡蛋。离桌子30步左右挖了一个沙坑。离坑100步远，埋着一扇破门板，上面用粉笔划着大小圈圈——表示几环几环。

柳八爷站在坑边，抽出插在腰里不带套子、用一根长皮条拴住套在脖子上的手枪，向人群扫视一眼，举起枪说："看左面那一个！""砰"的一声打出去。

大家跑过去一看，只见鸡蛋一动没动，子弹却从它中间穿个洞飞出去了。

人们鼓掌喝彩！

柳八爷骄傲地向于团长笑笑，说："请团长也试一试吧？"

于团长推辞说不敢；柳八爷也真以为他打不中，越发让得紧。于团长打不上，就更显示出他的本领了。于团长拗不过，接着德强递上来的七星手枪。看样子他很随便，连瞄都没瞄，手起枪响。大家一瞧，右面的鸡蛋也被打穿了。【阅读能力点：通过比枪法的环节表现出于团长谦逊的性格特点。】

又是一片鼓掌叫好声！

柳八爷心里暗暗钦佩，却又觉得不服气，就带点挑战的口气说："人站着不动，打死东西，好命中。要是在马上，可就不怎么简单啦！"

于团长明白他的意思，一面应和着，一面指指架在大路旁的电话线，说："请上马！"那电话线是敌人占领时架的，离地面足有四五丈高。

柳八爷也不答话，翻身上马，打着马飞也似的奔过去，举起手枪，那杆子上的一个瓷壶变成了碎块。

陈政委示意，德强拉过马来，于团长敏捷地跨上白马，向前急驰，只见于团长一招手，铮的一声，电话线断了。

这可把柳八爷和他的部下看呆了，无不惊讶佩服。他们没料到，八路军里还有这样的能手！

比试完毕，柳八爷心里很服气，没有刚来那阵子的傲慢自大劲了。他尤其佩服这位团长。

从此，柳八爷的队伍就成为于得海团的一个营，经上级批准，陈政委派去一个教导员。

村头小河旁堤坝上的路口，一边站着一个孩子。他们每人手里握着一杆戳枪，红彤彤的缨穗像火苗，雪亮的枪矛在阳光下闪闪发光。【阅读能力点：表现出抗日的情绪已经影响到小孩子身上。】孩子们的嫩脸蛋，被晒得几乎要流油，眉毛和鼻尖上浮动着一层汗珠。尽管阳光刺得厉害，他们还是眯眯着机警的小眼睛，瞭望着远方。

在堤坝上的树荫下,杏莉和秀子正给失学儿童上课,教他们识字算算术。秀子自她哥德强走后,就被选为儿童团长,杏莉是"小先生"(由上学的儿童来当,负责教失学儿童和妇女学习的,有时也读报纸、做宣传工作。相当于宣传员)。

"你看,来人了。"站岗的女孩子警告男孩子。"哎……是个女的……夹着小白包袱(因当时做地方工作的干部大都用白包袱皮包着用品,走哪都随身带着。故此群众常以此来判断他们是干部),像个干部。"男孩子用手挡着阳光,一面端详一面讲。

"哼,那说不定。"女孩子显然对男孩子的判断不以为然(表示不同意或否定),"鬼子汉奸花招可多着哪。上次,咱们还不是抓到一个穿八路军衣服的汉奸?你不要马虎……"

"别说啦。来到了。"男孩子打断她的话。

星梅快步走过来,一看两个孩子的紧张神气,喜爱地微笑了。

"站住!"女孩子命令。

"上哪去的?"男孩子盘问。

星梅摘下草帽,一面扇着风,一面温和地答道:"我到你们村去呀。"

"有通行证吗?"男孩子问。

"有啊。"

"拿出来看看。"女孩子吩咐。

星梅眉头微微一皱,忽然吃惊地叫起来:"哎哟!可怎么好?掉啦!"

"掉啦?不是吧?"女孩子一听说通行证掉了,更不信任地摇摇头。

"真的掉了。你们看……"星梅挺认真地把白包袱指给他们看,"我是干部呀!让我过去吧。"

"干部,干部也不行。干部更该有呢!"男孩子理直气壮地说。

"那好,下次来一定给你们补上。我有急事。我要走啦!"

星梅说着真走动起来。

这可把孩子们急坏了。女孩子上去扯住星梅的衣服;男孩子把两个指头伸进嘴里,鼓起两腮,"吱——吱——"吹响了报警口哨。

立时,沙河里翻腾起来了!

那站岗的男孩子一见秀子上来，忙说："报告团长！这人不讲理，没有通行证强要通过！"

"她东张西望，看样子就有坏心！"女孩子气红了脸，瞅着星梅补充道。

秀子皱着短粗的鼻子，很严肃地上下打量一番这个自称是干部的人，然后粗鲁地问："喂，你是哪来的？"

"我嘛，是区上来的！"星梅装着看不起她的神气。

"区上，哪个区？"

"就是这个区。"

"没见过区上有你这个人！"

"区上的人，你都认识吗？"

"差不多。"秀子不耐烦了，"你这个人，听口音就不是本地的。来，咱们搜搜！"

这下子可了不得啦！孩子们一齐拥上来，扯的扯，拉的拉，把星梅的衣服也快撕破了。包袱也被一个孩子夺了过去。

弄得星梅哭笑不得，忙拉着秀子的手，笑着说："快别翻了，秀子——啊，团长！"她想起那孩子叫她姐姐遭到的反对，"儿童团长，我给你通行证。"说着从口袋里掏出来递给秀子。

秀子很奇怪：她怎么知道自己的名字呢？看过通行证，忙叫孩子们停下来。秀子傻着眼注视星梅一刹，顿时羞得满脸通红，不好意思地说："妇救会长，对不起你啦。"【阅读能力点：原来是一场误会，不过可见孩子们组成的儿童团也是警惕性非常高的。】

星梅笑嘻嘻地紧握着秀子的手，说："哈哈，哪能怪你们呢？这是我自己故意找的呀！对，你们这样做很好！这才不会使汉奸漏网！"

娟子的伤好后，被调到区上工作，担任副妇救会长。她现在可出息了，跑遍了全区。

这个区是全县拥军支前工作的模范，而妇女在这里面起了很大的作用，这是与她和星梅日以继夜（形容加紧工作或学习）的工作分不开的。她现在对星梅真是从心眼里佩服。有好多事，她没办法，可星梅一指点，就亮堂了。她不再觉得星梅轻狂了，而深深喜爱她那大方、热情、爽快的性情。

姜永泉对人很热情，但他的热情不是表现在口头上，而是真心地对人关怀，实际地对人帮助。他对同志的态度都是一样好，从不计较别人对自己怎样，对他个人，就是你骂他几句，他也不会发多大火，更谈不到报复。看起来他好像很迟钝、懦弱，可是谁要妨害了工作，他却变得容易激怒，对你毫不讲情面。

看来他很坚强，不易受感动和掉眼泪，但他内心里对什么事都很敏感，反应也很强烈。表现到表面上时，那就是行动。在事情还不能做出决定前，看起来他的作风好像有些拖沓和迟缓，但一经决定，你马上又会感到他考虑问题周密、办事果断利索了。

区中队长德松领着侦察员老张走进来。"老姜，老张把什么情况都摸透啦。我已派人通知大家来开会了。"德松兴奋地说。【写作借鉴点：此句起着引领下文的作用。】

"对。那就好！"姜永泉说，"老张，你先喝口水歇会儿吧。"他见老张脸上直淌汗，脊梁后的衣服已被汗水浸透，忙递条手巾给老张，就走进里房间。一会儿，姜永泉拿出一件叠得很板正的新粗布白小褂，给老张说："快把那灰大褂换下来吧，大热天穿这个可真够受的。"

姜永泉硬逼着老张穿上了。那白生生的褂子，确实给老张增色不少。他咧着没牙的大嘴笑着说："哈！倒真是量着我的身材做的。教导员，又是冯大嫂子送来的是不是？"

"嗨，那还用问！除了俺大婶谁能织出这样好的布，做这么好的针线！"

开会的人都来了。姜永泉招呼大家说："好喽，别闹啦！现在由老张把情况向大家谈谈。"

老张是个老"交通"，专跑敌占区。他经常化装成卖小鸡的，推着一辆小皮轱辘车，来往在敌我之间。虽然敌人封锁很严，但不限制卖好吃东西的小贩进据点。这次老张侦察得明白，东山村住着五个鬼子和一分队伪军，分队长就是郭麻子。他们每天上午在街里的广场上出操，岗楼子上有一挺歪把子轻机枪监视着动静。老张还摸清了敌人的活动规律，并联络好里面的一个伙夫。

这是靠根据地最近的一个小据点。区委会决定坚决把它拿下来。【阅读能力

点：点明此次任务的内容。】

一群姑娘媳妇，穿得花花绿绿。有的提着一篮鸡蛋，有的挑着一担蔬菜，有的抱着个大公鸡……她们嘻嘻哈哈、叽叽呱呱地夹杂在一大群赶集的人们中间，朝据点的西大门走来。最前面，头上盘着发髻的正是娟子，她打扮得真像个俊俏的小媳妇。和她并排走的那个扎大辫子的闺女，就是玉媛。

守门的两个伪军，逐个检查向里进的人。结果人越聚越多，后面挤下一大堆。那些挑柴的男人们很不耐烦，大声吆喝道："快点，快点！"

女人们都笑嘻嘻地拥到伪军面前。娟子嬉笑着说："老总呀，今儿逢集，这么多人，你到天黑也查不完呀！俺们都是才出门的女人家，想赶个早市，哪有什么禁物？快放俺们过去吧！"

妇女们不等伪军答话，你一言她一语，又笑又骂，又叫又嚷，把两个伪军闹得晕头转向，张着大嘴，呆头呆脑地看着女人们拉拉扯扯、推推搡搡地走过去。

伪军挡不住人流，只好闪在一边看着他们向里拥。

人都走光了，只剩下两个挑柴的。看样子他们累得很，把柴担放在门口，一面擦汗，一面向远处眺望。

过了一会儿，路上的行人已很少，只有远处稀稀拉拉几个赶集的老百姓。挑柴中的一个瘦长脸的人，给另一个身体粗壮的青年使个眼色，就挑起柴担走过来。他在一个站岗的伪军面前停下来，似乎在等着受检查。这时，那青年走到另一个伪军跟前。突然，都把柴禾担子摔翻，拔出怀里的短刀，照对手的喉咙刺去。【阅读能力点：两个挑柴的同娟子一样，都是伪装的身份，准备向据点进攻的战士。】

敌人倒下了。两人把敌尸拖到一边，那瘦长脸的人擦了一把汗，对粗壮的青年说："柱子！把门守住，不许任何人进去！"

"好！教导员，你放心走吧！"柱子很自信地回答。

姜永泉立刻向村里奔去！

与此同时，老张领着德松和另两个区中队员，每人推着一小车毛鸡，朝东门走去。

到了敌人岗楼子跟前，老张叫出那个联络好的伙夫，那伙夫同鬼子讲了几句，放下吊桥，就领他们进了岗楼子。

他们进了伙房。那伙夫把老张拉到一边说:"不好啦,狗日的今天把机关枪拿去演习了。你看怎么着?"

老张一听,心想:不妙!我们的人不知机枪在操场上,这怎么好啊?他和德松一商量,对,先下手为强(指先于别人行动,可以取得优势)!

那伙夫端着一碗鸡汤爬上岗楼顶,亲热地对鬼子说:"皇军大大的辛苦,鸡肉汤的,'米什''米什'(日语,吃吧吃吧的意思)的有!"

那鬼子一见,乐得咧开大嘴笑,忙接过碗就吃。

伙夫趁机两手抓住枪就夺。碗掉到地上摔得粉碎。两人扭打起来。

掩在楼梯处的德松,提着菜刀抢上去,正碰见那鬼子把枪夺过来,向瘦弱的伙夫刺去。那伙夫倒也机灵,向旁一闪,鬼子的刺刀撞到墙上,咔嚓一声断了。鬼子刚拉开枪栓推上子弹,德松一个窜跳扑过去,抡起菜刀,把鬼子的头带帽子劈下一半。但鬼子的枪也响了,子弹打在洋灰墙里。

与此同时,老张和两个区中队员俘虏了下面的两个敌人。

老张和德松本来商量,得手后不发讯号通知姜永泉他们,以便悄悄过去告诉他们注意敌人的机枪。但现在已经响起枪声,不发讯号反而更糟,他们对空射出三枪。

娟子她们进门后,就围着看伪军、鬼子们上操。广场不大,夹在很多房子中间。化装成老百姓的区中队员愈来愈多,逐渐向队伍靠近。

像往常一样,因为天气热,敌人把枪摘下来架在一旁,子弹带手榴弹都挂在枪上。【写作借鉴点:对枪位置的描写,为后文作铺垫。】

伪军们见这么多人看热闹,特别是有那些年轻女人们,心里乐滋滋的,怪神气地走着步子。

娟子她们正在紧张地等待中,姜永泉赶来了。

不一会儿,枪声响了!

这些看热闹的区中队员和干部们,都从篮子里、筐子里、篓子里、柴捆里、衣服里……拿出手榴弹、长短枪,下冰雹子似的向敌人群里打去!喊杀声震天动地,人们奋勇地向架枪的地方扑去!【阅读能力点:战斗的信号打响,伪装的队员们纷纷参加战斗。】

伪军们乱了,空着手乱跑,炸死炸伤好多,有的举手投降了。人们抢到敌人的枪弹，更勇猛地冲杀。

不料，两个鬼子先抢到机枪跟前，抡起扫过来。

几个人应声倒下去。姜永泉指挥部队冲到房子跟前，以墙作掩护。

那鬼子小队长趁这工夫，也冲到机枪跟前，指挥着边打边退。

人们被机枪打得抬不起头来。姜永泉知道发生了意外情况，这样硬拼是不行的。他正命令一批人从胡同插到敌人后面去截击，机枪却突然哑了。

原来是德松他们从小路包抄过来，准备夺机枪。鬼子一见腹背受敌，就扛起机枪向西门跑去。

人们顺着墙根，跟踪猛追。

小队长抱起机枪向西门冲来。柱子刚要冲上去，见鬼子又返回来，忙又射击。鬼子小队长负伤了，可是他仍端着机枪直冲过来。柱子见那冒着青烟的机枪口，离他只几步远，眼看鬼子就要冲出门了。他把大枪一扔，迎面朝鬼子猛扑过去！鬼子的枪响了，一股热血涌出柱子的胸膛，但柱子没有倒下去。【阅读能力点：为了能够抓住鬼子小队长，柱子不惜牺牲生命。】只见他身子向前微倾，他的两手抓住了敌人的机枪筒，立即有一股浓黑的油烟升上来！柱子和鬼子小队长相持着。人们冲上来。

大家抓住鬼子小队长，柱子才倒下去。他两手还紧紧抓住机枪筒。柱子那纯朴的脸上，一点痛苦的表示也没有。那双还瞪着的眼睛，依然炯炯有光，像是在向他的战友们告别。

敌人的岗楼子上燃起熊熊的火焰，烈焰冲上晴空，迎着正午的阳光，照亮了人们火热的脸。【写作借鉴点：通过环境描写暗示着此次战斗的胜利。】

母亲一面撒种子，一面喜爱地看着星梅刨地的熟练动作。母亲走到她身旁，又亲又爱地说："梅子，歇息会儿吧！"

"不累，大娘。刨完再歇息吧！"星梅关心地问道："大娘，怎么没叫小兄弟上学呢？"

母亲往碗里倒着水，说："他还小些，等些时没关系，在家好帮我照管点孩子。咳，冬天我就叫他去，那时嫚子就不大要人看啦。"

母亲这块地是在村南山上。坐在这里，那北山就迎面展现在眼前。星梅指着北山赞叹道：

"哎呀！这山真是财宝，不要人管就长这么多东西！怎么也不会缺柴烧啦。大娘，俺们那可没有呐。"

"是嘛，山峦比咱这薄地还强。"母亲接口道，"这会儿好啦，往年可不行，山多穷人还是没柴烧！梅子，听你说话有点'西'（系指同本地讲话不同的口音。因此地以东口音都相似，而向西就有差异，故有此说），我还没问你是哪儿人呢。"

"大娘！我是莱阳人。"

"哦，这可远了。你怎么自个儿跑到这儿来啦？家里还有谁？"

"咳，说起来话可长啦……。"

莱阳离这儿有二三百里路，在国民党胶东党政军总首脑赵保原的统治下，人民真是处在水深火热之中，整天在死亡线上挣扎。星梅家有父母弟妹，靠着租种几亩地，哪能维持五口人的生活！她长大些，就进了赵保原的兵工厂，当个小工。在工厂里她认识了一个叫纪铁功的工人，这人是个地下共产党员。后来，他们就订了婚。莱阳沦陷以后，纪铁功就领着星梅离开家乡，参加了八路军。星梅在军队里待了一年多，和战士一样同敌人厮杀拼打，后来因工作需要，被调到地方上来了。【写作借鉴点：交代星梅的身世背景，使人物形象更加饱满。】

"现时他在哪呢？"母亲关切地问。

"他，在咱们兵工厂里。住在昆仑山里头。"

"家里的人呢？"

"两三年没听到信了。"

母亲没料到星梅这个乐呵呵的姑娘也有一肚子苦水，心想："共产党里的人就是好，两口子都在外面革命，不在一块，又丢下家，真不容易呀！而我呢？倒老担心着自己的孩子。咳，谁的爹妈不想自己的孩子？谁不知道自家的炕头热呢？可要都守在家里谁出来打鬼子……"

母亲慈爱地抱着星梅那由于激动兴奋而颤动的肩膀和胸脯，抚摸着她的柔发。星梅像真躺在自己母亲的怀里，带娇性地忸怩起来。在几年来炮火震荡苦难重重的生活里，她那忘记母爱的女孩子的心，现在被母爱的暖流层层包炙着，又复活了！

忽然，秀子从山底下急急忙忙地跑上来。她那嫩脸蛋涨得通红，急促地喘着气，胸脯一起一伏，激动得说不出话来。

母亲和星梅骤然感到有什么重大事情发生了，母亲忙问：

"什么事？快说呀！"

"哎呀……可累死我啦！妈，妈！我哥哥……"

"他怎么啦？！"母亲浑身一震。

"他……他回来啦！"

【学习要点】

在攻打根据地附近的小据点战役中，队员们采取化妆的方式潜入敌人内部，使敌人措手不及，从而赢得了战争的胜利。同时，此次战斗的胜利更离不开队员们的团结协作、精诚一致。柱子在此次战斗中光荣牺牲了，革命者不顾生命安危的忘我精神是抗日战争的强大动力。

【读品悟】

在于团长和柳八爷的比试中，柳八爷一直表现出骄傲自满的态度，而于团长则始终保持低调的态度。俗语"谦虚使人进步，骄傲使人落后"，讲的便是这个道理。只有保持谦虚的品质，虚心学习他人长处，才能够有所收获，有所进步。

【思考探究】

1.请用自己的话简要描述战士们攻打根据地旁小据点的战斗过程。

2.文中交代了星梅的身世背景，星梅是什么样的人物形象？具有怎样的品质？

第九章

名师导读

村子发生了令人震惊的大事，究竟是什么呢？马排长犯了大错，柳八爷会选择救他，还是会让他得到应有的惩罚？通过这个故事让人们感受到共产党纪律的严明。让我们一同去看看故事的发展过程吧。

村子里热闹极了！人们都在欢迎八路军。啊！于得海！人们天天盼望着的神话般的英雄来了！真的，他们比神话中的英雄还要强几分！【阅读能力点：人们对于得海及其队伍神话般的崇拜，表明八路军已深得人心。】

母亲和星梅慌慌忙忙赶到家里，一个全副武装、比她高出一点的英俊军人迎上来。她真不敢相信这就是自己的儿子！

这个团是才从前线出击回来休整的。军队打了胜仗，老百姓比亲临战场的战士还高兴，更能体会到胜利的意义。人们把肥猪、肥羊、鸡、鸭、鸡蛋、蔬菜……直往部队上送。把事务长忙得喘不过气来。部队开始不接受群众的慰劳品，老百姓可生气了，"告状"到区政府里。政府说服了军队的上级，才收下了。【阅读能力点：表现出八路军可贵的品质，不拿群众一针一线。】

秀子在院里嚷着："妈！团长，于团长来啦！"母亲兴奋地迎出来。

于团长满脸笑容，没等母亲开口，就先笑着说："嫂子，你过得好啊？"

"好，好！快进屋里坐吧！"母亲忙应着，向屋里让他。

"德强那孩子在家啥也不懂，出去这两年多亏你团长教导的！"母亲的脸有些红，恬然地笑笑，接着说，"于团长，我有个事想问问你呐！"

"什么事，嫂子？"

"唉，就是……"母亲犹豫起来。接着小声说："我是问问，德强是不是个党员啊!"

"噢,这个事呀!"于团长笑笑,"嫂子,你怎么没问他本人呢?"

"问啦,他不说呀!"

"啊!这小伙子,倒真知道保密。"于团长笑得更开朗,"大嫂,你放心吧!我可以告诉你,他已经是啦!"

"哦,这我就放心啦!"母亲兴奋得眼里涌出泪花,她撩起衣襟擦擦眼睛,接着说:"谢谢你团长信得过我老婆子,放心吧!"【阅读能力点:通过母亲关心德强是否是党员的问题,表明她有很高的政治觉悟,以及对党的崇敬之情。】

警卫员德强和于水都跟陈政委出去了,老号长格外忙碌起来。这天早上,他从大门口把马牵出来,抬头看见兰子走过来,他的玩笑又来了:"青妇队长,你早。请喝口酒……"他突然止住话,因为他发觉平时最爱嬉闹的兰子姑娘,现在却垂着眼皮,满脸的不高兴。

"老号长,团长在家吗?"兰子问道。

"嗯,在家里。你有什么事?请进吧!"

兰子低头走进去,一会儿又出来了。

老号长正有些丈二和尚摸不着头脑,忽听团长叫他,急忙跑进去。他一见于团长满脸怒气,站在桌旁,拳头握得紧紧的,就知道一定是发生了什么重大事情。【阅读能力点:团子的愤怒一定与兰子的不高兴有关,究竟是什么事呢?】

于团长把拳头狠狠地击在桌面上,严厉地命令:"通知警卫排长,马上把三营的马排长抓起来!枪毙!"

老号长大吃一惊,怔楞楞地没有动。

"还等着干什么,快去!"于团长怒不可遏(愤怒得难以抑制,形容十分愤怒)地喝道。但他踱了几步,见老号长走出去了,又喊道:"回来!"

老号长转回来肃立着。于团长的两眼直直地瞪了好一会儿,才压下火气,说:"把他先押起来!"老号长走后,于团长坐到椅子上,闷不出声地抽起烟来。

事情是这样的:【写作借鉴点:运用了插叙的叙述方法,为了更充分地补充故事内容。】

三营就是柳八爷的部队,经常不守纪律,战士们不断偷老百姓的鸡呀菜呀等东西。营长柳八爷惯着不管，派去的教导员又忙不过来，一管严了，一些人就闹着要脱离八路军。更主要的是这些兵散漫惯了，根本不把这些当回事。

马排长就是和王东海比过武的那个神枪手，是柳八爷的得力臂助。他非常骄横跋扈（骄横：骄傲，专横；跋扈：蛮横），谁也看不起，有着严重的流氓习气，经常打骂人。他一开始就不满意跟着八路军，嫌太不"自由"了。

昨天晚上，他溜到一个寡妇家里。这家只有母女俩，住在村东头上。那老大娘见是一位八路军，就很亲热地招待他，又是酒又是菜的。他吃完了，醉醺醺地乱吹一通。不一会儿老大娘的女儿从青妇队开会回来，他一见着了迷，推三道四地说他有病，要热炕睡。老大娘就同女儿睡在一个炕上，腾出另一个炕烧热给他睡。半夜里，他摸来强奸那女儿。临走时他用手枪指着她们威吓道："若是嚷出去，我先结果你们！谁不知老子是柳八爷的红人、堂堂的马排长！哼，小心点！"那老大娘哭着把事情告诉给兰子。

于团长一连抽完两根烟，过分激怒的心情才渐渐平静下来。他觉得事情并不那么简单，不是枪毙一个人就完了。他深深知道，这事情关系着八路军铁的纪律，关系着群众对八路军的看法，同时也牵扯到一营人的去留。而柳八爷这一营人的去留，会影响成百上千的所谓"红胡子"究竟是跟共产党抗日，还是走别的路。不严格执行军纪，会失去民心，是无法弥补的罪过；枪毙马排长不能做到柳八爷心服口服，团结不住柳八爷这伙人，也是原则性的错误。【阅读能力点：介绍了此次事件的严重性和棘手性。】这不是一个简单的问题……

见参谋长走进来，就把情况向他谈了谈，考虑一下怎么处理。就在这时，柳八爷抢着手枪，满脸杀气腾腾地闯进来，冲着于团长怒吼道："你他妈的，你怎么敢把他押起来！你这家伙，你知道他是谁？他是救过我命的人！他打枪百发百中，是个最了不起的人！你为一个女人就值得这样，你快放了他！"【阅读能力点：通过语言描写表现出柳八爷嚣张跋扈，不讲规矩的性格特点。】

老号长和警卫员小张见势早把手枪提在手里，哗啦一声顶上子弹。屋里的空气像一触即炸的火药，异常紧张！

于团长站起来，他镇定而又坦然。他吩咐老号长和小张说："把枪拿出来做什么！这屋里有敌人吗？快收起来！""三营长！"于团长严肃地说，"你来得正好，我就要派人去找你。事情发生在你的营里，你当营长的首先要负责任！你说要放他，就先谈谈你的理由吧！"

"他妈的，不管怎么样，你要放掉他！若是不放，老子先跟你拼这条命！"柳八爷的手枪还在空中挥舞，可是他已被于团长的质问弄得难以对答，有些心虚了。

于团长冷笑一声，说："拼命也好，放他也好，我们先来讲讲道理。我问你，你柳八爷当初起来反对官府的时候，打着什么旗号来？""你问这些干什么！反正你要放掉他，他是我的大恩人！"柳八爷的手枪已抬不起来了。

"你不说，我替你说。你是打着杀富济贫（杀掉那些为富不仁的人，向穷人提供救济和帮助）、为民除害的旗号来造反的，所以才有人拥护你。若是你一开始就去杀苦人、糟蹋老百姓，你柳八爷能站得住脚吗？'奸污一个女人是小事'？你怎么能说得出口来！这像是一个穷家出身的人说得话吗？亏你还是远近闻名的柳八爷，真是莫大的耻辱！而且，更重要的是，你现在身上穿的是八路军的衣服，是人民军队的一位营长，你怎么会表现出这种态度！你为报自己的恩，就放掉害人的罪犯！我真是没想到！"【阅读能力点：于团长通过讲道理的方式将柳八爷的错误一一指出，希望他能够反省，让犯人得到应有的惩罚。】

于团长的话越说越急，越有分量。柳八爷渐渐把头垂下去，手枪在慢慢向套里装，嘴里嘟嘟囔囔地说："好吧，算你的话有理。你先说吧，你要把他怎么样？"

于团长坚定地说："这很明白，按八路军的纪律，对这种罪犯没有再留他的余地！"

"怎么，要杀掉他？！"

"是的，杀掉！"于团长镇静地答道。

柳八爷装枪的手停住了！眼睛凶狠地瞅着于团长，厉声叫道："不行！这办不到……"

"于团长在家吗？"

人们回头一看，见是德强的母亲来了。【写作借鉴点：母亲来找于团长有什么事呢？设置悬念。】

"嫂子，你坐吧！"于团长招呼道，又指着柳八爷说："你还不认识，这是咱们三营的柳营长。老柳，这是冯德强的妈妈。"

这么一来，柳八爷有些慌乱，他把手枪插进腰里，点点头，靠到门一旁。

老号长拿过一张椅子，让母亲坐下。

"大嫂，你来有什么事？"参谋长问道。

母亲深深叹口气，像有无限的悲痛在心，满脸布着愁苦的痕迹，带有质问的口气说："我来找找你们。于团长，你听说过那事？"

"听说了，嫂子！你有话尽管说吧！"于团长恳切地说，看得出他是在忍受着内心的痛苦。

"于团长，"母亲有些气愤起来，声音也提高了，"于团长！不是我个老婆子不知情理，实在话，八路军的好处谁也不会忘，可是，"她沉痛地咬一下牙，"在你于团长的手下，出了这种事，这种伤天害理的事！叫谁的心里不难过呀！"她叹口气，"我知道，咱八路军干这种事的是一两个坏东西。于团长，人的眼睛不都是亮的呀，你说他们都会怎么说呢！"母亲恳切地望着每个人的脸，最后又把眼光停在于团长脸上："于团长，我说些气话，你可别生气。我一个老婆子不懂事，只是觉着心里不好受，像是自己的事一样把想说的告诉你们。我知道，你们也在难过。"【阅读能力点：通过语言描写表现出母亲与八路军有着深厚的感情，不忍看到八路军出现这样恶劣的现象。】

于团长听着这些话，心里充满了感动和疼痛。他不知道用什么话表达自己对这位母亲的感激，只是从心里感到这些谴责里面包含着多么巨大的意义、多么深沉的热爱。

"嫂子，你说的都是实话。这是我没把队伍教好，是我的过错。嫂子，我们正在商议处理这个事。"

"报告！罪犯已押到。"

柳八爷想不到，这么一点平常的事，会惹起这么大的反应。于团长是那么重视，气得简直不可按捺。八路军和别的队伍不同，待老百姓和父母兄弟姐妹一样亲。他柳八爷是愿为穷人出力卖命的，可是为这点小事就不能放过吗？别的队伍当这是平常事，唯独八路军这样严。可是马排长，是自己的得力臂助，是救过自己命的恩人！能不管吗？不，还要管。一定要放过他这一回，以后不犯就行了。

于团长要不答应,他柳八爷就领着人马出走……【阅读能力点:通过语言描写表现出柳八爷矛盾的心情。】柳八爷想到这里,就向外走去。

大门阶台前围着一大堆人,人人的脸上罩着一层阴云,眼睛里射出愤怒的火焰。

于团长再也忍不下去,他痛苦地皱紧眉毛,沉痛地说道:"乡亲们!你们大家恨我骂我都是对的,我都接受!八路军是你们的子弟兵,是从老百姓里来的。我于得海就是几次被老百姓从死里救出来的。共产党领导下的人民军队不能有一个这样的坏蛋!我们决不能留他!"

于团长愤怒地瞪大眼睛,厉声命令:"王排长!枪决!给我立刻杀掉!"
…………

那受害的老大娘,被惊呆了!扑向于团长,两手抓住他的衣袖,眼泪早把她的视线模糊了。"不!不能杀掉他呀!"她叫着,哀求着,"团长,他到底是个八路军,留着他吧!叫他多杀鬼子!我孩子她爹是被鬼子扫荡杀的,留着他去杀鬼子吧!"

于团长感到有种从来没有的巨大感情在压迫他。他扶起老人,激动地说:"老大娘,不,这不能!他是罪犯,是坏人!不是咱们八路军的人。我们不能要这样的坏蛋!留着他就是留着敌人!老大娘……"

柳八爷早站不住了。他全身像落在油锅里,撞撞倒倒地赶过来。迎面碰到老号长,他一把从他怀里掏出酒瓶子,照大刀鞘上将瓶颈砸开,像喝凉水似的咕咚咕咚喝个净光,接着把瓶子狠狠地摔得粉碎!他上去扶着老大娘,喘息着说:"老人家,是我,是柳八爷害了你……"

老大娘一听,忙又跪下哀求他:"啊,你就是柳八爷!他说他是你的排长,你放了他……"

柳八爷头上像挨了一棒子,忙说:"老大娘!你别求我,也别给他求情!我有罪啊,我也该死!是我惯坏了他,也该枪毙我!"【阅读能力点:经过人民的感化,柳八爷认识到问题的严重性,也感到后悔。】

那马排长被绑着押在门旁,洋头乱七八糟,像个丧家狗一样。起初他并不害怕,以为柳八爷一定会替他求情,如果求情不下,他也会领队伍脱离八路军,那就更逍遥自在了。这时他知道不好了！柳八爷好似饿虎一样扑过来，唰的一声——从起来造反那天起，他用它斩过地主的头，剜下县官的心，祖上传下来的大片砍刀出了鞘，一道红光，那丑恶灵魂的头掉下来了。

柳八爷多年没流过、他想这一辈子也不会流了的眼泪，这时站在昏过去的老大娘面前，流下来了！

暗杀娟子那场事件过后，王柬芝又不断接到电报，说是随着共区的发展巩固，其他地方的几个地下组织相继被破获，要他格外小心从事。因此，他的行动更加谨慎和隐蔽了。【写作借鉴点：此句起着引领下文的作用，王柬芝又要有所行动了。】

有一天，王柬芝走进团部，屋里冷清清的，正想出去，忽然老号长从北屋出来，笑着招呼道："啊，校长来啦！请里面坐吧！"

"哦，号长啊！首长不在家？"

"团长和参谋长出外溜达去了；政委开会还没回来。里面坐吧！"

王柬芝微微把薄眼皮向上一扬，嗅到对方嘴里有股酒气喷出来，就笑着说："嘿，号长还爱喝两盅啊？"

"不怎的，嘿嘿，"老号长脸红了，支吾着，"有这点改不掉的缺点。是小冯在家拿来点'地瓜烧'（是农民用地瓜做的一种酒。在这一带一般人家都烧这种酒），嘿嘿。"

"上我家坐坐。你一个人在家怪闷的。走，你还没去过呢！"

"不去啦，校长。隔日再去吧。"

"咳，你这人，还要和我讲客气吗？快走吧！"老号长本不想去，可架不住王柬芝再三劝说，最后到底被他拉拉扯扯拖走了。

到了家，王柬芝先同他随便聊了一阵，推说上茅厕，回来时，一只手端着盘子，上面摆着好几碟子凉菜；另只手提着能盛两斤多酒的鼓肚锡酒壶。他一面把酒菜往桌上放，一面笑着说："号长，你真有嘴福，我刚出去正碰上我家长工赶集回来，打了点酒。嘿嘿，你来一趟也真稀罕，咱们就尝尝吧！"

老号长一见，忙说："这可使不得。咱可不喝！"

王柬芝两手一摊，不高兴地说："唉，这样不给人留脸面？我一不是求你做事，二不是请你客，尝尝我王参议员的酒，未必就沾辱了你们八路军的英名啦！"

老号长被他这一说，真是进退两难（比喻事情无法决定，因而难以行动）。不吃吧，人家已经拿上来了，看来又是诚心诚意；吃吧，按军队的纪律是不准随便吃群众的东西的。

老号长想到纪律，站起来说："王校长，真对不住，你知道，这是我们的纪律！"

王柬芝有些怔楞——这人多么不好对付呀【写作借鉴点：运用心理描写，表现出王柬芝请老号长喝酒并无善意。】——接着把酒壶嘣一声放到桌子上，脸色也变了，很生气地说："好，你走吧！我真想不到你这么不给我面子。我懂得群众纪律，这么说你是把我这个参议员也当成普通群众了？那好，我不留你！"

老号长没想到会惹他这么上火，就不好意思地笑笑说："咳，校长，你怎么真火啦！"他心里又想："他真要动火，闹得不好看也不好。他是个参议员，不是普通群众，就少喝点吧！"

"好，校长！咱就少来点吧！"老号长说着坐下了。

"咳，这就对啦！哈哈……"王柬芝兴奋地说着，殷勤地斟酒把盏，劝老号长多喝点。

过了一会儿，杏莉母亲又送上两盘炒菜来。这是王柬芝吩咐她炒的，她知道黄鼠狼给鸡拜年——没安好心。【写作借鉴点：破折号起着解释说明的意思，"黄鼠狼给鸡拜年——没安好心"为歇后语。】她轻声对已喝红脖子的老号长说："多吃点菜吧，同志！在队伍上难吃到。"她瞥了王柬芝一眼，"那酒可是上好的呀，劲挺大，喝多了要醉……"

老号长一喝开头，就收拾不住，眼看两斤多原封陈酒快下去了，他有些醉了。王柬芝很少喝，一面不迭声地劝着，一面称赞团里的首长好。提到陈政委，他感叹地说："他真是个文武全才！好几天不见面，我真有点想念他。陈政委什么时候才能回来呀？"

"让我算算，"老号长搬弄着手指头，"一天，两天……到明天，对，后天晚上差不离啦！"

"嘿，到哪去开会，这么长时间？"

"到专署，路上不大好走，要通过敌人桃庄的据点呢！"

"来，再喝一盅。这酒还不坏吧？"王柬芝见对方端起盅子向下饮，又说，"啊，那要很多人护送才行，不然通不过敌人的封锁线呐！"

老号长醉醺醺地说，"通过敌人的封锁线，人越多越不行。人多目标大，最容易被发觉。咱们就去三个人。小于、小冯，还有一个能干的通讯员。悄悄从山上小路走，人不知，鬼不觉。"他大醉了，信口开河（比喻随口乱说一气），滔滔不绝……

等老号长回队，同志们都睡着了。老号长歪歪斜斜倒在铺上，呼呼噜噜地打起鼾声。

这时，王柬芝正在那僻静的小屋里，向郑威平"专员"发"火急"电报……

【阅读能力点：王柬芝故意请老号长喝酒就是为了盗取情报。】

夜空闪烁着星光，草木披盖着寒霜，一层淡淡的轻雾，弥漫笼罩在山野上。陈政委走在前头，后面紧跟着于水和德强，那个通讯员走在百步远的前面。"啊，好热呀！过去这个山洼就望到敌人的据点了。"陈政委拭着额上的汗，轻声说。德强轻松地说："过了桃庄据点，咱们就可放开马跑了。嘿，赶到家还可以睡一觉，才能吹起床号！"

敌人的据点渐渐近了。大家下了马，把马蹄子用厚布包好，牵着马无声无息地向前走。

距离他们不到半里路，就是靠公路敌人的桃庄据点。从那兀立在民房上面的炮楼子上的枪眼里，透出橙黄色的惨淡灯光。

猛然，砰砰！前面响起枪声。【阅读能力点：由于敌人接到情报，陈政委他们受到了伏击。】

陈政委马上命令："准备战斗！"

三人随即翻身上马。三个人一齐开枪还击，向前猛冲！

敌人看不太清楚，于水一马当先（原指作战时策马冲锋在前，形容领先），撞倒迎面扑来的敌人，冲了过去。

德强紧紧护着政委，向前猛突。忽然，陈政委身子一震，趴倒在马上。德强急了，忙抢上去，德强一手扶住政委，一手开枪还击敌人。

于水冲出后，不见他们出来，又折返打回来。

敌人忙掉回身打于水。德强趁这个空子，架着政委，冲了出去。

敌人的枪弹下雨般地压过来。他俩护住政委，边打边退。

眼看就要突出包围了，可是陈政委的马忽然被打倒，人也摔下来。于水转身去迎击敌人，德强急跳下来，抱起政委上自己的马。

陈政委已是奄奄一息（奄奄：呼吸微弱的样子。只剩下一口气。形容临近死亡）了！他有气无力，可很镇静地说："赶快走……快走！我不行了。快，把口袋里的工作记录本拿走！快，快呀！"

德强的眼泪泉水般地涌出来，哭着说："政委，我死也要把你救回去。"

后面的枪声越来越急，子弹在头顶呼啸，打得石头迸飞四裂，树枝一片片被削下来。

"不行啦，别管我。不要哭。回去告诉于团长，要加强对柳八爷部下的政治工作。快……记录……快拿出来！"陈政委的声音颤抖着弱下去，喘出最后一口气！

德强来不及擦眼泪，听着激烈的枪声，他忙从政委口袋里掏出笔记本，抱起政委的遗体往马上放，破嗓大叫："于水！于水！快撤，快撤！"

于水为掩护德强把政委救出去，他下了马，掩在岩石后面阻击敌人。他身上受了几处伤，全身浸在血泊里。听到德强的喊声，艰难地爬到马跟前。他挣扎着用手抓住马镫，身子站起来，向马背上猛力一扑，还没来得及把腿跨过去，他就昏过去了。

德强见于水的马向这里跑来，就开枪掩护，到跟前看清于水横趴在马背上，他叫了几声没有反应，眼泪又涌出来了。德强让过于水，一面向后还击，一面猛勒马缰，那赤红的骏马扬起头，撒开蹄子，像一阵怒风，飞奔向前！【写作借鉴点：运用了夸张的修辞手法，形容飞快地行进，表现出德强着急的心情。】

于团长走进屋来时，各营来开会的干部已经到齐了。大家都把悲痛的目光投向他，他的眉毛皱得更紧，眼色更深沉了一些。

"同志们！开会吧。根据上级的指示，明天就要出发，到敌人的心上去割肉！来，现在就研究一下作战行动计划……"

每个人的心情都异常沉重，悲痛在咬着人们的心，但大家见到于团长的镇静神情，慢慢也安静下来，带着悲愤的情绪更紧张地工作起来。

样样工作都完了，于团长才提起陈政委的事来，他对大家说："回去把政委牺牲的消息告诉战士，下午全团开追悼大会！让战士们出战前在政委尸体面前宣誓，为政委报仇！"

人们都走后，于团长感到身体在一阵阵软下去，他两手用力攥握着桌子角，但也抑制不住手的颤抖。【阅读能力点：为了不扰乱战士的心，于团长强忍着政委牺牲的悲痛。】刚才的毅力急转直下地消失了，他无力地坐到椅子上，脸面显得颓然而憔悴，一下苍老了许多。

他忆起这个坚强的党的工作者，是怎样帮助他工作，怎样使他克服了困难，保证了战斗的胜利。他为了祖国，怎样不顾生命危险，深入到土匪队伍里去，把柳八爷的部队争取过来，变成革命的力量。而临牺牲时，又念念不忘革命的事业……于团长越想下去越感到政委的高尚可贵，越感到失去他的悲痛！

过了很久，于团长才转回身来，看到德强不知是什么时候已站在他身后。他看着德强满身的血迹，哭得发红的眼睛，有些吃惊地说："怎么，你还没去把伤口包好？！我曾对你说的什么，你忘了吗？"

"不，团长！是我没保住政委，请你先处分我。不然我心里痛得比伤口还难受！"

于团长见德强的倔强劲，不自觉地涌上来一股又像生气又像溺爱孩子的情绪，严厉地说："听话，快去！你真是气死人！"于团长一出门，见德强还站在院子里没走，他没说话，过去拉着德强的手，一直走到卫生队里。德强在包扎伤口的时候，于团长走过去看一下他的儿子。于团长注视着全身缠满绷带的儿子。于水闭着眼睛，迷昏昏的。他觉得有人在摸自己的头，略微睁开一下眼睛，大概是孩子为父亲这少有的爱抚感动了，于水眼睛有些潮湿，轻微地叫道："爹……"【阅读能力点：没有缠绵的语言，单纯的动作蕴含了浓浓的父爱。】

一听到集合号声，于团长马上离开了儿子的身边。

星梅和娟子下乡收集给八路军做好的冬季被服。回来时，两个碰在一块，就肩并肩地向区上走去。

敌人进行严密的封锁，不向根据地输入任何商品；人民在党和政府的组织领导下，展开了自给自足（依靠自己的生产，满足自己的需要）的大生产运动。人们自己种棉花、纺成线、织成布，用槐树花、青紫泥、锅底灰……做颜料，把布染成各种颜色，缝成衣服；人们把猪皮剥下来，鞣成硬皮子，做成鞋；没有洋油，人们用棉花籽、花生、大豆榨出油，来点灯；用火石（一种透明的石头，同钢片相击即能迸出火星）钢板片代替了火柴。人们就在土地、山野上，用两只手的劳动，支援了八路军，养活了自己。

星梅见娟子神采焕发，满脸喜气洋洋的劲儿，就想提提她的婚事。她怕娟子爱面子，不说心里话，就拐一个弯，笑着说："秀娟，我有个事儿，想问问你的意见。"

娟子看她笑着的神秘样子，忙问："什么事呀，问我的意见？"

"你可要说心里话。"星梅紧瞅着她。

娟子轻轻拍一下她的肩膀，说："看你，怎么慢吞吞的，有什么快说呀，我当然说心里话！"

星梅认真地说："秀娟，你说姜教导员这人怎么样？"

"哈，他当然好啦！"娟子笑着，不在意地答道。

"你听我说呀。你对他有意见没有？是哪一方面的都行。"

娟子的笑容顿时飞逝了，脚步不知不觉地慢下来。心里想："她征求我的意见了，他们一定是要最后决定……"想到这里，不知怎的，心像被一窝乱草包住，刺燎燎的，真不是滋味啊！

娟子把心一横，对星梅很认真地说："星梅啊！咱们一块工作也不短了，也互相了解。我是从心坎里佩服你，你对我的帮助太大啦！你和我的亲姐姐一样。姜同志呢，那更不用说，我入党是他介绍的，也是他领我走上革命这条路的。他是个好党员，好干部！你问我，我一点意见没有。我很同意……"

"啊，你同意了？那太好啦！"星梅很诧异娟子的大方和爽直，她高兴地叫起来。

"是的，我同意。你们真是一对好同志。我早就看出你们的事啦！我从心里高兴。"

"啊，秀娟！你怎么啦？说哪去了？"星梅恍然大悟（形容一下子明白过来）"哎呀，秀娟！你怎么这样想呢？我是说你……"

星梅又想笑又想哭，她一把抱住娟子的臂膀。

"你呀，秀娟！全错会了我的意思。"星梅把事情说开了。

【学习要点】

柳八爷手下的马排长不遵守八路军的纪律而遭到处决。从这个故事中，我们看到了八路军的纪律是铁的纪律，是任何人都无法凌驾其上的。因为八路军是人民的军队，必须将"人民的利益高于一切"放在重中之重的位置。

【读品悟】

王柬芝为了盗取情报，假意请老号长喝酒。因为老号长的一时疏忽而使陈政委牺牲，这个惨痛的教训告诉人们，疏忽大意往往会酿成大错，因此，无论做任何事情都应小心谨慎，认真负责。

【思考探究】

1.柳八爷的手下马排长犯了什么罪？遭到了党组织的严惩和人民的不满。柳八爷会为他求情吗？马排长最终的结局如何？

2.王柬芝得到了陈政委回村的情报。他是如何得到的？他采取了哪些卑劣的破坏行动？在此次行动中有人受伤吗？结局怎样？

第十章

名师导读

星梅的未婚夫回来了，他们能够结婚吗？他们最终的命运如何？八路军与鬼子展开了一场殊死战斗，场面宏大，牺牲惨重。让我们一起去看看战斗的场景，八路军能否战胜敌人，取得这次战役的胜利呢？

母亲刚要去喂猪，门吱一声开了。"你找谁呀，同志？"母亲微笑着向走进来的一个人问道。

留心端详着他。那人穿一套旧军装，满身油垢，身体消瘦，个子挺高，一对和蔼的眼睛很有光泽，前额上有几条深细的皱纹。【阅读能力点：此穿军装的人是谁呢？为下文作铺垫。】

"你是冯大娘吗？有个叫赵星梅的住在这儿吗？"他温和地问道，站着不动。

星梅正在屋里炕上拿什么东西，一听有人叫她的名字，扒着窗户一看，忽地跳下炕，拖拉着鞋跑出来。她抑制不住内心的喜悦和激动，飞快地跑到那军人面前，两只手紧握着对方的手，急促地说："啊，是你！是你来了！多想不到呀！啥时来的？怎么来的……"她像刚爬过高山峻岭似的，很快地气喘着。

那军人也很激动，脸上闪着兴奋的红光，微笑着说："刚来不久。我们的工厂移防到这里来了。一安下，我就打听着找到这里啦！"

星梅转回身，面对着对这情景发楞的母亲，幸福地笑着说："大娘，这就是纪铁功呐！"【阅读能力点：此人是上文交待过的星梅的未婚夫。】又对他说："这是冯大娘！"

母亲兴奋热情地招呼道："看，还站在院子里，快进屋坐吧！"

他踌躇了一下，对星梅看了几眼，说："我找她谈谈，就要回去。等有空再来坐吧！"

母亲把孩子接过来，目送他们走出门，意味深长（含蓄深远，耐人寻味）地笑了一下，大声地嘱咐道："梅子！别忘了一块回来吃饭哪！"

傍晚。他们俩肩并肩，顺着堤坝，慢步走着。

星梅问道："工厂现在怎样了？"

"比过去可好多啦！这和那些牺牲的同志是分不开的！"他显然是忆起往事，激动而又感慨地说，"你是知道的，咱们没有专门工具，就用老乡碾米的石碾子碾火药。有一次一个同志去碾，因为天气太干燥，一下子着起火来。他为抢救屋内的药，冲进去三次。他的衣服烧着，头发眉毛都着了火。可是他忍着痛又冲进去！最后昏倒在里面……等大家把他救出来，已不行了。他牺牲啦！可几篓药却保住了。"

星梅看着他满身油污的外貌，那埋藏在心底很久的深情又涌上来："他多么需要人照顾啊！"她轻声说："铁功，我有个事，你能同意我吗？"

"什么事？"

星梅转过身，脸朝着他，忽地两只臂膀紧紧地搂住他的脖颈，脸颊靠在他耳朵旁，柔情而急促地说："铁功，听我说呀。咱俩都不小啦，你26，我23了。咱们一分手就是几年，往后不知哪年才能见面！铁功，我们现在就——你说好吧？好，一定好！冯大娘会帮咱安排，上级也会批准的。"【阅读能力点：通过语言描写表现出星梅对纪铁功深切的爱。】

纪铁功紧紧地搂抱着她那窈窕而健壮的腰肢。他感到她的脸腮热得烤人。他领会到她体贴爱护他的一脉深情。只有在这时候，他才深深感到他们正在用血汗争取的幸福，他自己得到的比别人要多得多。

沉默……

"你说呀！怎么不说呢？"星梅像孩子似的，偎伏在他怀里。她那对水汪汪的眼睛，柔情地、祈求地紧看着他的和蔼可亲的脸孔。

沉默使纪铁功冷静下来，他找到克制炽烈的情感的力量。他慢慢松开手，又抚摸着她那柔软黑亮的头发，温存地说："星梅，我懂得你的心。结婚当然好，可是你怎么办呢？结婚就要有孩子，你看，这样艰难的战争环境，敌人随时会进攻，我们时刻要战斗。"

星梅的双臂渐渐在松开。她那饱含爱情幸福的眼里，涌出泪水。

纪铁功却又紧紧地抱住她，更温柔地说："星梅，咱们是应该结婚了，可是不能那样做。咱们都是共产党员，这就是特殊的原因！我不能把你推到一个普通妇女的地位，我们都要在斗争的最前线战斗啊。"【阅读能力点：作为共产党员，他们甘愿为革命事业暂时放弃婚姻。】

"我明白，我全明白了。是我一时糊涂。过去我还同大娘说，现在不能结婚。可是我一见你，心就忍不住了。我多爱你啊！铁功，是我不对，我对革命工作想得太少。"

星梅看着他那在暮色中兴奋得闪闪发光的眼睛，激动地说："铁功！你放心，你的话我全记下了，我一辈子爱着你！"

半夜里星梅开会回来，见母亲在做针线，就走过去，坐在母亲身旁。她一点睡意没有。母亲瞅着她那满面春光，关切地问："梅子，你和他商量好没有？什么时候成亲呢？"

"大娘，我们还年轻。再等几年也不晚。"

"照我说，趁碰到一块办办吧。要不又分成山南海北啦！"

"不，大娘，秀娟也还没有呢。我们就等着一块吧！"

母亲静静地凝视着她，微微点点头。

妇救会正在开会，讨论为适应夏季生产的男女变工组的事。【写作借鉴点：此句起着引领下文的作用。】

根据地早就实行互助合作来进行生产。三五家、六七家组成一组，大家按等价交换的原则来互相帮助，解决劳力不足牲畜缺乏的困难。女的帮男的家干家务活，缝缝洗洗；男的则帮女的家干山里地里的重活。这种一举两得的办法，自然各自欢喜。

妇救会把女人们都组织起来，按邻居编成小组。有的看孩子，有的轧棉花，有的纺线，有的织布，倒像个小纺织厂似的。给军队做被服，大家按组一分，说几天完成任务，到时很整齐地就交来了。冬天在谁家的大热炕上，春天在朝阳的街头巷尾，夏天在大树荫下，秋天在谁家大院子里的阶台上，她们凑在一起，拉着家常说着笑话，不知不觉，快快乐乐，手里的营生就做完了。

母亲和许多妇女坐在地上正听星梅解说夏天到了要怎么变动男女变工才合适。

轰！骤然传来一声巨大的爆炸声，把屋子都震动了，墙上的土唰唰往下掉。【阅读能力点：如此巨大的爆炸声是从哪传来的？是敌人来了？引起读者的阅读兴趣。】接着，街上传来嘈杂的叫嚷声。

妇女们都被惊住，没心思再开会，拥挤着向外跑。街上的人们乱嚷嚷的，惊慌地朝村北头的兵工厂跑去。等母亲抱着孩子走到，已经看不见一大群人围的是什么了，只听到有些人在抽抽噎噎地啜泣。她非常焦急，她见一个姑娘的臂膀在抽动，认出是兰子，就拉了她一把。兰子对着母亲，那挂满泪珠的脸腮抽搐得更快了。母亲一惊："怎么啦？！"

兰子没回答，只是把母亲让到前面去。母亲一看，啊呀，天哪！她明白了，她的心碎了！她看到星梅扑在盖着白被单的门板上，洒满血迹。【阅读能力点：是谁死了，究竟是怎么回事？在此设置悬念。】

一个年轻的军人在低沉而清晰地叙述道："这些手雷是缴获敌人的，咱们要把它的药倒出来，加工后另有用途。试验几回，一拉弦它即刻就响，没法把它拆开，大家都犯了愁。正在为难，纪主任——我们的老工人技师，要亲自动手。可是这次我们大家都不放心，因为太危险了！可他说，前方战士等着要弹药，我们不能让困难吓倒！"

"我们几个人要帮他动手拆，他不让。他是怕出危险伤着我们啊！他一个人拿着手雷到屋子后面拆卸。正搞着，突然手雷冒起烟！我们大叫起来！他马上把它扔出去。手雷飞到墙那头，可是他又慌忙扑过去。眼看手雷就要炸，他不顾死活，倒下身，紧紧压住了手雷，接着就是爆炸声……"青年军人悲痛地回答，一面擦着潮湿的眼睛。

星梅两眼痴呆呆地凝视着那盖着被单的尸首和印在被单上的斑斑血印。老厂长走过来搀起星梅，像对待亲女儿那样把她扶进屋里。开过追悼大会，同志们抬着战友的尸体，把他掩埋在屹立的山岗上，让他和青山一起作伴，一起永存！

星梅提着厂长交给她的死难者遗下的包袱，缓缓地走回家来。

母亲把饭拾掇到炕上，叫孩子们吃。她自己坐在炕沿上，背着从窗纸透进来的黄昏的淡光，用衣襟擦着她那永远流不尽的苦涩眼泪。

往常虽贫苦却很和恰熙暖的家庭，现在全陷在悲伤的暗泣里。【阅读能力点：全家人都在为纪铁功的死感到悲伤难过。】

秀子，这个爱快乐嬉闹的小姑娘，这时哭得吃不下饭，泪珠叭嗒叭嗒掉进端在胸前的碗里。德刚咬了口饭，差一点吐出来，他是吃糠咽菜长成八九岁的，但现在他感到这上好的饭却和泥一样，用力也吞不下去。就连最小的嫚子，也一遍遍叫着妈妈，问她大姐为什么哭？怎么不回来吃饭呢？

母亲听到院子里有脚步声，忙擦擦眼睛迎出来。

星梅一见母亲，如同孩子见到失散几年、受尽苦难而又侥幸重逢的妈妈，她再没有力量支持，再也忍受不住，扑到母亲怀里，悲嚎起来！【阅读能力点：一方面表现出星梅内心的痛苦，另一方面表现出星梅与母亲关系的紧密如同真正的母女。】

母亲的心，简直是有利刀在宰割，星梅的眼泪，像一滴滴的铁水打在她心上。她坐在炕上，搂抱着星梅那由于激烈的恸哭而疯狂抽搐着的身子，眼泪滴在她的散发上。没一会儿，星梅就哭得发不出声音来，嘴唇在神经质地颤动。母亲怕她哭坏了，用力压制住自己的悲伤，给她擦泪水理头发，流着眼泪劝她："梅子，好孩子！别、别哭了。听大娘的话别哭坏身子……"

"大娘——妈妈！我、我……"星梅恸哭着，更紧些地靠住母亲，"我怎能不哭啊，妈妈！他太好了！他是最好的人！大娘——好妈妈！我怎么能不难过哇！……"

"孩子，听大娘说，大娘知道你的心里难受。这几年我明白好多事。人死得太多啦！好人，一个个死了。我为他们眼快哭瞎、泪都流干了。铁功的死，别说你，就是连懂事的孩子都痛心啊！我也知道这些人，他们知道要去死，可高兴这样去做。为什么？为受苦人得救，为他们是共产党！是共产党教养出来的好孩子！"

星梅止住哭声，睁开那睫毛已湿漉漉的眼睛，紧望着母亲的脸。

母亲找块手巾用水湿了湿,给她仔细地揩着泪迹。星梅紧握住母亲的手,颤着声音说:"大娘,好妈妈!你说得对。我不哭,我不哭啦!"

晚上,星梅坐在孤灯下,打开他留下的一个白色小包袱,翻弄着他的笔记本,忽然发现自己的名字,就仔细地看下去:

星梅同志:

你好吗?咱俩分别可不短啦,我很想看到你。你也想见我吧?等着吧,咱们一定会见面的。

我们的工作生活都很好,大家都在百倍努力,想一切办法,要多造一粒子弹,多打一把刺刀,早一天把鬼子打出中国去。我的身体还强壮,就是小时把肚子饿坏了,常吐酸水害肚子痛。但精神很饱满,请你不要挂念。

再告诉你一件很感动人的事情。有一次,我们被敌人包围了,我和一位工人抬着机器跟队伍向外突围,他被敌人打倒了。我要背着他走,他怎么也不肯,一定要我把机器扛走。敌人追近了,他拉住我的手说:"纪主任,如果你能到我村子去,就告诉我老婆,叫她不要哭,要拿起枪,跟鬼子拼!"后来我正巧碰到她。她真没哭,从此参加了八路军。【阅读能力点:共产党正是有着许多像纪铁功和他的同事们这样优秀的共产党员才能取得战争的最后胜利。】

你听了一定很感动吧。咱们都要向这些好同志学习。

我要去工作了,再谈吧!

革命敬礼

铁功上

五月里。麦子黄了,被风一吹,荡起滚滚的麦浪,送来阵阵清香,使人禁不住要张大嘴巴深深吸气。

各据点的敌人都增了兵,要对抗日根据地实行残酷的大扫荡。敌人的进攻已经开始了。咱们的主力军,采取了"敌进我退""敌疲我打""诱敌深入,各个击破"的战术,都撤到外线打击敌人去了。

区上的干部分散到各村,领导群众坚持反扫荡。【阅读能力点:新的任务又开始了,起着引领下文的作用。】姜永泉领着一部分区中队员来到王官庄,帮助兵工厂坚壁机器。母亲好长时间没见到他了，这时，见他更消瘦，脸色也很黄，带血丝的眼睛又凹了些，很是心疼。

"永泉，多日没见着，看瘦的！"

姜永泉爽朗地笑了："大娘！我挺好。"

"娟子她……"

"她到万家沟去了。她很好。"

母亲已从别人口中知道女儿的情况了，指着他脚上已经破了的鞋子："我是说，她把鞋给你做好了没有？"

"噢，这个呀。"姜永泉的脸有点红，"她早给我啦。我看别人的鞋坏了，送给人了。大娘，你看，我的还能穿呢！""你们都好，唉！"母亲愁忧忧地说，"就是星梅那孩子，可急坏啦。这几天她常把秀子叫过去，问这问那的……人都说害伤寒病是'十伤九亡'，亏她身子硬实，前些日子真看没救了，现在才慢慢好起来。要不是赶上鬼子扫荡，安静地再养些日子，就全好了。"

"是的，大娘！"姜永泉同感地说，"这多亏你黑天白日伺候她，我一见了她，她就向我说这些……大娘，她的身子很虚弱，病还没全好，有些事不要告诉她，免得她心急。她是没法跟着我们一块……"

"这个倒不用你们操心。"母亲打断他的话，"我早寻思好了，我守着梅子走。"

秀子忽然跑进来，对姜永泉说："大哥，厂长叫你啦！"

"哈哈，老吕！"王柬芝看完电报，眉飞色舞（形容人得意兴奋的样子）地在地上急溜达，"我那淑花可要来了。老吕，你瞧吧，看看她是怎么一个人才！我敢说，这破山村里没有一个能比得上的。"

"嘿嘿！那当然，那当然。"吕锡铅点晃着大驴头，不迭声地附和着。他这人在这种场合就是这个脾气，对方说屁不臭，他会连忙补充，他嗅着就一股香味。【阅读能力点：讽刺吕锡铅是个阿谀奉承的小人。】

王柬芝笑了一会儿，又看一遍电报，接着沉下脸来："老吕，电报的口气可很硬，这工厂是一定要搞到的。它对共军可太重要了，恐怕整个东海区也只这么一个。搞毁它也等于掐掉八路军的口粮。【阅读能力点：汉奸对准了工厂，预谋着搞破坏活动。】这比几十个政委都值钱！""谁说不是？"吕锡铅摇晃着脑袋，"可就是那些小子精得厉害。上回去，不是我溜得快，差点被抓住了。你看看，深更半夜的，还都是党员干部在埋。山上山下都是岗，出出进进严极啦。他们有什么事都在冯德强这小子家里开会。哼，那老婆子也准是个共产党。唉，真没法子！"

"真没有办法了吗？"王柬芝不满意地反问一句，他皱紧眉头。

"柬芝，"吕锡铅又说道，"是不是想法子抓一个人……"

"嗯，"王柬芝阴沉地哼了一声，"对，抓人！"

"抓谁呢？"

"抓谁？"王柬芝恶毒地冷笑一声，"就抓你说的那老婆子。她不单是共产党，她家还是个干部窝，什么事她都知道。"

他狠狠地握紧拳头向桌子一击："拍电报！"

拂晓。

山上放哨的民兵，发现了隐隐绰绰模糊的人影，对方根本不回答他们的口令，就开了枪。

村里听到枪声就乱了。姜永泉领着区中队和民兵，带着一部分群众冲了出去，可是回不来了……【阅读能力点：表明姜永泉他们遇到了敌人的埋伏。】很显然，敌人是突然袭击，有计划地包围。

天亮了，没有太阳，它被层层的乌云遮住。那乌云放肆地游来游去，压住山顶，罩住村庄。天越来越低，越来越暗了。

来不及跑出去的人们，都被赶到南沙河滩里。大家紧紧挤在一起，垂下沉重的头。母亲夹在人群中间，同兰子搀着星梅。

人群四周，围着端枪的敌兵。一个个瞪着凶恶的眼睛，枪上的刺刀闪出冷森森的寒光，虽然这是五六月的天气，可谁都感到阴冷得可怕。

母亲谨慎地窥视着一切动静，心里忐忑不安，她怕有人出卖星梅。

母亲担心的事，终于发生了！【阅读能力点：危险在一点点临近，使人愈发感到紧张。】

苦菜花

身材高大的日军大队长庞文，腰间的指挥刀碰擦着马裤，高视阔步地走过来，两只大狼狗伸着舌头，在他前后撒欢。他身后跟着一个姓杨的翻译官。这人胖得浑身滚圆，显得拙笨而呆滞。再后面就是伪军中队长王竹，副队长王流子。这伙人威风凛凛（威风：威严的气概；凛凛：严肃，可敬畏的样子。形容声势或气派使人敬畏）地来到放在人群前面的八仙桌子旁边。

人群一阵骚动，像互相取暖似的更加靠在一起。

母亲瞅着歪戴帽子瞪着两只三角眼的王竹，不由得心神更加紧张，手里捏着两把汗。庞文眯起眼睛扫视人们一阵，摸着上嘴唇上一撮小胡髭，声音像哑嗓子公鸡一样，冲着人群叫了一通。杨胖子翻译官接着朝人们喊道："注意啦！谁是共产党快站出来！"

不见动静。他又叫道：

"皇军最爱良民，谁知道的说出来有赏！"

人们仍然一动未动。

庞文一示意，王竹和王流子凶恶地走上来，打量着人们的脸。当他的眼光和王柬芝的相遇时，王柬芝的嘴向前一撅，眼一皱巴，王竹就奔过来，拖着他向前走，一面大骂道："好哇，你这个共产党，八路的干部，藏在这里呀！你他妈的不认亲，和穷小子穿一条裤子。我也不认你！你说，你们的兵工厂埋在什么地方？快说！"

王柬芝站在人们面前，看样子很愤怒，冲着鬼子和伪军们怒骂道："你们这些强盗，你们这些汉奸！我说？！我死也不说！死也不投降……"

王竹靠上前来，刚举手要打，王柬芝趁势垂下头低声说了一句："老婆子在人群里头；面生的是区妇救会长。"又大喊："你们打死我也不投降！"

"抓起来！送到家里押住。别叫他跑了！"王竹吩咐王流子。

王流子和另两个伪军架着昏去的王柬芝走了。

人群有些动乱。谁不佩服王柬芝这种英雄行为呢！【阅读能力点：王柬芝与王竹演戏，欺骗了人们，使人们更加相信他是个抗日者。】也更使人痛恨残暴的敌人。

王竹推开人们挤进人群，狠狠地上下打量母亲几眼，拖着她和星梅就走。兰子等人死拉住不放。王竹冷笑一声，指着兰子："你这女八路也跑不了。来人！一块拖出去！"

人们齐上去阻挡。哗啦一声，敌人的枪顶上火，刺刀尖都触到人们的衣服上。手无寸铁（手里没有任何武器）的人们被逼住了。

星梅的脸色惨白，身体软绵绵的，母亲紧扶着她。母亲知道，她落到仇人手里，是别想活了。可是她要把星梅救出来。她愤怒地对王竹说："你抓我杀我没关系。她是我的外甥女，病很重，你抓她做什么！？"

王竹冷笑一声，恶毒地说："嘿嘿！外甥女，区妇救会长！"他猛地把星梅从母亲手里拖出去，一把将她头上的假发髻撕下来。

母亲吓一大跳，接着发疯似的扑上去，但被鬼子一脚踢倒了。

庞文来审问星梅。杨胖子翻译官说："皇军问你，兵工厂埋在什么地方？"星梅倒坐在地上，用胳膊撑着一点力气也没有的身子，低着头，一动不动。"说呀！"杨翻译官急了。

"不知道！"她坚决的声音，同那虚弱的病体很不相称。【阅读能力点：坚决的声音和虚弱的身体形成鲜明对比，表现出星梅对伪军的愤恨。】

"呸！出卖国家民族的汉奸！你看错了人！怕死？怕死我不当共产党！落在敌人手里，我就没想活！"星梅愤恨地骂着。

庞文没等翻译说完，气得脸色像猪肝，抽动着小胡子，怒喝一声，那两只呲着利牙的大狼狗应声扑上来，几口撕开星梅的衣服，照她腿上咬下几块肉来。星梅不由自主地惨叫一声，昏厥过去。

年老的老德顺，刚上来是恐怖控制着他的全身。他经历很广，从满清的官吏到现在的八路军。他应酬过不少土匪司令和军阀。他过去当村长并没有使自己得到一点好处，他是为着邻亲们少受些罪孽才甘愿供王唯一指使的。八路军来了，他才做了名符其实（名声或名义和实际相符）的村长，他对是非黑白最为分明，他努力尽自己那一份抗日的力量。但他缺乏共产党教导出来的青年人那种视死如归的刚强性格，还留恋他那虽不富裕却习惯了的小家庭生活……

这短促的时间，对他的影响超过了几十年的生活。他像父亲般地看着鲜血染红了的沙河。这是那些外国人和汉奸在随意杀害自己的亲人。他瞅着敌人那股疯狂残暴劲，心里涌上来的愤恨驱逐了恐怖，他全身被复仇的火焰烧炙着。

王竹本来有意让老德顺在那看着这一切，好使他害怕而屈服。他不知道，这却给正直的人增加了牺牲的决心。【阅读能力点：伪军的残暴使人们对他们更加愤恨，而不是畏惧。】

一个鬼子端着枪，脸朝躺着的星梅那血淋淋的身躯呆望着。老德顺猛扑过去夺下他的枪，照他的脊背刺去。他拔出刺刀，又朝庞文冲去。但王竹的手枪响了。老德顺抱着胸脯，颤抖着胡须，不甘心地栽倒下去。

敌人更加疯狂了。

庞文亲自去把已苏醒过来的星梅拉起来，拖到铡刀跟前，怒喝道："八格牙路（日本语，骂"混蛋"的意思）！你说不说得有？"

星梅的病体，加上狗的撕咬，全身软绵无力。她奋力摆脱鬼子的手，冲到母亲跟前，蹲下身抱着母亲的肩膀，用力地说："大娘——我的好妈妈，落在敌人手里就别想活。妈妈，别难过，你没白疼我一场。胜利一定会属于咱们的！"

母亲，她多么想抱着亲一亲她，就是摸一下也好啊！可是她被绑得一动也不能动。她说不出话，绞断肠子的悲痛哽住了她的喉咙。她用默默的点头、滴滴的眼泪回答了她。

星梅几乎是满意地笑了。她又转向人群，过分地用力使她的头发一飘一扬，她大声说道：

"乡亲们！不要难过，不要再哭！你们抬起头来，看着我，看着我们死去的人！我们一定会胜利！日本强盗一定要被赶出中国去！同胞们！给死难的亲人报仇啊！……"

王竹的枪响了。终于，她被撩倒在铡刀口上了！

"好，干掉它！"于团长听完侦察员的报告，握紧拳头，看着对面的柳营长，下了战斗的决心。【阅读能力点：通过动作描写表现出于团长对敌人的愤恨。】

柳八爷没有说话，一点头，急转身出去集合部队去了。

为便于在敌人腹心地带活动,一团人分开了。代替陈政委的林政委和参谋长带着一二营,于团长领着第三营。已经侦察清楚,敌人有一支一百五十多人的快速大队,备有五辆摩托车,车上各有一挺轻机枪,其余的每人一辆自行车、一支长枪、一支短枪,号称"轻骑队"。在平原的大路上来回流动专管护送运输,支援各地扫荡的敌人,对敌人的扫荡起很大保证作用。

　　于团长完全掌握了它的活动规律。怕马的嘶叫暴露目标,于团长下令把马一律掩藏在山村。

　　他领着部队,当夜急行六十多里路。将近拂晓,插进烟(台)威(海卫)公路中间的一个小村子里。到后,马上进行严密封锁,不管任何人,准进不准出。部队埋伏在各个角落,叫老百姓都躲藏了。【阅读能力点:反击战马上开始。】

　　东方渐渐发白,一阵凉风,天亮了。一轮火红的太阳升起来,普照着一望无垠的原野。

　　王东海领着一些战士,埋伏在街头的破庙里。他时常用袖子擦去脸上流下的汗珠,侧耳听听,伸头望望,还是不见敌人的影子。四外寂静得能听到人的心跳声。

　　一个战士凑到他身旁,焦急地说:"排长,怕敌人不从这走了吧?"

　　"不要急。咱们团长算得比诸葛亮还准哩,保证叫你有仗打。"

　　那班长说:"提起咱团长的神机妙算哪,那真是诸葛亮也比不了!就说上次吧,咱们被几百鬼子追着,我们都要求打,那柳营长更是摩拳擦掌的,可是于团长就是不下命令。你猜怎么着?等把鬼子拖得精疲力尽(精神疲乏,气力用尽,形容精神和身体极度疲劳),于团长把部队向侧边沟里一插,就叫准备战斗。嘿,咱们从树缝里眼瞅着大队的鬼子走过去,等剩下一部分,咱们就很快地把他们干掉。等前面的鬼子弯回来,咱们又走了……"大家满怀高兴地笑了,班长也笑了。

　　三营营部设在街中心最高的一幢房子里。于团长在屋里踱来踱去。他停下来瞅瞅手表,看看伏在南屋顶上的德强、于水和老号长。

　　敌人来了。

　　五辆三个轱辘的摩托车,上面架着歪把子轻机枪,在前面开路。后面紧跟着长长一大群骑着崭新自行车、身穿便服、头戴礼帽、长枪短器皆备的敌人。

王排长一声命令，战士们迅速揭开手榴弹的盖。前面的敌人快要出村头了，但碰到几块大石头挡住路。于是，他们都叫骂着下车来搬石头。后面的就一辆咬一辆地挤在一起。那鬼子队长见这突然的石头，忽然有所警觉，马上命令准备战斗。

他的话音未落，王东海的第一枪就打响了。紧接着手榴弹下冰雹子似的在敌群里爆炸，战士们从各个角落里冲出来，拼开了白刃战。喊杀声大震。鬼子被这突然的**短兵相接**（指近距离搏斗，比喻面对面地进行激烈的斗争）打乱了。都被压缩在光平的街道上，拼命地反抗。

王东海领着战士，没等敌人的机枪开火，就抢将上去。他打倒鬼子，端起机枪，勇猛地向敌人扫射。枪身急狂地在他怀里跳动，愤怒地吐出青烟。鬼子一排排倒下去……

一股敌人想抢占地势，冲到营部大门口。德强、于水、老号长一齐开枪，打退了敌人。忽地一颗手雷飞来落在他们身旁，嗤嗤冒着白烟。那老号长急忙抓起来，摔出墙外。轰的一声，手雷在敌人头上开了花。

只十几分钟，战斗就胜利结束了。全歼了敌人。不过这股敌人也十分顽强，宁战死也不投降，有的家伙被打倒还躺在地上开枪还击……所以抓的俘虏很少。

按事先计划，部队转移到离战斗地点12里路只有十几户人家的小寨村。那小寨村靠着一个不大的土岗，土岗东脚有一片坟墓和树林。因为白天在平原上敌人的心脏里不好行动，所以于团长决定把部队撤到这里，暂时驻扎，晚上再移防。

大家都很疲倦，一进村子，躺到地上，抱着枪就呼呼睡去了。

于团长和柳营长几个人又察看一下地形，为防备万一，便派王东海那一排人到土岗下面的树林里去驻扎。并派两个班在村四周巡逻。但过了一会儿，柳营长觉得不会有事，见战士们都很累，就叫回来了，只留下村头上的岗哨。

于团长在屋里审讯俘虏。

"团长，你睡会儿吧！"德强端着一碗开水走进来。

于团长接过水，对他说："你快睡去吧！过一会儿我们还要到村外去。"说完又去做他的工作。

德强站了一会儿，就退到院子里来。他是知道团长的脾气的，如果他再去要求一遍，团长就会发火了。于团长就是这样的人，眼熬红，脸熬黄，但他总是精力充沛，在工作时从不打个哈欠。看起来他那不胖不瘦的身体，像是钢打的、铁铸的。这种精力的来源，如果说是他的肉体，毋宁说是他的毅力。【阅读能力点：这种工作的精神动力源于对打败鬼子、取得抗战胜利的强烈愿望。】

一夜的急行军，一上午的激战，德强也真有些瞌睡了……突然他站起来：村外传来急骤的枪声！原来刚才作过战的那个村里有汉奸，他们向敌人告了密。附近据点的敌人，从四面八方，以几百兵力包上来，同王东海那个排发生了接触。

战士们提起枪，投入激战。

敌人将村子和村外的树林截开，分批进行包围，向村里冲了几次，都被打回去了。村里村外，血流遍地，敌我伤亡都很重。

于团长看着这孤独的小村子，没有地形可以利用，战士们净挨打，群众也受到损失，心里很悲痛。一开始他就指挥部队突围，可是敌人围得甚紧，村外又是一马平川，敌人展开重火力，我们几次冲锋都被敌人压回来了。

他正考虑如何想办法能突出重围，柳营长匆匆走来，后面跟着一个战士。那战士满身血渍，脸上沾满泥土。"团长，"柳营长指着那战士说，"这是王东海派来的人，那里已经很难坚持。我看马上把他们撤回来吧！"

"你们那里情况怎么样？"于团长问那战士。

"团长，那里伤亡很重，敌人死得也不少，已经被我们打下去五次冲锋。"

于团长听完，考虑一会儿，对柳营长说："命令部队，马上冲到土岗那里去！"

"那里还赶不上村里有些障碍。"柳八爷为难地说。

那战士也叫道："那里很难守啊，团长！"

"难守也要守！"于团长下决心了，"老柳，我们是拿什么当障碍？拿群众和房子吗？不行，不能再让群众受损失！全营到土岗上去坚守，找机会突围！"

他对那战士说："你马上回去告诉你们排长，听到这边枪响，集中火力把部队接过去！"【阅读能力点：即使遇到再大的困难，八路军的纪律也是要保护人民的

生命财产。】

"是！"

于团长又领着部队突围几次，都被迫折回来了。而敌人的兵力还在不断增加，层层包围。于团长又派人去送信给政委和参谋长来解围，但送信的战士还没冲出去就牺牲了。他正要再次派人给政委和参谋长送信，枪声又密集起来了。

这次敌人在长官的督战刀口下，冲进了树林。每棵树边，每个坟堆和土丘旁，都展开了激烈的肉搏！

老号长同德强、于水迎上一股敌人。他们一齐猛打，前面的敌人倒下，后面的又涌上来了。老号长怒气大发。他从腰里拔出酒瓶子，掀开盖咕咚咚咚喝了几口，又将它揣进怀里，一摸胡须，端着刺刀，杀进敌人群里。

三个鬼子举枪向他刺来。老号长往后闪一步，忽地朝一个鬼子猛力冲去，刺刀向右上方一拨，把鬼子的刺刀挑到一边，调手狠狠地将刺刀插进敌人的肚子里。另一个鬼子刚要向他脊后刺来，老号长敏捷地向旁边一闪，那鬼子用力过猛，刺刀插进树身，人也趴倒在上面。老号长又结果了第二个敌人。第三个鬼子惊呆了，转回身就跑。老号长赶上去，照他后面就是一刺刀。

老号长已经杀红了眼。他又把酒一气喝光，摔掉酒瓶子，抓起敌人的枪，又冲向前去。正遇上敌人的骑兵，他举起刺刀猛刺，刺中敌人的马头。就在同时，鬼子的马刀砍断他的喉管。他的身子，沉重地倒在血泊里！【阅读能力点：在这场激烈的战斗中老号长牺牲了。】

德强和于水已被另一群鬼子围住，眼看支持不住了，忽然敌人纷纷倒下，如同摔谷个子一般。原来于团长右手受伤，他隐蔽在树身后，用左手射击，一枪一个，弹无虚发（子弹颗颗中靶，没有一颗打出靶外。形容百发百中）地击毙敌人，救出德强和于水。德强、于水又冲上去了。

于团长一转身，迎面扑来四五个气势汹汹（形容气势凶猛）的敌人。于团长又沉着地一枪一个打了个准。正打得起劲，咚一声，一个掷弹筒打来，他摔倒了。两个鬼子正要来到，身后忽地闪出柳八爷。只见他满身上下全是血，手里抡起发红光的大片砍刀，唰唰两下，削地瓜般地把两个鬼子的头斩下来，抱起于团长，冲到土岗上的掩体里，把他交给一个战士守着，就又冲进混战堆里。

王东海本来在同几个战士用枪扫射敌人，这时已分不出战线，机枪失去作用，他们也冲进敌人群里。敌人见他个头大，就两个来对付他。王东海照一个鬼子猛地刺去，那小鬼子很机灵，身子一闪，王排长扑了空，刺刀插进土里，咔嚓一声——断了！王东海急转回身，鬼子的刺刀已经来到他的胸前；他飞快地一手抓住刺刀，往旁边一推，小鬼子刹不住脚步，身子向前踉跄，王东海又抓住他的枪带，飞起右脚，照鬼子的小肚子狠狠踢去。扑通一声，小鬼子仰面朝天摔下去，再一刺，死了。另一个鬼子枪里还有子弹，忙向扑来的王东海开了枪。王排长觉得胸口一热，身子一晃，却没有倒下去。还没等敌人推上第二颗子弹，王东海的刺刀已捅透他的肝脏。

战士们用枪，用手榴弹，用刺刀，用枪把子，用双手，用牙齿，用为祖国牺牲的决心，用青年的热血，用青春的生命，用母亲给他们的一切，又打退了敌人的进攻！

听说又要给政委和参谋长送信，大家都抢着要去。于团长锐利的眼光落在德强和于水脸上。他两人立刻紧张激动起来。这信赖的眼光，包含着多么重大的意义啊！两人忙把驳壳枪往皮带上插紧，揣好手榴弹，又紧紧裹腿和鞋带。"你们俩去！"于团长沉重地说，"记住，一定要把信送到！你们都是共产党员，这是党最需要你们的时候！要知道，全营同志的生命都在你们身上了！路上要沉着勇敢，完成任务我再见你们！"【阅读能力点：德强和于水接受着艰巨的任务，他们能否完成，能否营救出同志们？引领下文。】

"现在是12点半，"于团长看看手表和正南的太阳，"德强，你把教导员的表戴上。你们突出去后，到村里找个牲口，六十几里路三个钟头要赶到。就这样吧，一切行动都写在这上面了。"他递给德强一个折起来的白纸条。德强把教导员递给他的手表戴好，和于水向团长敬过礼，转身向外跑去。

于团长命令四挺机枪和大枪一齐开火，掩护他们。

一切出路都被敌人封锁了。

德强、于水出了树林，顺着一条小河堤向外猛冲。敌人的机枪迎面压来，子弹掀起股股尘土，迷糊了他们的眼睛。他俩不管子弹打得多么稠，只是不顾一切地跑着。

他们冲到了开阔地，敌人的枪弹如同夏天的暴雨一般地密密盖来，而我们的掩护火力又射不到了。【写作借鉴点：运用了比喻的修辞手法，将枪弹比作夏日的暴雨，形容非常密集。】硬冲是不行的。

德强愤怒地盯着吐着青烟的敌人机枪口，他忽然把帽子摘下，放在高土块上；于水也照样做了。敌人的火力果然集中在这两顶帽子上。他俩闪到一旁，趁这个机会，穿过开阔地。等敌人的火力掉过来，他们已冲到可以隐蔽的土丘边上了。

敌人派骑兵迎头截过来。德强、于水双枪齐发，鬼子摔下马来。德强窜上去，一个翻身上了马。那马跃起前腿，激怒地嘶叫，疯狂地旋转，似乎要把新骑手摔下来。德强一手用力勒住马缰绳，一手把正在向上跳的于水的手抓住。于水一脚蹬着马镫，纵身也上了马，坐在德强的身后。敌人的骑兵跟踪紧追。于水扭转身向后射击，敌人一个个连人带马摔倒下去。

跑着跑着德强觉着于水抓他皮带的那只手渐渐在松开，枪也不打了。他回头一看，呀！于水的身子向后仰着，血已浸透他胸口的衣服。德强忙抓住他。于水还活着，急促地叫道：

"放开我！快，敌人追上啦！马驮两个人跑得慢。快，叫我下去！"

"不，于水！活我们一起，死我们一起！我决不丢下你！"

德强死拉住不放。

"不行。你完成任务。我掩护你。快放开！"于水用力挣脱下来，倒在草地上。

德强一面向敌人还击，一面勒着疯狂的马围着于水急转圈。

"这决不行！于水，我死也不丢下你……"

德强要朝下跳，于水怒喝道："你是怎么啦？！快！送信要紧！全营的命啊！快，快走！"

德强的头垂下来，他看一眼亲哥哥般的战友，流下眼泪，哭着打马飞奔而去。

于水冲他的背后大声喊道："德强！告诉我爹，说我是他的儿子！……"

于水一边打枪，一边咬着牙用力爬到高一点的地方去，点点鲜血滴在他爬过的青草上。

于水打一阵枪，回头望望，见德强越跑越远了，一种快乐的微笑，浮现在他那黑瘦的带孩子气的脸上。看到敌人蜂拥着渐渐逼近，他紧握着最后一颗手榴弹，拿起枪柄被他磨得发亮的驳壳枪，膛里已经没有子弹了。他爱惜地瞅了一遍，用干燥的嘴唇吻了吻温热的、发着火药味的枪眼，然后向石头上狠狠地摔去！【阅读能力点：于水为了战斗的胜利不惜牺牲自己的生命，表现出伟大的爱国精神。】

巨大的疼痛越来越加剧地袭来，于水脸上滚动着豆大的汗珠，他真有些昏迷了。他鼓起所有力量抬起身向德强去的方向再看一眼，看见那远处只有马带起的尘土在慢慢消散。他松了口气，顿时感到全身在迅速地瘫软下去，他只来得及向涌上来的敌人摔出手榴弹，没等到听见爆炸声，身子就急速地倒下去，头靠在翠绿的青草上了！

林政委和参谋长吃惊地看着从马上滚下来的德强。他满身是血，鞋子也被血灌满了，脸色煞白。他睁开眼睛，忙从口袋里掏出被血浸红的纸条，气喘着说："政委，快！信……"他用力瞅了一眼手表，脸上显出微笑，失去了知觉。

立时，紧急集合号声，激昂地响起来了！

【读品悟】

在八路军与鬼子的抗战中，牺牲了许多优秀的抗日队员。面对鬼子的猛攻，他们不讲个人得失，甚至为了抗日的胜利甘愿牺牲自己的生命。这种伟大的爱国精神值得学生学习。

【思考探究】

1.在文中描述了同鬼子战斗的场景，其中于团长、德强、于水、老号长等人都表现出英勇无畏的抗战精神，请找出文中描写他们抗战的语句并加以评论。

2.星梅的未婚夫——纪铁功回到村子，纪铁功是一个怎样的人物形象？最终的命运如何？

第十一章

名师导读

王竹受王柬芝指使抓住了母亲，母亲受到了王竹的毒害，她受了哪些苦？她能否挺住呢？在危急关头，卑鄙的汉奸又抓来嫚子作人质，母亲会屈服吗？她能否逃出敌人的魔爪呢？

闪电没能撕碎浓重的乌云，巨雷在低低的云层中滚过之后，滂沱大雨就铺天盖地压下来。雨，夏天的骤雨，哗哗地下着，像老天也在为人类的不幸而哭泣。夜，漆黑阴沉的夜，好像只有它才是世界的统治者。【写作借鉴点：运用拟人化的修辞手法，将天和夜拟人，同时用自然环境暗示人的处境。】

母亲昏昏沉沉，被雨点冲击洋铁屋顶的铿锵声惊醒。啊！她的头不是被铡下来了吗？！怎么还活着呢？这是王唯一家的房子，她怎么来的呢？想了想，她明白了：不是自己的头掉下来，而是星梅的！母亲哭了，疼痛悲怆地哭了。

"老家伙，哭什么！妈的，再哭老子揍死你！"门外传来恶毒的骂声。

啊！她是被人家押起来了。她这才感到浑身一阵剧痛，一点动弹不得。身上还被绑着呀！

不一会儿，门开了。两个伪军把母亲架出去。她被带进大厅后，嘴唇还舐着脸上流下的雨水。"哩，渴啦？来杯茶。"王竹假惺惺地招呼，"快把绳子解开。请坐吧！"

她被拉到椅子上坐下。刚进屋被强烈的灯光刺得眼睛睁不开，头有些昏眩。过了一会儿，她才看清屋里的情景。这原是王唯一的正客厅，现在做了伪军的中队部。母亲环视完屋里的一切，才看到王竹端着一杯茶捧到她跟前。她渴得嗓子要冒烟，多么想痛饮下去啊！但她一见王竹那个神气，想到沙河那一幕，她两眼怒视着王竹的脸。【阅读能力点：表现出母亲倔强的性格和对伪军的憎恨。】王竹不由得后退半步，强作镇静地说："喝呀。"

母亲忽地站起来，抡起胳臂照王竹脸上狠狠一巴掌。

王竹被打得闪个跟跄，茶杯砰一声落地粉碎了。他狰狞地扭歪嘴脸，用力吞下一口气，压制着火气喝道："妈的，不识好歹。一句话，机器埋在什么地方？快说出来！"

母亲大口啐他一脸唾沫，狠骂道："机器？你别做梦！杀人灭种的狗崽子，你等着吧，我骨头烂了也难告诉你一个字！"

王竹羞恼交加，再也按不住心火，大喊道："来呀！给她点厉害尝尝！"

立时冲进五六个伪军，手拿老虎凳、绳子、杠子、砖头、皮鞭、钢针、熊熊的炭火盆、烙铁等刑具。转眼间，这堂堂的大客厅，就变成一个齐备的刑事房。令人毛骨悚然（身上毛发竖起，脊梁骨发冷，形容十分恐惧），不寒而栗（不冷而发抖，形容非常恐惧）！

母亲立刻被按在老虎凳上，全身被绳子缚住，王竹在她腿下垫上一块砖，问一句，得到的是怒骂；他又加一块，得到的仍是怒骂；他再加一块砖……母亲的腿下一连垫进七块砖头。她的骨节喀吱喀吱地响，粗大的汗珠从脸上滚下来。她的怒骂声渐渐小下去，最后死过去了。

"说不说？"王竹见她醒过来，喝问道。

"不知道！"坚硬的声音。

"你知道！你全都知道！你家里是共产党的老窝！"

王竹发狂地嘶叫。

"知道，我知道！就不告诉你！"母亲非常骄傲。

"来！再换一换！"王竹气恼极了。

母亲的上衣被剥掉，被反绑着吊在梁头上。王竹抡起皮鞭，狠狠地抽打母亲。他手脖子累软了，又换另一个人来打……血，顺着母亲的脚跟往下流，地上一会儿就堆了两大滩。【阅读能力点：王竹用这样卑鄙的手法逼母亲说出机器的位置，可见伪军的残暴卑劣。】母亲刚上来还骂着，后来又昏过去了。敌人用香火的烟把她熏醒过来。

"怎么样，你还硬吗？"王竹冷笑着。

母亲垂着头，发髻已松开，蓬乱的苍灰色的长发，耷拉在胸前。过了一会儿，她抬起头，说："我说……"

"早说早没事了。放下来……"

"我说，我说你们这些狗强盗的末日快到啦！你们鬼子爹快完蛋啦！你们这些杀人精，我有一口气也饶不了你们……"

"他妈的！再给她换换！"

伪军从炽烈的火盆里，抽出红红的还爆着火星的烙铁。母亲紧紧闭上眼睛，只觉得五官内脏全在破裂，一股肉焦的油烟冲上来，一会儿浑身麻木！母亲已经没有力量来骂敌人，只是咬着已经咬破的嘴唇，抽动着唇边的深细皱纹，一声不响。

王竹的审问，又得到一口带血的浓痰吐在脸上。他像失性的疯狗，施用了最毒辣的手段——把两根四寸长的大钢针，狠毒地从母亲的奶头插进乳房里。【写作借鉴点：运用比喻的修辞手法，将王竹比作失性的狗，含有讽刺和憎恶的意味。】

母亲不由得惨叫一声……

看她又活转来，敌人又把钢针从她指甲底下刺进去，十个指头都插满了。

啊！真不是人能忍受的刑罚啊！

刽子手们不择手段，一直折腾母亲到半夜，使她死去五六次。但他们所得到的却是怒骂、唾沫和"不知道"！

最后，这个杀人不眨眼的身强力壮的王竹也疲倦了，他丧气地说："真不知这老婆子得了共产党的什么宝贝，这样顽固！把她押回去！"

就在母亲受刑的同时，隔着几道墙，王柬芝同他的刚从城里来的情妇淑花，正躺在炕上抽大烟。【写作借鉴点：运用了对比的修辞手法，更加凸显王柬芝卑鄙丑恶的嘴脸。】

王柬芝白天从沙河里回来洗去脸上的鼻血，立刻会见了这位美人儿。两个人真是见血的苍蝇，粘在一块，嬉闹了一天。那淑花是个二十多岁的女人。本来她那小方脸上的鼻子眼睛长得还端庄，可是恐怕是吃得太好了些的缘故，她的身体过早地和年龄不相称地发胖起来，使狭窄的脸面和丰满的身体显得很不相称，变得丑陋难看了。

淑花用在烟台跟着妓女和日本军官太太所学来的技能，吸足一口烟，向空中一吹，就出现一个团团转的烟圈圈。王柬芝对准烟圈吹一口气，一条烟丝从圈里钻出去。淑花吃吃地笑着丢掉烟，爬到王柬芝身上，搂着他的脖子，在他嘴上咂地亲了一下，娇滴滴地叫道："嘻嘻嘻！我的小天，你真行！"

王柬芝乐得呵呵大笑。

突然，隔院传来一声令人寒心的惨叫。淑花吓得从王柬芝身上滚下来，打着哆嗦，惊怖地说："我的天哪！吓死人啦！"

王柬芝却笑嘻嘻地把她搂在怀里，说："什么，听着这声音，你应该高兴才对呀！"

"哎哟！你们抓个老太婆折腾什么呀？有本事去找八路军哪。"

"八路军，哼！"王柬芝凶狠地抽搐着脸上的肌肉，"她比十个八路军还值钱！老太婆，哼！共产党！"

王柬芝冷冷一笑，阴狠地说："我恨共产党！我恨这些死心塌地跟着共产党走的穷棒子，没有他们捣乱，日军一来，我们早跟着汪总裁在外面享天福了。"

【阅读能力点：王柬芝的汉奸嘴脸暴露无遗。】

经过长时间的昏迷，母亲渐渐苏醒过来。她勉强睁开发肿的眼睛，一看，还是这间阴暗的屋子。像是那些伤痛也同时醒来，一齐向她夹攻，她浑身痛得打着哆嗦！母亲的每个手指甲底下还在往外淌血；乳房肿得紧梆梆的；胸脯被烙焦的皮肉，如同剥去一层皮；血把衣服都粘在身上，全身没有一块好肉了。

母亲坐也坐不住，躺也躺不下，只好侧着身子靠在墙根上。她在敌人面前没掉过眼泪，没叫过痛，那时她心里只有痛恨的烈火在燃烧；可是现在，不但巨大的痛苦在撕裂她，而且感到莫大的伤心。母亲哭泣起来，流出来的不是眼泪，而是血水啊！母亲在想：秀子、德刚两个孩子，跟着德松的父亲跑出去，现在在哪里呢？当时她坚决不走，抱着嫚子留下守着星梅。想不到冤家路窄，碰上王竹、王流子。她又想到娟子和德强，想到姜永泉，他们还不知她怎么样的呀！落在仇人手里，死不死活不活的，真受罪啊！死了连孩子的面也见不到！啊，妈死了孩子怎么办呢？【阅读能力点：即使在受尽伪军折磨、忍受巨大痛苦的时候，母亲依然在为子女担忧，表现出了伟大的母爱。】她愈想愈伤心，全身痛得如同刀割，她哆嗦成一团！渴，她渴得用舌头接掉下的泪水喝。这滋味又咸又苦又涩又酸啊！

雨还在滴嗒滴嗒地下着，屋里屋外一片漆黑，看不见一点亮光。唉！夏天的夜不长，为什么老不见天亮啊！

母亲又想到丈夫："他出去这么多年，是死是活，恐怕永远见不着他了！"母亲又想到孩子："他们现在都在哪儿？永泉、于团长，他们什么时候才能打回来？革命什么时候才能胜利？苦日子过到多会儿是个头？唉！你们好好奔吧，别想着我这老婆子了！"母亲挣扎着爬起来，站在铁一般硬的墙边，带血迹的头沉重地耷拉着。

母亲蓦地抬起头，星梅、兰子、老德顺一个个在她昏黑的眼前滑过。她闭紧嘴，嘴唇两旁的皱纹，更加深地显现出来。她立时觉得自己很懦弱、很胆怯，她心里生气地怨恨自己。

"革命就是要打仗、要流血、要死人！"她的理智在说，"若是没有共产党八路军，中国早亡了。他们不都是从老百姓里来的吗！若是谁都怕死，都不出来干，哪还有什么共产党八路军呢？就是你不革命也有人来杀你。能等死吗？不，不能。永泉说，苏联革命成功了，穷人过上好日子。人家也是拼死拼活得来的呀！我一个老婆子死了有什么关系呢？只要后代有好日子过，孩子们能不吃苦，我反正活不长，拼上这把老骨头，还怕什么！儿子、闺女，他们跟着共产党，跟着永泉。共产党会教养他们，永泉会照顾几个小的。好，痛就痛，死就死，杀就杀吧！铁功为了护工厂搭上一条命，我再为它豁上一颗头！兵工厂，这是我们杀鬼子的本钱啊！"【阅读能力点：通过母亲的心理描写，表现出母亲高度的觉悟和对党的忠诚与认可。】

母亲觉得疼痛减轻了好些，心里也豁亮了许多，她大口吸着从窗棂中挤进来的湿润的晨风。她想道："天快亮了！永泉、娟子、于团长、德强……就要回来了！"

"谁？站住！"站岗的伪军，发现有人，大声喊道。

一个瘦弱的女人，手里提着篮子，慌忙走上来，乞求道："好老总，你可怜可怜那个老人吧！她一天没沾口米水了。放我进去，送给她点吃的……"

那伪军起初不肯，但一见白花花的大洋，就答应了。

母亲迷迷糊糊地觉得有人推她，睁开红肿的眼睛一看，认出是杏莉母亲。她早满面泪下，小心地给母亲擦着伤，抽泣着说："大嫂啊！他们好狠心哪！看打成这样……你怎么受得住……"

母亲见她伤心得厉害，倒不觉得自己可怜，反安慰她说："没什么，好妹子！我还受得住。"又关心地问："杏莉她爹怎么样了？"

她一听，哭得更厉害了，支岔开说："他，他没关系。大嫂，你快吃点东西啊！"

母亲吃不下那油饼和炒鸡蛋，只喝了几口稀米汤。杏莉母亲忙着喂母亲吃，心里稍宽慰些，眼泪还在扑簌簌地往下掉。

第二天，天放晴了。

母亲被王竹、王流子领的一群敌人，押解着向北山上走去。她走不动，被两个敌人搀架着。走到山脊上，母亲停下来。她那微驼的腰直起来，头稍稍昂着，微风轻轻吹起她的几缕灰苍的乱发。她看着一望无垠（辽远广阔，看不到边际）、美丽富饶的河山，这时候一草一木都使她感到格外亲切。人活着多么好哇！多好的故土啊！母亲心里充满了热爱生命渴求生存的激情！可身后——死亡在跟着她！

母亲看着看着，视线被泪水挡住，她赶忙低下头用力把泪水忍回去，咬着牙，紧闭着嘴，向前紧走。她知道山上埋有地雷，想赶快碰上它，同敌人一块被炸死……

王竹叫停下来，喝问道："你老是走不行！快说，埋在哪里？"

母亲似乎没有听到，只是满怀激动地望着山上的景致。王流子抢上就是一耳刮子，骂道：

"老东西，叫你看风景来啦！快说埋在哪？"

母亲眯缝着青肿的眼睛，呆痴而轻蔑地瞅着王流子。这目光是那样逼人，致使王流子恐怖地向后退去。不料，后面是个坑，王流子扑通一声，摔了个仰脸朝天。鬼子们哄笑起来。

母亲抱着踏地雷的决心，大步向前走去。走到山沟旁，她心里猛一动……突然，天崩地裂，一声巨大的轰响，震撼了山谷。

母亲回头一看，几个在沟边乱刨的敌人，被地雷炸倒了。一个炸断腿的鬼子，叽哩咕噜地往山下滚去。一丝骄傲的微笑，出现在母亲的嘴角上。她大喊道："好！炸得好！炸得好！你们挖吧，满山都是地雷！炸死你们这些强盗！"她挣脱敌人的手，奋力向山沟里跳去！

天地急转，眼睛一黑，她、她什么也不知道了……【阅读能力点：母亲能否逃出敌人的魔爪，在此设置悬念。】

王柬芝怒冲冲地走回家来。淑花从炕上爬起，笑哈哈地迎着他："怎么啦？生谁的气？"

王柬芝摆脱她的胳膊，没好气地说：

"别闹啦！正经事都烦死人，你还来打扰！"

王柬芝长吁一声："他发了一会儿火，都是为那老家伙！她死也不说。到山上不但没找到机器，相反挨上地雷，又被炸死好几个人，她也差点跳沟死了……他妈的，真想不到她会这么死心塌地！"

"呀，那你打算怎么办呢？"

"我准备叫王竹把她活埋掉算啦！"

"费那么大的事，就落个这呀！"那女人用耗子似的细牙齿咬着下嘴唇思忖一阵，讨好地说："哎！我倒有个办法，保险叫她说。"【阅读能力点：对淑花的形象描写带有讽刺的意味。】

"别闹着玩啦，你有个屁办法！"

"哼！"胖女人鸡腚眼似的小圆嘴咧得和个瓢似的，"你们这点就比不上共产党，你别瞧不起我们女人呀！我真有办法，你怎么说？"

"小奶奶，有办法你就拿出来，开什么玩笑！"

"要主意有的是，可这笔奖金得归我。"

"给你，全给你。你倒是说呀！"

"她有孩子没有？"淑花沉下脸来问。

"好几个，问这有什么用？"

"孩子都跑了吗？"她紧追一句。

"大的都跑了，小的……可能有。"

"哈！这就好了……"她把嘴靠在他耳朵上，嘴唇翻动得飞快，说完，拍着他的秃脑门，得意地问："怎么样？上策吧？"

"哎呀！小宝贝，你可真行……"王柬芝喜笑颜开（形容心里高兴，满面笑容），把她搂在怀里。

母亲被敌人架回门口。嫚子一见母亲进来，立时把杨胖子翻译官给她的两个糖果摔掉，一面叫着妈妈，一面伸展两臂，猛扑过来！母亲那褪了色的带补钉的蓝褂黑裤子，已破碎不堪，沾满一片片的血迹。发髻早脱散，长发像堆乱草似的蓬散着。脸，那慈祥的母亲的脸，盖着一条条的血渍。一见女儿，她大吃一惊！但她来不及去考虑其他，只有对女儿的爱在她心里燃烧。她忘记身上的剧痛，上去很费力地抱起女儿，她摸摸孩子的小嫩脸腮，用力地亲着。母女俩的身子紧紧贴在一起，心在一起跳荡，是相依为命的啊！

那庞文大队长、杨胖子翻译官和其他随从，非常惊异地看着这一幕，互相交换着迷惘的眼神。但这绝不是那普通的贫困的中国农妇会见她的孩子时那种沉湛朴质的感情打动了他们，更没唤起他们丝毫的怜悯心，而是像那些最残暴冷酷的野兽一样，他们的迷惘是由于他们只知互相吞噬，而对人性的一切，都完全愚昧无知。【阅读能力点：通过对比描写，表现出敌人的残暴冷酷，更突显出母爱的伟大。】

在迷惘之余，他们心里又特别狂喜。请看，这不是那个知道女人心的高明女人献出的最好妙计吗？时机已到。杨翻译官得到示意，笨拙地躬下腰，拾起被五岁的小女孩抛在地上的糖果，向母亲走来。

母亲还没来得及向孩子说几句爱抚的话，她的心就立刻冷起来！敌人把孩子抓来做什么？她越想越不对头，越用力抱紧孩子。【阅读能力点：母亲猜测着敌人是拿孩子作为人质逼她说出工厂的位置。】嫚子像也懂得了母亲的心事，更紧地抱着妈的脖颈，头趴在母亲的肩膀上。瞅那杨翻译官走过来，母亲觉得就是条恶毒的大虫扑上来，要把她母女吞噬下去，她不由得后退一步，紧张恐怖地盯着他！

"哈，别害怕。"杨翻译官把嫚子拉起来，硬把糖塞进孩子手里，"快吃呀，小朋友。大皇军从来都是爱护孩子的，特别喜欢我们中国的孩子。"

母亲的愤怒又炽烧起来，大声地说："孩子，别要！咱不吃狗的东西。摔到他脸上去！"

"妈妈，我不要。汉奸，给你！"嫚子听着母亲的话，小脸一绷，叫着把糖摔向敌人堆里。正好打在庞文的眼上。

庞文见软的不行，心里非常气恼。他一面搓眼睛，一面嘟嘟啦啦叫喊一通。

杨翻译官板起面孔，对母亲说："你这老太婆应该识相些。皇军大队长听说王竹中队长对你太狠了点，从死里把你救出来，并让你和孩子会会面。好哇，现在明告诉你：如果你疼自己亲生的孩子——"他把最后这句话说得特别重，故意顿了一下，瞥视母亲一眼。他见她浑身一震，就又说下去："好，不要太伤心。如果你把兵工厂的机器埋藏的地方说出来，那么你的孩子我们一动也不动；你的伤也负责治好；还有赏金。如果不说，哼！你也知道，皇军火了可什么都能做出来！"

母亲虽早已料到这一层，但当听到后，还是抑制不住那巨大的内心恐怖，她开始哆嗦起来，身子无力地靠在椅背上。她知道，她虽有一颗做母亲的为孩子可以掏出来的心，可是她已经被折磨得稀烂的衰弱不堪的身体，怎么能保卫住孩子呢？啊！不能丢弃孩子啊！孩子是她的命根子，她的一切！哪个做母亲的能眼睁睁见孩子被杀死而不救呢？！不，决不能！母亲更紧地抱着孩子，目不转睛地瞅着孩子的脸。【阅读能力点：母亲为孩子的安危感到痛苦不已。】

老天哪，不行啊！母亲开始流下眼泪，她情不自禁（感情激动得不能控制，强调完全被某种感情所支配）地呜咽起来……孩子见妈哭了，也跟着哭起来！母亲忙又收住哭声："孩子，别、别哭……"母亲猜得出敌人将要怎样对付孩子，她不能眼看着孩子遭毒手，她要尽一切法子把她的孩子保卫住。她偶然有这个想法：或许她用做母亲对孩子的疼爱心说出最挚诚的言语，能打动这些也是人的东西发发慈悲吧？

"你们把一个五岁的孩子弄来干什么？"她很镇静地说，"工厂的机器我知道埋在哪儿，孩子不知道。共产党八路军是我招来的，我接干部到家里的，孩子她不懂。孩子小，她还什么也不知道。要杀你们杀我，你们不能害一个不懂事的孩子。不，你们决不能害我的孩子！你们快杀死我吧……"

"好个厉害的嘴！"杨翻译官冷笑着，"少废话，现在你干脆回答：你要孩子还是要工厂？"

"孩子工厂我都要！要死我有一条命！"母亲断然地回答。

"好个英雄！"杨翻译官发火了。

庞文已等得不耐烦，暴躁地叫起来。门外立时冲进王竹、王流子等人，上去从母亲怀里夺走嫚子。母亲发疯般地向孩子扑去，那长长的灰发在她身后飘散！可是被两个敌人扭住了。皮鞭在孩子赤裸的幼嫩身子上抽打，一鞭带起一道血花！孩子已哭哑声了。

母亲哪，救救孩子啊！孩子的小手指一个个被折断了！

"说不说？"

母亲昏厥过去……

孩子被倒挂在梁上，一碗辣椒水向她嘴里灌进去，又从鼻孔里流出来——是心肺里的血啊！【阅读能力点：对孩子采用这种恶毒的手段，表现出伪军的毒辣卑鄙。】母亲醒过来，呼喊着，扑过去！被敌人架着拖过来。孩子死过去，活过来，又死过去…毒辣无比的凶手，在绞杀一棵幼嫩的花芽！哭声像最锋利的钢针，扎在母亲心上！她已经没有力量去冲扑，她一次次昏厥。

她要救孩子，她要保工厂。

她要屈服——赶快饶了孩子吧！不，不能！

她要发疯！她紧咬着牙关发颤！

听不见孩子的哭叫声了，母亲似乎平静了些，坐在地上痴呆呆地发怔，从眼里射出凶狠的光芒！她脸色是那样惨白，阵阵的痉挛使全身抽搐着。

"怎么样？现在还来得及！"杨翻译官见她又睁开眼睛。

"你、你们这些没人性的东西，就死了那条心吧！"母亲从牙缝中吐出这几个字。说毕，她又昏厥了。

庞文拍着指挥刀，狂怒地吼道："八格！中国人的，大大地死了的有！"

入夜了。

苦菜花

在那高大围墙的背阴处，有个十六七岁的女孩子紧贴在那里。她那双机灵的眼睛，在黑暗里闪光。她紧瞅着在大门口汽灯下站岗的伪军，苦费心机地想着怎么能通过去。【阅读能力点：这个女孩是谁？她是来救母亲的吗？在此设置悬念。】

门响了。她赶忙向后一缩，但马上又伸出头来。她看见走出来的不是敌人，而是一个女人，手里提着小篮子。趁那女人转脸被灯光一映的瞬息，她认出是杏莉的母亲。

女孩子心里亮了一下，忙转身朝沙河跑去。女孩子跑到河旁的树林边，就放慢脚步，悄悄地走进去。里面隐隐地有一个人迎出来。"玉子，怎么样？"那人焦急地问。

"秋哥，刚见杏莉她妈从里面出来，像是给大妈送饭的样子，咱到那里去问问她吧！"玉子很快地回答。

"好，走吧！"

民兵队长玉秋是今天傍晚溜进村的。他穿着伪军服装，背着大枪。他是奉姜永泉的指示回村来侦察敌人情况的。回来后就掩在王老太太家里。当他听到沙河惨案的经过时，真是悲痛万分。一听说母亲娘俩还被关押着，马上就要去救。于是，他和王老太太的孙女玉子摸出来，先了解一下情况……【阅读能力点：与上文相呼应，女子是玉子。】

"怎么样？那孩子……"杏莉母亲一进门，王长锁就焦灼万分地抢上来问，但他一见她哭红的两只眼睛，心里就明白几分，后半句话吞回去了。杏莉母亲丢掉篮子，扑在炕上，大声哭起来。"天哪，不行啦！"她绝望地悲叫着，"大嫂身上没块好肉，可怜那孩子也被打坏了！孩子怕、怕不行了！听站岗的说，明天就要杀死。这些狠心的狼啊！"

王长锁两手捶胸，瞪大眼睛，忿忿地说："不能看着她们遭毒手，我们要去救！"

"你、你疯啦！咱们有什么法子？"她惊恐而又绝望。

听到打门声，两人吓了一跳。她走出去，问："谁呀？"

"大婶，是我呀！玉子。"外面焦急地回答。

"噢，可把人吓一跳。快进来！"

他们进来后，王长锁已经不在屋了。杏莉母亲明白他为怕人知道他和她的关系而躲藏了。

玉秋和玉子忙问母亲娘俩的情况。

杏莉母亲长叹一声，眼泪又簌簌掉下来。顿时，玉子也哭开了。玉秋忍着泪，要杏莉母亲把母亲的情况说说。"玉子，嫚子怎么叫他们找到的？"杏莉母亲说完，又问道。"大婶，谁知道王竹这坏种怎么知道的？"玉子哭着说，"今早晨，王竹领着三个人到我们家去抓。我奶我妈死拉住不放，又哀求他，可被打了一顿。奶奶当时吐了血，现在还躺在炕上哩！"

"这可怎么好啊！明天鬼子就下毒手……"杏莉母亲又啜泣起来。

"明天？！"玉子惊呼。

"一定想法救出来！"玉秋把大枪向地上一顿。

玉秋苦心想着营救的办法，自言自语地说："硬来是不行，要想个法子……"

玉子苦恼地说："得先把门岗挡住。"

这话启发了杏莉母亲的智慧。她想起用白大洋买通门岗让她进去送饭，伪军嘴里喷出来的浓烈酒气和大蒜味的情景。她打量一下穿着伪军服的玉秋，看看俊秀的玉子……一霎工夫，她有了主意。她对玉子试探地说："玉子，我有个法子，可就是要你多出些力，你敢不敢？"【阅读能力点：三个人在计划着营救母亲的方法。】

"大婶，我什么也不怕！为救大妈和嫚妹，我死了都行！你快说吧。"

杏莉母亲小声说出她的主意，玉子兴奋得简直快笑了。玉秋点点头："行倒行，可是人手不够。我去找个来。"

杏莉母亲眉头微微一耸，说："出去找怕走漏风声，我家伙计长锁为人老实，叫上他就行啦！"

母亲背靠着墙坐在地上。她盘着腿，腿上躺着她的女儿——嫚子。一缕月光沐浴着嫚子的全身。这孩子紧闭着两只眼睛，黑黑的睫毛聚拢在一起。她遍体鳞伤，妈妈用灵巧的手给孩子织缝的红蓝小格布褂儿，紫色的裤儿，已和血肉粘在一起。她的小右手,紧靠在母亲胸口上,这是她从小就习惯这样放着的。孩子的中指、食指已经断了,只能看出是个黑红的小拳头。那朵快枯萎了的苦菜花,还牢牢插在嫚子头发上那右面一只小角的红头绳上,不过金黄色的花和黑头发,也和红头绳一样颜色——被她的血染成红的了!【阅读能力点:女儿头上的苦菜花也是对人物的暗指,母亲和女儿同苦菜花的名字一样命运悲惨。】

母亲陷在痴呆呆的境地里,眼前的一切一片模糊。她不知杏莉母亲来送饭时,她说了些什么,也不记得杏莉母亲什么时候走的。你看,孩子抽搐着小脸腮,颤动几下小嘴唇,像是在梦呓。敌人白天就把这昏死过去的母女关进牢房。母亲早苏醒过来,只是神志不清。孩子可是一直在昏迷中,甚至没睁开一下她的小眼睛,或发出一声细微的泣声。

随着月光,随着时间,母亲清醒了。她开始抚弄着女儿。难忍的悲怆又压住了她!

"嫚,孩子!听,妈叫你,你听到吗?"

"孩子,你叫声妈。叫妈!"母亲忙抱她起来。

"妈……"声音太细弱了,几乎是嗓子沙响了一下。但母亲听得很真切、清楚。

"好孩子,我的好闺女!"母亲不停地亲着孩子,流着泪水喃喃地说道。

嫚子没有哭叫。不是这幼小的生命知道忍受,而是她没有力量做任何喊声。她只是紧盯着妈妈的脸!母亲忽然觉得她怀里抱的不是个五岁的孩子,而是个大人——娟子、德强和秀子,她心里有很多话要对她说,要把什么都告诉她。

"嫚,你知道吗?你姐,你哥,常抱你的姜大哥,星梅大姐,还有教你唱歌逗你玩的八路军哥哥,他们是做什么的吗?你知道,俺嫚知道,是打鬼子的。对,孩子,他们要打鬼子,要革命,要把咱中国受苦人的穷根子挖掉。好孩子,你妈老了,怕赶不上那好时候了;你到那时可长大了,长成大闺女了!孩子,你不是爱花爱俊吗?对,俺嫚还爱唱歌,到那时啊,就像你星梅大姐说的,你要当演员啦,妈要看俺闺女演戏呢!孩子,前辈的老人,都是为你们后辈着想的呀!孩子,好孩子!你还没见到你爹,他回来一定不认识你了!我的好闺女,你听到妈的话吗?"【阅读能力点:通过自言自语的方式将母亲此时的心理状态清晰地

表现出来。】

嫚子像真听懂了妈妈的话，眼睛瞪得更大。然而，她脸上的嫩肉不抽动了！嘴角的血道僵住了！断了指头的小手掉落下来了！身上不热了！细弱的呼吸停止了！她一动不动，她、她死了！

母亲骤然间变得冷酷起来！真的，跟了她十几年的孩子，也从没见过母亲变得这样可怕。她眼睛瞪得彪彪圆，仇恨的光利剑般地射出来！牙咬得咯吱咯吱响！【阅读能力点：女儿的死激化了母亲对敌人的仇恨。】

她要爬起来，冲出去！把王竹、庞文、杨翻译官……一切敌人撕成碎块，生吃掉！她愤怒！她喊叫！用头撞墙，用脚蹬地！她不知道世界上还有比把她亲生孩子杀死的人更可恨，更凶恶！她不知道还有比母亲瞅着孩子被人绞杀时的心情更疼痛，更不能忍受！

母亲渐渐平静下来，紧紧抱住小尸体，用手轻轻地抚摸孩子还在睁着的那对小眼睛，恍恍惚惚地说："孩子，嫚，闭上眼睛。听妈的话，闭上眼睛，去吧！孩子，别怨你妈狠心，眼见着让人把你杀死。孩子，你妈愿死一百次，也比看着你被人害死好受些。记住，是鬼子、汉奸把你杀死的。他们一会儿又要把你妈害死。孩子，你还没成人，他们就把你害了！你妈没护住你。孩子，闭上眼去吧，妈就陪你一块走。有你姐，你哥，有共产党，八路军，替咱娘俩报仇！"

深夜，发了一天兽性的敌人，昏昏睡去。

站岗的伪军，横挂着大枪，耷拉着眼皮，干哑着酒醉的嗓子，打着睡意浓沉的哈欠，像失去脚后跟似的，难以站住脚，摇摇荡荡地在门口徘徊。

从深宅子里面时而传来的嘻闹声、哗啦啦啦的麻将声、尖哨子似的卖乖弄娇的女人声，像是有意在对站岗的伪军嘲讽。他狠狠地向里面瞅一眼，一回头，发现两个人影向门口走来。【阅读能力点：是玉秋她们来营救母亲了。】

伪军还未来得及问话，人影已走到跟前。一阵浓重的香粉气息，扑进他的鼻孔。他不由得重重吸了一口气。"老总，"杏莉母亲上前柔声说，"王竹侄叫我送些酒菜来。放俺们进去吧！"

玉子穿着杏莉母亲出嫁时的盛装，她的头发梳得流油，脸上搽着浓粉，身上洒满香水。这样打扮，在她还是第一次。玉子心里有些慌，表面上却装作害臊的样子，低着头，不言语。这使那伪军更为着迷，竟忘记答话。杏莉母亲暗恨这家伙坏，嘴上却露出微笑，话里带蜜地说："老总，这是我外甥女，今年才17岁。这些日子病啦，刚好。老总，让俺俩进去吧。"

伪军扬扬眉毛，两眼瞪得像铜铃，词句含糊地说："不行。上面有指示，不准生人进去。你去倒行，她……我可不敢担保。"他一面说着，一面紧瞅玉子那闪动水波的眼睛。

杏莉母亲给玉子使个眼色，玉子忙说："姨姨，你进去吧。我在这等你好啦。"

"唉，就这样吧。好孩子，别走远了。天黑你一个人不好走，等我回来一块回家。"她又和善地对伪军说："老总，这里有酒有菜，给你些吃吧。桂花，拿些给老总……"说着递了一些吃的东西给玉子，就进去了。

那伪军万分喜欢，他瞅着玉子，嬉皮笑脸（形容嬉笑不严肃的样子）地说："哈，你这姨真是好人，给酒又赏菜。嘿，你病才好……看，脸蛋还是黄的。哦，也还红哩。别害怕，有我。"说着拿起酒就喝。

玉子胆大起来，心里恨着，嘴却笑着说："老总，到旁边屋去喝吧；你看，在这菜都叫风刮脏啦。"

伪军心里麻酥酥的，瞥一眼走廊旁边的侧屋，紧盯着玉子说："你陪我吃盅！"

玉子假意睨视他一眼，说："坏人来了怎么办？我给你看着人吧。"

伪军心里更不是滋味，上来就拉玉子的手。玉子忙把手甩开，挑逗地说："别乱动，叫人看见了。到屋去吧。"

瞅见伪军和玉子走进屋，黑影里闪出两个人。一个穿伪军服的把帽檐往下一拉，灯光的阴影罩住他的脸面，他像伪军一样来回走着站起岗来。【写作借鉴点：在此设置悬念，两个黑影是谁呢？】

王长锁见玉秋已站好，就向院里摸去……一会儿，王长锁背着母亲走出来。身后是杏莉母亲抱着死去的嫚子。他们去救母亲时，还见她紧紧抱着孩子的尸体！

屋子里，玉子用花言巧语（原指铺张修饰、内容空泛的言语或文辞。后多指用来骗人的虚伪动听的话）诱劝伪军喝酒，来回躲闪他的袭击。伪军被她撩拨引诱得喝个没完，一会儿就吃得酩酊大醉（形容醉得很厉害），口里直往外吐白沫子。他解开怀，袒露着紫胸脯，向玉子扑来，口里嘟囔着："小美人，光叫我喝酒怎么行！你把我的心都馋碎了……你倒是来呀……"

玉子像鸟一样和他兜圈子。听到脚步声，她忙转到门跟前，拉开门闩。随着门开，玉秋闯进来，那锋利的斧头一闪，嘣噌一声，伪军的脑壳裂为两瓣，血浆流出来……

玉秋吩咐玉子一声，玉子一溜烟跑了。

玉秋见他们已走出好一会儿，打量几眼里外的动静，进屋把一张纸条放在伪军尸体上，关好门，这才溜进暗处，急步回到杏莉母亲家里。

杏莉母亲要把母亲藏在自己家的地下室里。起初玉秋、玉子不同意，说这里离敌人太近，后来一则怕再转移被敌人发觉，又考虑杏莉家的地下室实在隐蔽，也就同意了。

而杏莉母亲则有另一种打算，她知道敌人决不会来搜查王柬芝的家……【阅读能力点：因为杏莉母亲知道王柬芝的真实身份。】

玉秋当夜溜出村，上山去找队伍。出乎他的意料，走在半路碰上了头破血流（头打破了，血流满面。用来形容惨败）的王柬芝……

鸡叫头遍，查岗的伪军班长一面悠闲地唱着，一面来到岗位上。一推开侧屋的门，可把魂吓掉了。他拿起尸首上的白纸条一看，上面写着：

鬼子汉奸周知：为救我抗日军人家属，特将守卫伪军一名，处以死刑！杀害我干部等事，来日再报血海深仇！

第六区抗日民主政府宣

看后他打着哆嗦，跑到牢房一看，一个人也没有了。

苦菜花

【学习要点】

在抗日战争时期，鬼子汉奸曾采用过多种卑鄙的手法对人质用刑，手段极其残忍。文中简要介绍了坐老虎凳、吊起来毒打、十指穿针等毒辣的方法，令人毛骨悚然。通过这些让我们深切认识到鬼子汉奸的可恶，残暴，狠毒。他们这些残暴的行为是不能得到原谅的。

【读品悟】

母亲被伪军抓走后，吃尽了苦头。但坚强的意志和对党的忠诚令她没有出卖情报。但可恶的伪军用女儿嫚子作人质威胁母亲，抗战革命与母女亲情令母亲感到痛心不已。但最终，母亲依然无法背叛党，是一个合格的战士。

【思考探究】

1.王竹受王柬芝指使抓走了母亲，他们是怎样虐待她的？母亲会说出藏工厂机器的位置吗？

2.为了逼迫母亲说出工厂机器的位置，伪军不择手段，将嫚子作为诱饵。嫚子和母亲最终的命运如何？

第十二章

名师导读

白芸带领着卫生队一路护送伤员，她们在路上遇到了哪些阻碍？又是怎样解决的呢？娟子被组织派回家，她带着什么新任务回来的？是否能够查明真相？让我们拭目以待。

王官庄的敌人，遭到地方武装配合着八路军的突然猛烈的袭击，狼狈逃窜了。经过几次血战，解放区军民的英勇奋斗让敌人的扫荡又被粉碎了。这个最使敌人头痛的山区，又回到人民手中。八路军回来了。生活、战斗又走上了轨道。

母亲没有死。她从死亡的边缘挣扎回来。她浑身的伤，一天天好起来。她那饱经苦难风霜的身体，又复元了。【写作借鉴点：此句起着承上启下的作用，是对上一章节的补充说明。】也只有受过苦中之苦、痛中之痛的身体，才能有这样的韧性、这样无穷的抵抗力。她身上各处又长出红嫩的肌肉，结下闪着红光的伤疤。然而，却也留下致命的病根！

一天，"交通"老张来了。他笑咧着大嘴，从口袋拿出一封信，向母亲说："大嫂子，你可要请我的客啦！"

秀子抢上夺过来，拆开信封，高声朗读道：

亲爱的妈妈：

听说你的伤好了，我高兴得跳起来啦！妈，请接受你儿子的祝贺，望你好好保养身体，吃得胖胖的。妈，我已不在军队了。自从小寨战斗（就是老号长和于水牺牲的那次战斗啊），我腿上受伤，现在好了，腿还不大灵便，上级决定叫我到中学来念书。

妈，早先我最爱念书，现在可不愿离开军队啦。那里有老首长和战友，有心爱的马和枪，我还想多杀鬼子，为死去的人们报仇，收复全中国的失地。可我知道，上级为培养我才这样做的，妈，我一定服从命令，把书念好。

妈，现在我和杏莉在一起。她本来比我高一级，因她和大家的帮助，我俩已在一个班上了。妈，她要我问候你。我们俩都很好，请妈放心。

妈妈，我们要开饭了，不写了。问姐姐妹妹弟弟和村里的人好。

你的儿子德强上
8月10日

学校里开中午饭了。大家集合在广场上。值日生在打饭分菜，其他人排好队，在唱歌。

杏莉站在队前指挥。德强是不大爱唱歌的，思想"开了小差"。他在想："写的信妈妈大约收到了吧？她才高兴哩！一定叫妹妹念着，或许她还哭了……"【阅读能力点：德强能够上学读书了，也表现出他对母亲的思念。】

德强的回忆被突然的枪声打乱了。枪声愈来愈紧，人们哪还顾得吃饭？都背起背包，向村南山上冲去。

中学设在昆仑山的东麓根据地的边沿区，是在游击环境中上学的。其实除了不打仗也和部队差不多，经常同敌人兜圈子，抽空隙上课。树林山坡是教室，膝盖背包是桌凳。他们时常遭到敌人的袭击，遇到这种情况，就突围出去，如果被冲散了，就按事先约好的地点去集合。这次敌人来得太突然一些，新来的学生经验不足，一跑就乱了。【阅读能力点：描写出在抗战环境下读书的艰苦。】

德强凭他的战斗经验，帮助其他同学向山上跑。有两个女同学，张大嘴巴，跑得换不过气来，德强就拉着她们向前跑。但她们很知道，这是徒劳，并要连累他，就叫他快走。德强无奈，只得扒开一堆柴草垛，叫她们爬进去，给她们盖好。仔细看看盖严了，这才向山上爬去。

德强不顾子弹在耳边嗖嗖地划过，拼命地向前猛跑……他一开始就注意寻找杏莉，却一直没看到，心里很替她担心。

忽然，听到有人叫喊。德强顺声赶过去，啊，正是她！杏莉的一只腿滑进泥水沟里，拔不出来了，急得她不迭声地乱叫。德强抢上去，拔葱似的用力把她拖上来。她的一只鞋被粘在泥里，也来不及找，他拉着她的手就跑。

枪声打鼓般地响着，敌人疯狂地追来。

德强瞅见前面有一大片棉葛蔓子，它那繁盛的蔓叶掩盖住地面，有两尺多深。他忙拉着杏莉钻进去，两人爬着向前走。

突然，呼隆一声，一只狼从他们身旁窜过去。两人吃了一惊。杏莉哎哟一声，紧抱住德强的胳膊。德强马上高兴地说："看，这有个石洞。快躲进去！"

石洞又黑又小。德强叫杏莉先进去，杏莉不敢；德强爬进去后，她才紧贴着他的肩臂偎靠着趴下来。两人听着敌人叽哩呱啦地从头上走过，枪声渐渐远了，才舒了口气。爬出石洞，杏莉才呻吟着叫起痛来。她那只没了鞋的脚，被乱石草茬碰擦得血糊糊的。

德强把她安放在平一点的地方坐好，摘下肥厚硕大的棉葛叶给她擦伤，一面逗趣地说：

"哈，这真是最好的包扎所，'药棉'随手就能拿到。"

"哎哟！痛，痛！"杏莉叫唤着，吸着冷气。

"别叫。愈叫愈痛。你用力咬着牙就好了。你试试，照这样……"德强紧闭着嘴，用力咬住牙关，"试试，用力咬。"

杏莉照样学着，真的不叫痛了。德强一边擦伤，一边笑着说："对啦。伤口这玩意儿就是欺负怕痛的人。你愈叫痛，就愈觉着痛得厉害。若是不理它，它就没法子了。"

她专神地瞧着他每一个敏捷的动作。忽然收住笑容，惊叫起来："看！你胳膊上有血！"

德强转头一看，真的血把衣袖浸透一块。他卷上袖子，是胳膊被子弹擦去一块肉。他不在乎地说："没关系，擦去点皮。"说完用嘴在伤口上使力吸了几口，呸呸吐出一口血水。

杏莉表面上安静地没说什么，只是看着他的从容不迫（不慌不忙，沉着镇定）的动作。可是她内心里，已经充满了激荡的温情。德强毫无痛苦的表情，使她深受感动。这是一个精力多么充沛而又快活的人啊！杏莉从来没有像现在这样强烈地感受到她的朋友的英勇和可爱。

杏莉激动得眼圈都红了,见德强要撕衣服,忙制止道:"别撕你的啦。你只这一件。我里面有白衬衫,脱下来好啦!"

两人把伤处包好后,德强说:"咱们走吧。找学校去。"

于是,他又搀着她,一摇一晃地向前走去。他们刚翻过一道山岭,迎头又响起密集的枪声。敌人又折回来了。枪声更密更近,啪嗒啪嗒的走路声也传来了。

德强正要拉杏莉冒险从敌人空隙中溜出去,忽听有人叫道:"同志,同志!赶快过来,快呀!"

两人不觉一怔。这声音是多么急促亲切啊!

一个四十多岁的老妈妈,边叫着边奔过来,把他们拖进人堆里。就同对自己的孩子说话那样,她带着母爱的口吻,不容反驳地说:"都快把衣服脱下来,快!"

德强迷惘地看看自己一身褪了色的军装;杏莉慌乱地打量全身的蓝制服,都手足无措(形容举动慌张,或无法应对)。

老妈妈急急忙忙打开包袱,拿出两套衣服,吩咐道:"快换上,这是我儿子的,这是媳妇的。鬼子来搜,你们就说是我儿子和媳妇!"老妈妈不由分说给他们把衣服换上。老妈妈又吩咐身边的一个八九岁的孩子说:"小方,谁来问你,就说这是你哥哥、嫂嫂,记住了吗?"

"知道了,妈妈。"孩子眨眨小眼睛,机灵地答道。

敌人把人们围住,开始搜查了。

他们把每个人的口袋都翻过来,仔细地检查,甚至发现一张纸条,或者孩子闹着玩用的青铜钱,就认为有嫌疑,把人抓起来。敌人还借检查为由,调戏年轻的女人。

"这是什么人?"一个敌人指着德强和杏莉。

"是俺儿子和媳妇。"老妈妈坦然地回答。

那家伙上去就要解杏莉的衣扣,一面说:"快解开搜搜,里面藏的什么东西!"

杏莉着了慌。老妈妈护住她,哀求道:"老总,孩子病刚好。她身上什么也没有。求老总,别叫她受着凉。"

那家伙阴沉地冷笑一声，瞅了一下杏莉那灰脏的脸，没再动手。他又指着德强，忽然吓唬道："哈，八路，八路！"

"你说什么，八姑？"老妈妈装作不懂，"噢，你问孩子几个姑姑呀。唉，告诉老总，一共两个。去年死去一个，可怜死人啦，撂下一大堆孩子。唉，是得伤寒死的呀！我去送殡……"【阅读能力点：通过语言描写表现出老妈妈的沉着稳重。】

"妈的，谁叫你叨叨这些！"敌人不耐烦地扇老妈妈一耳刮子，骂着拖过小方，指着德强问道："他是什么人？"

"俺哥哥。"孩子从容地回答。

"哎，你说他是八路，我给你糖吃。"敌人说着把手伸进口袋里，佯作掏糖的样子。

"不，他是俺哥！"小方肯定地说。

"小兔崽子！撒谎！"敌人扯着孩子的耳朵，撕扭着拖到身前来。

德强气恨得真要冲出去，砸死这些野兽；杏莉又吓又怕，又气又恨，全身在颤栗；老妈妈紧紧把他俩护住。一切都指望在孩子身上了！

敌人抓住孩子的大拇指，折着问："快说！他是不是八路军？这里面谁是？"

"不是。他是俺哥哥呀！俺谁也不知道啊！"小方跺着脚，疼痛地叫喊着。

格叭一声，孩子幼嫩的大拇指被折断。他哭得哑了气，倒在地上。【阅读能力点：表现出鬼子的残暴狠毒，连一个无辜的小孩子都不肯放过。】

敌人疯狂一阵，撤走了。德强满面泪下，紧紧抱起小方，激动地说："好兄弟！你救了我们。好兄弟，我永远不忘你！"

小方紧紧搂住德强的脖子，挂着泪珠的脸欢笑了："八路军哥哥，咱中国人死也不当汉奸！我是儿童团员哩！"

德强把他抱得更紧。

杏莉哭着拉住老妈妈的手，感动地说："大娘啊！你救出咱们的命。幸亏你啊！叫我怎么来报答你好啊！"

老妈妈给她擦干泪水，感慨地说："好孩子，咱们是一家人呀！我的儿子也是八路军；媳妇是在上次扫荡被害死的。你们多杀几个鬼子，早一天把日本鬼子打出去，这比什么都好！我为你们死了都甘心！"

在闷雷的催促下，大雨倾盆地下着。闪电下，出现一条急浪滚滚、水质浑浊的河流。它汇集了莱阳城附近平原上的雨水，夹着黄黑的泥土，咆哮着冲进南海里。

远处传来断续的枪声。全被雷雨声埋没了一切响动的二三十个人，正在这雨天黑夜里往前挪动。他们，有被背着的，有扶在别人身上的，有相互依偎着的，有拄着拐棍的……摇摇晃晃，颠颠蹶蹶，正走着，突然都怔住了！河流挡住他们的去路。人们立时惊愕不安地骚动起来。【阅读能力点：设置悬念，冒雨前行的一队人是谁呢？】

走在队伍最后面的一个黑影，一发现前面停止了脚步，就把身上背着的一个身体高大粗壮的人，轻轻放下来，扶他坐在草地上，她自己急忙赶上前，冲着一个正在发楞的人，问道：

"于兰，怎么啦？"

"白队长，你看……"没等于兰说完，问者就明白了。

白芸瞅着这急浪滔滔的河水，听着兽嚎般的水声，也发起楞来。后面的枪声，似乎被人们忘记了。

白芸同这里的其他人一样，衣服湿得紧绷在身上，身上全被泥浆糊遍，像刚从稀泥潭里爬出来的。这几十个人里面，有一半是伤员。部队在烟（台）青（岛）公路间游击敌人，有了伤员，就要转移到海阳一带的根据地里去。几年来，白芸已做过数次这样的工作。每次，都在群众的帮助下，胜利完成了任务。这次却遇到不幸的情况。【写作借鉴点：此句起着引领下文的作用。】

今天黄昏时分，他们被投降派赵保原的部队包围了。担架队的老乡被打散，只剩下卫生员和来护送的战士。他们一面抵抗一面带着伤员突出敌人的包围。白芸他们冲出后，敌人拼命追赶。幸而遇上大雨和漆黑的夜，给敌人增加了困难。但也使自己失去方向，以致遇上拦路的河流。

怎么办呢？

白芸虽是个久经战火锻炼的人，但这时也失去了固有的平静。临走前于团长庄重信赖的话,还响在她的耳旁。白芸忽然紧张起来,一刹那,感到身上的责任重大了数十倍。她心中升起一种少有的感情。看啊!这些在战场勇如猛虎的战士,现在倒像是最可亲可爱的天真孩子,用期望母亲似的目光看着她!【阅读能力点:在这样的危急关头,战士们都需要白芸做出决策,对她充满了信任。】

白芸感到异常惶惑。怎么办呢?她能背着高大粗壮的王排长走十几里路,但现在她能把所有的人都背起来跨过汹涌的河流吗?这一切想法都在一瞬间闪过,在其他人眼中,她几乎没有犹豫一下。她把军帽用力往流着水的头发上一扣,对大家说:"同志们!路我们走得不对。这条河水急浪高,不能过去。咱们马上转移到别处去。现在……"

"白队长!过来一下。"后面传来粗砺的叫声。

王东海身受几处伤,不是腿上有块弹皮,他怎么也不会听于团长的话,向后方转移。这硬汉子忍受痛苦的力量,真是使人吃惊。每次受了伤,他当时都似乎发觉不了,可是当战斗全部结束,别人给他包扎伤口时,他才感到是有点痛,但从不皱一下眉,吸一口冷气。仿佛那受伤的部分和他的身体是分开长的,他根本感觉不到似的。这时他坐在地上,听到前面的情况,心焦得像火烧,急想上前看看。【写作借鉴点:运用了比喻的修辞手法,描写出焦急如焚的心情,形容事态的紧急。】可是爬了几次,却又倒下了。

"你别动。王排长,你的意见呢?"白芸应声赶过来,扶起他。

"白队长!"王东海有些激动地说,"敌人快上来了。如果天亮前过不去河,我们就要全部牺牲!把枪给我,你们……"

"不,不!"白芸已领会他的意思。

王东海在突围时就坚决要留下掩护大家,结果大家苦劝又强制地才把他背出来。白芸刚入伍时就和王东海在一起待过,她深知这个青年排长的一切,于团长也经常号召大家向他学习。她对他充满敬重和热爱。白芸怕他一提出这事,就会引起其他伤员的响应,这样又会发生一场不容易做的说服工作。所以没等他说完,她就抢着说:"王东海同志!你不该那样想。我们一定要把全体伤员送到根据地!"她转回头朝大家说:"同志们!提起信心来,把伤员送到,完成咱们的任务!大家有勇气没有啊?"

"有！"五六个女卫生员和七八个战士，一齐响亮地应道。"同志们，"白芸更加充满信心地说，"以我看这条河不太大，一定有能过去的地方。天太黑路又不好走，敌人是不容易找到我们的。我们先转移到树林里去，隐藏起来；再到村里找个向导，带我们过河。大家同意不同意？"

"同意！"

"走！"

以狗叫声为目标，白芸带着两个战士摸到一个村庄。白芸在前，两个战士在后，慢慢地顺着墙根往里走。遇到一个门口，他们停下来。白芸瞪大眼睛，想看清这房子是个什么模样。【阅读能力点：白芸转运伤员的任务遇到了极大的阻碍，他们将目标转向寻找向导上。】

这是一幢三间茅草屋，它矮得白芸那不高的个子已快触到屋檐。看得出，由于太陈旧，它像个驼背的衰弱老人，随时都有倒塌的危险。【写作借鉴点：运用了拟人的修辞手法，将房子拟人化，形容房子的老旧。】门板已烂掉几块。泥墙上的两个小窗户，堵满破席乱草。现在，它紧紧地严实地闭着。

白芸心里寻思，这一定是家穷苦人，就是不能说服他们去当向导，也可以打听一下情况，至少不致于坏事。于是，她悄声对战士们吩咐几句，他们分别闪到墙的两端去了。白芸轻轻敲了一下门，马上把耳朵贴在门上听听。里面一点动静也没有。她又略重些敲了几下，轻声叫道："老乡，开开门呐。"

里面有了动静。

"老乡，快开开门呀！"她又叫道。

"谁？"里面传出一声问话，是个女人。

"老大娘，开开门你就知道啦。快点呀。我被雨淋坏啦！"

白芸非常温和恳切地要求道。

里面又骚动一阵，并有小声说话的声音。接着，门无声地开了。

白芸左右环顾几眼，随即闪进门里，回身又把门关上。一股暖气，向她扑过来。

"老大娘，别怕。我是个闺女呐。"白芸极力安慰看不清模样、站在她跟前不动的人影。

"噢！你是来借宿的吧？唉，黑天大雨的，可怎么往外面跑？我点上灯吧。"她像明白了，舒口气，亲切地说。

"别点灯。有鬼子！"白芸忙阻止。

"不要紧。咱这破窗户都堵死啦，亮透不出去。"老大娘边说边找火镰火石打火点灯。

屋里漆黑一团，什么也看不清。灯亮了，她才看清楚，炕里边躺着一个头发斑白的老头；中间是一个十岁左右很枯瘦的男孩子；一个十五六岁的女孩子披衣坐在炕上，瞪着一双深沉的眼睛，紧瞪着白芸。白芸觉得这双眼睛和她那黄瘦的脸面很不相称。

那老大娘猛地惊呆在那里。<u>她原以为是夜里遇雨来借宿的闺女，万万想不到世界上还有女兵！她愕然地张着嘴唇，苍白的头发在哆嗦，一对被皱纹包围着的善良眼睛，惶恐地看着穿着湿漉漉的草绿色军装的白芸。</u>【阅读能力点：大娘看着白芸露出惊讶的表情，她为何会如此惊恐？】

白芸刚要向她解释，忽然那女孩子发出惊喜若狂的激动喊叫："啊！八路！"

白芸看着被小姑娘指着的她左臂上印着蓝色"八路"两字的证章——它被雨淋湿后，更显得清鲜醒目。白芸笑了，亲切温和地向这家人微笑了。

炕上的老头和孩子都吃惊地看着她。<u>老大娘抢上一步，两手紧抓着白芸的两只胳膊，目不转睛地瞅着她的脸。慢慢地她又去摘下她的军帽，和对自己的女儿一样，理着她的湿淋淋的头发，抚摸她的前额、脸腮……</u>【阅读能力点：通过大娘亲切的动作描写，表现出她内心对八路的爱戴。】

白芸也非常激动，见老大娘眼里闪着泪花，嘴唇在抽搐，忙把她扶住，叫道："大娘！"

"八路！你是八路军？共产党？"老大娘半天才激动地说道。

"是的，大娘！是八路军。共产党的队伍。"

"你们都来啦！"老大娘几乎是在喊。

"不是，大娘。我们来有事。"白芸觉得这话让她太失望，又加上说，"大娘，我们很快就会来的！"

老大娘嘴唇撺动几下，像有什么话要说，但又忍了回去。接着叹口气，说："啊，你是来住的吧？快把衣服脱下来，烘烘干。可是，唉，到白天就……"

"大娘，我不在这里住。是来……"接着她把来意说明，紧注视着对方的反应。

老大娘怔了一下，为难地说："唉，这可怎么好？家里没人呐！瞧，老头子病啦。这黑天雨夜的，没个大人，可怎么办哪？"她说完也注意瞅着白芸，怕她有不信任和怨恨的表示。

但出乎意料（指出人意料），白芸急忙关切地问："怎么，老大爷病了？什么病？"

白芸看过病后，解开用衣服裹着的皮包，取出几包"奎宁"，递给老大娘说："这药治疟疾最有效。每顿饭后吃两片，用开水送，两天就好了。大娘，你看村里哪家的人肯去？我好另去找。"白芸说着就准备告别出来。她的心时刻在伤员身上啊！

"不，等等！"一直在打量这个女兵的小姑娘突然叫道，紧接着光着脚丫咚一声跳下炕。"我去。俺带你们过河！"她倔强地说。

白芸吃惊地看着她。

那女孩子的长圆脸瘦而黄，黑黄色的头发，扎着一根细小的辫子耷拉在脊背上，身上的衣服补钉加补钉，有的地方露着肉。但她那对不大的黑眼睛，却像有火在里面燃烧，它发出的不是一般女孩子的天真烂漫的柔光，而是倔强的深沉的犀利光芒，以致使她那恬静憔悴的脸面，带着大胆勇敢的神采。【阅读能力点：对女孩的外貌描写表现出女孩倔强、勇敢的性格。】

白芸爱惜又感动地拉着她的小手，亲昵地说："好妹妹，你还小。这个天，你不行……"

"不，我行！路我熟。俺知道哪里能过河。走，快走啊！"她说着，把裤腿迅速地挽到膝盖以上，谁也不看一眼，就向外走去。

白芸瞅着她的行为，知道这不是孩子的冲动。她心里很高兴，就把眼光转向老大娘。

老大娘踌躇（对某件事很难做出决定）一霎，忙找出一条破麻袋，赶着披到女儿身上，叮嘱道："孩子，千万小心些啊！送走就快回家。"

"大娘，你放心。"白芸安慰老大娘说，"路上我们照管着她。过了河，就叫她回来……"

老大娘望着一团黑暗，听着哗哗的雨声和突起的狗叫，心紧张而猛烈地跳起来。她一回身，忽然看到放在锅灶台上的军帽，忙抢上去，拿起来就向外跑，但她马上又停住脚：上哪去找呢？她无可奈何地走回来，坐在锅灶台上，两手把军帽捺在心口上，两眼凝视着刚才白芸站过的、现在留下一滩水的地方。她心里一阵悸动，蓦地站起来，自言自语地说："怎么不打听打听，她知道不知道那闺女的信息呢？噢，没关系，她会问的……"【阅读能力点：揭示了大娘如此热爱八路的原因是自己的女儿也是一名八路军。】

雨点猛烈无情地冲破白杨树叶的阻拦，顺着树身哗哗淌下来。受过伤的人都知道，冷水向伤口里浸泡，是怎样一个滋味啊！绷带被湿透，有几个年轻的新战士，疼痛地呻吟着。

王东海的伤势非常重。他的嘴唇已咬破，本来黑红的面孔早变为煞白，一层层冷汗珠夹在雨水中流下来。他两只粗大的手，紧攥着一把石沙，几乎把它攥碎成粉末了。但自己的伤痛不是他唯一感到的，他最心疼的是看着这些战友受痛苦，和为此而更难过的卫生员们。

王东海靠到那个叫痛叫得最厉害的小战士身旁，把他紧搂在怀里，温和地说："小马，坚持一会儿，过了河就好啦！"

那小战士浑身滚热，发着高烧。他哭着说："排长，别管我！给我加一枪吧！你们好革命啊！"

王东海把他抱得更紧，激动地说："小马，快不要瞎说！能不怕死去杀敌人，这时的伤就受不住了吗？咱八路军的战士都要有种，只要有一口气，也要去和鬼子拼！"

小马两眼紧盯着排长那睁得圆彪彪的闪着光亮的眼睛，用力咬住嘴唇，没再叫痛！

当白芸和两个战士领着向导回来时，大家正入迷地听王东海讲他听陈政委讲的红军长征故事——"强渡大渡河"！

听说找来了向导，大家振奋地围上来。那小姑娘站在人们中间，带着惊喜的神色，看着这些陌生而又觉得亲切的人们。【阅读能力点："陌生而又亲切"陌生是指小姑娘不认识八路军里的具体同志，亲切又是因为自己亲人是八路军而感到熟悉。】她没说一句题外的话，只是在有的战士对她表示怀疑时，她才不以为然（不认为是对的，表示不同意或否定）地挑战地瞪着眼睛瞅他一下。

不知怎的，王东海很快就相信了这个孩子。他对小姑娘亲切地问道："小妹妹，你知道能过河的路吗？"

"知道。"小姑娘觉不出那大汉的话里有什么不信任的意味，只感到关怀的温暖。

"离这多远？"于兰已很焦急了。小姑娘没马上回答，却突然转过头，紧瞅着于兰。顺声音她才发现，这里有这么多女兵啊！

"不太远。过去那个土坡就是。"

这工夫，同志们都已准备好。于是，一溜黑影又移动了。

在荒野里，小姑娘到处探路，有时撞到荆棘丛中，有时掉进水坑里……她的衣服更加破碎，手脚都出了血。可是没听到她叫一声。

此处的水只及腰深。这是因为河流到这里水面变宽，分成两个支流了。大家顺利地过了河。人人长舒一口气，都争着向小姑娘握手感谢，以致使她不好意思起来。

要分手时，小姑娘突然拉住白芸的手，要求道："大姐姐，问你个事。能告诉俺吗？"【阅读能力点：小姑娘的要求是什么？是否在寻找她的亲人？】

"能，只要我们知道的。"白芸用力抱住她那瘦小的两臂。

"你知道俺姐姐吗？"

"她在哪？"

"她是共产党员。"

大家都惊讶地凑上来。

小姑娘低下头，轻声说："她和俺姐夫一块走的。走后，衙门里到俺家抓人，说他们是共产党……她走好几年了，一点信息也没有！"她又抬起头，"听说八路军就是共产党，你认识她不？俺想，她也是女兵。"

白芸被这事惊喜住了。她虽然不曾听说有个同志是莱阳人，但还是关心地问："她叫什么名字？"

"小名叫星梅。大名赵星梅。"

"姐夫呢？"于兰紧问一句。

"纪铁功。也叫铁功。"

人人都为不知道这两个人使小姑娘失望而感到不快。白芸亲切地安慰她说："小妹妹，八路军人太多啦！我们都不认识他们。你放心，回去后一定给你打听到。我把你家的情况都告诉她。"

小姑娘很失望，但还是非常高兴。她觉得姐姐就是这些女兵中的一个，也是这样了不起的人。她自己不知怎的，心里涌上一股热劲，舍不得离开这些身穿军装的人，不想往家走了。【阅读能力点：小姑娘虽小，但心里充满了对抗日的热情也希望能够成为这样了不起的人。】与跟这些人去找姐姐多好啊！可是她还是转回身去了。她想起慈爱的母亲，衰老病着的父亲，和年幼的弟弟……

人们目送小姑娘往回走，借着河水闪烁出的灰亮，看着她模糊的细小背影。

白芸忽然想起，直到现在还没问她叫什么名字。她忙赶上几步，但小姑娘已走过去一条支流。白芸就站在岸上大叫道："小妹妹！快告诉我们，你叫什么名字呀？"

黑影转过身来。唰地闪起一道耀眼的闪电蓝光，使她那消瘦的脸庞清晰明朗地呈现在人们眼前，深深印在战士们的脑海里。小姑娘大声回答："星蕙！赵星蕙……"

娟子从区上动身，太阳已经好高了。【写作借鉴点：故事分多线索推进，现在介绍娟子。】自星梅牺牲后，她的责任更加重了，大都在靠敌人的边沿地区工作，像王官庄这样离据点较远的村子，她很少来过。母亲遭到不幸后，她曾回家来看过一次。本来区上决定要她留在家里照顾老人几天，但母亲固执地要她走。这阵子在外面工作紧张，她忘记了想家，也没工夫牵挂母亲。可是现在开始往家走，心里真是热乎乎的，恨不得马上飞到母亲身旁。

娟子登上一座山岭，看到路旁的大岩石缝中流出碧清的泉水，就把小白包袱放在一边，蹲下身用手捧着喝了几口，心里顿时清爽了许多。她站起来揩着嘴唇，向深邃的山下望着。立时她被一道刺眼的光芒吸住。顺光看去：有两个人藏在路旁的岩石后面，鬼鬼祟祟（指行动偷偷摸摸，不光明正大）地在蠕动。他们手里的刀斧在阳光下反射出强烈的白光。

娟子立刻从腰里掏出手枪，推上子弹，抓起包袱。她向四周打量几眼，就顺着一个陡斜的山谷，借着松树和树丛的掩护，轻悄悄急速地插下去，想给那两个不怀好意（怀有恶意，有着不可告人的目的）的家伙以突然的袭击。但她马上怔住了！

那两个家伙已开始动作……

原来从山下顺路走上一个人。那人肩上背着钱搭子，低着头走得很慢，可是一步一步走近那大岩石了。娟子一阵紧张：她已来不及先抢上去，如果晚了一点，行人就要遭害。

"站住！"娟子见那两个家伙正要向路人行凶，断喝一声。接着就猛冲过去。这一喊把那三个人都惊住了。但那暗藏的两个家伙很快醒悟，冲过行人身旁，向另一座山上跑去。

娟子没马上开枪，因怕打着那个行路的人。等她抢过来开了两枪，已经打不中逃跑的人了，不单是草木太稠，就是手枪的射程也有限啊！娟子紧追一阵，茫茫的深山一点影子也没有。她知道再追也是白费力气，就折转回来，迎面碰上那行人。

"长锁叔，是你？！"

"啊，娟子？！"

两人几乎是同时叫起来。娟子擦擦汗说："真糟糕，就差一点，让他们跑了。叔叔，你是上哪去的？"

"唉，赶集啊。娟子，这是劫道的杂种吧？咱这地方这二年可少见呀！好险呐！其实咱有几个钱？"王长锁余惊未消，茫然地说道。"劫道的？倒是少见……"娟子有些怀疑地重复一句，【写作借鉴点：那两人不是劫道的，又会是做什么的呢？在此设置悬念。】又关切地问："叔叔，赶集怎么这么晚才来？"

"唉，今天本来不去的，后来校长叫去买点东西。娟子，你上哪去，回家？"

"嗯。"娟子点点头，"是到咱村有点事……"

"噢！"王长锁刚从惊骇中定下心来，但又像被什么突然惊醒，打断娟子的话，"娟子，回家再说，我要快点去了。"说完就匆匆地走了。【阅读能力点：王长锁内心的惊恐表明他有些不可告人的秘密，为下文作铺垫。】

"叔叔，晚上回来可要小心些啊！"娟子大声嘱咐着。可是瞅着王长锁的背影，她心里就涌上一阵又是不满又是惋惜的情绪。她放慢脚步走着，想着不久前的事……

敌人上次血洗王官庄，曾引起人们的一度怀疑。敌人为什么能那样有计划地来找兵工厂，那样突然地袭击呢？是不是有敌特做内线呢？【阅读能力点：敌人血洗王官庄引起了共产党的怀疑，他们能否找到特务呢？】

区上派刘区长和妇救会的干事玉媛来调查，结果什么也没发现。被敌人抓住的干部都被杀害了，参议员王柬芝是英勇不屈的，群众亲眼见他被王竹打昏，而后又寻法从敌人手中逃出来，并被打得头破血流。他家的房子也被敌人烧毁几间。另有个怀疑点是一家富农成分的伪军家属。这家人的表现倒是很顽固，可是谁也没见那伪军回来，家里只有两个女人和一个几岁的孩子，也没发现什么可疑的痕迹……

刘区长回区后，留玉媛在此继续了解情况，开展工作。村里不知是谁起的头，风言风语（没有根据的、不怀好意的、带有讥讽的话，另指私下议论暗中传说）地传出了王柬芝的女人和长工私通的事。村里人听说出了这种事，一个个都气愤异常，依着几个急性子干部的主张，马上就要开会斗争他们。玉媛觉着这事传出来得突然，又没有真凭实据；再者王柬芝是个开明士绅，杏莉母亲思想又不开窍，很少出门，万一斗错了，有个三长两短（指意外的灾祸或事故，特指人的死亡）就糟了。玉媛一面劝说干部们继续深入调查，一面把情况汇报到区上。

区里研究一番，觉得这事情很蹊跷。王长锁是王柬芝家的老长工，要真是跟杏莉母亲有私情，按理应该是早就勾搭上了，决不会是王柬芝回来以后才有的事情。那么，王柬芝回来后他们一定会更谨慎小心，为什么村里人早不知道，而现在忽然发觉了？为什么又偏偏赶上在调查敌特活动的时候，传出这种最易激愤人心的事情来？为什么这两个常被人看作最落后的人，会冒着生命危险抢救母亲？

这究竟是他们真有私情还是有人别有用心地想诬害他们呢？

一连串的问题一时无法澄清。当玉嫒继续了解几天依然弄不明真相时，区里就决定派区委委员、妇救会长冯秀娟回来调查处理这件事情。【阅读能力点：揭示了娟子回来的真实目的。】

娟子到村后找着玉嫒谈了一下情况，就打算到王柬芝家里看看杏莉母亲的动静。

杏莉母亲痴呆呆地坐在锅灶前的小板凳上，手里的烧火棍无目的地划着地，跳动的火苗，映着她的脸。脸，憔悴而枯黄，面腮塌下去。眼窝带着乌青色，眉毛紧锁着。他们由于同情和热爱，又被事实所激动、感动，煞费苦心（形容费尽心思，费尽心机）地冒着生命危险救出母亲。可是事后又怕起来。王柬芝在鬼子面前做假，不光掩住了他的罪行，村上好多人还夸他骨头硬。这条缠在他们身上的毒蛇，越来越摆不开了，要是他听说他们参加营救母亲的活动，会怎样摆布他们呢？！

出乎他们的意料，王柬芝对这件事情好像并不看重，只是对他们说："好哇！你们好心救了一条人命，有了功，现在可以去自首啦！把你们自己的丑事，还有知道的关于我的事情，一块都说给干部们听听吧！"王柬芝突然换了一副面孔，咬着牙说："哼哼！别做梦！共产党不会为你们救出个老太婆饶了你们。当汉奸是一律要活埋的！你们就没看到我哥的下场！你们跟我是一样的人，说出去了我王柬芝要掉头，可你们也别想在人世上待！再说，我王柬芝是八路军的红人，县参议员！凭你们就可以告倒我吗？哼，不那么容易吧！而你们的奸情……"看着两人的惊吓神色，他又转换口气，说："不用担心，我不想害你们的命。想想看，我王柬芝哪一点对不起你们？我也没想要你们干什么事，你们想好，咱们井水不犯河水过下去。我早说过，我是外面的人，家我是不要的，这还不都是你们的吗？"

王长锁和杏莉母亲，能冒生命危险去救一个他们热爱的人，可是在自己预先知道他们要以当汉奸的罪名死去时，就颤栗起来，畏缩起来！生命线又在他们心上抽紧了，他们立时骇然失措地把它死死抓住，不敢有一点松心。同时，为维护在他们的心灵上认为是最高贵的野性的爱情关系，使它不受损害、不受沾污，他们无论如何不能让外人知道，不能使他们的纯挚私情受到羞辱。他们为了保存私欲的爱情，王长锁可以出卖灵魂给汉奸当腿子，给王柬芝到外村送信进行联络，愈陷愈深地跌进泥沼里。他自己深负内疚，受着良心的责备，可是他没有别的法子，只是昧着良心，为他的女人活着，为他孩子的母亲活着。杏莉母亲就本身的痛苦来说，她比王长锁更惨重。她不单是为王长锁当了汉奸，和他一道受着良心的责备、悔恨的煎熬；更加一层，她为了他又遭受过宫少尼的奸污，把她自认为是对王长锁——她孩子的真正父亲——的圣洁爱情破坏了，把她的母性的纯良贞操彻底摧毁了，使她面对着最爱的人也感到身负重罪。可是，她这都是为着保护他、他们的爱情和他们的孩子啊！就这样把两个人完全缠在一起，为了保存共同的爱情不惜牺牲了一切。这种爱情关系已经和他们的生命融合在一起了。【阅读能力点：揭示出王长锁和杏莉母亲为何一直忍气吞声的原因。】

他们希望这样偷生下去，然而良心又使他们不能安于这种在阴暗处的伤天害理（形容做事凶恶残忍，丧尽天良）的生存，那些被敌人残害的人的血淋淋的尸体时常出现在他们面前，他们的心就颤悸起来，越发觉得王柬芝像只狼一样时刻张大血嘴在等着他们，就像等待一只绵羊一样。她的心里已经在一天天增加着冲出去的勇气。

正在这时，王柬芝的新阴谋又出现了。【阅读能力点：王柬芝把杏莉母亲和王长锁的私情散播出去，想置他们于死地。】当杏莉母亲和王长锁的私情关系在村里风言风语地传开以后，王柬芝告诉杏莉母亲说："唉，真丢人，到底传出去了，叫我怎么有脸见人？人家干部要开你们的斗争会，你若是还有点人性，要点脸面，你总该不会叫人捆到全村人面前，叫人家指着骂着说：'淫妇，偷汉子的臭娘们！'哼！你好好想想吧，反正是你们的事，死活都由你！"王柬芝临走时把一包"信精"（一种烈性毒药）丢在她面前。

这个消息像是沉重的闷棍击在杏莉母亲脑盖上，她再也没有勇气活下去了。她怎么能在全村男女老少面前，叫人家羞骂不休？这太可怕了！而且，怎么有脸再见把自己当成好人的母亲啊！再还有什么脸上街，有什么脸见人呢！她一咬牙，拿起王柬芝留下的毒药，临死之前心碎地说："我等不得见你们了，我的莉子，长锁……"

一想到女儿和王长锁，她马上转了一个念头："我这样死了，那不更证实是真的了吗？死了还落个不干净的名声啊！我那孩子也跟着我受羞辱，她没妈可怎么活啊！我死了长锁还能活下去吗？不，他也会死的！不，我不能死，我死也不能认下这件事！我一口咬定孩子是王柬芝的！……"【阅读能力点：为了自己的女儿和爱情，无论要经受多少痛苦，她都甘愿忍受。】

　　这个忧郁着度过半辈子的女人，拿定主意后，就等待着那可怕的斗争会的来到。过了一天又一天，到现在不但没等到，村里关于他们的风言风语倒渐渐听不到了。这反而更加使她愁闷不解。她本来就很少走出那深宅的威严的大门，加上这一来，连母亲她也不敢去见一面，太阳下就更见不到她那柔弱的影子了。

　　杏莉母亲正坐在锅灶前烧着火发怔，门开了，随着一阵脂粉味，娇滴滴的声音响了："哟，火快烧到脚啦！大嫂子在做什么呀？哦，想心上人哪。"杏莉母亲吃惊地抬起头，愠怒地瞅了进来的淑花一眼，又低下头，把火向灶里拨了拨。

　　那淑花在上次扫荡随伪军来到王官庄后，王柬芝本打算再叫王竹把她带回去。王柬芝是在鬼子没走时假样逃出去，以蒙混人们的眼睛，不料他回来一看，淑花还留在屋里，真是大吃一惊。可又有什么办法呢？鬼子在八路军突然而有力的打击下，慌慌忙忙逃回了据点，哪还顾得上领他的情妇呢！糟糕透了，没法给淑花搞到民主政府的通行证，无法行动；同时这女人的胆子最小，也不敢走这么远的路；王柬芝也怕她路上出了事，为此不得不把她留下来。过去这一段时间，在这深宅子里住着，谁也没有发现他家多了个女人，王柬芝心里还有些高兴，可以尽情地和美人儿待在一起了。他打算等着下次扫荡再把淑花打发回城里去。

　　"哦，生谁的气呀！我也不吃人，那样瞅我做啥？"淑花见杏莉母亲不答话，就白了她一眼，一瘪嘴唇，迈着笨拙的胖腿，从杏莉母亲身边跨过去。她那肥厚的屁股把杏莉母亲的头发碰乱了。

　　杏莉母亲顿时感到受了莫大侮辱，站起身，摔掉烧火棍，卷起袖子洗起菜来。

　　淑花见对方气恨的动作，一点不搭理她，好没趣味。她挑衅地说：

　　"我来告诉你，上回烙的饼不酥不脆不甜不香，这回要多放些糖和鸡蛋……"

　　"要吃自己动手，我没工夫！"杏莉母亲憋不住了，气恨地抢白一句。

"噢！"淑花可火了，"你说什么呀！哼，给脸不要，没工夫？你有工夫想那老长工，不要脸的长工姘头……"

杏莉母亲的脸唰地变白了，气得牙根打颤，可是她到底吞回去怒骂的话，把洗菜的脏水用力泼到院子里，顺口说："泼出去，你这污脏货！"

"啊？你敢骂我！"淑花气急地扭动着胖身段，"我叫你骂，我叫你骂……你那野汉今天就完……"

"啊！"杏莉母亲手里的盆"嘣"一声落地粉碎了！

淑花吃了一惊，知道自己失口，就慌慌张张地向外跑。她刚出门，迎面撞上一个人。她哎呀一声，一跤摔到地上。【阅读能力点：淑花慌张地往外跑竟撞上了人，会因此暴露她的身份吗？】

娟子一见把人撞倒了，忙上去拉她，一面抱歉地说："啊，对不起你啦。我没看见……"

那淑花翻眼一瞅，见是个青年女子，心慌起来，爬起就走。王东芝从里院走出来，一见娟子在看着淑花发愣，心里一阵紧张，忙迎上来，笑着说："噢，是秀娟！妇救会长来了。你不认识她吧？啊，是我的姨表妹，昨天傍晚才到。表妹，表妹！来见见妇救会长啊！"那淑花早慌成一团，顾头不顾腚地走进去了。王东芝又对娟子笑笑说："她这人少个心眼，怕见生人，也不懂个礼节。秀娟，才从区上来？"

"嗯。"娟子回答着，看着那扭歪扭歪走去的胖女人的慌乱神态，心里很是奇怪。【阅读能力点：娟子能否发现淑花的秘密呢？在此设置悬念。】

娟子的疑惑王东芝已觉察到，脸上罩上一层阴影，又笑着说："你来找我有事吧？到我屋坐坐去。"

"不，没有什么事。我是来看看婶子的。"

"好，快进去吧！"王东芝说着领娟子进了屋。

杏莉母亲早趴在炕上呜咽起来，一点没发现有人进来。

"家里搞成什么样子？看盆也打啦！"王东芝皱着眉头不满意地说。

"婶子，你怎么啦？"娟子吃惊地赶到她身边。

杏莉母亲满面泪水地转过身，蒙眬中看出是娟子，又发现王柬芝也在场，嘴唇动了两动，才说出来："娟子，坐、坐吧……"

"你怎么啦？！"王柬芝倒是真的又惊又疑，"哦！又是肚子痛啦！唉，娟子，她身子重了，常害肚子痛。你痛得厉害就上炕躺着吧！"

娟子的心里有说不出的疑惑。她从来没有进过这所大院里，而这第一次进来所遇到的种种事情，每个人的说话和动作，都像是一个哑谜，使人感到不明白。

"校长，你忙吧。我在这看看婶子。"娟子对王柬芝说。

"噢，那好。你可别见怪啊。嘿嘿……"王柬芝说着走了出去。

"婶子，痛得厉害吗？"娟子体贴地问道。

杏莉母亲见王柬芝走了，心像平静些，把娟子打量好一会儿，猛地抓着她的手，又哭开了。她含糊地说："娟子！你……我没脸见人哪！大婶活、活不下去……"

"婶子，有话慢慢说呀！"娟子猜想她一定是指的她和王长锁的事了。

可是她只是哭哭啼啼地说不出什么来。但当一听娟子说到在路上遇见有人暗害王长锁未成时，她噢一声叫起来，像是惊喜，又像愤怒，怔怔地瞅了娟子半天，刚要开口，一听脚步声，又吞回去了。【阅读能力点：杏莉母亲有着太多的痛苦想对娟子说，可是王柬芝时刻监视着，她能够找到说出真相的机会吗？】

王柬芝笑着走进来。他关心地问："秀娟，听说姜教导员的身体不大好，我这有些好吃的东西，看看你什么时候回区里给带去。嘿，我本来想去看看的，唉！你知道，学校离不开呀！"

娟子正被杏莉母亲的神情吸引住，想听听她的心里话，但被他这一冲，知道今天没有机会了，就向王柬芝说："谢谢校长的好意，他没有什么。"又向杏莉母亲告辞道："婶子，隔日我再来看你。你好好保重身子。我走了。"

娟子一出大门，王柬芝随即把门关上。他那只因长时握着手枪柄出了汗的手，从口袋里掏出来。把枪嘣一声放在杏莉母亲眼前的桌子上，一手揪住她的头发，把她的脸扳仰向上，凶狠地喝道："你他妈的要说出去？哼！我要你的命！"【阅读能力点：写出了王柬芝的凶狠残暴，无恶不作。】

【学习要点】

白芸带领着卫生队一路护送伤员，面对恶劣的环境和敌人的围追堵截，她们没有放弃任何一个人。在星蕙的带领下他们成功渡河。表现出共产党员坚毅的品质，不畏惧困难的精神。

【读品悟】

王柬芝"两面派"的本性暴露无遗，在村民和八路军面前装作一副好人的样子，而在背地里肆意策划破坏活动。他又将杏莉母亲和王长锁的事情散播出来，可见，此人阴险狡诈，无恶不作。

【思考探究】

1.白芸带领着卫生队护送伤员去根据地，他们能否完成这个艰巨的任务，在此过程中他们遇到了哪些困难呢？

2.村里流传着杏莉母亲与王长锁奸情一事，这事是谁传出来的？他有何用意？

第十三章

名师导读

杏莉回到家中，竟意外发现王柬芝的汉奸身份，她会怎么做呢？她最终的命运如何？通过几个人的共同努力，王柬芝被抓获，这个过程又是怎样的？让我们一同去探析。

中学迁移到万家沟村，离王官庄只有五里路。德强和杏莉请假回家。傍晚，天空泛起淡淡的红晕，和这两个青年人的笑脸相媲美。鸟儿呼叫着飞进窝窝，唱出这一对年轻人的愉快心情。【阅读能力点：通过自然环境暗指二人愉悦的心情。】

两个人沿着山麓下的曲折小道，肩并肩，膀挨膀，漫步地走着。

德强，从粗野的孩子长成一个健壮的青年。他胆大得从不知什么是害怕。有仇，他勇敢地去报仇！有恨，用血来雪恨！但就有一样使他没有了勇气，那就是接触到姑娘的时候，他比谁都胆怯腼腆。他爱杏莉，从孩子时幼稚单纯的好恶相投，以至发展成青年男女的爱情。他有这种想法，觉得杏莉一定是他的爱人了。他也知道，她心里爱他，但他老是不敢明着说出来。真怪，男孩、女孩长大了，心就不自然起来，有什么话也不能痛痛快快地都说出来，动不动就脸红。唉！老像小时候那样多好呀！

自从那次他们被救后，杏莉心中老是忘不掉那救命的恩人。她很激动地把这件事告诉给同学们。大家都称赞这英雄的母亲。"那老妈妈多像德强的妈啊！大妈真是个好人哪！我真能做她的儿媳妇，该有多好呀！德强，也真使人爱……"杏莉想到这里，不觉血都涌到脸上，像是德强已听到她心里的话。她偷偷看他一眼，见他还在埋头走路，又想道："他中意我吗？他一定喜欢我，他对我最好。

可是，可是他不会嫌我家庭成分不好吗？"她心里有些凉，想起小时初接近他遭遇到的轻蔑卑视的眼光、不搭理她的阴沉脸色，姑娘脸上有一丝阴影浮上来。她又看一眼走在她身旁、比她高半个头、身躯笔直、迈着轻快步伐的德强，心里立时又豁亮了："不对，不会的。他早知道我，知道我的心。我俩是一块长大的。再说，我爹不也很进步吗？我妈还救了大妈呢！可是他为什么老不向我开口呀？他……"

"哎，过河啦。"德强打断了她的思绪。

暮色游游荡荡地降下来，河水上升起轻飘飘的茫茫白雾，风从山上吹下来，送来了夜前的冷意。

德强口吃地说："杏莉，我，"他吞一口唾沫，"我想问问你。你……"

【阅读能力点：通过语言描写表现出德强在向杏莉表白时的紧张。】

杏莉听他说话结结巴巴像喘不上气来似的，几乎笑起来，心可跳得更加厉害。她又希望又害怕听到他的心里话。她低着头，双手抚弄着衣襟，细声地说："咱俩待在一块这些年了，怕什么？说呀，说呀！"

"我，我想问问你，高兴不高兴……像救咱那老大娘叫咱、咱俩扮的那样……"

杏莉不自觉地把手向前一伸，碰在德强手上。两人像触了电似的，忙把手躲开。

"说下去呀。"杏莉的声音更柔细了。

"咱俩真、真的那样，你说好不好？"德强说了又觉得自己嘴笨，可心里像块石头落下地，瞪着两只大眼睛，紧看着她。

杏莉抬起头，那对在柳叶似的淡淡眉毛下的细眯眼睛，更显得妩媚动人。这里面包含着少女心中炽烈的爱情，包含着幸福的惶惑。

"德强哥……"她激动得说不出话站不住脚倒向他的怀抱。

德强用力握住她那烘热微胖的小手。杏莉把头轻轻靠在他那健壮的臂膀上。

根据地好几年没发生抢案了，偏偏王长锁遇上劫道的，是敌人派进来的汉奸吗？不对，他们为什么要害他呢？碰巧的吗？不像，倒像是事先有计划的埋伏。

他说，赶集晚了是校长吩咐他来买东西的。难道说，王柬芝为他和自己的女人勾搭要害死他？就为这事他敢下这种毒手？杏莉母亲一定是和王长锁有关系，你瞧，她一听说他差点遭到不幸，脸色变得好厉害啊！看样子她像事先就知道他要遭到毒手似的，难道说她也同意丈夫把王长锁害死吗？她为什么要说什么一见王柬芝进来又收住嘴不往下说了？王柬芝为什么老不放心似的不肯走开，又正赶上这关节插进来了呢？那个打扮得花枝招展的胖女人见了生人那样慌张，急急忙忙地躲开，真是王柬芝的亲戚吗？她从哪里来？看样子不像乡下人，而城镇都是敌占区，她怎么来的呢……【阅读能力点：此段为娟子的内心独白，她为这些疑问困扰着，试图解开谜团。】

娟子边走边想，一抬头见已走到家门口。她忽然站住，心里说："这事不简单。恐怕不单为私通的事，也许王柬芝有什么坏事被他们知道了，所以才……对，开干部会讨论讨论才是！"娟子拿定主意，转回身没走多远，正碰见德强。

"德强，是你！"娟子惊喜地迎上去。

"姐，你好！你也来家了！"德强一把拉住娟子的手。

姐弟俩欢悦地笑过后，德强见她夹着小包袱要出门的样子，就说："姐，你有事就先忙去吧！"

"那也好。我去开个干部会，回来咱们再好好说说话。你快进去吧！这下可把妈妈乐坏啦！"

德强走进屋，见母亲在做饭。他先笑了，情不自禁（感情激动得不能控制。强调完全被某种感情所支配）地叫道："妈，我回来了！"

"回来就回来呗，也不用我请你呀。"母亲没回头，漫不经心（随随便便，不放在心上）地说。

德强一怔，不知道是怎么回事。紧叫一声："妈！我才走到家的。你……"

母亲猛地抬起头，惊喜地看着儿子，赶忙迎过来："啊！是德强，你呀！我的儿，快到炕上坐，快呀！"把儿子安顿坐好，她不知道该做什么了，只顾上下端详着他身上的每个部分。好一会儿，才笑着说："唉，刚才我还以为是德刚！他呀，时常学着你的声音戏弄我，好几回我真以为你来了呢！你吃点什么好？"

"妈，你还做原先的饭吧，别单为我预备。"

"这哪行？烙张鸡蛋饼你吃，加上点葱花去。我知道你最喜欢吃这个。好吗？"

"好，妈！我来烧火。"

"快歇着吧，等会你弟妹就放学回来啦！"

"妈，我烧着火离你近，能看着你呀！"

"那好。好，咱娘俩就对着看看吧！"

母子俩从心里发出幸福的欢笑……

母亲见儿子又长高些，更壮实了，脸上焕发着少有的春色，被灶里的火光烤得更加红亮而美丽。她心里充满了愉快和幸福。德强却看到母亲比过去虚弱苍老多了。她走起路来左右摇晃，头发更加苍灰，并出现根根的白发。脸上的皱纹又密又深，背也更驼了些。德强心里又难过又怜悯，也更增加对母亲的热爱和敬意。【阅读能力点：许久未见，母亲为儿子的成长健康而激动，儿子为母亲的衰老而担忧，表现出母子间深深的爱意。】

母亲的生活还是那样劳苦。她依然是山上家里忙着，来抚养子女。晚上，灯光下，她伴着两个读书的孩子，坐在已发黑色的织布机上织布。嫚子死去后，对她来说是少了一个负担，她不用再抱着孩子干活，但对她精神上的挫折和打击，却远远超出劳力上的减少。由于想念孩子，痛惜孩子的死，她得了个百药无效的心痛病

敌人对她的摧残，严重到只剩下一丝生命力没有被夺去的地步。她的牙齿被打坏，硬一点的东西根本不能吃，夜里疼得不能入睡。她浑身骨节发痛，遇到潮湿和冷天，又酸又麻，像脱了节一样。

母亲极力忍受着全身的痛苦。不用说别人，就是整天整夜和她在一起的孩子，也听不到她的一声呻吟。所有的巨大痛苦带给她的只是紧紧锁上眉头，额上骤然出现一层冷汗珠，习惯地闭着丰厚的嘴唇，那嘴唇两旁的明显皱纹，比任何时间更深更细了！

如果仇恨会使人变得坚强勇敢。母亲易受感动的软心肠，现在变得从不轻易掉下眼泪来。她更不会在看到王唯一倒下去时，还骇然地不希望娟子的枪响了。只要她有机会拿起枪的话，她会一点不慌张地打死所要打死的敌人！【阅读能力点：母亲的坚强是源于对敌人的仇恨。】

悲愤会激起热烈的爱。母亲比过去更爱她所爱的人。这种爱早已超出爱子女爱姜永泉的范围，现在更扩大了。她家里，成为区、县人员来往的驻地。大家称这里是"干部招待所"。区上从交通员到区长，和县上的部分干部，没有不知道冯大娘的。母亲总是热情地接待他们。

做母亲的人都知道，在失去丈夫后，她对大儿子是不隐讳一切的。他就是她的靠山和希望。她把所有的不幸、委屈和灾难，都向他倾诉，从而得到办法、安慰和同情。德强的母亲何尝不知道这一点呢！她比谁都需要儿子的帮助啊！但她没有这样做，她甚至没有这样想。母亲不使儿子知道她有一点痛苦。她要使孩子认为她过得很好，甚至是幸福的。【阅读能力点：母亲这样做并非不想得到儿子的安慰同情，而是不想儿子为她担忧。】事实上，她早不觉得自己可怜和不幸。相反，她很自负，甚至感到骄傲！

晚上，街坊邻居的婶婶大娘、叔叔伯伯、姐妹兄弟……都来看望德强。说说笑笑、嬉嬉闹闹，好一阵才走散。最后，杏莉也留恋不舍地告别走出门去了……

德强躺在被窝里，母亲坐在他身旁，在灯下给他补衣裳。母亲静静听着儿子讲述他所经历的种种事故。讲到难过处，她深深地叹口气，讲到痛快处，她微微地笑笑……德强突然不讲了。母亲抬头看他一眼，见他瞪着眼睛怔怔地望着空中。她以为孩子累了，就温爱地说：

"睡吧。也累啦。明早上还要走。"

德强像没听到母亲的话，转过头看着她一针一线的动作。

母亲把针线递给他，带笑地说："你几年不回来一趟，这次赶上了给我引根线。你不在家谁给我引呢？你妹妹弟弟吃完饭，不是上学，就是去儿童团。你看，家里还会有谁呢？"

德强引上线，重新躺下，笑着说："妈，给你娶个媳妇来，她帮你干活，好不好？"

"那可太好啦！"母亲知道儿子在说笑，但心里也真有一种高兴冲上来。接着又说："按年岁，你也该成亲了，妈也该用媳妇啦。唉，我知道你是不会这么做的。你妈也没这个使唤媳妇的命啊！"

德强不觉红了脸，抿嘴笑笑说："妈，你猜错了。我已经找好啦。"

"真的？"母亲半信半疑（有点相信，又有点怀疑。表示对真假是非不能肯定），紧盯着儿子羞红的脸，问道："你找的谁呀？"

"妈，你猜吧。远在天边，近在跟前。"德强孩子气地逗着母亲。

"咱村的？"

"是啊。"德强坐起来，紧望着母亲，"妈，你看杏莉好不好？"

"我看是个好闺女。"

德强兴奋地摇晃着母亲的胳膊，激动地说："妈，你愿她做儿媳妇啦？"

"哥，我愿她当媳妇！"德刚被惊醒，骨碌爬起来，大声叫道。

德强同母亲都吃一惊。他正要按下德刚，不料又传来话声："我早猜到杏莉是俺嫂子了。我举两只手，赞个大成！"秀子从西房间，笑着说着走过来。

"好哇！"母亲笑得合不上嘴，"你们多数通过了，我这个妇救会员也要服从民主啊！等会儿你姐姐回来，也叫她补投一票吧！"

一阵阵欢乐的笑声，冲上了茅草屋顶，震撼着泥坯墙壁。【阅读能力点：全家人为德强的婚事都感到很高兴。】

淑花趴在缎子被上哭泣，肥胖的身子，抽搐地蠢动着。过一会儿，她抬头瞅一眼王柬芝，希望他来理她。

王柬芝在地上来回走着，把烟卷一根接一根地狠抽着，烟灰洒满地面。【写作借鉴点：通过对王柬芝动作的描写表现出他焦虑、烦躁的心情。】过了一会儿，他把烟丢掉，一口气吹灭灯，跳上炕来。

淑花高兴地忙起身迎他，不料被他一把推倒，脸蛋上啪一声挨了一巴掌。"都是你这东西坏的事。谁叫你乱跑！"王柬芝怒喝道。

淑花倒不敢出声了。手捂着脸腮，抽搐好半天，才悄声呜咽地说："谁知道会遇上人呢……也不是我自己愿留下来……那次你走出去的第二天夜里，我正睡着，猛听枪也响，人也叫，吓得我钻到被窝里连动也动不了啦！谁知八路军来得这么快……"

"你还犟嘴！我告诉你不能乱走，你忘啦？"

"我是到那屋去呀，谁想到那女人会进来？"她见他颓然地坐下来，像是平静些了，就大声哭着说，"你杀了我吧！不想法对付共产党，你打死我能有用……"

王柬芝真的平静下来。脸上的肌肉动了动，喘口粗气说："唉！看样子他们有些警觉了。那两个东西真他妈是饭桶，连个王长锁都杀不死……唉！"他懊丧地拍着秃脑门，忽然又显出喜色，【阅读能力点：王柬芝为何喜从悲来，他又想出什么阴谋？】把淑花拖过来搂在怀里。"嘿，对不起啦，小奶奶，使你受委屈了。你别怨我，都是为咱们的事啊！你不知道，碰上别人不要紧，偏偏碰上那秀娟！这人可不是好惹的呀！"

淑花眼皮夹着泪水笑了，噘噘着小圆嘴，不以为然（表示不同意或否定）地说："哼！什么秀娟不秀娟的，看那毛丫头有什么了不起。我就不信，你堂堂这么大人物，倒怕起一个村姑子来啦。看你刚才的样子，像要把我吃掉呢！快躺下睡吧。"

"啊，我哪能吃你呢？"王柬芝亲着她的脸腮，猥亵地说，"你呀，就是永远睡不足。好吧，睡一会儿，等下我还有事……"

王柬芝早有他的打算。当他发觉杏莉母亲和王长锁参加了救出母亲的事情时，他恨不得马上把这两个越来越靠不住的人处死。但是他没有这样做，他怕自己无法摆脱干系。他要找好时机叫党羽们在外面杀死王长锁。看来除掉这个软弱的女人更容易些，可是把她害死在家里，他王柬芝是免不了要受连累的。为此，他想出一条借刀杀人（比喻自己不出面，借别人的手去害人）的诡计，把他们两人私通的关系传出去。他设想，虽是解放几年了，可是多少年来在人们的思想意识中最憎恨的是奸情，无不认为"万恶淫为首"。这件事一传开，准会激怒群众，杏莉母亲最怕人知道这件事情，只要告诉她村里人要开会斗争她，这个极少走出大门的女人准会害怕当众出丑而寻死。即使她不自杀，至少也不敢出门去接近母亲那样危险的人。可是王柬芝失算了，没料到她的悲痛达到了极点的时候会有另一番打算；更想不到共产党的干部对这件事会是那样慎重，使一般人也很少谈论了。【阅读能力点：王柬芝的计谋没有得逞，暗杀王长锁和杏莉母亲自杀都没有实现，而且引起共产党的重视，他的真面目将被识破。】可是毕竟杏莉母亲怕丢人，再也不敢出大门了。王柬芝正在想新的办法，却不料使他最感头痛的娟子却出现了，而且被她碰上了淑花。这是给他当头一棒（比喻受到严重警告或突然的打击），预感到事情的不妙……

"怎么样，你打算怎么对付呢？"淑花担心地问道。

"只要监视紧，量那两个东西一时不敢说出去。你明天一定要离开，我已告诉老吕，明天一早到万家沟，叫人来把冯秀娟趁早除掉——哪怕冒点险也要干掉她！电报我也译好了，看看上面的意思，站不住脚我就搬走，天快亮啦，我发电报去啦。""哎呀，急什么的？鸡才叫过第一遍呀。"淑花撒着娇，紧搂着王柬芝的脖子不放手。

"我说过一百次，拂晓人静不会被发觉啊。今天更要加点小心，杏莉那孩子也在家里……"

杏莉睁开眼睛，微微皱起嘴角，两腮上立时出现了梅花似的酒窝儿——笑了！耳根有点发烧了。她见窗上还是一片模糊，远远传来一声鸡啼，便又合上眼睛，但没有睡去。她昨晚上回来，在家里没待多久，就跑到德强家去了。对自己的家庭，她愈来愈感到陌生。她母亲变得那么忧郁沉默，而那父亲王柬芝，就会做勉强的皮动肉不动的笑脸，这使她感到不快和厌烦。就连从小带她长大受她敬爱的王长锁，他那种像被吓着的绵羊一样的惊恐不安的神情，也使她很不痛快。【写作借鉴点：运用比喻的修辞手法，将王长锁比作绵羊，表现出王长锁内心的恐惧不安。】

杏莉深深感到，这幢高大华丽的住宅，比起那座低狭的茅草屋来，是多么空虚和阴冷！那茅草屋里是多么温暖幸福，她是多么想跑去永远不再回来啊！

又一声鸡啼喔喔地传来。她蓦地睁开眼睛，忙坐起来，一面穿衣服一面想："快起来吧，别像他参军那天早上一样，他来了我还没起来呢。"她脸一红。又想："早上要早些走，回校还要赶今天的课程。到妈屋里去拿几件衣服……"

杏莉刚出屋门口，忽见一个人影闪进通后院的夹道里。【阅读能力点：此人一定是王柬芝，他诡异的行为引起杏莉的好奇。】她有些惊异，莫非有贼？她轻脚快步地跟上去。只见那人很稳重地直向深宅里面走，并不像是生人进来的样子。她刚想问是谁，可是从那颗在灰暗的光线下发着亮光的秃头，和那高身材的走路姿态上，她认出是她父亲。她又要叫出来，可一想他起来这么早，到那很少有人去过的闲房子处干什么呢？她尾随在王柬芝的后面，向里走去。

可是，等她走进最后面一个院子里，一转眼，王柬芝没有了。她很奇怪，正想叫一声，可忽然听到轻微的门响，是从东北角发出来的。她第三次压下了要叫出口的声音，向门响的方向走去。走到近前，她断定她父亲是进了紧靠着那个长方形的花园的屋子里。

杏莉骤然感到一阵紧张，有些骇然地轻轻走到那屋子的窗前，细心静听着。里面明明是在划火柴点灯，可没有亮透出来。杏莉睁大眼睛紧贴到窗户上，才迷迷糊糊看清原来窗户是从里面用黑东西遮着的。接着里面响起阵阵的"滴滴答答"声，又出现了"唧唧咕咕"的尖叫音。杏莉听着听着，浑身一阵哆嗦，出了一层冷汗。她的心像一只飞鸟一样在疯狂地扑腾着。她明白了：屋里面有一部无线电台！而"唧唧咕咕"的响声则是收讯机的讯号声。【阅读能力点：杏莉发现父亲做汉奸的铁证——电台。】

"特务？！汉奸？！他……"杏莉的心里狂乱地重复着这几个字。她一迈步，想冲进屋里去，看个究竟……可是立刻停住了："不行！他要真的是坏蛋，我一个人怎么对付得了呢！？"她想着，蹑手蹑脚离开窗户，向外走去。一出了后院，她就放快脚步跑起来。

杏莉刚要叫母亲开门，可是一听里面有哭声，心里又是一惊。她急叫道："妈，妈！开门，快开门呀！"

白天那可怖的情景，还在杏莉母亲脑子里萦绕，仿佛那黑色的手枪还放在她眼前，那雪亮的匕首还按在她脖颈上……她当时被吓昏了过去，一点挣扎的勇气也没有了。她在哭，眼泪像两股泉水，把枕头都浸湿了。今白天她一听那淑花讲王长锁将被杀害，心就碎了！娟子来时，她真要开口把什么都告诉她。可是王柬芝在身边，她怕说出来使娟子也要受害。而当听娟子说到王长锁遇害被救下来，她又感激娟子，差点把真情说出口，可是王柬芝又进来了……她除了绞断心肠的痛苦外，还有什么办法啊！？【阅读能力点：写出了杏莉母亲的心声，为王长锁和娟子的担忧使她一次次错失说出真相的机会。】

杏莉母亲正恸哭着，忽听有人叫门，辨出是女儿的声音，就赶快刹住哭声，说："莉子，你有事吗？"

"妈，快开门！开开门再说！"

"哦，天亮还得会儿，回去睡吧，亮天再来。"她这是为不使女儿看到母亲的眼泪才说的。又一想，就急忙擦擦泪水，下炕去开门。

杏莉虽站在母亲跟前，可是看不清母亲那被浑浊的泪水沐浴过的脸面，不过凭刚才听到的哭声，她能判断出母亲的嘴唇在搐动。她进来就问："妈，你哭什么？"

"噢，噢！我，没什么，没什么。"母亲拼命压抑冲上来的哭声，可是她的声音还是带着明显的悲泣，愈来愈颤抖了，"啊！莉子！你要找什么……"

"妈！"杏莉顾不及再问母亲为什么哭了，她的呼吸急促起来，"你说，我爹是什么人？"

"啊？！"杏莉母亲惊诧地紧盯着女儿的脸。她虽看不清孩子的表情，可是她感觉到了女儿是被愤恨占据着。她在吃惊之后，马上感到一阵恐怖。她用力镇定着说："他是什么人？你爹呀。你怎么问起这话来？"

"妈！你知道不？他偷偷摸摸地安电台在家里干什么？只有汉奸特务才干这种勾当！妈，你快说，知道不知道他都干了些什么事！？"杏莉越说气恨的情绪越浓，用力抓着母亲的手。

母亲吃惊地觉得女儿的手是那样地在抖颤，是那样地冰凉。

杏莉母亲全身一阵猛抽，身子无力地坐到炕沿上。很明显，她虽不知什么是电台，可是孩子已抓住这是汉奸的证据了，她没法再掩盖下去。可是一想到可怕的后果，她又不得不用力掩饰。【阅读能力点：表现出杏莉母亲内心的矛盾纠结。】她费力地说："莉子，快别瞎说。哪会有这事……"

杏莉猛地把拉着母亲的手抽回来，毅然地说："妈！我爹干的是见不得人的事，这我已拿准了！我来问你，是想知道他究竟是怎么个人，你既不知道，那就算了！"【阅读能力点：通过语言描写表现出杏莉倔强的性格和对汉奸的憎恶，绝不错过对任何一个汉奸的处理。】

杏莉说完，转回身就向外走。

现在的杏莉不是几年前听说她大爷王唯一要被处死还可怜他的杏莉。她经受过几年的革命教育，战斗的锻炼，还有她的好朋友——未婚夫德强对她的感染，杏莉的心灵也是坚强而美丽的。故此，她一发现王柬芝的行为，先想到的不是当事人是她的父亲，而是对敌人的痛恨完全激怒了她、控制了她。可是话一出口，望着站在眼前的母亲那细瘦的影子，全身禁不住袭来一阵寒栗。仿佛直到这时，她才想到这事情将给她的家庭带来什么样的结果。她开始同情起母亲来。

她又去拉住母亲的手，安慰她说："妈，你还不明白当汉奸的人是最坏的人吗？多少人被汉奸、鬼子害死害伤！就说德强他妈——我大妈和嫚子妹，被鬼子害得多么惨！你不是亲眼见着的吗？妈，你放心，他究竟是什么人，罪有多大，咱人民政府都会公平处理的！妈，你别怕，我就去报告……"【阅读能力点：通过语言描写表现出杏莉对此事心意已决。】

杏莉母亲听着女儿的话，像一把刀子刺到身上，心也要碎了！纯洁的孩子，她哪知道她妈的境况啊！母亲知道用这个理由已阻止不住女儿的行动，她忽然怕起女儿来，感到杏莉是个陌生的人，似乎自己生下的孩子是铁打的，一点不体谅她妈妈的心。可是她毕竟是母亲，孩子是她生的、她养大的，她做母亲的还畏惧自己的孩子吗？

杏莉母亲突然变得强硬起来。她走上一步，扯着女儿的衣袖，用不容违抗的口气说："你妈若是汉奸可怎么办？"

"啊！你！？"杏莉不相信自己的耳朵。

杏莉那两撇淡淡的长眉毛，立时竖立起来，那细眯眯的眼睛瞪得和杏子一样圆。她痴呆呆怔愣愣地看着母亲！接着，她的眉眼同时集聚起来，两边的眉峰在鼻梁上端碰在一起了。她的嘴唇抖动着，牙齿紧咬着，左手颤抖地挪到胸口，紧紧地撕揪着衣襟。【阅读能力点：通过外貌描写表现出杏莉听到母亲的话是多么难以相信，气愤、惊讶、紧张的神情集中在脸上。】她的心像堵塞着一包钢针；她的眼睛在开始模糊！

"孩子！啊……"杏莉母亲料不到这个消息会使女儿痴呆在那里。巨大的悲痛又来到她的全身。她抢上去抱住女儿，痛哭失声。她猛然发觉女儿也在恸哭，孩子的眼泪和自己的眼泪流在一起了！她再没有力量控制自己，她忘记了一切！她的身子无力地往下瘫痪，结果双膝跪在地上，两臂紧紧抱住女儿的腿，痛哭着叫道："孩子，你妈有罪啊！妈对不起你……我该千刀万剐……"

母亲边哭边诉地断断续续把事情前因后果（泛指事情的整个过程）都告诉了

女儿。姑娘的情绪飞速地变化着。刚上来她痛恨她的母亲和王长锁，她不能原谅他们为了保住他们的生命替王柬芝当腿子、不把汉奸告发出来的行为。接着她又可怜她的母亲和王长锁，同情他们的不幸，过着这么多年的昏天暗日的生活。而后来，她又把她的同情心推翻，一点怜悯他们的心也没有了。姑娘认为那是不正当的关系，是堕落，是耻辱。但是，在杏莉把她母亲和王长锁的罪过同王柬芝的罪行相比时，她把对母亲他们的恨完全归咎到王柬芝身上。这样一来，她甚至觉得母亲和王长锁是没有罪的。

"妈，我要去告发！咱不能昧着良心，自己有罪也该去自首。你们是被王柬芝逼着干的，我看政府是会宽大的。妈，你别怕。"杏莉说着拢了拢散乱的头发，转身要走，可又被母亲拉住了。【阅读能力点：通过语言描写表现出杏莉是个进步青年，为了国家的利益她说服母亲舍弃家庭利益，并且有担当。】

"孩子，你说……"母亲带着深切的耻辱和痛苦说，"你不记妈的仇？你认长锁是你爹？"

杏莉的心中刺痛了一下。她望了那可怜的不幸的母亲一眼，没回答，走出去了！

东方放亮了。

杏莉才出二门，迎头碰上王柬芝。王柬芝的出现并非偶然。当他发完电报后，就走到妻子的窗前，想听听里面的动静；里面的哭声吸引住了他，接着他全身沁出冷汗……【写作借鉴点：在此设置悬念，王柬芝是否听到母女俩的对话？】杏莉像见到狼，恨不得上去揪住王柬芝，咬他几口……但是一想到他有枪，她就装作无事的样子向外走。王柬芝却用胳膊把她挡住："杏莉，什么时候回校里去？"

"哦！今天早上就走。"她用力镇定自己。

"多住几天再走吧。我还有事同你商量！"他微微笑着。

"那好。等我回来再说吧。"杏莉想赶快脱身，说着又要走。

"你上哪去？"他又拦住。

"我去找德强，一会儿就回来。"

"等一等。进屋去一下，我有几句话和你说。来，进去吧。"

杏莉踌躇一霎。心想，硬不进去他会怀疑的。就硬着头皮跟他走进屋。

那淑花还没起床。她一面在朱红的花缎子被面上撩摆着大腿，一面无聊地轻声细气地瞎哼哼。一见王柬芝，就嚷道："哈哈，你到底回来……"她发现后面跟进来的杏莉，扫兴地咽回后半句，哼一声鼻子，把屁股朝里一扭，用被蒙上头。

杏莉又恨又厌地瞪她一眼，背着身子站在炕前。

王柬芝溜达着，随手把门插上了。

"爹，你闩门干么？"杏莉吃了一惊。她叫"爹"很别扭，但她还是聪明地叫了。【阅读能力点：杏莉对王柬芝早已没有父女亲情，叫"爹"只是为能顺利逃跑。】

"嘿嘿，你表姑还没起来呢！"他阴沉地笑笑，使杏莉更感恐怖！接着他几步抢到杏莉跟前，脸变得异常阴恶，严酷地问："杏莉！你要上哪去？"

"我到德强家去！"杏莉也失去平静，心嘣嘣地跳起来。

"你要叫人来抓我！"他恶毒地抽动着脸上的皮肉。

"抓你干什么？"杏莉的脸唰地变白，胸脯在起伏。

"哼！你们说的什么，还以为我不知道吗？我是汉奸，你要抓我！好，咱先来看看……"他从口袋里掏出一把匕首。

淑花见势吓得缩成一团，浑身哆嗦。

杏莉脸色煞白，她并不是害怕，她眼睛里放出利剑般的光芒，愤恨地说："王柬芝！你要杀人！你，你这个老汉奸！你要是知罪就去向政府自首。你杀我，哼！也活不了你！"

王柬芝冷笑一声，把匕首倒握着，软下来说："杏莉，你我毕竟是一家人，我哪舍得害你呀！两条路：你不坏我，我就放你，等夜里派人送你到牟平城去，有荣华富贵你享；你若是告发我，可别怨我无情，那是你自己找死啊！"【阅读能力点：通过语言描写表现出王柬芝的阴险狡诈。】

杏莉浑身发颤。在这个手持利刃的大汉奸面前，她显得多么无力啊！她想呼喊，可是这深深的里三层外三层的住宅，谁能听到呢！她真有些后悔，不该进来了。自己死了是小事，而这些汉奸就抓不到了。

但她的神经没有错乱，脑子一动，心想先答应下，抽空子再去报告……于是改变口气说：

"我一时糊涂，告发了还害着我妈。我不去啦。"

"这就好。"王柬芝说，"你就在这屋里待着，有人送饭给你吃。"

杏莉一听，急了！忙说："我要去找德强，好捎信请个假呀，不然他要来啦！"

"这不用你烦愁。我会去找德强！"

杏莉知道坏了。她立时忘记一切，冲过去就开门。王柬芝一把将她揪住，喝道："你跑哪去！"

"你要杀人！来人啊……"杏莉惊呼，不顾一切地反抗。

王柬芝凶残地向她胸口刺去……又向她肚子插进一刀。

血——青春的热血，在晨曦中迸溅！

王长锁早晨起来挑担水饮了牲口之后，拿着竹笤帚到里院来打扫院子。他刚进王柬芝住屋的院门，就听到有喊叫声。他忙向发出叫声的门口奔去。【阅读能力点：救出杏莉的希望寄托在王长锁身上。】可是门推不动，他从门缝向里一看：天哪，大事不好！王柬芝在杀他的女儿——杏莉！他摸起砖头就砸门……王柬芝一听有人，忙从枕头下抽出手枪，开门冲出来。

王长锁见势不好，转身就跑，大喊大叫！王柬芝尾追不放，却在冲出大门的时候，扑通一声，被一个青年伸腿绊倒了。青年再上前一脚，踩住他伸向右前方握住手枪的手脖子，一把将枪夺过去。

王长锁急忙跑回来，喘吁吁地叫道："啊！德强，德强啊！是你呀！"他见德强有些迷惑吃惊地看着他，又说："他杀杏莉……是大汉奸……"

"什么？！"德强禁不住浑身一震，紧盯着王长锁的脸。

王长锁抽泣着，忽然叫道："德强，快！快去抓吕锡铅，也是汉奸！别叫他跑了！"

德强一听，来不及再问，怕吕锡铅闻声跑掉，就把已经摔伤的王柬芝交给王长锁看管，提着枪直奔学校去了……

王长锁照躺在地上的王柬芝狠踢一脚。

王柬芝摔得并不重，只是装着爬不起来。他见德强一走远，猛地跳起，照王长锁胸前狠狠一拳，立时冲进门去。他慌忙地跑进屋，回身把门闩上。他打开箱子，把译电报的密码本揣进腰里，又抓起掉在血泊里的那把匕首，眼睛四下扫了一遍，没找到淑花。他要杀死她，以防她泄密……【阅读能力点：王柬芝的汉奸身份暴露，一时情急之下，他要杀人灭口。】他听着前面王长锁的砸门声，也来不及再找，把刀插进腰间，推开后窗，跳进花园里，开开后门上了大街……

娟子听到枪声，急急向南赶来。街上有好多人，都惊恐地朝枪响的地方跑去。

昨晚开干部会，大家讨论了王柬芝的老婆和长工的事。经过分析，都觉得里面有文章。就决定今天找杏莉母亲和王长锁谈谈，看看他们有什么反应……

娟子正走着，猛见王柬芝匆匆从南走来。看样子他很紧张，别人和他搭话也来不及说完，只是一个劲地走。娟子心里一动，就迎着他走上去。

王柬芝一发现她，略一怔，就先开口说："秀娟，妇救会长！是怎么回事？哪里打枪？"

"我也不知道，想去看看。你上哪去？"

"噢，我，我想到万家沟去一趟。"他说着就走过去了。

由于人多，娟子开始没看清他的身上有什么特别。可是当他一闪身，娟子那敏锐的眼光就发现王柬芝的黑衣服上有点点的血印，再见他不安的神情，那枪声又是从南头传来的，娟子立时警觉，急忙跟上他，【阅读能力点：警觉的娟子发现了王柬芝的异常。】叫道："校长！等一下，我有点事！"

王柬芝已走出十几步，听见叫声转回头，可是一发觉娟子的手在从腰里向外掏什么，立时知道不对头，就放快脚步。

"哎，你等一等呀！"

王柬芝心一慌，顾不得其他，大跑起来。

"站住！"娟子推上子弹，紧紧追赶。

那王柬芝跑得更快了。

"站住！要不我开枪啦！"

王柬芝见跑不出去，就停下来，急忙从腰里掏出密码本，划着火就烧。

娟子见他在烧什么，更急了。猛地冲上去，抓住王柬芝的衣领，怒喝道："快把火熄掉！"娟子见他把烧着的东西摔到地上，急忙赶上去用脚踩。

王柬芝突然抽出匕首，照娟子背上就刺。

娟子飞快地闪身躲开，用枪指住他："不准动！把刀丢掉！"

王柬芝颤抖一会儿，又凶恶地向娟子扑来。

娟子气炸了！照他腿上狠狠开了两枪！

后面的人群赶上来，把已打伤的王柬芝扭住……

教员吕锡铅因吃多了油腥东西，又喝了不少凉水，这几天颠晃着大驴头，老往茅厕里跑。他刚出茅厕，就听见有人问那年轻的老师："高老师！吕锡铅哪去啦？"

那高老师见德强抡着枪，战战兢兢（形容非常害怕而微微发抖的样子）地回答："啊啊，他大、大概，在茅、茅厕里……"

吕锡铅见德强奔来找他，转身就跑。他笨拙地往墙上爬，已快爬到顶了。两手没抓住，就四脚朝天，连人带石头，跌进粪坑里。二三百学生用的粪坑，加上刚下过雨，像个井一样。他站起来稀粪还及到脖颈呢。

德强赶来将他逮住了。

村里的人们闻声已赶到。玉秋带着民兵押起犯人，进行搜查……

德强走进杏莉的家，人们的恸哭使他发麻！杏莉母亲已声哑泪尽，抱着血淋淋的女儿，哭得死去活来！杏莉慢慢苏醒过来，眼睛无神地看着她母亲那哭皱了的脸，细声说道："妈，我不记你的仇，我认长锁叔是我爹……"说着又昏迷过去。

杏莉母亲恸哭得更加厉害了！

杏莉的眼睛睁开一条缝，注视着母亲的脸，一霎，细小的泪珠滚出眼角。她细声叫道：

"大妈呀……我是想到你家去，跟着你……啊，大妈呀！你真好啊！德强哥……"

"妹妹，我在这！"德强立刻应道。杏莉紧盯着他，用几乎听不见的声音说："德强哥，你来了！你把敌人抓住了……你别哭，你真好啊！……你很年轻，别为我伤心……打敌人要紧。你要英勇下去！永远……"她以生命的最后一息，坚持着说出这最后几句话。没等他回答，她那在柳叶似的淡淡眉毛下的细眯眯的眼睛就闭上了，喘出最后一口轻微的气息！【阅读能力点：杏莉牺牲了，最后几句话中表现出她坚毅善良的性格。】

像焦雷轰击脑门，德强感到一阵昏晕，忘记擦眼泪，只是看着她的脸，握紧着她那只渐渐冰凉僵硬的小手！

【学习要点】

本章节采用了大量的对话描写形式，对话描写形象化地展现了人物的性格特征，以及自然地推动故事情节的发展。同学们可以在作文写作中，巧妙使用对话，使文章更加生动有趣！

【读品悟】

杏莉发现自己的母亲与长工有私情，又发现自己名义上的父亲竟然是汉奸……在种种令人意外的事情打击下，她依旧坚强地面对。在党的指引下，她没有屈服于敌人，选择揭发王柬芝的汉奸罪行。体现出杏莉身上正义的可贵品质，是值得我们学习的。

【思考探究】

1. 娟子越发觉得事有蹊跷，她能否找到幕后真凶呢？
2. 杏莉发现王柬芝是汉奸，她会怎么做呢？王柬芝会得到应有的惩罚吗？

第十四章

名师导读

组织决定审判王柬芝这些汉奸叛徒,王柬芝会得到应有的惩罚吗?最令人担忧的是王长锁会如何判决呢?过年了,百姓们难得过一个安稳年。在过年的时候,又发生了什么故事?带给人们怎样的感动呢?

初冬,天上飘着雪花。开会来的人真不少,周围十几里村上的人差不多都来了。就在几年前枪决哥哥王唯一的沙河里,又来公审弟弟王柬芝,和他在周围村里的全部党羽——23名。

人们都很激动,怒视着这群东洋的奴才。纯朴的人们,往往仇恨汉奸更甚于日本鬼子。他们的想法是:日本鬼子生来就是坏的,就和狼一定要吃人的道理一样。可是这些同国土同民族的败类,却出卖自己的祖国和同胞,做敌人的帮凶。他们就像是失去人性变成豺狼的人,比野兽更加可恶!【写作借鉴点:运用了比喻的修辞手法,将鬼子与汉奸的恶劣品性暴露无遗。】

母亲气得浑身哆嗦,各处的伤疤像火炭似的烧起来。她从来都把王柬芝当成好人,并为他那次被王竹抓去担过心。可想不到他就是折腾她的刽子手(是古代对于从事直接处决犯人的职业的人的一种称呼。也有骂人"卑劣"的意思。),是杀死她的孩子和更多的人的大凶手。

站在母亲身旁的是杏莉母亲。她紧挨着她,似乎母亲身上有可取暖的火焰。杏莉母亲不敢抬头,不敢看人们一眼。她相信母亲的话,政府会宽大他们的,可是王长锁还和王柬芝那些汉奸一块押在台子上。虽然大多数人都向她送来同情怜悯的眼光,但也有由于对犯罪事实太愤恨向她怒目而视(形容正要大发脾气的神情)的啊!

她全身被悔恨、羞愧、痛苦、恐惧所控制。她在战栗中！"大嫂，"她悄声胆怯地说，"你说真能没俺们的事？"

母亲转过头，非常怜悯地看着她那憔悴的脸，哭红的眼，挺着很沉的大肚子的瘦弱身子，握着她冰凉的手，安慰说："妹子，我不是和你说过吗？咱共产党的政策和明镜一样，不会冤枉人的。你们的事，一定会宽大处理的。这都是被王柬芝害的。好妹子，放心吧！"

杏莉母亲虽然相信，但心还是嘣嘣地跳着。

母亲这时想起早上同姜永泉的一场谈话……

"永泉，长锁和杏莉她妈，有没有关系？"母亲担忧地问道。

"大娘，照你的看法呢？"姜永泉微笑着反问。"我？"母亲略停了一下，接着说，"我说这全是王柬芝那东西的罪，把两个老实人给吓住了。永泉，你还不知道，在往年，两个人私通真是要给打死的呀！咱村就有两个寡妇是这样死的，男的跑到关东，到如今还没音信……"她见姜永泉很用心地在听着，心里有说不出的畅快，"永泉，他俩也有功啊！救出我那算不了什么，可到底说破了王柬芝那一伙呀！唉，那个好闺女死啦……"她撩起衣襟擦了擦潮湿的眼睛，"这样的人不能不可怜，亲生孩子也叫杀了。我就心疼杏莉……"

姜永泉看她这样伤心，心里也有些难过，怕她再说下去更悲伤，就插断她的话，说：

"大娘，快不用担心。咱们政府是最公道的。你放心好啦，根据他俩的情况，政府不会惩办他们。王长锁现在还押着，是为按手续办事，也好教育教育受骗的人。【阅读能力点：姜永泉的话为母亲吃个颗定心丸，政府是最公道的，不会冤枉任何一个好人。】大娘，开会时，你伴着她一块去，安慰安慰她，叫她也受些教育。你看这么做好吗？"

母亲又兴奋又感动，仿佛是她自己的事一样。她抓着姜永泉的手，激动地说：

"永泉，我早知道咱政府是最、最公道的！共产党的章程真是太好啦！"她想了一会儿，又问道："哎，永泉！她和长锁的事怎么办呢？又有了孩子。"

"噢！这个事……大娘，你再说说意见吧。"

"又问我个老婆子了。"母亲满怀兴致地说,"要照我说呀,叫他们一块过吧!也真是一对相称的两口子呢!"

"大娘,你真会替别人着想。你说的和我的想法一样。我再和同志们商量一下,就照你说的这么办!"

母亲激动地站起来,好一会儿才脱口说:"那——那——啊!他们真是重见天日(比喻脱离黑暗,重见光明)啦!"

公审大会开始了。

县委会组织部宋部长首先讲话,他略述王柬芝等人的罪恶后,接着对未能及时发觉这些汉奸卖国贼,并把王柬芝当成进步人士的错误,做了沉痛的检讨。下面,审判长——刘区长开始审讯罪犯……

杏莉母亲手攥在胸前,一直在注意听。听到审判王柬芝、吕锡铅、淑花等六名罪大恶极的汉奸就地枪决时,她心里刚舒一口气,可是看见区中队的人去拖罪犯,立刻又吓得浑身发颤,她紧盯着带枪的人和王长锁的脸。

就在这时,审判长接着宣判了其他的犯人,有的罚劳役、有的管制。而在免罪释放的人中间,有王长锁的名字。他并说,区上批准王长锁和杏莉母亲为合法夫妻。【阅读能力点:对王长锁的审判以及批准他们为合法夫妻表明了政府的公正。】

人们的欢呼声雷一般鸣响:打倒汉奸!铲除恶霸!人民是一家!

过年了。

今年不像往常被鬼子赶到山里去过年。八路军和地方武装,把敌人打得不敢露头,像乌龟似的缩在据点里。根据地的老百姓,真可以过个太平年了。

人们抬着肥猪肥羊、白菜萝卜、葱花韭菜芽、花生、烟叶子……种种好吃的东西,打着锣鼓唱着歌,高喊着口号,去慰劳子弟兵。青妇队用各色彩布,缝成美丽的慰问袋,上面还绣着字句和花样,装上纪念品,送给每个战士。而战士们也把分得的胜利品——毛巾、笔记本、钢笔……回赠给她们。【阅读能力点:和谐热闹的场景表现出军民和谐的关系,八路军受到了百姓的爱戴。】

三十晚上,秀子领着儿童团,排好队伍,敲锣打鼓,喊着口号,把"光荣灯"送给每家抗属。

母亲听到外面锣鼓喧天(形容喜庆、欢乐的景象)，吵吵嚷嚷地闹成一片，就走出来。她一看，呀！门楼上挂着一盏五星红灯。她不认识上面写的"革命家庭，无上光荣"八个大字，可是她感到愉快和光荣。她笑着，慈祥地看着在红灯下每张热情欢笑着的嫩脸蛋。

锣鼓刹住后，站在队伍外面的一个男孩子，领头喊起口号：

向光荣的妈妈致敬！

向抗属拜年！

革命家庭无上光荣！

打倒日本鬼子！

八路军万岁！

共产党万岁！

毛主席万岁！

喊完口号，接着是一片掌声……

母亲很慌乱，不知怎么才好。她一瞅见女儿，就拉住她的胳膊说："秀子，快领孩子们到别家去吧。咱家不用啊。这大冷天……"

"大妈，我们是儿童团呀！这是工作哩。"一个男孩子挺认真地说。

"……"

孩子们你一言，他一语，"大妈""大婶""大嫂""奶奶"地叫成一团。正在这时，从人群里挤出个孩子，黑黝黝的脸蛋冻得透红，在棉帽檐下，那对黑大的眼睛更神气地闪闪发光。他一走上门台，两手拉住母亲的手，叫道："妈，你别说啦。人家是抗日呀！"

儿童团长秀子念道："敬爱的抗日家属：让我们儿童团代表全村人民，向你们鞠一躬。"她接着两手垂直贴在身上，规规矩矩地向母亲深深弯下腰。孩子们都把帽子脱掉，跟着她做。

这可把母亲逗得哈哈大笑起来。不料，从门里拥出好几个区干部，看着这情景都笑弯了腰。

大家正在打趣嬉笑，一个老太婆却哭天嚎地、颠颠踬踬地走来了。她来到跟

前,见这么多人在场,有些胆怯和局促。【写作借鉴点:设置悬念,这个老太婆是谁呢?】

愣怔一下,上来拉着母亲的衣袖,哭道:"好妹子呀,你行行好吧!我那媳妇哭死哭活的,要走啦!快叫秀子……啊,是团长!把那玩意儿拿走吧。好妹子,我求求你!我给你下跪……"大家被她搞得莫名其妙(指事情很奇怪,说不出道理来),不知她说些什么。问了好一会儿才弄明白。

原来这就是那家富农伪军的家属。她儿子孔江子在外当伪军,秀子刚才领着儿童团,在她门上挂了一盏用黑纸扎的"孝帽子灯",警告她们谁也不准动,并喊口号讽刺她们……

母亲脸上的笑容消失了。面对这个痛哭流涕的老女人,她一点同情都没有。相反,倒是气愤地感到她是那么卑贱、那么难看。姜永泉严肃地对老太婆说:"这个你怪谁呢?谁叫你儿子不争气,当二鬼子的。你想不挂也可以,动员你儿子回来,保证他一点事没有。再说,那是儿童团的事,你找团长的妈有什么用呢?"

"是啊,他大妈!"母亲接上说,"人家是团体,我这老婆子怎么能管呢?你有理找政府去啊!"

"好刘区长啊,"老太婆向刘区长乞求,"你下个令,叫拿掉那灯。我明儿写信叫江子回来。你先叫把灯拿掉吧……""说得倒容易,"德松生气地说,"空口白话谁信?过去你说什么来?做了吗?没有。我看哪,你倒是先做个样看看再说吧!"

老太婆本想来跟母亲闹一场,不想倒找个没趣。她听出话里有话,怕嚷下去再被人掀出丑来,就咕噜着走了。"哼!"玉媛瞅着她的背影,气忿忿地说,"她还去动员儿子反正,连她儿媳妇参加妇救会她都不依。死顽固脑筋!"【阅读能力点:通过对话形式的交流,表现出老太婆顽固的守旧思想,令人感到悲愤。】

"看样子她儿媳妇倒可以再争取争取,"姜永泉考虑着对玉媛说,"你们还应该多去动员她,据说孔江子还当个小头目,他反正了还可能带动几个人!"

"这倒是该做的工作。"刘区长说,"听说扫荡时她儿子还捎回东西来家。"

"就是嘛。她自己还说是孩子做买卖挣的呢！"德松又对母亲说："大婶，对这样顽固的家伙，就该治治她。秀子做得对，很对！"

县上老早就同意姜永泉和娟子结婚。但他俩老觉着工作忙，事情多，所以就拖下来了。现在局势比较稳定，区上又搬在王官庄住（在当时的环境下，区的机关经常调换住址），干部们催，母亲也说，趁过年好时日就把喜事办办吧。姜永泉和娟子也不反对了。大家就准备在年初一晚上，给他们举行结婚仪式。【写作借鉴点：此句起着引起下文的作用。】

大家决定的日子，新娘子并不知道。娟子还在外村忙工作。怎么办？

刘区长自告奋勇（主动要求担任某项艰巨的任务），他负责写信去叫。

母亲的南屋，打扫得干干净净，拾掇得整整齐齐。屋里的墙面，刷了一层新泥水。炕上换了一条高粱秸编织的席，用白粉莲纸重糊了窗户。小茅草屋焕然一新，亮堂堂的。花子、玉子和一帮青妇队，还有区副妇救会长玉媛等几个区上的女同志，正在布置新房。

玉子巧妙地用红纸剪成一对嘴对嘴的喜鹊，想往窗纸上贴，端详了好一会儿，也没找着合适的地方。她就嚷道："你们看哪！俺这对喜鹊贴在哪好啊？"

玉媛瞪着水灵灵的两眼看了半天，抢上去指着贴在窗纸上用绿纸剪成的树枝，忙说："呀！贴这好。鸟踏在树枝上，这才好看哩！"

玉子真贴上去了。大家拍手叫好。那对俊秀的小红鸟，衬托在被雪光反射得更加白亮的窗纸上，宛如一对真的鸟双双歇脚在绿枝上。【阅读能力点：小红鸟暗指着娟子和永泉，一对幸福的爱人。】花子带笑地说："哎，这不大好看，两个亲嘴呢。咱们八路军早就不兴这一套。"

"哼！谁说八路军不兴亲嘴，我就不信。要是两人情愿呢？我今晚非让俺娟姐和姜同志来一个不可。"玉子眨着眼睛，神气活现地说。又对花子顽皮地笑道："妇救会长，你还封建哩！你没真试过吗？"

花子的脸蓦地飞红了。紧接着又像触动了伤口似的，痛楚得眼窝间微微抽动一下，显出青灰的阴影。【阅读能力点：通过外貌描写表现出花子有心事。】但纯挚热情的少女们，只顾去调笑，谁也没注意到她的表情。

花子问道："娟子还没回来？"

"没有。"秀子摇摇头。

"真不该，快当新娘啦，还不回来。"一个姑娘有些埋怨地说。

"是啊！"不知玉媛是称赞还是埋怨，"她啊，只顾工作，哪还想得起结婚啊！不知她哪来的那么大劲，不管冰天雪地，风里雨里，黑天白日，她一点也不知累，一点不叫苦。"玉媛说到这里，干脆放下活计，指手划脚（指说话时做出各种动作，形容说话时放肆或得意忘形）地讲道："有一次呀，区里召开会议，我们都以为她来不了啦。因为她离区十几里地，一夜下了腰窝深的大雪，路都给封住了。嗨，想不到她真来啦！你们可没看见，她那时的模样可真吓人啊！衣服上全冻成冰，头发一动嘎叭一声掉下一大缕——冻脆了啊！简直是个雪人了。那脸冻得乌紫，手都肿了。我们看着都疼得慌，你们猜她怎么着？却笑嘻嘻地说她来迟了呢！"玉媛见大家也都停下手，听迷了。

秀子说："不用急。区长说，她在天黑前一定会来的。他派人送信说，要她回来有急事！"

娟子正忙着领人们去慰问伤员，接到区长叫马上回区——王官庄的信。她把工作交代好，就上路了。在她进家门口以前，真没想到今晚上就是她终身大事的喜日子。

自参加工作以来，几个年也没在家过了，都是母亲打发秀子给她送点好吃的来。有时妹妹提着篮子，跑好几个村才找到她。同样，今年她也根本没想到回家过年，就在接到区长的信时，她还是想着回区上有什么急事，并没感到全家聚在一起过节的欢乐。【阅读能力点：娟子忘我的工作态度正是为了给母亲百姓带来安全。】她并不是不爱母亲，不想弟妹，相反，在她看来，正是为更爱母亲，才应该这样去做的。也同样，母亲有时虽有点怨她，当然是想得最厉害的一霎，但母亲从来也没对谁提起过。母亲觉得孩子这样做是理所当然的。这可不是母亲无限的宽恕，而是由于母亲真正和女儿有一致的认识。

娟子和姜永泉的恋爱，虽然经过了漫长的岁月，但这完全和火热的斗争交融在一起，他们之间简直没有什么温情接触，甚至连两人的手都没有碰过一下。虽是在一个区上工作，但分开的时间比在一起的时间多得多。谁要去战斗，就拿着武器带着战友悄悄地出发了，从没特别告辞过。谁要去工作，就和普通的同志一样，谈论着工作上的事。但他们无论在什么时候，都觉得有两个人的力量、智慧、荣誉、耻辱、优点、缺点……在各自身上存在。【阅读能力点：描写出娟子与姜永泉之间革命者之间的爱情。】

娟子一进门槛，"噢"的一声，一大堆人把她接住了，屋子里顿时响起一片欢笑声……一瞬间，她什么都明白了。

人往往是这样：自己虽已明知道某种重大的事情必将来临，并也做好了充分准备，但当事情真的到来、特别是突然来临时，总免不了产生巨大的激动。

娟子激动得不知怎么是好。她一见到母亲，像受了欺负似的对母亲说："妈！是真的呀？"

母亲瞅着孩子那红嫩的脸，温和地微笑了。

人群里洋溢着热情的欢笑。

姜永泉和娟子，每人胸前戴着一朵红花，被大家拉着坐在一条长凳上。娟子上身罩着一件新蓝布褂子，下身穿一条小红梅花布裤子。她本来不穿这条红裤子，可是杏莉母亲和一些老妈妈一定要她穿。她拗不过，才红着脸穿上了。

结婚仪式开始了。

司仪念着仪程，先向挂在墙上的毛主席、朱德总司令的肖像鞠了躬。又向母亲鞠一躬。新郎新娘互相鞠躬。该介绍人讲话时，刘区长装模作样地干咳一声站起来，笑着说："哈，我是个半拉子介绍人。其实是星梅同志给他俩介绍……"

这句话像一瓢冷水浇到已烧红的铁锅上，母亲的心炸了！她耳朵一阵嗡响，听不到刘区长下面讲的什么。星梅，这个鲜明的影子，又出现在她的面前！【阅读能力点：星梅的牺牲给母亲心里带来了伤痛。】好闺女，那好闺女！她爱她的未婚丈夫！他死后，她的心都要碎了。母亲，她还记得星梅曾说过，她要和娟子一起结婚的话。可是现在，那一对未婚夫妻都在地下了，见也见不到今天的情景啊！还有，那死去的杏莉，啊，可怜的好孩子！母亲想起她，不由得看看坐在她身旁的杏莉母亲。

她已变成另一个人。那双细眯俊俏的眼睛，又恢复了柔情的光泽。她见母亲看她，回奉一个感激而又幸福的微笑……这微笑又使母亲一震！是的，杏莉向来就是这样笑的。啊，一个俊秀的姑娘，还没等她做她的儿媳妇，就死去了！而她使她的母亲，得到了幸福！

母亲的思绪奔放起来，她愈想愈远了。渐渐把七子夫妻、陈政委、老号长、于水、兰子、老德顺……一切人的事情都联想在一起了。她再看看屋里每张兴高采烈被灯光辉映得更加红润的脸面。这些幸福欢笑的脸上，像是烈士的鲜血照红的。她凝视着女儿、女婿，他们胸前的红花。那红花像是她的小女儿嫚子戴的被鲜血染红的苦菜花。她似乎看到，那血现在还一滴滴向下淌！【写作借鉴点：现在美好的生活是战士们用鲜血染成的，本句点题"苦菜花"，与书名相呼应。】

"大娘，该你讲话啦。"刘区长亲切地招呼道。

母亲蓦然醒过来，深深叹口气，习惯地闭紧嘴，唇角上又出现了深细的纹线。她竭力使自己坦然，做出高兴的样子，缓缓地站起来，理着苍灰的鬓发，苦楚地微笑一下，慢声地说：

"唉！我一个老婆子有什么好说的。他们俩是天生的一对，我从心坎里高兴。我知道他们是一个心眼，在做一样的事，是会和和气气过日子的。做妈的很放心啦！"母亲停顿一霎，深深叹口气，一只手又理了几下苍灰带白的头发，继续说道，"我想说，有这一天真不容易啊！不是共产党、八路军和死去的那些好人，鬼子早把咱中国亡了。这都是血汗换来的呀！"【阅读能力点：表现出母亲高度的政治觉悟。】母亲愈说心愈酸，眼睛潮湿了。

婚礼依次进行完了，大家围起坐着，吃着炒焦的花生，咬着甜蜜的大红枣，把娟子和姜永泉拉到圈里，大家提意见叫他们干这做那的取乐。

姜永泉被逼着手拿几包香烟，给每个人送上一支；娟子跟在后面，逐个点上火。又有人提议叫娟子唱歌。姜永泉能吹一手好笛子，要他伴奏。她那宏亮略带点男音的嗓子，虽有些生硬，倒也嘹亮清脆。娟子唱罢，玉子、玉媛还要闹着叫他俩亲嘴，刘区长站起来给他们解围了，笑着说："时候不早啦，明天还要工作。饶了他俩，留给人家洞房里来吧……"

白雪皑皑的丛山，屹立在深黑色的星空中，宛如一个个银质的巨人，俯瞰着村庄的动静。山村是一片黑蓝色的夜幕，酣睡在宁静的环山中。就连在新年中最喜欢顽皮的孩子们，这时也甜甜地睡在母亲的怀抱里，做着明天怎样玩耍的美梦。

过了些日子，区政府迁走不久，专署（指胶东区专员公署）又迁来了。【写作借鉴点：交待故事背景，使故事整体更加连贯充实。】

晚上，在南沙河搭起台子，剧团准备演剧。

秀子领着儿童团唱完一支歌，就向青妇队拉歌子。青妇队长玉子也跳起来，向儿童团反拉。接着民兵、青救会也向青妇队进攻。直搞得玉子那像山雀一样灵巧的小嘴，也没话说了，只好领着妇女们唱了一个……

正热闹着，军队排着整齐的行列走进来。于是，各团体的目标都转向军队了。他们也不客气，就雄壮有力地唱起来。歌声此起彼落，欢笑声响自各方，会场上洋溢着节日般的快乐气氛。

一个小男演员，在热烈的掌声中，报告了节目。

顷刻，幕内风雨雷声大作，枪声响成一片，把台子都震动了。紧接着，幕布急骤地拉开了。【阅读能力点：在欢快的演出中突然出现一片枪声，究竟发生了什么事？设置悬念。】

在人们的心情十分紧张的时刻，眼前出现一条在野草中急浪滚滚的河流。一群八路军战士冲出来。其中有的是伤员，还有四五个女同志，都穿着湿漉漉的衣服，顶着瓢泼大雨，急遽地向前走着。

观众的神情全被抓住，心都在急促地说："快走，快走！敌人赶上来啦！"当这群战士突然怔住在河畔，台下的人也不由得"啊"了一声，这可怎么好啊！……

毋庸再重复，这就是前面已讲过的故事。【写作借鉴点：与上文形成呼应，白芸带领卫生队护送伤员的故事编成了话剧在演出。】

整个剧情都深深抓住每个观众的心，人们被其中的真实情节感动了。

花子紧靠在母亲身上。她深深敬爱那个女卫生队长；爱那几个为伤员不怕吃苦的女卫生员；爱那个不顾苦痛勇敢地给八路军带路、不知姓名的女孩子。但更使她心弦激动的是王东海排长的举动。他为别人不惜牺牲一切的精神，深深打动这个农村青年女子的心！母亲的心全被那女孩子的姐姐——赵星梅这个名字抓住了。"真是她？不，同名的人也有啊！能这么巧？不，是她，一定是……"她翻来覆去地想着，到底决定不下。她盼望着那个给八路军带路的女孩子真的是星梅的妹妹,她一定要打听清楚。

下面是一出歌剧。述说一个当童养媳的女孩子,受着公婆的打骂,丈夫的欺侮,过着牛马不如的日子。她不能忍受,投井自杀也没成。后来,八路军来了,她参加了妇救会,积极做抗日工作,向公婆和丈夫做斗争,终于在组织的帮助下,她得到胜利,过着男女平等的自由生活……

剧演得很成功。台下好多人流下泪,全鼓起掌来。母亲的眼睛也润湿了。

母亲轻轻抚摸着花子的头发,满怀同情地说:"唉,真是苦命的孩子啊!早先这样死的人可真不少。花子,你说……"

"是的,大嫂!很多。"花子的声音已喑哑了。

"唉!"母亲叹口气,缓缓地说,"过去那些老古板规矩可真把女孩子害苦了。媒人两片嘴说得父母心动,就把个闺女推进了火坑。我那姐妹几个还不都是这么出嫁的!现如今可好了,共产党想得可真周到哇!闺女大了省得做爹妈的操心,自己找的又是相中的。为这事少使多少人吃苦流泪,少死多少人哪!"【阅读能力点:描写出母亲思想的开明以及社会的进步。】

第二天,母亲听说家里要来住几位女同志,就忙着把西房间收拾干净。

中午,秀子扛着背包,一只手挽着一个军人,德刚也抱着一个军人的胳膊,身上斜背着一个挂包,后面还跟着两个军人。刚进门,两个孩子异口同声(不同的嘴说出相同的话,指大家说的都一样)地叫道:"妈啊,你看这是谁呀?"

母亲站在锅灶口,打量着来人中最前面那一个。她,黄绿色的军帽盖着齐颈的黑发,丰满笔直的身躯束着皮带打着裹腿,又白又红的圆脸蛋上,有一对深褐色发亮的大眼睛,她正看着母亲笑。母亲忽然迎上去,激动地叫起来:"是你,是白芸啊!你可也真变样啦!"

白芸狂喜地抓紧母亲的两臂,端详着母亲的脸,兴奋地说:"大娘!是我,就是我啊!你也变多啦!看,秀子长成大姑娘了!德刚也使我认不得了,我走时他还吃鼻涕呢!

"大娘,昨晚我们的剧演得好不好?我扮的你像不像?"白芸笑着问。

"是你们几个演的?"母亲有些诧异。

"是啊,大娘。"白芸喝口水,说,"我们卫生队有几个调到剧团来了。其实啊，一打起大仗来，我们还要做卫生员的工作。大娘，你的事情是于团长的部队告诉我们的。"白芸又指着一个姑娘说："大娘，她叫于兰，就是昨晚演童养媳和你闺女的呢！"

于兰被白芸指得有点不好意思，她对母亲甜蜜地笑笑，歪着头说："冯大娘，演得不好，你可多提意见哪！"她目不转睛地看着母亲的一切动作。

母亲拉住于兰的手，忙说："哪里的话。这点小事，还值得你们编成戏。"母亲瞅着于兰那稚嫩的脸蛋，又疼爱地问道："好闺女，多大啦？爹妈好吗？"

"没妈啦，大娘！跟爹长大的。"于兰回答道。"哦，"母亲叹口气，忽然想起什么非常关切地问："白芸哪，你们快说说，剧里那个给你们带路的女孩子，是哪里人哪？"【阅读能力点：母亲十分关心星梅的妹妹，忙向白芸打听情况。】

"是离莱阳城不远的一个小村子的。"白芸见母亲问得又急又突然，有点惊讶。

"她姐姐真叫赵星梅吗？"

"是的，大娘，……"

"等等，白芸！"母亲的心跳得更快，"女孩子说没说，她姐有个未婚丈夫？"

"有。她说姐姐跟姐夫出去的。大娘……"

"不，等等！"母亲的手都发颤了，"姐夫叫什么名字？"

"纪铁功。大娘，他叫纪铁功！"于兰抢着答道。

"啊！是她，是她……"母亲像被什么憋住了才喘出气来似的，长舒一口气。她平静了些，把星梅的事讲给她们听……

文工团员们明白了母亲为什么这样激动，她们都被星梅的事所打动。但最惋惜的是，那女孩子的名字没有问清，这使白芸和于兰感到很难过，很是对不起母亲。【阅读能力点：大家都为星梅的故事打动，也为没能记清楚女孩名字而惋惜。】

尽管这使母亲感到失望，但在她的心目中，已留下了深深的印象！

这里是如久别重逢（指朋友或亲人在长久分别之后再次见面）的母女会见一

般，滔滔不绝（滔滔：形容流水不断。像流水那样毫不间断，指话很多，说起来没个完）地叙述所要说的一切话，那边秀子早同其他的姐姐——她们的友爱来得真快呀——在洗头洗脚、换衣服整铺盖……安排好了一切。小屋子里，回荡着永不休止的友爱的欢笑，惊飞了在屋檐底下沉睡着的麻雀。

【学习要点】

娟子和姜永泉结为合法夫妻，他们是战争环境下产生的革命爱情，忠贞不渝，并且有着共同的目标，那就是为了抗战胜利而奋斗。这样的伟大爱情，值得人们歌颂！

【读品悟】

王东芝及其同党被判死刑，大快人心。杏莉母亲始终担忧王长锁的判罚，结果非但没有判刑，而且批准杏莉母亲和王长锁结为合法夫妻。这表现出党和政府的公正，绝不会放掉一个坏人，也绝不会冤枉一个好人！

【思考探究】

1.文工团将母亲的故事编成话剧表演，母亲看后，有什么心情？

2.娟子与姜永泉在组织和朋友们的见证下完婚。请用自己的话语描述下整个婚礼的过程。

第十五章

名师导读

花子和老起的事情在村里传得沸沸扬扬,他们究竟犯了什么事?会受到惩罚吗?母亲在对待花子的事情上与大部分人的观点不同,这是为什么?

"花子,不,你,你到区上去离婚……去啊,你非去不可!"

"不行,不行啊,起子!我是共产党……"她忙停住,改口说,"我是共产党的干部,这哪还有脸见人啊!"花子悲恸地说道。【写作借鉴点:通过对话设置了悬念,引起读者的阅读兴趣,推动着故事的发展。】

雪夜的寒风吹打着草垛,呼呼地叫啸,一片片积雪刮下来,落在两人的身上。可是他们谁也不觉得冷,虽说在这里已待了好长时间。

老起无可奈何(指感到没有办法,只有这样了)地长叹一声,望着远处白花花的雪山,痛心地说:"这么说,就没路可走啦?"

"有!"

"怎么办?"

"我寻死……"

老起懵怔一霎,猛地把她抱住。身上的雪溶化了,但他觉得这不是雪水,而是她滚热的泪水。【阅读能力点:通过环境描写表现出花子内心巨大的痛苦。】

"花子,你怎么说出这种话来?你真要……不,花子!你说,无论如何也别想这个。"

花子趴在他的肩膀上痛哭着,她的心在碎裂,什么也说不出来呀!可是他的苦求,他的悲哀痛苦,使她用最大的力量克制着自己,断断续续地说:"起子,别着急。我……不死。"稍微平静些后,她自语道:"在过去,我是想,虽是买卖婚姻，可是那男人还活着呀。就嫌人家傻能是理由吗？再说，我爹哪能依呢？'好马不吃回头草，好女不嫁二男'啊！唉，现在更糟了，后悔也晚了！孩子，都怪这孩子……"【阅读能力点：花子慢慢诉说自己的痛苦，交待故事内容。】

"唉！这不能怪你，都是我不好。把你给害啦！"老起难过地说。

"不，全怪我。起子，是我愿意啊！"

花子，这苦命的姑娘，三岁死了妈，跟爹长大的。八年前，闹春荒，花子家里几天没揭开锅。四大爷领着儿子闺女到王唯一家去借点粮食，求他开开恩，可怜可怜孩子。王唯一家的粮食囤子都发霉了，村里的人却饿得发昏。"老四，"王唯一放下大烟枪，"你欠我两斗租子还没交上，再借了用什么还？"他又瞅着因吃多槐树花而肿了脸的花子，说："嘿嘿，这么大的闺女，老待在家干吗？快说个人家吧，也挣几口吃的。嘿，这门亲事嘛，看你的面子，我倒可以帮帮忙……"【阅读能力点：一方面交待故事背景，另一方面又表现出王唯一的卑鄙自私无情。】

四大爷无法，就答应把17岁的闺女送给王唯一的亲戚当媳妇，换回200斤苞米。那年头，别人家谁还有东西结亲呢？200斤粗粮就是一个姑娘的身价啊！

这家是个小土财主。花子的丈夫是个傻子，二十多岁了，还什么也不懂，整天在外面疯疯颠颠地胡闹。花子刚过门，就黑天白日像牛马一样干活，吃的饭还没他们家的猪食好，净是吞糠咽菜。她婆婆是个有名的"母老虎"，刁得像锥子似的尖。一时做不到，不是打就是骂，谁也不拿她当人待。【写作借鉴点：运用了比喻的修辞手法，形象地表现出花子婆婆的刁钻刻薄。】

有一天，花子正在做午饭，那疯男人在外面受了一帮下流胚子的教唆，回家后冲上来就把花子摔倒在地。盆打了，面撒了。花子用力挣扎叫喊，但哪里架得住恶狼似的疯子？结果衣服被他扒下来……正在这时母老虎闯进来。她非但不管教儿子，倒骂花子是小淫妇，把她儿子教坏了。结果把花子关到厢房里，几顿不给她饭吃。那时，在这里当长工的老起，是个很粗壮的小伙子。他自己也不知家在哪里，从小要饭吃，长大一点就当长工，真是和野草石头一块长大的。他看不过去，很同情花子，就偷偷地从后窗送几个粑粑（一种用玉米和大豆做的馍馍，类似窝窝头）、地瓜给她吃。谁知被母老虎知道了，马上把他辞掉。老起后来就被王唯一雇去了。王唯一死后，他分了几亩地和一块山峦，在王官庄落了户。

自从来了八路军，花子就回到娘家，死活也不到男人家去了。在一个村里，花子同老起就短不了见面，久来久去，两人心里都有了意思。可是谁都怕，怕那古板而又严厉的四大爷，怕人们传统的道德观念。两人不敢明着来往，更不敢正式提出来。【阅读能力点：表现出封建社会对人的毒害，给人们带来的痛苦。】

根据地在一天天巩固扩大，人民的觉悟逐渐提高，战争在影响着每个人的思想。四大爷也变了样，花子当上干部，又入了党，接受革命的教导和锻炼。这使她和老起的接近愈来愈大胆了。可是离婚重嫁这个事在这里还非常新鲜，没有人做过，他们心里也没个底。加之他们本能的弱点，使他们犹豫不决（迟疑，拿不定主意），不敢声张。

然而，那纯朴真挚的爱情，随着年岁的成长，却如火触焦柴那样，炽烈地燃烧起来了。它要冲破束缚着它的铁环，爆发出美丽艳红的火花！

一天夜晚，在偏僻的荒山沟里，两个人挨着坐在岩石上。秋夜的微风，通过凉露，吹着草木叶，发出催眠曲似的簌簌声，一阵阵向他们身上扑来。花子不由得打个寒噤。老起忙脱下夹大袄，披在她身上。她那双温柔含情的眼睛，使他明白了她的心意。一朵苦难野性的花，怒放了！【阅读能力点：苦难的野花暗指花子腹中即将出生的孩子。】

花子一天天觉得身子难以遮掩了。她不管穿怎样宽大的衣服，在人眼前走过也感到别扭了。她在看那出"童养媳翻身"的剧时，觉着肚子里有只小手在紧抓她的心。她后悔不该早不提出离婚，搞得现在没法收拾。

不，这不单是自己的耻辱，她更记住自己是共产党员，她的行为是对党有害的。她要被开除，像逐出叛徒那样。她是干部，这对工作起多大的坏影响啊！她痛苦极了，深恨自己对不起党、对不起革命。但她心里又感到抱屈，感到不平，她不知道为什么不该和自己心爱的人结婚，为什么要受别人的横暴干涉。【阅读能力点：写出了花子内心的痛苦挣扎。】这一点是她至死也不会屈服的。她只责备自己不该有了孩子，为此妨碍了她的革命工作。她气恨急了就要打掉孩子，可是老起抱着她哭，她的心立刻软下来。而有时实在无法，他痛心地劝她把孩子打掉，她反倒又哭着拒绝他。最后互相擦着泪水分开了。

花子虽为耽误工作而痛心，但她再也没法出门，只好躺在炕上装病。其实精神上的挫伤，比真的生病还要严重呢！

妇救会长招野汉肚子大了的事，如同夏天的云雨，很快就传播开了。本来就对闺女媳妇的开会呀、工作呀、争取自由解放呀不满意的一些老太婆和老头子们，这下可抓住正理，再不让闺女媳妇出来跑了。"真是的，什么妇救会、青妇队的，看看吧！男女混在一起，这不出了事啦？俺的闺女可不能这样啊！哼，这还是干部领头干的呢！真是天大的丑事，丢死人啦……"这些人幸灾乐祸（指人缺乏善意，在别人遇到灾祸时感到高兴）、得意洋洋地到处乱嚷。

四大爷本来对抗日很有些认识，还当上抗、烈属代表，大小也是个干部了。但他对男女的事还多半按着老脑筋的看法。虽说知道闺女掉进火坑里，他也不愿孩子痛苦，可是遵从道德伦理是他永远不变的生活准则。说实在的，他的封建思想还很严重。他一听到这个风言，可真气炸了。昨晚上他从山里回来，就把花子狠骂了一顿，不是看女儿病得可怜，他真要动手打她了。老头子逼问花子男的是谁，他要抡起镢头去找他拼命。花子可始终咬着牙不肯说。

今早上四大爷气得饭也没吃就上山去了。临走时，他又骂了一顿，警告花子：要么把孩子打掉，还可遮遮丑；要么马上回婆家去，不准再在家里呆一天。

花子的两眼哭肿得和熟透的桃子似的。她越想越没法，越觉得太丢人，越觉得对不起党、对不起革命……她越哭越伤心，越觉得命苦，越觉得没脸见人，没路走……蓦然，她浑身一震，睁大眼睛，可怕地盯着那古老的被烟熏得乌黑、挂满灰尘的梁头。【阅读能力点：花子心里越想越难过起了自杀的念头。】接着她心一横，把牙一咬，自言自语地说："婆家，我死也不去！孩子我不打，我没那狠心，要死和我一块死！起子，我留着你的脸！死了我情愿……"说着一阵心酸，又趴在被上恸哭起来。"天哪！想不到解放了，我还会这么死去！"她心中在反抗，可是立刻又狠起来，"该死！谁叫我不正经！我哪够个共产党员？啊，别再活下去丢人，快死了吧！"

花子寻死的想法由冲动变成唯一的决心。正当花子把死神套在脖颈上时，突然响起推门声！接着传来在她听来是多么亲切多么熟悉的问话声："花子，在家吗？闩门做什么呐？开开呀。花子，是我啊！"【阅读能力点：来的人是谁？她

【能否解救花子，在此设置悬念。】

花子一阵心跳。她要是把脚一挪悬了空，立时就完了……但她一怔，慌忙跳下来，飞跑着去开开门，一头扑在正要进来的人的怀里。

"大嫂啊，是你！我，我，呜……"她孩子般地哭嚎起来。

母亲向屋里一看，什么都明白了。她声泪俱下（一边说一边哭，形容极其悲恸）地说："好孩子，你这是怎么啦？！这怎么行啊！快起来，大嫂为这事来看你的……"

花子坐在炕上，抽泣着把前前后后的事都告诉给母亲。最后又倒在母亲怀里，哭着说：

"大嫂啊，我不死不行！我爹逼我走，逼我打掉孩子……大嫂，我没脸见你。我对不起革命，对不起党！大嫂，我死也不连累他……我是没脸见人了啊！大嫂，你看我怎么好啊……"

母亲满眶泪水地看着她。花子那健壮的身子已瘦弱下去，焦黄的脸被泪水洗得湿漉漉的。母亲开始听到传说花子的事时，心里很不相信：一个那么好的姑娘，又是干部党员，怎么会做出这样的事呢？现在她明白了内情，满心是对花子的同情和怜悯，气愤情绪早冰消雪化了。【阅读能力点：母亲得知事情的真相对花子充满同情。】她想，花子不该跟那个人不像人、鬼不像鬼的东西；老起——这个老实人，就不该有这个情投意合（形容双方思想感情融洽，合得来）的好媳妇吗？当然该，这是肯定的。但使母亲为难的是，他们不论怎样也是私通啊。这就不对了。

母亲又心疼又作难，看着花子那双红肿的泪水盈溢的眼睛说："花子，你们俩都是好孩子，大嫂从心坎里高兴你们。可事情也是难处，闹到这种地步啦……唉！"

花子又哭起来，爬起身说："大嫂！还是让我死……"

"花子，好孩子！"母亲紧握着她发凉的手，苦心地叮咛道，"花子，不管怎样，你可千万不能寻短见，别那么想。多少苦日子都熬过去了，如今是咱们的天下，活都活不够啊！好孩子，记住：咱们的共产党不管什么时候，都会给受苦人做好事的。花子，大嫂知道你是党员，你该把事情对党说说呀！我陪你一块去……"

突然，像骤来的恶风，院子里有哭有叫，大吵大闹，乱嚷嚷地混成一团。

【写作借鉴点：设置悬念，这院子内大吵大闹的人究竟是谁？】

母亲和花子正吃惊，忽地撞进一伙人来。为首的一个老太婆，披头散发，呼天嚎地，娘娘奶奶地哭喊着破锣般的嗓子——可没有眼泪——咧着大嘴扑上来。她嘶哑地叫道："我的天哪！你这小淫妇……"她把所有能骂的词都用上了，"我三番五次找你回去，你不走！你原来安的这个心呀！当了官看不起咱小门小户啦！你不要脸，俺还要留着脸皮见人啊！"她骂得又快又急，和打机关枪似的，嘴上带着白沫子，胖脸腮松松地跳动着。【阅读能力点：通过语言和外貌描写，刻画出花子婆婆刁钻刻薄的形象。】骂完，挽起宽大的镶着绣花边的袖子，高声喊道："走！到区上打官司去！我先告你不守贞节，再告你不孝公婆……走！快跟我回去！"

母亲见这疯泼的婆子，叫骂着又来撕扯花子，早气坏了。

她用胳膊挡住她，使力耐着怒火，没好气地说："你这是干什么？有话慢慢说嘛！骂骂嚷嚷地多难听！她有身子，你别吓着她！"

母老虎一见有人顶她，更加撒野疯狂起来。她一窜尺把高，一手叉腰一手指点，朝母亲骂道："哟，我的天！哪出来这个打抱不平（遇见不公平的事，挺身而出，帮助受欺负的一方）的？呸！你是干吗的？你护着她？她是你的闺女还是媳妇？她给你多少好处？那野汉子是你三亲还是六少？哼！孩子掉了，活该倒霉！她是我家的人！我打我骂我杀由我。她活着是我家的人，死了是我家的鬼！"

"住嘴！"母亲气得脸上青一阵白一阵，头发也颤巍起来。她愤怒地指着母老虎，严厉地说："你那嘴干净点。这不是你撒泼的地方！太阳底下你别认错黑白，早不是你说这些话的日子啦！有理到咱人民政府去讲，你胡口伤人就是不明理！"

那刁婆子像当头挨了一闷棍，怔愣着说不出话来。她没料到看样子是那么懦弱老实的女人，会有这一着。她恼羞成怒（指因为羞躁到极点而大发脾气），野性大发，挥舞着两只手就去抓花子。

王官庄来看热闹的，大都是女人和小孩子，看要动手，又把母亲打了，有的就上来帮忙。玉子早挤上前，猛推那母老虎……就这样，一方要抢花子，一方护住不放；三推两扯地打起来了……母亲的衣服被撕碎几处，胳膊上还挨了打，但她死护住花子不放。

到底架不住男人有力，他们生撕活扯地把花子拖到院子里，绑到毛驴上。这一伙人架着花子忽忽拉拉出了村。

门，砰地一声关上了！

老德顺牺牲后，玉秋又调到行政村任村长去了，王官庄的村长和党支部书记，就由庆林来担任。他是个中等年纪、念过私塾、正直能干的人；可是生性固执，遇事缺乏全面考虑，好凭主观办事。花子的事轰动了全村。大多数人都表示愤慨，同情的人是少数。在这种情况下，干部们召开会议，要对这事做出处理。

母亲把知道的详情向干部们讲了。她当然希望他们马上设法挽救花子，把事情赶快提到区上去，好做处置。她知道那刁婆子会怎样来对待花子的啊！

但出乎母亲的意料，干部们大多数并不同情花子、老起，却抱着异常愤怒的态度，强调事实本身造成的坏影响，和它坏的一方面。这使母亲非常痛心，以致气愤地离开会场。【阅读能力点：大部分人并不同情花子，花子是否没有救了呢？母亲会想出什么办法吗？】母亲从来没做过干预干部们的事，这次她为这事真焦急。

母亲离开后，在庆林的主持下，通过了他们认为是对的决议。虽说玉子等几个人是反对的。

母亲回家后，照例坐上织布机。她本来能把粗布织成细布一样的手，今晚上却变得笨拙了，常常断线。梭不听使唤，撑子老往下掉，机子也发不出像往常那样节奏均匀的响声了。这一不是被那刁婆子剜破的伤处在火辣辣地痛，二不是由于激怒心痛病又发作起来，而是那好姑娘饱含泪水的渴求眼睛还在看着她，那刁婆子的恶毒骂声还在她脑海里回响，为一个好人的命运的担忧在紧抓她的心……

【阅读能力点：母亲仍在为花子的事担忧。】

母亲烦躁地停下机，紧紧地锁着眉毛，两眼凝视着挂在机杆上的豆油灯。停了好一会儿，她一面卸着围带下机，一面坚定地自语道："好人，因为是好人的事，我一定要去办！我要管，管到底！"

"妈，你要上哪去？"秀子问。

"我上区里去一趟。"

"妈，不去，我不让你去！"德刚偎在母亲腿上，撒娇地说。

"啊，这么大啦，还离不开我的身。晚上我就回来呀！"

"那我也跟你去，好吗，妈？"德刚央求道。

"别使性啦，你要念书呀。"

"不，妈！停一天没关系。我要跟你去看姐姐。"德刚放下碗筷，趴在母亲身上。

母亲把他拉下来，给他挟块菜放进碗里，把碗筷送到他手中："快吃吧，好上学啦。好好听话，以后要学着离开妈些啦。人一辈子还能老守着娘，我死了你怎么办？"

"妈，你不会死。妈老活着。"德刚天真地说，又吃起饭来。

母亲看着孩子的神气，不自觉地苦笑一下。

"妈，到区上这么远，净是山路，你不累坏啦？还是我请天假去吧。"秀子已知道疼母亲了。

"没什么，我慢慢走吧。这事你可办不了，还非我去不可啦。"

"什么事这么要紧？"秀子瞪着眼问。

"唉，是为你花子姑的事呀！"

"那还用你跑腿？"

"怎么不用？"母亲认真地对女儿说，"秀子，你也要记着，为好人办事，不管有多少人反对，自己吃多少苦，也要去办。别害怕，别偷懒。"【阅读能力点：通过语言描写表现出母亲正义善良的心。】

"嗯。"秀子像明白又像迷惑地紧盯着母亲。

母亲刚要出门，秀子喘吁吁地跑回来，扯着她的衣袖，惊恐地叫道："妈，妈！要游街！要游起子叔的街啦！"

母亲知道什么叫"游街"，吓一大跳，急忙跟着女儿奔向大街。

老起的胳膊被反绑着，头上戴着用白纸扎的大帽子，上面墨笔写着"我是流氓"四个大字。他见到母亲，羞惭地低下头。

开会的人们都乱了，急着向外拥。

母亲的眼睛早模糊了，她费好大力气才找到庆林，质问道："庆林兄弟！你这是干什么？你全想好没有？也不问问区上，就这么做，对吗？"

"这事还用问上级？明摆着的理，又是群众的意见。他们正该受处分哪！"庆林也有些气了，但还带着笑容。

人们见势都围上来。本来要押着老起走的民兵，也停下来了。

"你是村长，可得做主！"母亲气得愈来愈难以控制自己，她指着老起，大声地说："这是什么人？是个好人！花子，她是好干部，谁不夸她工作好！起子，他救过娟子她爹，是我一家的大恩人！你就没看看，花子婆家是什么人？你说，这样对付受苦人，良心过得去吗？"

"呀，嫂子！"庆林也火了，可还使劲忍着，用力吞口唾沫，"这你可不能那么说。你说，他们私通是对的？影响村子的工作是对的？都这样下去那还成什么体统？嫂子，公事公办，咱们也不能耍私情啊！"

"啊！耍私情？"母亲被这"私情"两字完全震怒了，而且感到侮辱，"庆林！你说谁耍私情！他救人不是真的？他救人不对？我也没说他们的事全对呀！我是说你这样做不对！我看不过，我要管！"

"嫂子，这你可不对了。你别仗是抗属就这么呛人！我是村长，我有这份权力！"庆林恼炸了，他大声喊道："走！游街！出了事我负责！"

母亲，她的头发根颤抖起来，浑身哆嗦着，手在神经质地抖动。她站在那里，显得是那么衰弱可怜！杏莉母亲含着泪花，心疼地说："嫂子，到我家坐会儿吧，离得近些。"

母亲默默地看看她，摇摇头。她并不感到自己可怜和衰弱，她的心是那几个女人和杏莉母亲猜想不到的。她心里在忿忿地说："我仗抗属欺人吗？不，没有，从来没有。我从没想到自己和别人有什么两样。我一个老婆子有什么呢？儿女去革命是我高兴，我情愿！我要管这事，是觉得良心过不去……"【阅读能力点：母亲受到了极大的侮辱，但这并没有使她气馁，更坚定了她要为花子申冤的决心。】她头也不回，向通往区里的路走去！

副区长德松一见母亲来了，惊喜地迎上来。他扶母亲在凳子上坐下，倒碗开水送给她，亲热地说："大婶，你怎么来啦！这么远你还走得动？可把你累坏了！"

"还走得动呐。"母亲擦擦汗，喝口水，看到他有事——正和一个年轻媳妇谈话，就告辞道："德松，忙你们的吧。我找永泉他们去。"

"不要急，大婶，你先歇歇。他们在街北开会，我也是刚从那里来的。歇会儿，咱们一块去。嗬，你也听听我们谈的事，参加一下意见吧！"他又对那媳妇说："说下去吧，妇救会长。"

她抿着鲜红的嘴唇，对母亲微笑笑，说："就这样，咱们也不知道详情，先叫民兵抓起那刁婆子和她门里的几个恶汉子。唉，那孩子到家就生下来了，不足月，瘦得像个小猫。不是咱们去得急，早被刁婆子丢进尿罐里溺死了。"【阅读能力点：妇救会长说的正是花子的事。】说到这里，她的眼圈有点发红。

母亲原是在歇憩，但渐渐那媳妇的话直往她耳朵里钻，收紧她的心。听到这里，她忙插上问："你说的是谁？可是花子的事？"

"哦，是她。你也认得她吗？"年轻媳妇有些懵怔地反问。

"大婶，这是山南村的妇救会长，是花子姑婆家村……"

"我知道啦，德松。我就是为这事来的！"接着母亲把花子的前前后后和村里游街的事，叙述一遍。她又催问那媳妇："你快说说，花子这时怎样啦？"

原来花子被母老虎一伙人押出王官庄后，一路上驴颠、人打，折腾得回家当晚孩子就早产了。母老虎正要把刚出生的婴儿往尿罐子里放，幸亏村干部闻讯赶到救出来。那母老虎一伙人又打花子，逼问她对方是谁，可是花子死也不说。把母老虎气得怒吼如雷。村干部们也不知道底细，但这家小地主很坏，很顽固；花子又是王官庄的干部，眼看要出事了，就把那刁婆子和几个帮凶押了起来。妇救会长一早就跑到区上来了……

德松觉得事情不简单，就领着母亲和那妇救会长去找正在开会的姜永泉他们。

大家马上作了研究。母亲和那妇救会长也参加了会议，并发了言。

区上很快做出决定……【写作借鉴点：这里并未详细介绍决定内容，设置了

悬念。】

吃过午饭，德松和那妇救会长出发到山南村；娟子和母亲奔向家里来了。

蜿蜒曲折的沙底小河，顺着山根涓涓地流着。那澄清的河水，泛起花纹般的微波。一群群小鱼儿，来来往往穿梭般地游逛。嫩绿的杨柳，被夕阳倒映在水里，随着微风和涟漪的荡漾，宛如天真的孩子在欢笑。【阅读能力点：将环境拟人化，欢快的环境预示着人们愉悦的心情。】

母女俩坐在河边草地上歇憩。娟子用白手巾揩揩脸上的细汗，完后把手巾递给母亲。

"妈！"娟子忽然叫道。

"嗯？"母亲有些迷惑地瞅着女儿。

"我有了！"娟子激动地说。

"什么呀？……噢！"母亲惊喜起来，"什么时候起始的呢？"

"才知道。想是有一个多月了……"

娟子像一般的少女那样，她本来只叫别人妈妈，当自己将变成妈妈时，总会产生惶惑不安、神秘欢悦又夹杂着惊慌失措的复杂感情。娟子眼里挤出细小的泪珠。【阅读能力点：描写出娟子初为人母的感动、紧张与喜悦。】

母亲却老是笑嘻嘻地安慰她，嘱咐她一些事情。似乎她做母亲的已体会到女儿的心情，并不觉得奇怪。

晚上，开完干部会，庆林急急地向母亲家走来。不只是在会上他受到上级的批评和娟子的苦心说服使他认识到自己做错了。而是在和母亲吵过之后，他就觉得自己对她太粗暴、太无礼了。但他感到自己的做法还是对的，而母亲是心软，太重感情了，所以分不清谁是谁非。出于关怀，他中午就去找母亲，想向她赔赔不是，解释解释他对她不该发火，向她讲讲道理。但当他走进屋里时，只见两个孩子在吃剩饭。一问，他才明白母亲到区上去了。秀子还告诉他，妈妈为花子姑的事被人打过后，一夜没睡着，牙和心都在发痛……

庆林开始考虑，母亲为花子的事为什么这样挺身而出（形容面对艰难或危险的事情，勇敢地站出来。】呢？她的身子那样坏，又把孩子撂在家里，爬山越岭地去奔波，又为什么？……难道这一切只是为了花子是她的近门，老起是救她丈夫的恩人吗？

庆林越想越对自己的做法发生了怀疑，特别是母亲质问他的那句话："这样对付受苦人，良心过得去吗？"更使他心里不安。【阅读能力点：庆林开始反思自己的行为，说明他还是个上进的同志。】当时他在火头上根本没体会她话里的意思，这时却越想越感到话里含的意义深重。是的，母亲是凭一颗纯朴的良心来办事的，可自己这个共产党员，却还在认封建社会的老理，没凭共产党员的良心——对穷人有好处的良心去办事……【写作借鉴点：破折号起着解释说明的作用，共产党的良心即对得起穷人的良心。】

庆林进门后，屋里静悄悄的。他轻轻走到炕前，见母亲盖着被子脸朝里躺着。淡黄的灯光照着她那灰里带白的蓬发，身子在微微地抽动。

庆林的眼睛顿时潮湿了。他轻声叫道："嫂子！"

"谁？"母亲翻过身来，一见是他，忙要坐起来。

"别起来，嫂子！我来看看你……"

母亲还是起来了。看得出疼痛紧抓她的心。她皱起眉头，强笑着说："快坐吧，庆林兄弟！我没什么，只是有点点累，想躺一会儿。"

庆林坐在炕沿上，看了母亲一会儿，才很伤心地叹口气："唉！嫂子，都是我错啦！嫂子，我真对不起你……"

"快算了吧，大兄弟！"母亲见他难过，心里很不好受，忙截断他的话说，"其实呀，也是我不好，生起气来说话没轻重，在那么多人跟前，你怎么吃得住？唉，我也是真急眼啦。事情过去就好啦！"母亲身上疼得不得不吸口冷气。

庆林更加感动。他在人眼前给她那么多气受，说的话简直是挖苦她，可是她一点不怨他，倒说自己不好。庆林激动地说："嫂子，这回我可受大教训啦！像你说的，办事要处处讲良心。要看是对什么人，对谁有好处。要是光凭一股冲劲，事情很容易做坏的。"

"唉，我一个老婆子懂个什么？"母亲把头靠在墙上，声音很轻地说，"我是想人都有颗心，将人心，比自心，遇事替别人想想，把别人的事放到自己身上比比，看看该怎么做才对，这样做倒不一定错。我就觉着，咱们共产党的章程是不会屈枉好人的，倒是处处为受苦受难的人办好事。若是对好人有好处，那只管办，没有错。【阅读能力点：母亲的话道出她做人的原则，将心比心，多为好人办好事。】大兄弟，你说对吗？"

"对，对，嫂子！这一回我算真懂得了遇事要前前后后都想到，不能认死理。"庆林站起来说，"明天开群众大会，我当场向起子赔不是。还要向大家宣传，都换换封建脑筋，坚决为好人的事撑腰！"

过了些日子，花子的身体好后，到政府和那买卖的婚姻一刀两断（比喻由于某种原因而感情破裂，单方或双方坚决断绝关系，从此不愿意来往），回来就和老起正式结了婚。婚后，两人抱着孩子，来到母亲家里。老起感激地说："大嫂，亏你啊！救出她娘俩。现时不兴磕头，要不我一准给你磕24个响头，来答谢你……"

"呀，可别这么说啦，"母亲赶忙说，"这都是共产党的恩德啊！"

【读品悟】

庆林在对待花子与老起的事件上，受到封建思想的束缚，没能站在穷人的角度去处理问题，给花子和老起都带来了一定的伤害。但是庆林事后经过反思，认识到了自己的错误并主动向母亲承认。庆林善于反思、敢于承认错误的品质是值得肯定的。只有勤于反思，才能不断总结自身不足，不断进步。

【思考探究】

1. 花子和老起的事情被传出，村里人是怎么看待他们的？母亲又是怎么看的？他们最终的结局是什么？

2. 庆林不由分说，坚持抓老起游行。事后他为何觉得自己做错了？他又是如何向母亲承认错误的呢？

第十六章

名师导读

德强发现了喜蛛,认为家里定会有喜事发生,究竟是什么喜事?父亲回到了家中,父亲的回归给家里带来了什么?不料,反扫荡战争开始了,人们又陷入颠沛流离的状态。

"妈,看!喜蛛,喜蛛(蜘蛛的一种。很小。专在屋里结网)!"德刚叫着放下饭碗,急爬到炕里面,把一个从墙上爬下来的口里吐出一根长丝的小喜蛛轻轻捉住,两手捧着送到母亲跟前,"你看,妈!它还吐着丝哩。人都说喜蛛是夜报喜晨报财,妈,是吗?"

母亲看着儿子兴致勃勃(兴致:兴趣;勃勃:旺盛的样子。形容兴头很足)的神气,喜爱地笑一笑,说:"是啦。这时是晚上,想必它报喜来了。"

"对,是报喜!它报什么喜呢?"德刚更加兴奋,两手不停地动着,不让喜蛛跑掉。

"噢,"母亲随口应道,"怕是你哥姐他们哪一个要回家来啦。"

"妈,往常我哥姐回来,我从没看到有喜蛛来送讯,我看这次一准是大喜事,说不定是我爹要回来哩!"【写作借鉴点:设置伏笔,是否德刚的爹要回来了?】

"你爹!?"母亲禁不住重复一声儿子的话,接着又闭上嘴,微微摇摇头。

吃完晚饭,安顿孩子们睡下以后,母亲今晚破例地没坐上织布机,也躺下了。

家,多么温暖可爱的家啊!

孩子们都酣睡在烧得炙热的炕上,屋里安静得连老鼠的走路声都没有。母亲瞅着被雪映得发亮的窗纸，老是睡不着。吃晚饭时孩子们想念父亲的情景，还在母亲脑海里翻腾，使她想起丈夫。不，应该说她的心永远是在想着他的。

几年来，各种新鲜变革的生活，深深吸引了她，把她带入新的时代，卷进斗争的漩涡里。她对儿子、闺女、姜永泉和许多人的担心与热爱，代替了她对丈夫的思念。然而，在她心灵的最深处，埋藏着怎样大的痛楚和悲哀啊！每当她在闪烁的灯光下，端详着睡去的子女的脸，目视着他们那同父亲一样稍突出的宽敞前额时，她就要停止针线，擦着眼泪，良久地默默地凝思……过去的事就又会涌上心头。【阅读能力点：表现出母亲对丈夫无限的思念，她是个坚强的女子将这些都掩藏在内心深处。】

"他这时能在哪儿呢？还活着？或许出门就死了。也许路上遇着风暴，船翻了，沉到海底……不，他会活着。他知道有家，有老婆孩子，她们都需要他啊！他有仇还没有报啊……关东最冷了，听说到冬天刚出口的唾沫就会冻成冰，有人给他缝衣服吗？是谁给他缝……他会不会跟上别的女人把家忘了？不，不会的，他不是那种人。那他为什么不捎信回来呢？是的，兵荒马乱地不能捎。他不知道家乡解放了，也不知道王唯一死了！是的，他全不知道。谁会告诉他呢……"母亲自问自答紊乱地想着，结果还是绝望地闭上满盈泪水的眼睛。

喜蛛没有送来喜讯，这样不眠的夜晚，母亲继续煎熬着。但，毕竟熬到头了！【写作借鉴点：此段为下文埋下伏笔。】

过了一些日子，一个大雪纷纷的夜里，几下模糊的敲窗声，把母亲从睡梦中惊醒。细耳一听，原来是呼呼的北风吹打窗户。她以为是自己听错了，叹了口气，又困倦地闭上眼睛。

"咚咚咚！"

这下她听得很真切，一面急忙爬起来，一面问："谁呀？"

"是我……"一声低沉粗哑的男人声，颤抖地传进来。【阅读能力点：此人是谁？会是丈夫回来了吗？】

母亲不觉一怔。这声音有点熟悉，又很模糊。她急忙下了炕。

当她拉开朝北山的活动后窗时，一股夹着碎雪的寒风，直冲进母亲没来得及扣上衣纽的暖怀里。在此同时，跳进来一个满身是雪的人。

母亲看不清对方的面孔，可是从这和六年前向窗外跳出去时一模一样的动作上，母亲辨别出来人是谁，她情不自禁（感情激动得不能控制，强调完全被某种感情所支配）地惊呼道："啊！是你？！娟子她爹！"

没等回答，母亲全身像没有了筋骨，瘫痪地靠在站在黑暗里那人的怀里。母亲身上的温暖，熔化了丈夫身上的冰雪。从她眼里流下的热泪，汇合着他身上的雪水，一块流下来！【阅读能力点：描写丈夫回来了，母亲悲喜交加的感情。】

显然，仁义更激动，好一会儿，他才很费力地说出："你，你们都还活着？！"

"活着。都活着！"她急忙回答。

"世道真变啦？"

"变啦。真变啦！"

母亲觉着有几颗粗大的泪珠，沉重地打在脸腮上。仁义全身哆嗦着，在渐渐软下去……

点上灯后，她又是眼泪又是笑容，对还睡着的孩子叫道："秀子，德刚！快起来，你爹回来啦！"

秀子立刻爬起来，揉着眼睛，一见到父亲，两手紧抱住他的大手，狂喜地叫道："爹，爹！你可回来了！俺想你……"说着扭回身擦着眼睛。

仁义摸着女儿的头发，嘴唇动了动，用力地笑着说："秀子，爹回来了。别哭。看冻着……"说着拿过棉袄披在女儿身上。

母亲闭着嘴，瞅着父女俩的悲喜感情，心里有说不出的千头万绪（比喻事情的开端，头绪非常多）。

德刚还在睡着。仁义两手撑在他的枕头两端，俯着头端详儿子的脸好一会儿。母亲走上来刚叫一声："德刚……"仁义立刻制止住她。他想多看看儿子的面容啊！【阅读能力点：通过仁义的动作可以表现出其中蕴含着父亲对儿子浓浓的爱意。】

德刚已睁开大眼睛，看到在看他的人，他很惊讶，擦擦眼睛爬起来，向母亲叫道："妈，这是谁呀？"

仁义一把抱起儿子，激动地说："德刚！不认得我了？不认得爹啦？！"

苦菜花

德刚抱着父亲的脖子，看了好一会儿，才高兴地说："是你？爹，是你！你不像早先了，我想着你没有胡子呀！"

母亲苦楚地微笑一笑，对秀子说：

"秀子，烧火吧，做饭给你爹吃。"

…………

灯光下，母亲坐在一旁，端详着大口大口吃着饭的丈夫。他老了，真是老了。他的嘴唇上下蓄着杂乱的胡须，突出的前额和眼角上刻满深密的皱纹，里面像是藏着无数的苦难和惊险。那双本来发着倔强光芒的眼睛，添上许多困倦和呆滞。他的背有点驼，看起来还健壮。他穿得很褴褛，那饱经风霜（形容经历过长期的艰难困苦的生活和斗争，比喻艰难困苦）粗糙的脸上，到处有着痛苦的痕迹，但却没有颓丧的表示。从他的动作上，发现不了一点迟钝、衰弱的表示，依然是刚健有力的。

母亲端详着丈夫，想着他刚才说的这几年在关外流浪、当伐木工、泥瓦匠的困苦生活，想着他一听说王唯一被斗后那种激动、兴奋的表情，心想："才四十几岁的人哪！外貌变了，可他的心倒还是那么硬实……"她想笑，眼里却涌出泪水。她太高兴了，她是悲恸着高兴啊！

冬天的严寒虽然统治着大地，但也有它达不到的角落。午后的太阳，暖和和地照着这个不大的四合院落。屋檐底下挂着几串金黄的苞米穗，在闪闪发光。屋顶上的积雪在慢慢溶化，雪水顺着茅草一滴滴掉下来，打击着扣在墙根下的铁水桶的底子，发出均匀的噔噔声。

母亲盘腿坐在院子里的稻草蒲团上，在缝一双用兔子皮当棉花的黑棉鞋。鞋已做好一只，另一只也只剩下几针没缝了。

丈夫的回来，使母亲变得年轻而愉快。在她脸上，时常泛起红润的光泽。那嘴唇两旁的深细皱纹，时常现出虽然干枯可是幸福的微笑。干涩的眼里也增加了水分。这不是纯粹的因为她不再是没有丈夫的妻子，生活的重担他挑去了一部分，不，不是的。更重要的是她做妻子的多年为丈夫的命运担忧的心被解放了。是她的丈夫已回到她的身边，并且按照她的心愿，他很快明白了只有跟着共产党、八路军走才有活路，毫不迟疑地参加到斗争里去，和她、和子女们走上一条

道路。【阅读能力点：描写出丈夫回来后，母亲愉悦的心情。】

真的，被人逼走的仁义，回来后几乎一点没有犹豫，就参加到抗日斗争的行列里。在外数年受到的压榨，使他更觉得没有穷人活下去的路，非拿起武器拼不可。他本想偷偷回来用祖传的那支土枪先把王唯一干掉，逼到没路走，上山当"红胡子"也好。谁知他还没到家，就听说家乡大变了，到家后，从老婆孩子的口中，详细了解了家乡变化的经过，是共产党、八路军给他报了仇雪了恨，救了他全家，这是他自己永远没有力量来办到的。【阅读能力点：交待了仁义为何毫不犹豫加入共产党队伍的原因。】他下定决心，从此跟着共产党，和妻子、儿女还有许许多多同命运的人，一块生活，一块战斗，他认准了这条活命的道路，革命的道路……

母亲想起这一切，更感到如果没有共产党、八路军，丈夫是回不来的。家，不知早流散到哪里去，哪还会有家呢！想起过去的苦，就越觉得现在甜。

暖和和的阳光浴洗着母亲的全身，她感到很舒适，和春天的天气差不多。心里愈来愈高兴，随着屋檐上滴下来的水珠有节奏地击打着铁桶的声音，不知不觉地用轻细的鼻音，哼起她当闺女时常唱的四季歌来。

在母亲唱着的同时，秀子和德刚领着哥哥走进门口。母亲一唱完，秀子大声喊道：

"好不好？"

"好！"德刚用力叫着。

"妙不妙？"

"妙！"

"再来一个要不要？"

"要！"

这可使母亲吃了一惊。一抬头，见是孩子们笑着跑进来，母亲顿时脸红了。刚要责备秀子，可一发现德强走进来，忙起身迎上去，惊喜地说："哎呀，我的孩子！什么风把你吹到我跟前来了？"

"妈！叫你想不到才更高兴呢！妈，你还会唱歌呀，我真没听到过。"德强高兴地拉着母亲的手，见母亲从来未有的神采焕发的面容，更有说不出的喜悦。

秀子说，"俺哥中学毕业了，在县上青救会工作，还是全县的儿童团长哩！"

"哦，这么快！"母亲紧盯着德强。

"是，妈。我成绩好点，一连跳了好几级。"德强倒有些腼腆起来，接着又说："我这是到区上去，顺路来家看看。听妹妹说我爹回来了，他在哪呢？"

"他呀，吃过饭到区上开会去啦！"母亲答道。

"哥，咱爹回来就当上干部啦，是副农救会长哩！"德刚高兴地告诉哥哥。

说话之间，母亲注意到德强的鞋子已破了，就把刚缝好的棉鞋拿过来，对他说："穿穿试试，行不行？这是给你姜大哥做的。早不知你在哪儿，也没法做双捎给你。"

"我不穿，留给大哥穿好了。我的还行。"

"快穿上吧，我再抽空做一双。"

"妈，再做来不及了，这双我就捎给大哥吧。我明天一早就要走！"

"这么急？怎么来不及啦？"母亲惊异地问。

"妈！"德强的脸有些收紧，"我这次到区上是分配下来坚持反扫荡的。我爹去开会，怕也是为这事……"【阅读能力点：交待了组织分配的新任务。】

"扫荡？！"母女三人几乎同时惊问。

"是的，妈！敌人这次扫荡不比以前那几次。鬼子越来越感到我们厉害，想一下搞垮咱们的根据地。这次不单是扫荡咱们这一个地方，而是全胶东都在内。"

"大扫荡！同志们，这是一场空前残酷的大扫荡！敌人集中了好几万兵力，他们的总头子冈村宁次亲自部署，实行从北海边到南海边，一直推到东海边，在威海卫集合的'拉大网'战术，妄想把咱们胶东的军民一网打尽，把根据地摧毁。【阅读能力点：说明了此次反扫荡任务的艰巨，敌人进攻的残酷。】哼！他们想得真比做梦还好呢！"区委书记姜永泉，正在向开会的村干部们传达上级的指示。他那瘦瘦的脸绷得挺严肃，眼光锐利地看着静心听讲的人们。他继续说道："这是敌人临死前的挣扎，是狗急跳墙。在苏德战场上，苏联红军把德国法西斯打得落花流水（原形容暮春景色衰败，后常用来比喻被打得大败），德国越来越招架不住。那英国、美国这些动摇不定的国家，也为自己的利益受到破坏，在全世界人民的压力下，对法西斯开了火。敌人是一天天吃不住劲了。

"虽然国民党不抗战，使日本鬼子还有力量调出兵力对咱们根据地进行大扫荡，但我们只要坚持下去，找空子打击敌人，也和每次扫荡一样，胜利终归是属于我们的。敌人一定会被粉碎的！

"同志们！咱们的组织已在战争中成长巩固起来，人民有了几年的斗争经验，对付敌人的办法更多了。咱们的大部队，都调到敌人的背后消灭敌人、拔据点去了，留下地方武装和干部，领导群众坚持斗争。这是一场残酷的斗争，也是考验我们每个人的斗争。现在大家就把工作讨论一下，立刻回村发动群众，实行反扫荡！"

干部们怀着紧张又充满信心的心情，回到村里。立刻，紧张的反扫荡运动掀起来了。各级党政组织人民团体一齐动员，实行清舍空野，不给敌人一粒粮食，一件东西；把水井填死，不给敌人水喝……人人动员，个个奋战，对敌人进行英勇顽强的反扫荡。【阅读能力点：表现出人们抗击敌人高涨的势头。】

据点里的汉奸狗党们，可又乐又忙乎坏了，又到他们出头的时候了。每人都在抢老百姓的大车和牲口，准备下乡抢东西，大发洋财。

王唯一的女儿玉珍住在原来是个商店的小洋房里。自郭麻子死后，她跟了王竹手下的一个分队长。此人就是王官庄被秀子挂过孝帽子灯的那老太婆的儿子——孔江子。

这孔江子原来在牟平贩卖毛皮，鬼子来后，他的买卖被抢一空，又被抓了兵。他自己本来不情愿，可是遇上了王竹，王竹见他有两下子，先留他在自己手下当班长，后来又提升为分队长。

这人虽只有二十七八岁年纪，可经历的社会场面真不少。要说他胆子小，有时他却真敢干，要说他胆子大，有时又害怕得可怜。这就要看在什么地方、干什么事了。有大利可图，他敢去跑一趟有性命危险的买卖；可是我们围攻据点的时候，他甚至害怕得不敢把头伸出炮楼来。他很会见机行事，阿谀奉承（曲从拍马，迎合别人，竭力向人讨好）更是老手在行。同王竹、王流子经常合伙哄骗个人，讹诈些钱财东西。上几次扫荡，他很刁，怕死，推病托故都没下乡，倒托人捎些东西回家。德松说他母亲得过他的东西，一点也不冤枉。

晚上，明晃晃的汽灯光下，玉珍大腿压二腿地坐在红漆椅子上。她那蜡黄的脸皮也没因擦上浓粉和胭脂好看一些，相反倒和耍傀儡戏的石灰人差不多，更显得丑陋而阴沉。【阅读能力点：通过对玉珍的形象描写可以看出她丑陋的嘴脸，也暗指她蛇蝎般的心肠。】

"我要回家去给爹和叔报仇！"玉珍狠毒地阴沉下脸，使孔江子都有些骇然。

"噢，这事交给我们办吧。你是不大方便的呀？"他含糊地说。

"谁也不行！我要亲手把小娟子一家零刀割了！"她把牙咬得格吱格吱响，像吃着人肉一样。又不高兴地问："怎么，你不高兴我去？"

"不。我怕你有个三长两短！"孔江子为掩盖不安，用力去搂她。

"哼，那就一块去吧！"她冷笑一声，挣脱他的怀，翻到一边，呼呼地睡了。

他心里说："这家伙好毒，可怕呀！"心越跳越厉害。

孔江子的社会经历使他很滑头而聪明。这二年的形势变化使他越来越对日本人失去信心。前些日子他媳妇被妇救会动员通后，领着孩子来找他，哭哭啼啼地一定要他回去，并说政府讲，只要他回心转意（重新考虑，改变原来的想法和态度），一定宽大他。孔江子已有些动摇，但敌人监视得严，更何况有玉珍在跟前！媳妇走后，被王竹叫去吓唬一顿，所以他到现在还不敢动。

孔江子他知道自己没有什么大罪，也没下乡祸害过人，就是在据点里做一些不关人命的行为，八路军也不会知道，何况他们还讲宽大政策呢？他时常想，自己有家有业，有老婆、孩子、母亲，为何不回去过日子，待在这里鬼混。有一天日本完了怎么办呢？他知道自己和王竹他们不同，是站在两条线上。而且要看他们的眼色谈话，闹不好还常受些气，这有啥干头呢？【阅读能力点：此段表现出孔江子的内心独白，他开始动摇了。】

他想来想去，最后打定主意，趁这次扫荡，把几年来搞到的东西一并带回家，遇着机会就偷着溜掉，等扫荡完了再回家。还有几个和他相好的伪军，也要跟他一块反正。

现在，想不到这个妖精——他瞅一眼旁边的玉珍——也要回去，这可怎么办呢？被人家知道了他和她的关系，不就把自己连累坏了吗？有她在跟前，那怎么好脱身呢？被她看出马脚，那命就休了。她多狠毒啊！看刚才那股劲，真的要把娟子一家吃下去似的。

孔江子左盘右算，前怕狼后怕虎，进退两难（比喻事情无法决定，因而难以行动，处境困难）。最后还是实行他的人生最聪明的法子——看风驶舵（比喻看势头或看别人的眼色行事）吧。

游击队隐蔽在公路一旁的山根上。片片葱郁的松林，黄灰色的高草，遮盖着每个队员的身体。队员们趴在雪地上，注视着大路上的动静……

这支游击队是区中队加上区干部和一些村的主要干部组成的。刘区长是队长，姜永泉任教导员。德强、德松和玉秋都是分队长。德强部下的队员，有一名就是他父亲。仁义变年轻了。这倒不是他把胡子剃掉的关系，而是他一直压在心底的青春活力复活了。他回来不久就被补选为村上的副农救会长，他拿出全部力气来干工作。他变得朝气蓬勃，有说有笑，有一天他忽然对妻子说："老伙计，我要争取参加共产党！"

母亲被他叫得有些羞涩，心里却有说不出的高兴。她带打趣地说："能那样敢情好。我还怕你老了呢。"

"我老？咳，我不老！你看看我的力气。"

本来游击队是不让他参加的，要他照顾村中和家里，但他哪里肯听。

敌人来了。【写作借鉴点：反扫荡战争开始了，起着引领下文的作用。】

敌人被地雷炸丧了胆，非常缓慢地蠕动着。

走在最前面的是工兵，用扫雷器搜索前进，一发现哪里有嫌疑，就插上一面小红旗。离工兵约有半里路，才是大队的敌伪军。他们走得很慢，危险的红旗可太多了。

工兵搜索到游击队面前，发现有地雷的嫌疑地方更多，红旗快插满地面了。

看到这种情况，人们都很焦心。姜永泉正跟刘区长商量对策，德强领着几个人，飞快地接近公路，从树缝中向外观察，一见后面的敌人和前面的工兵被一道山麓隔住，立刻奔上公路，迅速地把小红旗移了位置。这么一来，小红旗的作用正相反了。

敌人走近了。大家看得很清楚,前面是开路的伪军,后面是整齐傲然的鬼子行列。一步两步……轰轰轰……地雷爆炸了。接着,一阵喊声,人们一齐冲下来。手榴弹在敌人群里爆炸、开花……

敌人被打乱了阵,到处乱跑。所有的地雷都大显了身手。没等烟消,游击队就飞快地进入山中了……在晚上,他们又在公路上挖个大地窖子,用树枝草叶盖好,上面再撒上雪,伪装得一点痕迹没有。敌人的运输汽车疯狂地奔来,腾一声跌进去。后面的两辆来不及刹车,猛撞在一起。游击队员们冲出来,消灭了未撞死的敌人,把汽油浇到车上,放火焚烧……

根据地的人们就是这样来对付敌人的扫荡,使敌人付出惨重的代价,像受伤的疯狗,缓缓地爬动着。【写作借鉴点：运用了比喻的修辞手法，将敌人比作受伤的疯狗，更加形象。】

雪花纷飞,朔风叫啸。破棉絮般的阴云底下,逃难的人们呼呼拉拉向东跑,宛如从每个山沟流出的小溪,一条条汇成大河大海,【写作借鉴点：运用了比喻的修辞手法，表现出数量庞大。】人们在一个环山的平原上集合了。人山人海,牛马成群,闹闹嚷嚷,吵吵叫叫。人人脸上像阴沉的苍天,布着愁云,谁也没了主意。敌人在后面一个劲地追,再向东跑,到了东海边可怎么办呢？天下哪里安全啊？！

母亲的一家,早同本村的人跑散了。她忧愁地望着混乱的人群,心里像一堆乱草。她看着因身子已很沉不得不跟着她一起跑的娟子,很吃力地挺着肚子,头上化了装,卷着个发髻,站在她身旁,就说:"坐下吧。站着不累吗？"

正说着,近处山上响起下雨般的枪声。人们大乱了,像一窝被搅动的蜜蜂,向四面八方乱跑。大人叫,孩子哭……响成一片。到处是生灵的奔逃,满空间震响着惊怖的呼叫。枪声更紧。子弹从耳旁嗖嗖飞过,噗噗落在脚前,掀起股股碎雪。跑着跑着就有人倒下去……【阅读能力点：描写出战争的残酷。】

德刚吓哭了,娟子忙背着他跑。母亲等人跑到一个草洼里,里面已经挤满人,她们忙趴在盖着雪的枯草上。

随着枪声,渐渐听到叽哩呱啦的鬼子叫喊声,马蹄子、铁钉子皮靴踏雪的格吱声。人们浑身收紧,谁也不敢咳嗽一声。白雪皑皑的平原上,正在进行残暴的大屠杀。

鬼子们骑在马上,挥舞着钢刀,疯狂地追逐逃跑的人们,像砍瓜般一刀一个地砍杀着。一个六十多岁的老太太,摇摇晃晃地跑着,她那雪白的长发被风飘拂得散在空中。一个鬼子赶上来,从她肩膀砍下去。她的身子分成两段。老人似乎还要向前挣扎,一头栽倒在地上。【阅读能力点:表现出鬼子的残暴,杀人不眨眼。】

枪声远了。人们从各个角落爬出来,哭叫着找自己的亲人。啊,亲人!亲人在哪里呢?!

到处是哭声!一个女孩子抱着断下的头颅在血泊里打滚,那是她的父亲!那女人疯了怎的?她不要命地撕自己的头发,已哭不出声来了。瞧,她身旁的孩子已身断几块了!

哭啊哭!哭昏苍天,哭没太阳!

泪啊泪!流成黄河,搅浑长江!

目睹这种景象,听着这种哭声,母亲的全身都麻木了。身上一阵抽筋似的颤栗,心里骤然袭来锥刺般的剧痛,头一晕,一股浓血从胸中冲出口。哭声渐渐平静下来,人们开始做下一步的打算。

娟子对母亲和大伙说:"我看咱们还是向西走吧,逃出敌人的'网'。不然老被鬼子追着,终究要遭殃。再说东面一马平坡,没有山地好藏,咱又不熟,还是到咱们本地的山上好些。"有些人也说这样对,死也要埋在家乡土里,母亲也说是。

于是,一群人又折返回来了……

走着走着又被冲散,母亲一家人落了单。【写作借鉴点:在此设置悬念,母亲一家落单后又会遇到什么呢?】

夜来了。黑夜,是多么无情而寒冷!走路是多么艰难啊!

山来了。冰雪的山峰,一个比一个高地矗立在夜空中。

娘儿四个一步高一步低地向前挪动着脚步,有时还要把两手插进深雪里爬着走。她们常常迷失方向,不得不又折回来再找路走……

苦菜花

娟子的体质再结实再健壮，可她那快要分娩的身子，怎么能架得住这种折磨呢！她身上早软绵无力，血一阵阵涌到头上，外面这样冷，衣服里却被汗水浸透了。她咬着牙关，一手搭在妹妹肩上，有时还去拉弟弟一把，艰难地向山上爬。

德刚早就走不动了，两只小手，冻肿得和小馒头似的。母亲的痛苦比谁都重，但她看着孩子的样子，比自己身上的痛楚更难受。现在孩子可真不行了。他在上一个陡坡时，手握不住小树干，一下子摔下去了。母亲赶忙把他扶起来，心疼地握着那双冻肿的小手，眼睛潮湿了。

"孩子，妈背你走。妈能背动。到了山顶就好啦！"

"不，妈妈。我能行。就是手不听使唤了。妈，你给我暖和好手，就行啦！"

一家人艰难地爬上山顶，谁都很饿。找到一个背风地方，秀子折了些松枝铺在雪上，大家坐下来吃点东西。用雪和着炒面，一口口向下咽，唾沫也没有了，牙齿根都冰麻了。母亲抱着德刚，她含一口雪，等溶化成水后，就吐到炒面上，叫儿子吃。【阅读能力点：写出母亲一家人遭受的艰难困苦，在艰苦的环境下，他们依然顽强地活下去。】

"妈，你吃。我自己能吃，不用你。"

"不，孩子。你小，别把牙凉坏了。"孩子还是不听，她又说："妈说的真话呀。你看，你姐姐我就叫她们自个儿吃，大人的牙不会坏呀。"母亲嘴里这样说，她心里何尝不疼所有的孩子呢！可惜她只有一张嘴，没有那么多的温暖啊！

秀子吃得最甜，一气吃下两大把炒面，又吞下一口雪，把嘴一擦就要去找水。母亲忙阻止她。她怕孩子摔着，自己要去。但娟子又阻住母亲，说："妈，这么黑，山又陡，有水也找不着。少吃点就走吧，说不定下了山就有人家啦。"

秀子，这个永远无愁无忧（形容烦恼尽除，得到解脱，心情安然自得，快乐舒心）的女孩子，总是坐不住。她爬到高一点的地方，胳膊抱着一棵小松树身，向西面山下望着。

在遥远的那方，黑暗中有一片片火光，遍布在各个地方。那火光一蹿一跳地闪着，撕破无际的夜幕，似乎想冲破黑暗的束缚，飞腾出去。秀子看着看着，眼睛润湿了。她心想，那一定是鬼子烧的房子，自己的家也在那方向呀……

"秀子，秀子！"听见母亲叫，秀子擦擦眼睛，忙走下来。

母亲爱惜地给她理理头发，说："你怎么啦，这大的风还站在高处，看把脸冻着了。"

"妈，我见咱那地方都起火了。"秀子很难受地说。

"唉！"母亲叹着气，"房子烧了是小事，眼下是保住人要紧啊！"

大家刚走出几步，德刚突然高兴地叫起来："妈，姐！看哪，那不是灯亮？是，有人家了！"

全家都顺着他指的方向看去，果然在不远的地方，从松树缝中出现隐约的光亮。立刻都兴奋起来，朝那里奔去。【阅读能力点：母亲一家找到了光亮，这是希望，还是灾难呢？】

亮光越来越大，渐渐辨出是火光了。最后只离几十步远了。娟子突然停住，压低声说：

"不对，不像是住家。看，那么些影子在动。听，说的什么？"

大家都怔住，仔细一听，不觉大吃一惊，身上顿时起了一层鸡皮疙瘩。这是日本人像放机枪一样的说话声！接着传来皮肉烤焦的味道。再向四外一看，呀！这一连串的山头上都有火光。娟子忙说："快走！是敌人的封锁线。咱们闯到鬼子窝里来啦！"

全家人急忙退回来，很快地走着……

直到天快亮了，母亲一家才在一个山洼里找到很多跑扫荡的人，并碰上花子、玉子两家人。大家一见面，都像分开多少年似的，真高兴啊！"大嫂啊！你们可来了！"【阅读能力点：描写出在生死逃难间，人们相见是如此的珍惜。】母亲也愉快地说："可不是嘛。咱们在一块作伴，心就松快些啦！"

……

虽然东方在放亮，可是这阴沉的山峦，却还是相当的黑暗。

【学习要点】

反扫荡战争开始了,人们开始了流离失所的生活。母亲带着三个孩子四处奔波,躲避敌人的进攻。在艰苦的环境下,在一次次危机中,他们始终没有放弃活着的念头,不论环境多么艰苦依然努力地活着。因为他们心中有信念,相信胜利一定属于正义、属于人民。

【读品悟】

在反扫荡战争中,母亲带着三个孩子四处奔波,他们又与同村人跑散了。在缺吃少喝、天气极其寒冷的情况下,母亲心中惦记着每一个孩子的安危,她用身体为德强取暖……这些行为表现出了母爱的伟大。

【思考探究】

1.深夜跑到母亲家的男人是谁?父亲回来后,他们的生活发生了哪些变化?
2.为了抵抗敌人的扫荡,八路军开展了反扫荡斗争。他们能否取得战斗的胜利呢?请简要描述战斗中的场景。

第十七章

名师导读

在战斗中，仁义与队友们走散，不幸又遇上了王竹，他能否认出仁义？会对他怎样呢？作为伪军的孔江子为何要反正？他是真心，还是假意？最终的结局如何呢？

残暴的敌人，到一个村扑一个空，什么东西也找不到，饿急了就杀战马吃。河被冰冻涸，水井被泥沙填平，没有水喝，只得吞雪啃冰。他们如同饿狼扑食未获，越发穷凶恶极，到一庄烧一个庄。烧得浓烟遍野，遮住了冬天的太阳。没跑出的病人和老人、孩子，都被扔进火堆里，活活烧成灰。凄厉的惨叫声，震撼着天地。【阅读能力点：描写出鬼子的穷凶极恶、残暴。】

一天傍晚，敌人扑进王官庄。

十字街口，埋着一个草人。草人头上戴着泥坛子，上面贴着纸做的太阳旗，身上贴一张白纸黑字的标语：我是狗强盗，就要死了！

士兵们发现后，报告给长官。日军中队长下了马，瞪着眼珠子问翻译。这时围上一大堆人，后面的看不到直往前面挤，矮个的踮起脚跟伸长脖子，都像看马戏一样。

翻译把上面的字义告诉给中队长。中队长气得脸色发紫，胡子撅起，骂着"八格牙路"，抬起钉底大皮靴，狠狠踢去……

几乎是同时，轰轰轰！泥雪崩起，烟雾弥漫，一片鬼子应声倒地。

这是民兵们的计策，秀子和玉子扎的草人写的字，十字街口埋下三个地雷，拉弦都拴在草人上。它一动，地雷就都炸了。【阅读能力点：聪明的民兵们使用计谋，炸死部分鬼子。】

敌人被地雷炸得晕头转向，简直是寸步难行（形容走路困难，比喻处境艰难）。伪军中队长王竹非常沮丧。他回来一个人没抓到，什么东西也没有，自己人却被炸死好多，日军中队长也丧了命。他被大队长庞文叫去狠骂一顿。

这个最有武士道精神的日军大队长，平时总是吹嘘什么"人道"、"信义"，并自命是天皇子孙日本军人的模范化身。可也不假，庞文大队长真是日本军人的典型。他杀起中国人来，常常要换三四把素称世界第一的日本钢刀——杀的人太多，热血把刀刃烫卷了。【阅读能力点：鬼子的残暴与他们吹嘘的人道形成鲜明对比，用来讽刺鬼子的假人道。】王竹憋着一肚子气恼，领着几个伪军挨家逐户去搜索，可是连一个人影也没见着。走到孔江子家门口，一听里面有人，他就抢先走进去。

这是村中唯一没跑的一家。那老太婆见有人来，认出是王竹，忙笑嘻嘻地招呼道："啊，大兄弟回来了。等多时啦，俺家江子没捎东西……"

"什么东西不东西，他也来啦！"王竹没好气地抢白一句，瞪起三角眼，满屋打量着。

老太婆见他来得凶，有点害怕；但一听儿子回来了，一股发财的野心又涌上来。"啊，人来了！"她喜得像抱上金元宝，"大兄弟，俺家江子在哪呢？"【阅读能力点：表现出老太婆视钱如命的丑恶嘴脸。】

王竹早不听她叨絮些什么，正要向外走，却见一个四五岁的小男孩，哭叫着妈妈向里间跑。他一怔，也跟着闯进去。见到孔江子的媳妇，松一口气，心想："这女人还不难看，送去了事……"就冷笑着说："哎，到我家去一趟，有点事。"

那媳妇紧抱着孩子，恐怖地说："不，不。俺不去，俺不去！"

"他妈的，好说你不听！来人……"王竹跳上炕，一把将那孩子拉出他母亲的怀，抓着她的衣服拉下炕。几个伪军上来扭着她的胳膊向外拖。

那媳妇发疯地又咬又打又叫……

老太婆也扑上来，双膝跪下抱住王竹的脚脖子，哭着哀求道："大兄弟啊！看我老脸饶了她……"

王竹将她一脚踢翻，和伪军架着那媳妇就走。

哭嚎叫骂着刚要出胡同口，迎面逢到一簇黑影，最前面的一个，正是同运输队一块进村的孔江子。孔江子一认出被抓的是他媳妇，照一个伪军脸上就是一耳刮子，骂道："你这小子胆大包天，敢欺负到我……"

"你又怎么样！"王竹气汹汹地抢上来。

"好啊！王竹……"孔江子气怒地抖着身子，忽地抽出手枪。

王竹也早把枪握在手里，恶狠狠地盯着他，枪口对着对方。

伪军们吓得呆若木鸡（呆得像木头鸡一样，形容因恐惧或惊异而发愣的样子）。那媳妇躺在地上，哭声哽住，脸色煞白。

一阵扑鼻的粉香掠过，打扮得花枝招展（形容打扮得十分艳丽）的玉珍走来了。她卖弄风情地瞥视一眼，尖叫道："啊！你们在干吗？动武吗？我的天哪，快把枪收了……"

孔江子把枪插进去，忿忿地骂道："你他妈的不够朋友！这是对谁？"

"哼！吃醋啦？大队长要拉人，臭婆娘我王竹看都不稀罕看……"王竹说着也把枪收了。

那老太婆哭喊着赶过来，拉着媳妇哭哭啼啼往家走。孔江子浑身抽动着。

玉珍又变得阴恶地问王竹："我问你，小娟子一家可抓住了？"

"连根毛都没见着。"王竹丧气地嘟囔道。

"那老东西也没抓到？"

"有那老婆子倒好了……"

"哼！你们就有这本事。"玉珍冷笑几声，"好啦，别为小事生气了。都是自家人，何必那么认真？走吧，哥，和我看看咱们的房子去……"

孔江子看着他们走去的黑影，狠狠啐了一口。

他一走回家，媳妇就哭着扒到他身上，抽抽噎噎地说："俺要跑，妈拉住不放！差点叫鬼子害了呀！你还当汉奸，连自己的老婆你都不要啦！我的天哪！你再不回心俺就没法活啦……"

唯财是命的老太婆，也顾不得问孩子带回来些什么，呜咽着叫道："江子啊！妈的腰也叫踢坏了呀！那王竹不是人哪！打我这把老骨头。"

孔江子的眼里闪着浑浊的泪花，他重重地叹口气，头渐渐低下去……【阅读能力点：孔江子看到王竹的嘴脸、家人的受伤害，开始慢慢后悔起来。】

第二天，敌人就出发了。不知为什么，他们没烧王官庄的房子，奇怪！

王竹骑在马上,望着南山沟的方向,对王流子说:"不知叔叔挖的那个洞,藏了什么没有?"

"哪会有?人家也不是傻子。"王流子看也不看地说。

"我看说不定。不藏人也许有些什么东西?他们怎么就料到咱们来?走,看看去!"说着王竹和王流子领着一伙人,向王柬芝的地洞奔去。

这洞王竹知道得很清楚。王柬芝详细告诉过他,以备有急事好联系。王竹等来到一看,全是一片雪,什么异样也没有。王流子自负地说:"我说不会有。看看,连个脚痕也看不到。"

王竹对伪军们喊道:"快折松树枝子来,把雪扫光!"

扫去雪,发现洞口不久封过的新土。王竹高兴地叫道:"快找家伙来挖!哈,一定有人或东西藏在里面。快挖……"

这几天王长锁和妻子躲在里面,一家三口过得挺舒服。杏莉母亲在灯下做针线,孩子在她怀里吃奶。王长锁躺在她身旁,拉着孩子的小手,引逗他松开奶头,格格地笑一阵。"咱们过得倒挺好,不用东跑西颠的。"杏莉母亲感叹地说,"唉,这大雪天,娟子快生了,大嫂身子也不好,怎么受得住?我再三劝他们藏到这来,他们却不肯。反倒劝咱也不要待在这里头。他们是怕坏人哪!""是啊!"王长锁接口道,"依我看这里也不太牢靠,被鬼子知道了,跑也没处跑。"

"谁会知道?"杏莉母亲不以为然地说,"那死鬼可精着哩,他肯告诉谁?娟子说怕王竹和王流子,可咱们每次都和那死东西一块躲到这来的,王竹他们谁也没来过……"【阅读能力点:杏莉母亲还不知道危险正在临近。】

杏莉母亲停住手里的针线,脸色霎时惨白,惊叫道:"有人挖洞?!"

沉闷的吭哧吭哧声,越来越响了!

王长锁忙抓起利斧,对妻子说:"不用怕。看着孩子。我看看去!"

为着坚固,王长锁这次没用木板封洞门,而全用泥和石头堵了一层又一层。

他走到洞口,只听噗哧哗啦一声响,洞口开了一个小窟窿。他忙闪到一旁,心像打鼓般地嘣嘣跳着。

外面沉寂片刻,一颗戴钢盔的脑袋伸进来,喊道:"喂!里面有人没有?快出……"

王长锁狠狠地抡斧劈去。嘣哧一声，那脑袋和西瓜一样，滚进陷阱里了。

外面慌乱一阵，就向里打枪。

王长锁躲在一旁。

外面又开始挖洞，渐渐洞口全开了。一个伪军端着刺刀向里进，扑通一声，掉进陷阱里。

王竹这才恍然大悟（形容人对某事情一下子明白过来，突然醒悟，豁然开朗）：只顾忙乱，把陷阱的事忘记说了。他马上把怎样躲避的法子告诉士兵，命令他们再往里冲。

两个伪军抬着一块大木板，胆怯地从洞口向里推。觉着搁上对岸了，就又向里冲。可是上去的一个，刚迈出两步，轰隆隆，连板子带人，又滚下陷阱去了。

原来王长锁在暗中看得真切，见敌人踏着跳板朝里进，搭脚猛一踢，把板子和伪军一齐掀进陷阱里。【阅读能力点：王长锁利用陷阱把敌人一一处理掉。】

外面又大乱起来，不敢再进，又打枪又摔手雷。可是子弹扎进泥里，手雷掉进陷阱，倒把敌人的尸首炸得更烂了。

于是，王竹下令放火熏……

王长锁见洞口堵上草，就提着斧头走回来。

杏莉母亲已哭好长时间，一见他回来，就哭倒到他身上。"孩他爹，咱们要死了！"她悲痛得全身在搐动，"可咱不能看着孩子死啊！他没有罪呀！"

王长锁没有流泪，擦擦脸上的汗，看来是愤恨和胜利的骄傲在主宰他。他把她的缕缕乱发理好，镇静地说："别哭，哭什么！咱们哭一辈子，这二年才有个笑的日子。你没听姜同志说，在敌人面前哭，那就是软弱。咱们一辈子就吃了这两个字的亏，把莉子也连累死了！眼下咱们要死啦，不能让它缠住。死要死个硬气！"他很激动，眼睛有些潮湿。【阅读能力点：王长锁决定要与敌人对抗，不能就此屈服下去。】但马上又睁大眼睛："罪，谁有罪？孩子没有罪。你我有罪？没有。受苦人谁也没有罪！鬼子、汉奸才真是犯了天大的罪！咱们死也要惩治他几个！"

杏莉母亲渐渐止住哭声。第一次、也是最后一次，听到被她不惜一切热爱着的人，说出这一席话。使她觉得他真是个了不起的人，不但可爱而又可敬了。杏莉母亲抽噎着，轻声地说："过去我不知道，后来才慢慢明白这些人是些什么东西，是最下流的胚子！外表上四面光八面圆，背地里什么坏事都能干出来。他们都是两条腿走路的畜牲！为自己，能不要亲生爹娘；为自己，能把老婆孩子卖掉！"

王长锁几乎是以胜利者的高傲口气说："已经够本了，被我杀死三个！再杀，就是赚的啦！"

一股浓重的黑烟冲进来。一切变成黑暗了。洞里没有空气了。人，一家三口人！都在窒息中踉跄，昏倒，死亡！【阅读能力点：王长锁一家被王竹这群伪军害死。】

敌人的"网"越拉越紧，游击队的处境越来越艰难了。他们已被敌人发现，整天都有几百敌人尾追着，经常受到包围又冲出来。他们带的口粮已经吃光，找不到粮食，就到地里拾冻地瓜和花生充饥。

姜永泉同党委们研究，在密集的敌人围攻下，为坚持活动方便，需要把队伍分开，瞅空子打击敌人。姜永泉和德强领一队；刘区长、德松和玉秋领一队。约定好联络地点，就分头准备行动。出发前，接收了一批新党员，在向阳背风的山坡上，举行入党宣誓。

八个劳动人民的优秀儿子，激动严肃地站在党旗面前。其中之一的冯仁义，虽然身在冰雪严寒的天气里，可是他身上感到烘热，满腔的血液都涌到头顶，举着出了汗的粗壮拳头，低沉庄严地宣誓。【阅读能力点：描写出娟子父亲热爱党，拥护党的信念。】

篝火！窜跳着火苗，飞迸着火星，缭绕着火烟，互相交织，互相照映，连成一片。在火网后面，是数不尽的黑影，伸长那凶恶的枪筒，对准了暮色的山岗。

山上的人可真不少啊！有失掉联系的干部、有荣誉残废军人、有更多的逃难的老百姓：一千多人，没有一点组织，有的一家人都还跑散了。

松树底下，岩石缝中，一家一户地哆嗦在一起。孩子哭，母亲哭，父亲也流泪了。可是天不从人愿，东方在渐渐放亮，沉沉地送来惨然的灰光，模糊的树林在渐渐显出黑黝黝的影子。

娟子非常焦急，眼看天一亮，就要演成血洗的惨剧了。她不顾身子的痛苦，奋力在雪山上奔波，同花子、玉子、秀子等人，分头找到一些干部，召开紧急会议。

娟子想组织起一支队伍，领着群众突围。但大部分人的武器都埋藏起来了，只有几支短枪，这时，人们才深深痛感到，武器的宝贵如同生命！大家商量一番，决定赶快把残废军人隐蔽起来。组织领导群众坚持不屈服，不出卖干部和共产党员。全体团结一致，来对抗敌人的屠杀。【阅读能力点：体现出娟子作为共产党员的组织性，起着模范带头作用。】

骤然，听到那面山上响起激烈的枪声，喊杀声震破雪山上的沉寂，冲破黎明前的黑暗，摇撼了整个山峦……人们更加慌乱，以为是敌人的血洗开始了，更加向一起聚拢……

就在这时，山顶上——第一道曙光照亮的白皑皑的雪山峰上，出现一个身材高大魁梧、穿着草绿色军装、腰间围着子弹带、插着一支驳壳枪、肩膀上背着一支带刺刀的大枪的战士。他左胳膊上带着的八路军证章，立刻跃进人们的眼睛！

【阅读能力点：八路军的出现令受难的人们找到了希望。】

千百双眼睛都同时凝聚在这个方向。人群立时欢腾起来！秀子、德刚狂喜地拉着母亲，叫道："妈，八路军！瞧啊，山顶上！"

战士们迎着群众的目光，跟着那高个健壮的人，急急走下来。

秀子眼尖，惊叫着跑上去："哎呀！王排长！王排长来啦！"

立时，人们全把战士们团团围住。王东海——他已是连长了。人们的亲切问候、渴求解救的喊声，把他们的耳朵也快震聋了。他们只能以感激的眼光和亲切的微笑来回答。王东海焦急地想赶快把事情讲明……

王东海挤出人群，见到母亲和花子，又亲切又着急地说："大娘，妇救会长！你们也在这里呀！快告诉我，干部都在哪里？"

"王排长！"花子把干粮塞进他手里，"我就去找！"

王连长把情况向干部们急急说明。他是接受上级的命令，领着一排人掩护专署机关转移的。任务完成后要回到部队去。走在这里发现敌人包围住这座山，知道一定是要屠杀干部和群众。他们就决定来救出群众。【阅读能力点：交待王连

长前来营救的原因。】

刚才的枪声就是王东海他们打的。他留一班人在外面牵制敌人，自己带着十几个战士冲进来，好领着群众突围。干部们很快将群众编好组，分头带领，跟着战士们向外冲。

王连长领着战士，后面跟着一大群逃难的行列，顺着一道山沟，向下急急地扑来。走到一个山坡，发现鬼子们黑压压地散开人马，向山上爬来。王连长一声命令，一阵手榴弹猛打下去。几十个敌人滚下山沟。部队在前，群众随后，冲出打开的缺口。等敌人调集兵力，又将缺口封住时，战士们已领着群众冲进安全地带。

王连长汇合外边的那班战士，又勇猛地冲回山上……第二批群众又带出来了。

群众出来的只有一半，有三个战士牺牲了，负伤的也有好几个。而敌人已从四周发起冲锋，炮弹猛烈地向山上轰击，掀起冲天的泥雪，一棵棵树木被炸断。情况相当严重。如果再冲进去，出来的可能性就很小了。敌人已集中兵力卡着下山的道路，而战士们的弹药也很有限了。【阅读能力点：情况越来越危急，王连长能顺利救出群众吗？】

王东海的心情很激动，愤怒地瞅着那疯狂的炮火在山上爆炸。每个战士的脸都绷得挺紧，眼睛在瞅着他们的连长。

"同志们！情况很危急。再进去我们就很难全冲出来了。"

"连长！别说了，冲进去！"战士们齐声呼喊着。

"对！冲进去！"王连长的大手用力一挥，战士们奋勇地跟着他，第三次冲进火网。

母亲不知是难过还是喜悦，眼泪簌簌掉下来。她的心狂乱地跳着，很想冲上去说："王排长！你们赶快自己走吧！"但是她来不及说出口，王连长已站在高大的岩石上。在炮火下奔逃的人们，立刻向他涌来。

"老乡们！不要流泪！有我们共产党的军队在，就不能叫你们受难！赶快跟我们向外冲！冲出一个是一个，决不要慌张！快向外冲啊！冲出去就是活命……"【阅读能力点：为了保护群众，王连长及战士们甘愿放弃自己的生

命。】

王连长把部队布置在山沟两旁的岩石后面，对一个班长命令："张班长！你领着一班人带着群众向外冲。冲出去后把队伍带回去。把我们的情况向首长报告一下。"

"不，连长！还是我打掩护，你带队伍冲出去。"张班长坚决地要求着。

"快！服从命令！"王连长不容再说地把手一挥，同时命令，"射击！"

蜂拥而上的敌人被猛烈的火力打乱，张班长领着战士突破敌群。

王东海等用火力给人群开路，一秒钟也不放松。

突然，机枪哑了！大枪停了！手榴弹光了！战士们一时愣住。眼见敌人扑向群众，子弹、刺刀在群众身上发威……【阅读能力点：战事越来越危险，他们能够抵抗住敌人的攻击吗？】

王东海和战士们的眼睛也红了。他怒吼着首先跳起来，向敌人群里扑去！战士们紧跟在他身后。他们一边六七个人，用刺刀、枪把子同敌人厮打，拼命抵住两面的鬼子。战士们竭力叫喊："老乡们！快走！快跑！快冲出去啊！"

老百姓带着巨大的感激和沉重的心情，流着眼泪，脑海里铭记着这场激烈搏斗的情景，冲出死亡的火坑。勇士们有的高喊领袖的名字，有的大叫"共产党万岁！"……这悲壮宏亮的声音，长久地在巍峨的群山中回荡！人，最高尚伟大的人！【阅读能力点：表现出了共产党的伟大。】

王东海站起来，听见山上战士们高亢悲壮的喊声，在他那黑红结实的脸颊上，挂着两颗粗大的泪珠。他缓缓地向另一座更高的山峰走去。他胳膊上滴下的血，在洁白的雪面上，留下一条殷红的血印！

姜永泉他们转了几天，转到老母猪河一带，一天黑夜宿在一个小村子里，被敌人包围住。突围时队伍冲散了。德强本来同父亲还在一起，没几天也冲散了。仁义同几个队员商量，觉得在熟悉的山地里好坚持些，于是决定突围回家乡。

第二天清早，他们刚走到一个村头，就遇到逃难的人群，呼呼拉拉向外跑，说鬼子进村了。他们就跟着人们跑。结果仁义又同队员们跑散，只剩下他一个人。【阅读能力点：此句起着承上启下的作用，仁义与队伍失去了联系，他会遇到什么呢？】

在一片树林子里，人们停下来，换过一口气。这才发现背着枪的仁义，都惊叫起来：

"哎呀！你这人疯了怎的？是什么时候，你还背着这玩意儿！不想活啦？！"

仁义有些慌乱，可不舍得把枪丢掉。

一个老头子，气冲冲地走到他跟前，一把夺下他的枪，扑通一声丢进野草里，怒吼道：

"你不想活，咱还要命啊！"

像一股旋风，敌人的马队赶来了。威逼人们交出八路军和干部。【阅读能力点：百姓会供出仁义是八路军吗？令人感到紧张不安。】

大人小孩低着头，一声不响。

仁义偷眼瞅瞅夺下他枪的那老头子，唯恐他会坏他。但老头子像不知有他的存在一样，闭着眼睛谁也不理睬。

有几个青年被敌人抓出去。

一个年轻媳妇抱着孩子，哭着哀求放了她的丈夫。一个伪军军官迎上来，一刀挑开她的肚子，血红的肠子立时流出来。她惨叫一声倒下去。那当官的怒骂一声，把孩子提过来，两手抓住孩子的两只小腿，狠力一劈——孩子分为两半！

人们的发根都竖起来，哭又不敢哭啊！

仁义愤怒地盯着那家伙，懊恼枪不在手，不然他非拼了不可。正在此时，一声嘶哑颤抖的声音响了："我给你们找八路！"仁义惊怖愤怒地看着走出去的夺他的枪的那个老头子，正要冲向前和敌人拼命……但老头子比他先动手了！

【阅读能力点：此人竟是抢仁义枪的老头，他非但没有举报仁义，反而与鬼子抗争。】

那个伪军军官当时听说有人报情报，就迎上来。老头子离他有两步远，忽地从怀里抽出一把菜刀，狠命地朝当官的脸上砍去！那军官见势不好，一把拖过身边一个伪军，向老头子跟前一推——吭哧一声，菜刀和伪军的脑袋一齐落地了。

仁义的目光，在那个伪军军官的青瘦脸上停留一瞬间：啊，那尖下巴，一对三角眼，狡黠阴险地瞪着……他全身猛然一震，啊！是他，这狗杂种！仁义立刻就要扑上去。【写作借鉴点：设置悬念，仁义认出伪军军官，此人会是谁呢？】

不！他停住了。

他知道那老人一家三代的生命的代价是多么巨大，他们需要的是什么。他知道这些人是为什么不把他告发给敌人。这决不是他赤手空拳（两手空空，比喻没有任何依靠），为了仇恨的冲动就能回答他们的。

那个伪军军官很仔细地斜睨着眼睛观颜察色。不一会儿，他推开人们走过来，阴沉地冷笑着说："嘿，这不是冯仁义吗？呀，这些年还没老，倒年轻啦。怎么跑到这里来？你找我王竹报仇？"

时机到了，仁义不动声色（在紧急情况下，说话，神态仍跟平时一样没有变化。形容非常镇静），等王竹走近身，猛然抡起铁一般的大拳头，照王竹脸上狠狠打去！

王竹鼻口渗血，向后踉跄几步，一手捂脸，一手拔出手枪就打……几个人应声倒下去。

仁义没被打着，又猛扑上去……结果被敌人扭住了。王竹想给予仁义更多的苦痛，他没有当场杀死仁义，狠狠打他一顿，就把他和抓来的人一起押着走了。

敌人把抓来的许多人，用绳子绑着胳膊，摆了一大串。在刺刀的监视下，缓缓地走着。

仁义是最后一个，紧跟着是骑在马上的王竹。王竹的皮马鞭，一路上没离开仁义的身。

突然，枪声响了！

敌人在离河不远的土丘上，架起机关枪，向这里疯狂地扫射。那机枪不停地响着，人一排排倒下去……一会儿，河水已变色，染红好几里。尸体漂上翻滚着猩红的血浪花的水面，拥挤着向东流去。【阅读能力点：描写出敌人的残暴。】

仁义等人被押着走到桥上，天已黑黑的了。黑夜的河面上风更大，浪更高，犹如一条凶猛的蛟龙。仁义趁天黑，慢慢地解着绳扣。麻绳终于在他那坚实有力的手指下松开了。

刚上桥，王竹又狠狠地向他脸上抽一鞭子，并恶毒地骂着。仁义冻僵的肌肉，被皮鞭一抽，像利刀割的一样，皮肉绽开，血淌下来，流进嘴里。

仁义啊！想不到为逃避死亡躲开仇人，弃家离妻出去六年多，今天又跑回来送到仇人面前。你是多么不幸啊！像有一个人在嘲笑讥讽他。他感到悲哀和伤心，泪差一点掉下来。仁义，亲爱的同志！你是共产党员，是为人类的解放而斗争的战士。革命要流血，战斗要牺牲啊！你为人民流了血，献出自己的生命，这是光荣，是革命的代价啊！仿佛是谁又在对他说这些话。【阅读能力点：此段描写出仁义的内心独白。】他攥紧拳头，皱紧眉毛，看着桥下滚滚的河水，心里油然一亮："我来报仇！好，时间到了。"

走到河心，仁义偷偷扭头瞅王竹一眼。见他安然地坐在东洋高腿大马上，就猛地转回身，向他扑去！马贸然受惊，前腿竖起，嘶嘶叫着身子向后一仰。王竹措手不及，被掀到桥栏杆上。仁义飞快地抢上去，抱着王竹，用全力两脚一蹬，头猛向下一栽，扑通一声，两个人一起跃进水里。

这一切发生得那么急促突然，敌人懵怔好一会儿，才晓得是怎么回事。于是，一齐向水里开枪，手电光在河面上和闪电一样地来往交叉。打了好一阵，不见动静，估计早死了，就又开始出发。

王竹一栽下去就被水呛昏。仁义一手抓着他的衣领往水里摁，一只胳膊抱住桥底下水里的木柱子，把头贴柱子露出水面。他听到敌人渐渐去远，才松口气。王竹早灌成个大水泡。仁义从尸首上摸索着摘下手枪和子弹带，一松手，王竹就顺着河水到东海里喂鱼虾去了。

仁义这才感到全身已冻麻木，身上的伤处被水一浸，更是疼痛难忍，好似火烧。他赶快动作起来，不然会被冻僵而下沉。他奋力顺水斜着游上岸，钻进干枯的芦草丛里暖着身子……半夜了，他又踏上向回走的路。

母亲一伙人，在山洼里一垛柴木根下过夜。大家铺些乱草，一堆堆挤在一起。怕被敌人发觉，也不敢生火，谁都冻得难受，哪还能睡着？

"妈妈，妈！我的肚子痛，痛得厉害。"娟子气喘地说。

母亲忙凑到她身旁，关切地问："啊，是怎么痛法？"

"就是，像有个东西在动。不行……"娟子说着坐起来，两手抱着肚子。

母亲一寻思，忙说："哎呀！是要生啦。日子还差几天，可是这些天你颠颠簸簸地……这可怎么好，一户人家也没有……"【阅读能力点：在这种情急之下，娟子要生产，他们怎么解决这个问题？】

母亲急得不知怎么是好，忙叫娟子躺下，给她抚摸着肚子。娟子头上粗大的汗珠往下直滚，急得悄声哭了。花子等人闻讯都奔了过来。母亲忙张罗着把被铺平些。花子和几个女人帮着把娟子放躺好。看不见，也没灯点。只好用床被围起来，秀子去找块松树油点着放在里面。母亲和花子等人忙着在接生……

一会，传来婴儿的啼哭声。

近处响起脚步声，有人向这边走动，大家立刻沉静下来，屏住呼吸。来的是王东海。他找了一整天，才算碰上老百姓。大家见了，都高兴得了不得，忙打听其他人的消息。一听说留下的同志都牺牲了，人人痛哭失声！

花子找出老起的两件衣服，帮着给王东海换上。当王东海向衣袖里伸胳膊的时候，她注意到那胳膊不灵便，仔细一看，惊叫起来："哎呀，王连长！你胳膊还伤着呢！"

"啊！"人们一齐惊讶地瞅着他。

"这不要紧，没动着骨头。"王东海微笑着宽慰众人。

花子用破布把草草包着的伤口重新扎好。当花子看见那血红的一块伤口时，心里一阵痛楚，忍不住滚下泪珠。可一看王连长，他却一点不动声色。天下有这样的坚硬人哪！王东海再次谢绝大家的执意挽留，但被众人强制着拿了一些干粮，一个人走去了。

送走王连长以后，母亲同花子等人商议一番，准备回到村里去。【写作借鉴点：此句起着引领下文的作用。】据王连长的估计，大队的敌人已过去，敌人不会再那样密集地进行围攻。再说刚生育过的娟子和婴儿，怎么能在冰天雪地里长待下去！

四大爷和几个男人先回村探听一下，说没有鬼子了。于是，大家连夜搬回村……

孔江子同王流子领着一伙伪军，跟着一队鬼子从东返回来。伪军们在前面开路。走到一个村头，见小树枝上，挂着各种鲜艳夺目的小布袋，在雪的衬托下格外诱人。伪军们轰的一声抢上去。王流子不让众人拿，大声叱骂着，用皮带抽打去抢的人。

孔江子心里一阵收紧，不敢发作，忍气吞声（指受了气勉强忍耐，有话不敢说出来），悄悄地骂了一句，也去扯下一个小布袋。他打开一看，嘿！里面有个熟鸡蛋，还有一封信和反正宽大的证明书。他忙藏进口袋里。

这是妇救会做的"瓦解袋"，里面装着有的是伪军家属劝亲人反正的信，有的是讲抗日道理和敌我形势的信，每个袋里都有人民政府盖章的"反正宽大书"。这能使伪军们了解人民政府的宽大政策，使受欺骗的人明白真相。【阅读能力点：妇救会希望通过这种方式使伪军能回心转意。】

尽管王流子打骂，很多人还是把"瓦解袋"藏了起来，狼吞虎咽（形容吃东西又猛又急的样子）地吃了里面装的鸡蛋、烙饼、红枣……之类的食物。

敌人走得精疲力尽，抢不到东西吃，肚子饿得直叫唤。他们费好大力气爬上一座山梁，突然从山上传来枪声、喊杀声。敌人都慌了，朝山上乱打枪。停了一会儿，山上的枪不响了，地雷的硝烟和炸起的尘埃也消散了，这才明白是游击队或民兵的袭击。

孔江子擦了一把冷汗，心想："好险啊！幸亏我早有防备，走在最后面，要不……"他听到前面一阵叫嚷，走过去一看，嘿！王流子的头被地雷炸去一半，一条腿也无影无踪了，像堆烂骨头躺在路旁。在到王官庄的路上，逃跑了十几个伪军。

人们太麻痹了，也太疲惫了，夜里都睡得死死的，直到敌人进了村还没察觉。
【阅读能力点：因为人们的疲惫大意，又将掉入鬼子的魔掌。】

母亲被猛烈的打门声惊醒。她知道事情不好，急忙叫起孩子们，自己穿上衣服出来。听见村里到处是打门声，哭喊声，惨叫声，零落的枪声……母亲更加紧张，问道："谁呀？"

"谁？快开门！"外面骂着。

母亲加上木头，奋力顶住门。但薄门板连门框子被捣塌下来。忽地闯进三个敌人。领头的一个照母亲脸上就是一耳刮子，骂道："混蛋！跑？这下子还跑得了你们？！给我押走！"一个伪军拖母亲向外走，母亲拼力挣扎着向屋里扑去……可是架不住伪军劲大，到底被拖出了大门。刚到胡同口，孔江子闻声赶了过来。孔江子一认出她是谁来，略一怔，灵机一动，忙轻声对伪军说："老刘，放下她来。她是八路干部的妈妈，能给咱们做保人！"【阅读能力点：孔江子救母亲是为了自己的反正做准备。】

这个伪军是孔江子联络的准备一块反正中的一个。他一听，忙松开母亲，直道歉说："老人家，对不起，对不起！我不知道……"

孔江子上前凑近她，低声说："婶子，你不认得我啦？我是江子啊！我想反正，到咱们这边来。"

"真的？！"母亲惊讶又疑惑地问。

"真的。婶子，我要你给我担保。你家都是八路……"

"江子，以后再说！快走……"

孔江子吩咐那伪军在外面看着动静，就和母亲急向屋里奔来。

砰砰两声枪响传出来……

原来，娟子刚穿好衣服，敌人就闯进来。孩子大哭。她从枕头底下掏出小手枪，飞快地顶上子弹，朝扑上来的敌人连开两枪——这就是母亲和孔江子听到的枪声。

在同一时刻，秀子在东房间抓住那个领头的敌人的枪，拼命地又撕又咬，扭打在一起。德刚见势，忙在炕上摸起一把剪刀跳下来……毕竟他年小，不知怎么下手。秀子急促地叫道：

"快！快！穿他的眼睛，眼睛！"德刚一剪刀下去，把敌人的眼睛捅烂一只。那家伙痛急了，飞起一脚踢倒德刚。孩子再没爬起来。

娟子从炕上跳下来，直扑那敌人。但黑里不能开枪，怕伤着弟妹。她刚生过孩子的身体，不知哪来的那么大劲，抢上去一把夺下敌人的枪。【阅读能力点：娟子生完孩子原本身体是虚弱的，她的力气源于不能让弟妹受到伤害。】娟子端着刚才夺来的枪，向他脊背猛力刺去，刺刀尖从敌人胸膛上露出来。

娟子吩咐弟妹隐在门后，准备应战。忽听母亲在门外叫道："娟子，不要打啊！是我呀！"

母亲领着孔江子走进来。娟子吓了一跳，又要开枪。母亲忙拉住，说："别打，这是江子。他救下我。反正啦！"

孔江子也忙说："娟子妹，是我，是我！我反正到咱们这边来。"

娟子这才松口气，说："那好。敌人听到枪声会来的，赶快……"

"不要紧，不要紧！"孔江子说，"现在到处在抓人、打枪，辨不出是哪出了事。外面有一个我约好一块投降的人在看着……"接着他又拿出"瓦解袋"，要求娟子保证宽大他。娟子给他做了肯定的保证，并且表示欢迎。

孔江子想马上离开村跑掉，但家眷在村里带不出去，鬼子和玉珍知道他跑了，一定要把她们杀掉。他很是犹豫不决。

娟子考虑到当前的严重情况，不但敌人封锁了村子，把村里回来的人都抓到学校关起来，更危险的是玉珍也在村子里，她会把所有在村的干部、抗属、残废军人诬害掉。要想法把玉珍除掉，这样才能使村里少受损失。【阅读能力点：敌人封锁村子加上玉珍的诬陷，危险在靠近。】孔江子开始有些犹豫，经母亲和娟子的说服，鼓励他干好了政府还奖励，同时他又想到有玉珍在身边对自己也有危险，才答应了。

三人想好办法，孔江子满有信心地走了。【写作借鉴点：设置悬念，他们能够想出什么对付敌人的办法呢？】

孔江子走后不久，母亲一家也被敌人抓进学校的大院子里。

玉珍打开每个箱子，翻弄着里面的东西。那花的、绿的、绸的、缎的……各种各样的衣服和布匹，一包包闪闪发光的金银首饰，把她的眼睛都看花了，喜得拢不上嘴。听到有人来，她忙盖上箱子。一见是孔江子，就白瞪着黄眼皮，说："哼，还知道有我？一到家就把我撂下了，也不知那丑媳妇有什么香的。你一辈子别进老娘的门！"

孔江子心里骂道："臭婊子！你等着吧……"嘴上却笑着说："哈，我为公事忙得厉害呐。来，我看看你都抢人家些什么东西。"

"哼，抢的？是老娘动嘴小子动腿拿来的！滚开，你别动我的。"玉珍傲慢而得意，又道："听说村里人回来不少，我正等你回来陪我去找找，看小娟子家的人在不在，走吧！"

孔江子暗暗捏着一把汗，可又满不在乎地说："还等你去，早被我抓起来啦！"

"在哪？快领我去看看。哈哈！这下可落在我手里啦！"玉珍欢喜非常，说着就要走。

孔江子心里叫苦："这妖精可真毒。"忙堵住她的去路，笑着说："哎哟哟，急什么呢！都绑得结结实实，押在学校里，有四五个人看着，跑不了。明天就给你发落好啦！"

玉珍却不听，推开他就走，一面狠毒地说："哼！今夜也不放过她们去！我亲手打一顿先解解恨再说。嘿，我看她们的共产党娘八路军爹，还能来救她们不能！"

孔江子可急眼啦！身上吓出了汗。忙笑着将她拦腰抱起来，说："哎呀，你要去我可受不住呢！多日没和你亲亲啦……"

闹够了，玉珍又抽开大烟，瘾头越来越大，越不想睡。孔江子真像热锅上的蚂蚁——坐立不安，焦急得不行。【写作借鉴点：运用了比喻的修辞手法，形象化地表现出孔江子内心的焦急。】

天快亮了，怎么办呢？

算了吧！何必为八路干部冒生死危险？还是照老样子混下去，过一天，算一天吧！他那摇摆不定投机取巧（指用不正当的手段谋取私利）的本性，出来说话了，占了上风。

可是又要回据点去。鬼子眼看待不长了，他亲眼见到，这次扫荡受到多么大损失，伪军逃跑不少，扫荡的鬼子也慌张起来。而自己再待下去被八路军抓住可怎么办？那时后悔也晚了。回据点去和一些坏蛋在一起，整天受气受欺，连自己的老婆都保不住。时时有被吞噬的危险，而终归死亡的下场又是注定的。想来想去，留下保家保命的思想又占了上风，使他做出勇敢的行动。

……

孔江子瞥视闭目养神的玉珍一眼，慢慢向她凑过来。

"你怎么啦？又来找老娘的麻烦。"她睁开眼睛，漫不经心（漫：随便。随随便便，不放在心上）地说。

孔江子心跳得厉害，装着嘻笑地说："再玩回……"

没等玉珍答话，孔江子就两腿骑坐到她的肚子上，用力夹紧她的身子，顺手抓起绣花大枕头，压在她的脸上。

玉珍还以为他和她闹着玩呢，嘻笑着挣扎。孔江子用力堵住她的嘴。玉珍喘不过气来，两手乱抓，身子左右滚动，两脚上下猛蹬。孔江子急了，手一松，玉珍就叫起来。他立刻用双手掐住她的喉咙，狠命地往一起挤……玉珍的脚渐渐不蹬了，手无力地搭到炕上，身子开始收缩，脸色像猪肝，舌头长长伸出来……眼珠子一瞪，没有气了。【写作借鉴点：运用一系列动作描写，将孔江子杀害玉珍的过程立体化地表现出来。】

孔江子坐下来，长长舒口气，揩揩脸上的汗珠。他脸上那可怕的痉挛慢慢逝去了，换上平常的神态。

这时，窗户上透进曙光，天快亮了。

【学习要点】

在这次反扫荡的战斗中牺牲了许多战士，他们为了抗击敌人，为了掩护百姓，不惜牺牲自己年轻而宝贵的生命。本章中王连长带领战士三次往返敌人的包围圈，营救百姓。他们的行为令人感动，更让人敬佩。

【读品悟】

孔江子在反正的问题上总是犹豫不决。他既怕为八路军冒生命危险，又知道鬼子在战斗中损失惨重，不愿在伪军中受欺负。像孔江子这样犹豫不决，投机取巧的性格将会成为成功路上的绊脚石。

【思考探究】

1.为何作为伪军的孔江子有了反正的念头？他是怎么实现反正的？

2.王竹抓到了娟子爹仁义，他是怎么抓到的？仁义能否逃出王竹的魔掌？又是怎么逃跑的呢？

第十八章

名师导读

德强听说许多妇女被鬼子抓了,他会怎么做?他能够成功救出妇女吗?在战斗中,姜永泉不幸被抓,是谁救出了他?采用了什么办法?最终的结果是什么?

德强和父亲失散后,领着十几个队员在山上转,瞅空子打击敌人。好些日子不见粮米了。口渴了就啃冰吃雪;肚饿了就摘下松树球,砸里面的种子吃,那滋味真是又涩又苦啊!人人的衣服褴褛,鞋袜破碎,脚指丫露出来,冻得和红枣似的。【阅读能力点:表现出抗战环境的艰苦。】

听到有动静,大家立刻埋伏起来。

只见山下跑来一个老头子,慌慌张张地左右环顾,似乎后面有人追赶他。

德强站起来,喝问道:"干什么的?"

老人一见这十几个背枪的人,吓得浑身哆嗦,一腚跌到地上。

"老大爷,我们是八路军,游击队啊!别害怕。"德强忙上前扶他起来。大家都围上他。

"啊?八路军!老天哪!快救救命吧!都完了啊!"

说着他就哭起来。

这老人刚从山东面的村里逃出来。他说鬼子抓了好多青年人,男的都先押着走了,剩下一百多青年妇女关在一座大庙里。鬼子要在村里过夜,第二天要把女人们押到据点里去,还说要装上船运回他们本国……【写作借鉴点:交待故事背景,推进情节的发展,德强部队接下来就是准备去营救他们。】

老人一面说一面哭,他老俩口一个独生女也在里面啊!队员们听到后都气得鼓鼓的,拍着枪一定要马上去救人。德强安慰老人说:"老大爷,先别哭,我们一定想法子把她们救出来！"

老人欢喜若狂（欢喜：高兴的样子。高兴得象发狂一样），可是马上又有些失望地打量着他们，担心地说："你们就这几个人，怕不行吧？鬼子有一二百，尽是大炮机关枪，还有马队……"

"放心吧，老大爷！咱们不和他比数，自有法子来对付。"德强安慰着他，又问道，"老大爷，你把村里的情况全说说吧！"德强听完老人的叙述，同大家一商量，瞅瞅快落进西山的太阳，立刻行动起来。

德强身穿伪军服，领着队员们跟着那老人渐渐摸到村头，在几棵树后停下来。德强那双大黑眼睛紧瞪着，瞅着在村口上来回走动的两个站岗的敌人。然后他对队员们悄声吩咐几句，马上走到大路，大摇大摆地走着，并故意大声咳嗽着。

"站住！什么人？"对方喊道。

德强几个人仍走着，他不在意地回答："叫嚷什么！你们是哪部分的？"

"站住！再动开枪啦！"对方更严厉地喊道。

几个人停住了。德强有些不耐烦地说："我们是三联队附属的侦探队。有紧急情报回来报告，不要误会。"

"那好。先拍着巴掌过来一个。"对面哗啦几声枪栓响。

德强把手枪夹在腋下，拍着手走上来。

两个伪军端着大枪紧张地盯着走来的人。到近前一看，果见是自己人。伪军舒口气，把枪收了，刚要发话，不料德强一手抓住一个伪军的枪筒，一手用枪指住另一个，厉声喝道："不准动！把枪放下！我们是八路军！"

"啊！八路……"伪军乖乖地把枪放下。

后面的人抢过来把伪军扭住。

"快！都把衣服脱下！"德强命令着。

伪军哆嗦着脱下衣服。德强叫队员万克苦和另一个队员穿上了。把伪军捆到树上，又用破布把他们的嘴塞住，德强说："对不起，挨点冻吧。这样也省得连累你们。"

德强向队员们交代几句，队员们分头行事去了。剩下他、万克苦，还有另一个队员，跟着老人迅速地向村里挺进。走到十字街口的广场上，见围着好多人，当中有一大堆木柴在燃烧。里面乱哄哄的，惨叫声迭起不绝，时时又暴发起一阵狰狞的狂笑。【阅读能力点：人们围着广场的大火堆，这是在做什么？】

他们都攥紧枪柄，从围着火堆的敌人孔隙中向里一瞅，立时气得五脏六腑要崩裂！

在广场的中央燃起一堆熊熊的大火，一些汉奸还不时向里加柴。火堆两端各放一高凳，一条狭窄的长木板用水淋湿，从火堆中间穿过搭在凳子上。

一个汉奸尖着嗓子叫喊道："看哪！这个节目是'童男''童女'过'火桥'！"一大群小脚女人和老头子，衣服全被剥光，在刺刀戳迫下，被逼着通过木板。【阅读能力点：表现出敌人的残忍狠毒，竟想出如此变态的手段毒害百姓。】

鬼子们看着狂欢大笑。笑得最厉害的是靠北边坐在桌子后面的几位长官。他们一面喝酒一面观赏，笑得鼻子眼睛都没了。特别显眼的是中间那个高胖子，那血红的火光把他的大佐军阶标志照得分外刺眼，有时他甚至放下酒杯鼓起掌来。

德强三个人的眼睛早红了，早已忍受不住，其实不是为救更多的人，他们早动起手来。德强的手把枪柄也快攥碎了，他特别愤恨地盯着那大佐胖军官，他是多么想给那胖脑袋一枪啊！

德强他们看着这四合院的高大围墙，很是焦急。大门锁住，被抓来的妇女全押在大院子里。不但前面离庙门几十步远有站岗的，而且门外还住着一班鬼子。摸进去带那么多人向外跑是肯定会被发现的。德强踌躇起来，但他一听那老人说离此不远的东面是敌人的马棚，心里一亮，立刻吩咐万克苦前去行动……

听见院里的呜咽声，德强恨不得一下子飞进去，把她们一个个救出来。他奋力爬上墙头，迅速地掏出绳子，一头搭下墙外——队员和老人扯住；一头搭进墙里。【阅读能力点：德强爬进墙内准备营救妇女们。】迎接他的是一片惊愕的骚动。德强看到院子里挤了黑压压的一片人，有躺有坐有站地靠在一起。黑暗中一双双闪着泪花的眼睛都朝他望着，他忙小声说："姐妹们，别怕！我们是八路军，来救你们的！"

又是一片骚动，人们都狂喜地站起来。

"大家小声些，前面有敌人。"德强接着悄声说，"都轻轻把冻木的腿活动一下，别到时候跑不动。大门打开后，大家不要乱，跟着我们跑。不管敌人的枪怎么响也要冲，出村后就散开向山上跑。跑出去就是活命！"

德强挤到门口，听着外面的动静。没一会儿，忽然东面枪响了。接着外面的敌人乱起来，忽忽拉拉奔跑着。只听有人大喊道："不好啦！马棚起火了……"

【阅读能力点：此乃德强想出的营救妇女们的办法——马棚起火。】

外面那队员一枪撂倒站岗的敌人，打开了大门。

"快跑！姐妹们，快冲出去啊！"德强大喊着，自己闪在门口。他一见放火的万克苦跑回来，就命令道："快！领着群众冲！"

女人们跟着队员，像一群出栏的牛犊，急急地跑着。

"你们快跑吧，老大爷！"德强忙催促，"这是我们应做的事。我们是共产党的军队——八路军！快，你们快跑啊！"

看看人都跑完了，德强才跑出门。他一面跑着一面举起驳壳枪向空中连开三响。立时，村里到处都响起枪声。这是那些队员们在袭扰敌人。女人们都安全地突围出去了……

街上的敌人乱成一团，吵吵嚷嚷乱跑着。

德强身着伪军服，也没有人认出来。但他顾不得向敌人开枪，只是策马冲向广场的方向。【阅读能力点：德强准备去广场解救百姓杀掉鬼子。】正跑着，迎面并排走来三个鬼子，旁边两个敌人扶着的中间那个高胖的军官，正是大佐。麻灰的星光下德强看得清瞄得准，等马扑到敌人跟前，照那胖头上连开两枪。这位醉醺醺的日军联队长的脑袋，立时开了花……

德强沉浸在杀敌的兴奋里。他已顾不得其他，在马上连连向敌人开枪，敌人一个个倒下去。

姜永泉带领的一部分队伍，始终在战斗着。

敌人的扫荡疯狂期已过，现在正处在落潮阶段。姜永泉决定把队伍汇合起来，集中力量打击敌人。于是，他领着部队向原来约定的地点转移。

一天早上，他们在一座山上碰到一群叫花子似的人。一看，原来是德强他们。互相高兴极啦！你说他变瘦了，他说你又黑又显老；他说你衣服烂了，你说他鞋子破了……结果大家笑了一阵。大家说说笑笑，谈论着打胜仗的经过，心里很痛快。【阅读能力点：即使战争再残酷，战士们也依然乐观充满信心。】

姜永泉把自己的意见同德强等人谈了谈，大家都赞成。决定马上回本区山里找刘区长、德松和玉秋他们。可是到原来约定的地点一打听，人们说刘区长他们从未来过。大家刚要转移，仁义领着一个队员找来了。

那仁义从老母猪河逃出来后，又回到那树林里找到他的枪，翻山越岭日行夜走来找队伍。他走在半路上，碰到刘区长和德松那一伙中的一个队员。那队员又把刘区长、玉秋和德松等人的不幸遭遇告诉给大家。

自从游击队分散活动以后，刘区长一伙人看形势太危险，没法再坚持下去，就把武器坚壁起来同群众一块跑。后来藏在一个能容纳七八十个人的大山洞里，不幸被汉奸告密，叫敌人围住了。当然谁也不肯出洞当俘虏，敌人就下毒手，施放了毒瓦斯。那队员和德松几个人在靠气眼处，中毒轻些，醒来时已被敌人俘虏了。其他六十多个群众和游击队员全部牺牲。这个队员是后来从敌人手中逃出来的。【阅读能力点：交待故事背景，刘区长一队不幸遇难。】

大家听罢，都垂下头，流出眼泪。德强的脸阴沉得像乌云一样，他猛一下坐到石头上。姜永泉的心里异常悲痛。他觉得头很重，眼睛在润湿，但发现大家的目光都在注视着他的时候，他马上用力吞回从心里涌上来的酸水，振作起来，大声说道："同志们！我们不能流泪，把泪水吞到肚子里去！我们现在不应该哭，而是要接受血的教训，完成他们没有完成的任务！枪是我们的命根子，革命的本钱！毛主席早告诉我们，劳动人民要用枪杆子改造咱中国，枪杆子打天下。我们只要有一口气，就不能让枪离身。对，就是死了也不能丢开枪！我们都记得，柱子就是这样的硬骨头！"

姜永泉那消瘦的脸颊，泛起红晕，带血丝的眼睛里射出炯炯的光芒。他见战士们都瞪大复仇的眼睛，紧握手中的武器，他心里更充满信心和力量。他把手枪在空中一挥，高喊道："走啊，同志们！我们要更勇敢地战斗下去！"

姜永泉领着队伍刚离开山村，就发现大路上敌人押着好多抓来的人和抢来的物资，浩浩荡荡地向村里走去。"教导员，打！"德强手攥枪柄，怒视着敌人，愤恨地说。"好，截下被抓去的人！"姜永泉考虑着说，一见大家摩拳擦掌的杀敌情绪，他又补充道："只为救人，袭击敌人一下，可不要贪打仗。咱们人少，不然会遭到损失。"

部队迅速迂回到村西面两三里路的地方，埋伏在路旁的山上。约莫三四个钟头的时间，敌人的队伍走出村，步步向伏击圈接近。敌人为防备地雷，把抓来的人放在前面走，后面才是伪军、鬼子。大家一看，分队长德松和几个队员也在里面。每人心里恨不得立刻冲上去，救出他们来。【阅读能力点：为了营救自己的队友，战士们跃跃欲试。】

被俘的人的行列刚走过，姜永泉的枪响了！地雷的拉线一抽动，全在敌人群里开了花！他大喊道："一连攻左，二连向右，三连跟我来！冲啊！"

接着枪声齐鸣，喊声大作。

敌人被地雷一炸，一听喊声，以为遇上八路军的埋伏，队伍全乱了。前面的伪军顾不得还击，向后直跑。鬼子们趴在地上，猛烈射击。但被散乱的伪军挡住，火力伸展不开，倒打死不少自己的人。

队员们冲到被俘的人群里去解捆绑的绳子。人们自由了！都向山上拼命跑去。

那庞文大队长的眼睛被地雷崩伤一只，他疼痛地用手捂着，一时看不清情况，没法指挥。几个鬼子边打边向后退，差一点把庞文从马上撞下来。庞文更加恼火，抽出督战刀，噗喳一声，把一个鬼子砍翻。接着又削下一个向后逃跑的伪军的头，大叫着向前冲。

敌人听到枪声不密，一看不是大部队，就凶猛地反扑回来。

德强领着一伙人，凭着有利的地势，迎头痛击敌人。德松也赶上来，捡起敌人尸体上的枪，拼命地射击着。姜永泉见救人的任务已完成，敌人展开了全面进攻，就赶过来对德强命令道："快！带领队伍和群众转移，我来掩护！"

"不要急，再打一会儿！你看，正是发挥火力的时候……"

德强看着一排排倒下去的敌人，头也不回，兴奋地说。

"对，杀死这些杂种！"仁义边打边附和儿子的意见。

队员们只顾射击，全忘了撤退。"不行！敌人快包上来了，再不撤就要遭到

重大损失。赶快撤!"姜永泉又一次命令着。【阅读能力点：作为教导员，姜永泉始终保持着清醒的头脑，从大局出发。】

"教导员！再打一会儿吧，我非报报仇不可！"德松的眼睛也红了，几乎是央求着。

"德强！"姜永泉抓着德强的胳膊、厉声说道，"你还有纪律没有？凭一股子劲你要把全队的人毁掉！快，服从命令！马上领队伍和群众转移！"

德强这才看清楚形势，敌人已从左侧的山梁上向这里包抄，再不撤退就要处在敌人的包围中。他正要说自己留下打掩护，可姜永泉已领着两个队员抢上一个制高点，迎击敌人去了。德强只得和德松带领部队和群众，迅速向群山里撤退。

姜永泉见人们都消失了，就和队员边打边向山上退。

敌人在后面死追不放。机枪、小钢炮猛烈地打来。

一个队员突然倒下去。

姜永泉顶住敌人，看到万克苦背着伤员已走进山洼里，他就边向敌人射击边向西退，把敌人的火力都吸到自己这个方向来。敌人的枪弹越来越密，越打越近了。炮弹掀起的泥雪，把眼睛眯得睁不开，浓重的药烟，呛得人透不过气来。

姜永泉正跑着，只听呜的一声怪叫，他忙趴下来，一颗炮弹在身边爆炸了。他来不及看伤着没有，衣服被打着火也没觉察，跳起来就向前冲。可是随着他向前跑带起的风，身上冒烟了，火苗越来越大。他急忙在雪上打了一个滚，但是没能把火熄灭，火已烧着肉了。姜永泉满脸滚下汗珠，把枪用牙衔着，急速地将棉衣脱掉，又挥动着带血的赤臂，愤怒地向敌人扫出一梭子弹！

姜永泉转过山头，撞到逃荒的人群里，人们立刻把他围住。他见已来不及再走，也只得把枪插进草丛，做上记号。不多时，敌人包上来。幸亏群众已给他换上老百姓衣服，没被查出来。敌人临走时，把所有青年人都抓起来，姜永泉也在内。他看到一个区中队员和老起也在里面。【阅读能力点：虽然躲避了敌人的追捕，但姜永泉还是被抓了。】

中午，敌人押着抓来的人进了王官庄。一会儿，把押在学校里的全村的人都被赶到南沙河里。大队长庞文耀武扬威（炫耀武力，显示威风）地坐在前面的太师椅上，被打伤的左眼，用纱布包着，看起人来吊斜得厉害，更显得凶狠歹毒。

先带着一队鬼子和王流子、孔江子那队伪军来到王官庄的日军中队长，迎着庞文立正敬礼，告诉他走在路上被共军袭击，死伤不少，伪军中队副王流子也死了。庞文听后，气得右眼吊斜得更加厉害，骂了中队长几句。中队长连说几个"是"，就闪到一旁，向孔江子吩咐一声，伪军分队长孔江子马上走向前朝庞文行个礼，说："报告大队长！老百姓都抓来了。要是没有事，我就押着大车前面走了。"孔江子杀死玉珍后，就被日军小队长叫着去学校审问抓来的老百姓，一直脱身不得。这时他想赶快借故走开。

庞文嗤一下鼻子，侧歪着头朝孔江子叽哩咕噜说了一阵。杨翻译官对孔江子说："太君说，你等一会儿再走。皇军被打了埋伏，把抓来的土八路都夺跑了。现在把年轻一点的男人都拉出来，让每家挑人。剩下的统统杀掉！"

孔江子一听，吃了一惊，知道一时脱身不得，也不敢怠慢。

人们被迫分站两边。男人站在一边，老人、女人和孩子们站在一边。

杨翻译官向人们吼道："都听着！皇军有命令，每人挑自己的亲人。"他指着孔江子说："他是本村人，谁说错了，马上枪毙！"

人们都愤怒地盯着敌人。

正在这时，又押来一群人，姜永泉也在里面。同难的人们把他掩在中间，恐怕有人出卖他。母亲的眼睛紧看着被捕的人们，想找出是否有落难的干部。她一发现一位区中队员，就要上去认……但迈出两步，她停住了，心里突然袭来一阵紧张。她记得，那鬼子大队长和杨胖子翻译官当面打过她，虽说几年没见，可是说不定他们还会认出她，那不是自己上前送死吗？！不，怎么也要救出那队员，就是自己死了也要冒这个险！母亲一咬牙，夹在几个人中间，向那队员走去。

【阅读能力点：母亲不顾自己的安危，想救出一位区中队员。】

"你要认什么人？"一个伪军喝问。

"我的儿子。"母亲镇静地回答。

"儿子？哪一个？"

"就是他。"她指着那队员。

孔江子听到后走过来，对伪军说："我认识，这老婆子有个儿子。快领回去吧！"

母亲松口气，上去拉那队员就走……可是又惊住了！她看到王连长也在里面，恨不得马上再把他拉走，可是这怎么行呢？！母亲心里忽地一亮，扭回头向女儿使个眼色，才领着队员走了。

娟子看到母亲的目光，心里一怔，立刻看到了王连长。她抱着孩子，看了孔江子一眼，就走上去。

一个伪军抢上来，照娟子的腰间捣一枪把子，喝道："他是你什么人？"

"孩子他爹。"娟子从容地答道，一手扯着王东海的衣袖，哭声叫道，"你快点呀！谁知道你叫人抓去啦？快抱着孩子……"

王东海的身子微微一震，忙接过孩子。娟子拉着他就往家走。

人越来越少。人们的心越收越紧了！

鬼子们像等着吃人的饿狼，张着大口，呲着黄牙，凶恶地瞪着剩下的每一个人。【写作借鉴点：运用了比喻的修辞手法，丑化鬼子的形象讽刺其残暴歹毒。】

花子发现了人群中的老起，忙惊叫着走过去。怀里孩子的两只小手，也张开了。

老起一见妻子走来，满怀激动地迎着她。

一步两步……夫妻只离三步远了，花子突然愣住！一瞬息她那布满红晕的脸庞上，失去立刻把丈夫抓到手的喜色；她那闪着激动泪花的眼睛，离开了丈夫的面孔，惊诧地盯着人群里边。她垂下眼皮，又抬眼瞥一下老起，似乎是看错了什么，微微地摇摇头。

老起十分惊异，随着妻子的眼光看去，哦！他看到了她看见的是什么。从她那双曾告诉过他痛苦、忧愁、爱情、幸福的黑圆眼睛里，他明白了她的意思。老起心里一阵滚动，用力看妻子一眼，立刻低下头，像不认识她是谁！

敌人踢花子一脚，喝骂道："哪一个是自己的都不认得啦！"

聪明的花子一抬头，勇敢地朝姜永泉走去！虽是几步路，她觉得像座山，两脚沉重，呼吸急促。她觉得走得很快，一步步离自己的丈夫远了；她又觉得走得很慢，离自己的丈夫还是那么近。她感到像有根线拴着她，向后用力坠她；又像有一种动力向前推她，猛力地推她，把向后拉她的线挣断了……【阅读能力点：

【为了革命的胜利，花子放弃自己的丈夫选择了姜永泉，花子和老起都是伟大的革命战士。】

花子终于走到姜永泉跟前，声音颤抖着，但很坚定地说："孩子他爹，你快跟我走啊！"

姜永泉刚被押上来时，不知道敌人玩的什么花招，后来就明白了。他看到母亲把区中队员带走，心里真为她的行动所感动。后来看到娟子认走了王连长，他心里有一霎紧张，可是马上镇定下来。他感到她那样做真对，并为妻子没见到自己而满意。因为这样可以不使她有任何内心的痛苦，减少她拯救同志时不必要的感情冲突。他了解身为共产党员的妻子，就是见到他也会那样去救别的同志的。姜永泉对娟子和母亲的行为感到满意而愉快，他下定牺牲的决心，随时去寻找死得更值得的机会……

花子的走来，使姜永泉很焦急不安。他看着老起，给花子使眼色，恨不得叫出来——"花子，你快领他去啊……"

花子是那样坚定，一点不理睬姜永泉的示意，上前拉着他的胳膊，又叫道："你怎么啦？还不回去？爹气死啦！"

姜永泉全身收紧。那激动的心情，真有些恨她的举动了，虽说他感动得眼泪快要掉下来。

老起见姜永泉犹豫不决，敌人的目光都集中过来，焦灼得身上像着了火。【阅读能力点：老起如此焦急，是怕姜永泉被敌人抓住。】他一咬牙，冲着敌人喊道："你们不用抓人，我就是八路军！八路在哪里我都知道。你们这些狗杂种……"

庞文摸着胡髭狞笑。一群鬼子蜂拥而上（形容许多人一起涌上来），把老起按倒在地上，捆绑起来。

姜永泉瞅着庞文的指挥刀，正要冲上去，可是花子早紧紧将他拉住。

一个老革命战士老共产党员，深切地感到，是人民，是母亲，在保护着他！

花子看也不敢看丈夫一眼，脸色煞白，浑身失去力量，紧抱着姜永泉的胳膊，跌跌撞撞往家走。回到家里，花子就昏倒在地上！

敌人撂下老起等人的尸体，不敢在这环山的村中过夜，匆忙地向西走了。孔江子带着六个伪军溜出来，投诚了。

姜永泉代表政府正式宣布，孔江子等七人免罪释放。对他们的行动给予表扬和鼓励。姜永泉和王东海、娟子商量一番，组织群众还要到山里去躲避，以免发生意外。姜永泉要去找游击队，王东海决定也跟着去。走时，他们来到四大爷家里。

四大爷拉着他俩泣不成声（哭得噎住了，出不来声音，形容非常伤心）。花子抱着孩子，跪在棺材旁，痛哭不止。她那洪亮的嗓子，已变沙哑，散乱的头发，已被泪水粘在脸上，结实的身子，在急狂地抽搐。

姜永泉用力克制住悲痛的感情，扶着四大爷，声音颤抖地说："大爷，你女儿、女婿是好样的！救了一个革命战士。"姜永泉觉得喉咙里像有块火炭，他再也憋不住，热泪像泉水似的流下来。【写作借鉴点：运用了比喻的修辞手法，描写出姜永泉悲痛的心情。】"我永远，永远忘不掉你们……"他抽噎得再也说不出话来了。

这次不管王东海怎么说，母亲和花子再也不放他走了。姜永泉也说他该留下来把伤养好，同时也可以帮助照顾一下群众。可姜永泉对他自己膀子上的伤，却没理会，别人谁也不知道。

为此，王东海留下了。

残酷的大扫荡，终于被粉碎。八路军和地方武装，到处在歼灭敌人，扩大解放区，一步步把敌人压缩到据点里去。【阅读能力点：大扫荡终于结束了。】
……

王东海的伤口已好起来，他天天锻炼，今天成绩最大，脸上显得格外高兴，思想也就奔腾起来……这时，外门口出现一个女军人。她一瞅院子里的情景，马上停住脚步。她那对深褐色的美丽眼睛微笑着眯起来，白晰的圆脸上泛出喜色，心随着王东海的上下"举重"跳起来。看着看着，她也不自觉地跟着数道："……七下，八下……"

"谁？"王东海闻声将石头停在腰间，急转回头。立时他嘣一声撂下石头，惊喜地迎上前："啊！白芸！你怎么来啦？"

白芸欢笑着迈进门槛，两手握住王东海的一只大手，爽朗地说："哈哈哈！

好个王连长呀，把人家都急死了，你还在这练功夫哪！"白芸太激动太兴奋了，两眼闪着泪花。

王东海也激动得厉害，张了好几次口才说出："快进屋坐吧！快……"

刚坐在炕上，白芸就一句接一句地问王东海离队后的情况。她说回去的一班战士把情况讲后，首长和同志们天天盼他们回去。并派人四处去找……

王东海插了几次嘴想问她部队的情况也不成，只得把事情告诉给她……最后他沉痛地说："白芸同志！我回去要请求上级的处分，我没把同志们都带回去……"

"你快别说了！"白芸的眼圈发红了，"我看你还该受到表扬，在那种情况下就该那样做。想救出群众又不损失同志，那怎么办得到呢？对，那些牺牲的同志也是最值得的！都是英雄！"

王东海问白芸的情况。原来白芸是和几位同志一块调到延安去学习的，昨天宿在万家沟村。她要那几个同志等一会儿，她跑来看看冯大娘——以后不知能见面不能啊！可巧，大娘告诉她王连长就在这里，这可把她高兴死啦！白芸又把部队在反扫荡中拔除敌人据点的战绩告诉他，把每一件小事情都谈得清清楚楚。王东海听得也有滋有味，恨不得能马上飞回去才好！<u>但姑娘没把一件事告诉他，那就是她听说他有很大可能牺牲的消息时，背地偷偷哭了好多回……</u>【阅读能力点：原来白芸心中一直爱慕着王连长。】

"东海同志！我早有件心里事要和你谈谈，但没找到机会开口。今天我就要走了，非要谈谈不可啦！我的意思是，我们之间是否可以比一般同志的关系更进一步呢？"

王东海的头轰一下涨热了，他猛然站起来，心里急跳着。

想了一会儿，他才说："白芸同志，这叫我说什么好呢？说句老实话，我也了解你，你太好了，各方面都比我强！我说不同意，决不是嫌你不好。可是……"

"还有什么呢？"她急促地问。

王东海真有些紧张，吃力地说："我想，在这样的战争环境里，还是别急着想这方面。"

"这……"白芸听出他的口气有些不坚决,"东海,咱们也不是马上解决呀!"

王东海一时怔住,但马上又有了勇气。他又坐下来,对她平和地说:"白芸,乐意先听我把一件事告诉你吗?"

"什么事?"她有些吃惊。

于是,王东海就把花子的舍夫救人的事讲述一遍……【写作借鉴点:王连长为何要向白芸讲述花子舍夫救人的事呢?为下文作好铺垫。】

"白芸,你明白我的意思吗?我是……"

白芸的眼泪早流下来。她激动地站起身,说:"不用解释了,东海同志!我全明白了,你是对的!"听到一阵轻捷的脚步声,她止住话,眼向门口看去。

一个年轻女人映入她的眼帘。那女子一手抱着一颗大白菜,一手抱着孩子。幼小的孩子穿着一条白粗布做的带孝的毛边裤子,头发上用白头绳扎着两个小角。女人穿着一双白鞋,她那丰满的脸庞,虽然现出微笑,但也掩盖不了痛苦的痕迹。

白芸看着看着,没等对方开口,猛地抢上去将她紧紧抱住,流着泪叫道:"姐姐!我的好姐姐!"

花子被白芸的举动惊怔住,忙说:"啊!白老师,白队长!你来啦!我比你岁数大?"

"不,不管这个。我永远是你的妹妹!"

反扫荡结束后,游击队解散了,恢复了原来的组织。【阅读能力点:反扫荡结束了,人们又开始了原有的生活。】德强和父亲回到家来。他是要回县里去,顺路从家走,把破烂的衣服补一补。

小屋子又热闹起来。德刚偎在父亲怀里,要他讲灌死王竹的故事。仁义和孩子讲了一会儿,就找庆林他们谈工作去了。东炕上,母亲和王东海正在包饺子。母亲一面包饺子,一面看着王东海那粗大的手,很灵巧熟练地擀着饺子皮,就笑着夸奖道:"咳,真不是说,当八路军的人什么都会做。看你擀的皮多好!外面薄当中厚,真和个巧媳妇似的。"

王东海有些腼腆，微笑着说："大娘，人家说当两年八路军什么都会做，可也不假。咱们逢年过节或是打完仗，也吃这玩意儿。嘿！咱们是又当男人又当媳妇，种地打柴，缝缝补补全都会哩！"

说着，两人咯咯地笑一阵。母亲寻思一会儿，轻声对王东海说："说真的，你就要走了，我看你和花子的事就拿定了吧！这些日子你们在一块，也该知道她的为人了。你看好吗？"【阅读能力点：揭示了王连长拒绝白芸的原因。】

王东海不好意思地红了脸，低下头，没有马上回答母亲的话。

在事情还是朦胧的时候，王东海几乎是没过多地想一想就拒绝了白芸的爱情。可是当要正式决定了，他的心中又那样清晰地涌上白芸的影子。王东海并不是在比较谁的长短，他根本不是在挑选人。但他老实纯洁的心中，还是想了一想。他这时才知道，原来在自己内心深处也有白芸的影子。然而当白芸提出来时，他的心已被另一种更大的力量所吸引。他承认自己对花子比对白芸更爱，更无法避开。

长期的苦难生活，贫困辛劳的人们，把爱与怜混淆在一起了。由于同情而产生爱，也由于被同情而产生爱，更多的是互相同情互相感恩而产生更深沉的爱。在某种意义上说，他们认为爱怜是一个整体，不可分割，是一个东西。以同情来作为爱情的基石，这是农人们在苦难的命运中建立起的最诚挚最深湛的一种感情……

"大娘，"王东海抬起头，非常亲切又动情地说，"我一见她和孩子，就想哭。真疼人啊！不是秀娟同志和她，我怎么能活呢！她对人真比对自己好多少倍，那么尽心地照顾我养伤，像对亲兄弟一样待我。这样的一个好人，又是党员，我怎么会不恋她！【阅读能力点：王连长与花子的感情就是以同情为基础的爱情。】不过，大娘，结亲的事要经上级批准才行的。"

"我看你俩就挺好，你上级也会答应的。"母亲对他的回答很满意。

门呀的一声开了。"仁义回来啦！"四大爷进门就问，"在哪里？"

母亲忙下炕，招呼道："四叔，他才出去啦。又有事，没去看你。快上炕坐吧！"

"他忙他的吧，我这把老骨头反正一时烂不了。"

母亲把亲事向四大爷说了。老头子的脸兴奋得发红，眼睛却有些潮湿了。他激动地说："那敢情好！唉，我有这样的好女婿，不用为闺女外孙操心了，死也闭上眼啦！"

母亲满意地笑了，就赶到西房来。母亲坐到花子身边，拉住她的手，说："花子，就看你的意思啦。他的为人你都知道。你对大嫂说说呀！"

花子臊得不行，背着脸，清晰地说："大嫂，你们看着好，俺心里也愿意……"

【学习要点】

鬼子想出了残害百姓的卑鄙手段，花子和老起为了能够救出教导员，他们毅然决然地选择了放弃自己。他们这种高尚的精神令人感动，他们是合格的共产党员，值得人们敬佩！

【读品悟】

在反扫荡战斗中，德强为了给队友们报仇不顾自身安危，奋力反击。但教导员姜永泉始终保持着高度的警惕性，看到敌人已包抄过来，在敌强我弱的形势下，他毅然决然地命令撤退。这个故事表明，在任何情况下，都要保持理智，不能被愤怒冲昏了头脑。

【思考探究】

1.花子和丈夫老起为了救姜永泉，他们做了什么事情？最终的结局是什么呢？表现出花子和老起怎样的人物形象？

2.德强得知敌人抓了许多妇女，准备运送回国，他带着队伍为了营救妇女，他们是如何做的？最终是否取得了胜利？

第十九章

名师导读

娟子急于参加革命工作，可孩子成为了她的拖累，她该如何解决呢？八路军接到了新的任务，这个任务是什么？具有怎样的难度？他们能否顺利完成呢？

菊生会笑了。母亲欢悦得了不得，她真抱上外孙当起姥姥来了。一家人添了新的喜悦。

一天中午，花子和玉子来同娟子商量工作……

解放区的前后方武装，对敌人展开猛烈的春季攻势。到处在攻克据点，消灭敌人，打胜仗的喜讯天天传来。人们不分男女老少一齐动员，抬担架的，送公粮的，缝织被服的……支前工作轰轰烈烈地展开了。随着战争的需要，也展开了生产大运动。争取多开一分荒地，多下一粒种子，多上一些粪料，多打一些粮食，为抗战多尽一份力量……【写作借鉴点：交待故事背景，推进故事情节的发展。】

娟子送走她们，正要收拾出门去。秀子抱着孩子从外面回来，急忙说："姐姐，给你孩子。俺要找人送信去啦！"

"好妹妹，你再抱一会儿吧！我还有点事呐。"娟子央求道。

"俺也有工作，怎么能抱她去干呀！"秀子说完，把孩子放到炕上，匆匆地跑了。

娟子那两撇浓眉打着结，心里翻腾着："这怎么行呢？几个月了，都是为孩子累在家里。人家都在轰轰烈烈地工作，争取抗战的最后胜利，可我整天守在家里转。"

娟子越想越急越气，把一切怨恨不幸都集中在孩子身上。"光怨孩子也不行啊！她知道什么呢？"娟子又想着，"要想办法。上级常说，共产党员不论在什么困难下，都要寻法克服，不能停滞，不能束手缩脚……对，把孩子送给别人，有些人想要孩子呢。"

娟子低下头，轻声对孩子说："快吃吧，吃饱妈把你送给人，好出去工作。菊生，你说好吗？"菊生像真明白似的，停止吸奶，仰起脸朝着她母亲，小眼珠眨了眨，又衔紧奶头。娟子的心又软了，她看出似乎孩子表示不愿意。她叹口气，又沉浸在紊乱的思潮里，怄气地说："都是你这小东西，害得人守在家里。"【阅读能力点：娟子想去参加革命，可身边又有孩子束缚，她左右为难，表现出娟子矛盾的内心独白。】

孩子哇的一声哭了。娟子看着也红了眼圈。

母亲从外面走进来，责备地说："你怎么啦？有什么事赖孩子做什么？她光会笑，什么也不懂。这么大的人，还和孩子赌气！"

不管做女儿的有多大，她在自己母亲眼前，总觉得还是小孩子。娟子见孩子哭了，心里非常不忍，加上母亲的责怪，又想想一点法子没有，满肚子委屈说不出，扑到被上，呜呜地哭起来。

母亲很少见过娟子的眼泪，更不用说嚎啕大哭了。她这时也有些手足无措（手脚不知放到哪儿好，形容举动慌张或无法应付），不知如何是好。停了一会儿，她带着笑说："快起来吧，有什么事儿哭也不行啊！"

娟子被母亲一说，爬起来擦擦眼泪，愁苦地说："妈，你看有这孩子，我还出去工作不？"

"你说呢？"母亲反问道。

"当然要出去！"娟子干脆地回答。

"那就把她抱着走吧！"母亲带笑地看着她。

"妈，人家急死啦，你还在说笑话。这环境能行吗？！"娟子带抱怨地说。

"那依你的法子呢？"母亲认起真来。

"没别的法子，只有把她送给人……"

"啊！送人？！"母亲惊讶地看着女儿，似乎不相信这是她的女儿说的话。她两臂紧抱着孩子，好像谁要马上把她抢走。

娟子被母亲看得低下头，浓黑的长发把脸遮住了。她心里很难过。

"你怎么说得出这种话来？啊？当妈的就不心疼？她不是你身上掉下来的肉？！"母亲生气了。

"那就怨我，怨我不该结婚……"娟子又啜泣了。

母亲叹口气，不满和愠怒随之烟消。她满怀温爱地说："娟子，别那么说。人一辈子还能单身过？都那样不就绝后啦。你是干部，懂的事比妈多。革命抗战为的什么？不是为后代吗？"

她换口气，说："别难受啦，我早看出你的心事，也寻思好久了。孩子是一定要留着。嗨，这么好的闺女，怎么舍得丢了。"说着她在孩子哭红的小脸腮上亲吻一下，给她擦眼泪和鼻涕。

娟子被母亲说得平静好多，感到自己太冲动了。她恳求母亲说："妈，你说咋办好呢？"

"你走你的，孩子留给我，我养着她。"母亲像早就决定好了似的，断然地说。【阅读能力点：在危急时刻，母亲挺身而出为娟子排忧解难。】

"妈，这怎么行？她要吃奶啊！"娟子非常惊异。

母亲笑笑，很平静地说："能行。你大妈生下你德贤哥半年就去世了。我那时刚过门不久，还没有你，也没有奶水。他饿了，我就用汤水喂着，把他养活大了。去吧，菊生也三个月啦，好想法子。叫你爹明儿赶集买斤蜂蜜回来，也试试看看。"

母女俩就这样商量好。到第二天晚上，娟子给孩子吃饱奶，送给母亲。她向孩子说："好孩子，就吃妈最后一次奶了，跟姥姥睡去吧！"

孩子吃饱了，很快被母亲搂着睡去。半夜里醒来，她哭着找奶吃。母亲把准备好的用麦面和着蜂蜜烙的饼嚼着喂她。可是她把小舌头一伸，全吐出来，怎么也不吃，大哭乱抓。母亲穿好衣服，把她抱到院子里，来回走着，一面哄一面逗，指星星望月亮地引她看。菊生却越哭越凶，声都哭哑了。

娟子听着心里难极了，走出来说："妈，你快歇着，孩子给我吧！"

母亲决断地吩咐："快睡去吧！不用管。熬过这一关就好啦！"

娟子只得回来，躺在炕上望着窗户，听着孩子的哭声渐渐弱下去。母亲的脚步声也越来越缓慢沉重了，一直到天亮，她还在外面来回地走着。

一连三四夜，闹得全家睡不着。第六夜大家都安静地睡了一宿好觉。

又过两天，娟子提着小包袱，愉快又免不了担心地告别了父母弟妹，亲吻一下孩子，回到她的岗位上去了。【阅读能力点：经过了六天的痛苦折磨，孩子终于能够安稳睡觉，娟子也重新回到工作中。】

苏联红军打垮了德国法西斯，希特勒无条件投降的消息，飞快地传来了！街上贴满各种色彩的号外，墨渍未干的大字，在庄重地向人们闪耀着亲切激动的欢笑！青妇队扭起秧歌、儿童团唱起歌、民兵队演出"活报"，欢呼的游行开始了。

游行的行列穿大街过小巷，看热闹的人把路都塞满了。就连那平常日子不大出门的一些老太婆和新媳妇，也都露面了。人人都把最好的衣服穿在身上。从年轻媳妇们的身上，散发出一股花衣裳长久放在箱柜里的那种使人嗅着很舒坦的气味。【阅读能力点：从人们的着装便能看出胜利给他们带来的喜悦心情。】闹哄哄乱嚷嚷地非常热闹，像是赶山会，又像欢度佳节……

德、意法西斯的崩溃，给中国人民以莫大鼓舞，增强了抗日胜利的信心。解放区的军民，更加活跃了。用一切力量向敌人出击，收复失地，争取抗日战争的最后胜利！

东海区的于得海司令员，正同几个军人在察看一张铺在八仙桌子上的详细军事地图……

这几年他苍老了许多。那稠密的头发茬，掺杂上斑斑的白发。那双锐利精明的眼睛两旁，镶上更深密的皱纹。黑茬茬的胡子布满在两颊和下颚上。唯有他那魁伟的身材，依然笔直得像一株粗壮的树干，还是那样坚强有力。这一切表明，他经过多少次残酷的战斗、多少天艰苦的生活啊！

他那双脚，走遍昆仑山区，踏过东海岸的沙滩，跨过无数次胶济铁路，而曲折迂回（弯弯曲曲，绕来绕去。常比喻事物发展的曲折性）在烟青、烟威公路的趟数，比一个孩子出出进进走过自己家门口的回数还要多。整个胶东半岛都有他和他的战士的脚印。

这是条什么样的路呢？

是抗日的路，是战争的路。是目睹村庄在焚烧、人民在屠刀下死亡、孩子在硝烟里哭叫、女人在蹂躏下呼救，而冲杀复仇的路。是踏着战友的血迹，从烈士的坟墓旁向前走的路。是用枪打、刀杀、枪托子打、双手掐……敌人的尸骨堆成山，而又用刺刀挑开，继续向前走的路。是在满布荆棘乱石的崇山峻岭里开拓出来的一条平坦的道路！【阅读能力点：表现出抗日战争的艰辛，开拓出平坦道路的不易。】

这个身经百战千辛万苦的老战士，现在还是那么精神抖擞，脸上焕发出童颜的光彩。他宛如高山底下一股旺盛的泉水，永远不干涸，永远不休息，永远不疲倦，豪放地奔流着！

……

于司令员手中紧握一支红蓝铅笔，在四五双目光的注视下，他一面缓缓清晰地说着，一面在地图上移动着铅笔的位置。最后，他的笔画出的红线从几个地方环绕集中到一点——道水城，重重地圈上一个红圈。【写作借鉴点：破折号在这里起着强调说明的作用。】

正在这时，特工科长领着一个人走进来，他行礼说："司令员，你叫的人找来了。"

于司令员抬起头，迅速地上下打量德强几眼，他真有些不认识他的警卫员了。

"报告司令员，冯德强奉命来到！"德强像军人一样，行着军礼，郑重报告道。

于司令员敏捷地迎上来，用力握住德强的手，愉快地说："啊，又见到你了！好几年了。长得真不赖，比我高半个头。走，到西屋谈谈去！有事需要你喽！……"

到了西屋，于司令员拖过一条长凳坐下，把德强按坐在自己身旁，就像父亲对儿子那样。这使德强又激动又不自然。

"德强，妈妈好吗？"于司令员关怀地问道。

"谢谢首长，我妈很好！"德强感激而愉快地回答。

"哦，这就好！"于司令员又和蔼地笑着问："你怎么样，小伙子，工作好吗？"

"还好。"德强有点腼腆，又老实地说，"就是有些恋部队，地方工作真没有军队打仗痛快。我要求几次，就是不允许。"

"好家伙，还是像匹烈性的小马。哈哈！"于司令员笑了几声，又认真地说，"好好安心工作吧！前后方一样需要。等抗战胜利后，我们还要到城市去工作呢。光会拿枪不能拿笔也不行啊！"

于司令员站起来，镇定地踱了几步。德强立刻觉出有个很重要的事情要发生，也忙站起来。【阅读能力点：于司令找德强有什么重要事情呢？德强也有着强烈的预感。】

于司令员口气加重地说："德强！你会知道叫你来是有事的。我们部队要打道水。"

"道水！"德强情不自禁（感情激动得不能控制，强调完全被某种感情所支配）地重复一遍。

"是啊！过几天就要拿下它来。"于司令员坚定地说，"道水是敌人最靠近我们根据地的据点，我们要把它先啃下来，为大反攻打开道路！"说到此他顿住，忽然问道："德强，你记得不记得陈政委牺牲后我说过什么话？"

"记得，你当时说，记下这笔账……对，就是鬼子大队长庞文那小子指挥的部队害的陈政委，他守的是道水。"德强兴奋地站起来，又急切地说，"司令员，要给我的任务快说吧！我一定完成！"

"记得不错，就要给陈政委报仇了！你说得对，有很重要的任务交给你！"于司令员边徘徊边说，"这个据点很坚固，外面有壕沟、铁丝网，到处有地雷和暗器，暗火力点也很难摸清，我们硬攻是要受大损失的。所以决定进去一个便衣班，做好侦察，进行里应外合（应：接应，合：配合，外面攻打，里面接应）。但是敌人戒备很严，一般人难以进去，侦察员试验几次都没能突破进据点。所以要找个适当的关系才行。"他停立在德强跟前，问："你不是有个姨在那里吗？"

"是的。"德强很佩服于司令员的记性。

"好,这就行。不过你一个人也难进去,最好是有不被敌人注意的老人作掩护……"

"司令员,这不难,我妈可以去。"德强轻快地说。

"啊,冯大嫂!"于司令员满脸带着喜色,但又蹙起眉头说:"这怕不行。听说她的身体被敌人折腾得很不好。再说是深入敌人心脏里,相当危险,我看还是不叫她去的好。"

德强看着于司令员关怀的神情,想到母亲的处境,也怕碰到有认出她的敌人,所以没再说什么。

"这样吧,一会特工科长同你一块到你们区上去,和姜区委书记他们一起研究一番,做出一个严密可行的计划。噢,听说你们村有个反正过来的伪军分队长,最好能争取他一块去,这会对我们有利。不过要多加动员说服才行。还要警惕些,目前对这种人的信任应有一定的限度。【阅读能力点:在为攻打道水做准备,需要派便衣做好侦查工作。】你明白吗?"

"明白了。"德强静静地听着,把于司令员的话一字不漏地记在心里。

于司令员望着他关切地说:"这任务很艰巨,你有什么困难吗?"

"没有困难!"德强挺着胸,坚决地回答。接着他的目光碰到于司令员皮带上那把崭新的左轮手枪,就不自然地说:"我这枪好卡火。"他摸一下腰间的"三把匣子",脸立刻绯红了,后悔自己说出口,忙想跑开。

于司令员一把拉住他,笑着说:"还害什么羞?我知道,你需要它。"

德强又高兴又感激,忙接过来,说:"谢谢首长!战斗结束再还给你。"

母亲姐妹三个,她是最小的一个。一个哥哥弟弟也没有,人家称她父母是"孤鲁",意思是有闺女不能接香火,就是绝了后。为此,老两口常常吵架,互相埋怨,并给母亲起名叫"寻子"。意思是盼她出嫁后多生几个男孩子。寻子18岁就出嫁了。姐妹三个找的婆家就数寻子的穷,老爹常骂她长了一副受苦像,没有福,要遭一辈子罪。最富庶的是大姐,就是这道水里的了。【写作借鉴点:交待故事背景,使整个故事更加丰满。】

大姐男人叫葛璜,家里又有房子又有地,还开着丝坊,雇有一二十个男女人在做工，同烟台的商行都有联系。母亲没出嫁时也到姐家做过活。当初老爹最爱大闺女，夸不离口。三个闺女伴着女婿走娘家，就数大姐阔气，大女婿最满丈人的意。

谁知那葛琏等妻子生下一个女儿后，就不大理她了。后来又找上相好的，待妻子和使丫头一样，不是打则是骂。后来逢上年节，姐妹三个回娘家。两个妹妹都和丈夫抱着孩子一块来，唯有大姐孤独一人——那葛琏早把穷丈人撂到一边——她哭得死去活来，高低不回婆家了。

老妈总是又疼又气，伤心地哭着安慰女儿，又咒那没良心的女婿，又骂老头子瞎了眼……最后还是替孩子擦干泪水，把她送出村头。每逢这时老爹也蹲在一旁生气，嘴上不说，心里却痛恨自己不该贪图富贵人家，把孩子丢进火炕里。后悔也晚了啊！

后来父母双亡，姐妹间就很少见面了。母亲没有事，很少叫孩子去走这些亲戚。就是在丈夫出走后，日子那样艰难困苦，她也不去巴结有钱的人。她说，要饭吃也不登财主家的门！【阅读能力点：表现出母亲并非贪图富贵、低三下四之人。】

自从日寇占了道水，两家全断绝来往了。娟子和德强，只是小时跟父亲走过几次亲戚。

尽管如此，双方的情况都还知道一二。娟子的表姐，嫁的丈夫死后，做了杨胖子翻译官的情妇。这还是孔江子报告的呢……

"妈，你在想什么呀？"

母亲一怔，一见是秀子，就说："我看到来了这么多队伍，莫不是要打大仗？是不是打道水？它离咱最近。我想起你姨也在里面……"

"妈，想她们干吗！财主人家不值得可怜！就是解放了，叫我去我也不去哩！"秀子不满意地说。

母亲认真地说："你也该分清黑白呀！你姨虽是他家的人，可谁也不拿她当人待，受欺负，这怎么不值得可怜！"

秀子听母亲一说，也点点头。

一会儿，娟子出乎意料地走进来。

"哎呀，你怎么回来啦！？"母亲惊喜地叫道。

娟子把小包袱放到炕上，笑着说："回来看看妈呀！"

"是吗？"母亲不相信似的微笑着问，接着说，"快看看你那孩子吧！"

"妈，我真想不到，看她长得这样好！"娟子非常兴奋，拍着手叫道，"来，菊生！妈抱抱！"

那菊生趴在炕上，瞪着两眼瞅着她妈妈，很是吃惊，停住不动。

"看看，孩子已把妈忘了。"母亲笑着说，也伸着手叫，"来吧，跟姥姥。"

菊生很快爬到姥姥怀里，偎得挺紧。娟子上去把她夺过来，抱起亲着说："你真把妈忘啦，我的宝宝哇！"

母亲看着由衷地笑了。娟子接着对母亲说："妈，我那剪掉的辫子还在吗？"

"咦，也没扫荡，你还找它干吗呀？"

"妈，我要看大姨去啦！"

"什么？你要进道水？！"母亲惊叫起来。

"是的，妈……"娟子把要进去侦察的事告诉给母亲。又催促，"妈，快点给我找出来，帮俺搞搞，就要走呀！"

母亲怔了一会儿，就去从柜子里把那束长头发和发髻网拿出来，帮女儿向头上卷着发髻。她的手在动着，心里也紧张地动着，发髻卷好，心里的主意也拿定了。"娟子，我和你一块去！"母亲坚定地说道。【阅读能力点：母亲放心不下自己的姐姐，执意要和娟子一起去道水。】

娟子转回身，吃惊地看着母亲，说："妈，这怎么行？你……"

母亲非常担心地看着女儿的脸，"你是小时去的，路也不熟，她们家和咱是两路人，你忽地冒进去，知道是凶是吉？再说你们年轻轻的，鬼子最注意。那孔江子怎么靠得住？"

"妈，区长德松哥还有军队上的特工科长，今天都来到咱村，他俩已经把孔江子说服了，办法我们也定好了，一般是不会有大事。不过你说得也有些理。不，妈！你不能去，你身子……"

"唉，又说我有病啦！"母亲有些不耐烦地打断女儿的话，"我又不是去和鬼子动刀舞枪，我把你送到你姨家，给你们听着点风声，还不好吗？再说我也真想看看那苦命的老姐啊！"

娟子看着母亲，有些踌躇，但马上摇摇头，说："妈，这是到鬼子心上去割肉，万一……"

"咳，我不为是险事，还不陪你去啦！"

"可是我弟妹和菊生谁管？"

"这，也不用愁。"母亲听女儿的话已是最后的阻拦理由了，心里舒口气，"秀子、德刚不小了，你爹在家，还怕没饭吃？菊生是离不开我的，就抱俺孩子走走姨姥家吧。"

娟子被说动了心，她把孩子递给母亲，说："妈，你去是牢靠得多。等我去找德松哥和特工科长商量商量看。"

母亲兴奋地说："那你快去。把他俩拖来吃顿包子吧！"

"那次扫荡，在王官庄时，我得到太君许可后，带着六个弟兄押着一大车物品先出发了。不料走出十几里地，正走在山里的路上，被土八路打了埋伏。结果有的被打死了，我和两个弟兄被土八路抓去。幸亏我地理熟，半夜里瞅空子逃出来，躲到我表弟家里。共匪到处抓我，把我家里的人都杀光了！搜得很严，我老想回来也没机会，直到今天我和表弟装成做买卖的，才算逃出他们的手来。唉！真不幸，怨我没本领，没能救出那两个弟兄。唉，共匪对我们这些人真歹毒，我那六七十岁的老娘和四五岁的孩子也没逃出他们的毒手，老婆也被逼着另改嫁了！我没路可走，我孔江子非跟他们干到底不可！我表弟也跟我来找点事做，为皇军效劳。还望太君和翻译官恩典！"【阅读能力点：孔江子为了给八路军做事，主动向伪军接近。】

庞文阴沉地眯缝着那只没瞎的右眼，狡黠地听完孔江子的告白，扫视德松一眼，唰地抽出指挥刀，照孔江子砍去："八格牙路！大大的坏了……"

孔江子的脸一霎变成纸，但一想起庞文平日的作为……

马上又恢复原状，气急地叫道："太君的杀吧！我孔江子死了也高兴！怕死我也不回来自投！"

苦菜花

庞文的刀，贴着孔江子的耳边嗖的一声闪过。他把刀收了，狂笑着说："大大的好！英武的有……"

庞文和杨翻译官见大车上有一麻袋洋梨，好多瓶烧酒，还有情妇最喜欢的花花绿绿绸缎，满脸都笑裂成纹。庞文点头说："大大的好，能干的有！"

从此，敌人的伙房里，多了一个很卖力气的伙夫……

道水城可真坚固。高大的城墙，上面有密密层层的铁蒺藜，外面有三丈宽四丈深的围城壕。堑壕里面栽着尖利的木楔子，靠城墙根还有地雷。城里各街头巷口，都修满工事。各处的明暗火力点，互相照应，遍及全城。坚固的炮楼子，像树林似的，矗立在半空中。

这就是敌人号称"固若金汤（形容工事无比坚固）"的道水城。

希特勒的垮台，使敌人惊恐万状。解放区的军民展开的强大春季攻势，步步压到敌人的头上。为了防守，敌人撤退了小据点的兵力，又从牟平调来一中队鬼子，加上原来的一分队鬼子和一大队伪军，集中兵力防守道水城。【阅读能力点：鬼子派了重兵把守道水城，给八路军带来了更多的阻力。】庞文住在西北角上的大碉堡里，督战指挥。

现在敌人平时不敢露头，偶尔出来，也是在附近抢些东西糟蹋一下，就慌忙逃回，关上坚固的铁城门，放几道岗守护着。没有庞文签署的通行证，老百姓很难进去。

黄昏了。西城门口四个站岗的伪军，没精打采、懒洋洋地立着，像被霜打过的黄瓜似的，耷拉着歪戴帽子的脑袋。【写作借鉴点：运用了比喻的修辞手法，形象化地表现出伪军毫无士气。】他们看到走来两个女人，才提起精神，大声喝道："干什么的？"

"啊，老总！俺们是走亲戚的呀！"女人中一个年老的急忙答道。

"她是谁？"伪军问那抱孩子的媳妇。

"那是我的儿媳妇，俺是一家人呐。"年老的女人从容地回答。

"走亲戚？"伪军翻眼横扫着她们，又问："有通行证吗？"

"什么通行证？俺们刚出门，可不懂这个呀。"那媳妇羞涩地答道。

"没有通行证就休想进去！"伪军说道，眼睛瞪着那年老女人胳膊上挽的盖着红包袱的竹篮子。

"老总，你不让俺们过去可怎么好？天快黑啦！俺是到孩子他姨家去呀！听说他姨家和你们的长官还好着哩。"

"胡说！"一个伪军喝道。但那带班的班长却留神地问："你说的谁家？和谁相好？"

年老的女人赶忙回答："俺孩子的姨家是财主，就是开丝坊的葛琏呀！前儿听说俺那外甥女跟上你们的翻译官啦，你们不知道？"

伪军们有些吃惊地互相对看一下。那班长又说："是有这么回事。放你们进去倒可以，不过我们要搜搜你们带的东西。"

"那多谢老总啦！快看看吧，我这篮子里是些好吃的，有熟鸡蛋，烙饼……"那年老的女人忙掀开篮子送上前，"哎，你们就吃点吧！给我留一些就行啦……"

伪军们倒不客气，拿起来就吃。

"喂，我们还要搜搜这媳妇的身上。"那伪军班长命令着。

年老的女人猛一怔，忙说："好老总，她身上什么也没带……"

那媳妇却并不害怕，把用被单子包着的孩子往年老女人的怀里一放，说："妈，你好好抱着孩子。就让人家搜吧。"

那年老的女人吃惊地看着她，抱紧孩子。可是伪军们看了看，没发现什么，就放过她们了。

母女俩进了城门，母亲才擦一把额上的冷汗，悄声说："娟子，你把枪放哪去了？可把妈吓死啦！"

娟子看母亲余惊未消的样子，笑着轻声说："妈，是你拿的呀！"

"我什么时候拿的？"

"我就在他们眼前交给你的呀！"

母亲向包孩子的被单子里一摸，果然有一个硬东西，长叹一声说："你这孩子，也不早对妈说一声。看把我吓的。"

"妈，靠墙根走！"娟子把母亲向旁一拉。

不远处噗噗一阵响，只见一辆三轮摩托车飞驶过来。上面坐着一个身穿黑便衣腰插手枪的人，凶恶地瞪着一双鸡蛋大的眼睛，向行人扫视着。街上的行人稀稀拉拉的。【阅读能力点：这穿黑便衣的是谁？为后文埋下伏笔。】有几个挑着菜担的小贩，和几辆拉大粪的木头车。卖零碎东西的摊贩，摇晃着货郎铃，发出当啷当啷报丧般的声音。

那辆摩托车猛冲过来，路上滩滩的臭水溅了人们一身。摩托车擦着大粪车驰过，拉车的老人被撞倒。那穿便衣插手枪的人跳下来，抡起枪带就抽打那老人，一面骂道："你这老家伙！眼睛长腚里去啦！砸烂你的骨头……"

开车的人叫说："郝队长，算了吧！打死他少个拉粪的。咱走咱的……"

母亲看着不由得浑身一颤，这才觉得走进了阎王殿一般的世界，到处阴沉得可怕！【写作借鉴点：运用了比喻的修辞手法，用阎王殿比喻鬼子统治下的道水，更加贴切形象。】她拉了一下女儿，悄声说："娟子，从这小胡同过去。"

母女俩打量一会儿前面的一片青森的瓦房，听听里面的动静。母亲吩咐娟子抱着孩子闪到一边，就轻轻敲敲门。

不多会儿，门开了。一个白发苍苍、满脸皱纹、身子瘦小的女人，出现在门口。

母亲看着看着，一腿跨过门槛，禁不住颤声叫道："姐！姐姐……"

她再说不下去，抱着她呜咽起来。

那老女人惊怔一霎，也抱住母亲，大哭道："啊！妹子！是你……"

娟子听到哭声，忙走进门里，回身把门闩上。看着母亲和姨姨在抱头痛哭，也忍不住心酸，流下眼泪。她忙叫道："妈，你清醒些！这地方不能……"

母亲一听，立刻松手，擦着泪水道："姐，这是你那外甥女，娟子！"

"啊！娟子！都有孩子啦……"她抚着娟子的脸，又哭泣着说，"哪阵风把你娘俩吹来啦？你们把我忘了……啊！多少年哪……哦，快到屋去……"

姨拉着妹妹和外甥女，哭起来没有头。母亲和娟子也很伤心，极力安慰她。忽然，这个衰弱的老人似乎想起什么，惊诧地看着她母女惶恐地说："啊，妹子！听说你们家都当八路，你上次差点被人打死。我那时真心疼死啦！妹子，你怎么敢领孩子到这来？我老了，不用你们来看啊！为我坏了你们……"

母亲和娟子说了很多宽慰话，才使吓坏了的老人平静下来。

吃晚饭的时候，娟子放下碗筷，对表兄和表嫂严肃地说："咱们两家有几年没走动，我和妈特地冒生命危险来看我姨和你们。你们都知道，咱是八路军的人。可先得说明白，谁要走了信，坏了我们，那时你们不管亲戚，咱也顾不得了！""孩子，别说这些啦！"姨哭着说，"这些孩子都规矩，就是你那不正经的表姐……唉，她原也是个懂事的闺女，就是架不住坏人的引逗。我也心疼着她啊！"【阅读能力点：娟子的表姐做了什么事？在此设置疑问。】

母亲一面喂菊生吃饭，一面说："把话说头里也好，省得过后难收拾。我早也知道这几个孩子都老实，是人也向着自家呀！"

娟子和母亲晚上和姨姨在一条炕上睡。母亲睡觉最警醒，一会儿给菊生喂喂奶，一会儿到院子里听听动静……

第二天上午，德松来了。他把那边的情况告诉给娟子。孔江子在特务队当副队长，他是伙夫；敌人的情报很快可以弄到，只是庞文的大印被杨翻译官带着，收得挺严，很难到手。

他嘱咐娟子行动时多加小心，就走了。

娟子向姨讲了好多抗日的事和革命的道理，把目前的形势向她宣传。母亲在一旁也劝说着，把自己的身经事故告诉老姐。这个衰弱无能的老女人，总是叹息和哭泣。最后娟子叫她悄悄去碉堡里把女儿找来时，她很快答应了。

没多会儿，门开了。一个伪军背着枪，一手提着包袱进了门。后面跟着一个花花绿绿的女人。【阅读能力点：是否是走漏了消息，为何伪军会到姨家？】

娟子浑身一震，心想一定是姨说漏了信。她马上把枪顶上火，两眼一眨不眨地瞪着院子。

"太太，我回啦。"伪军卑恭地说，想把包袱给那女人。

"呀，你这懒虫！给我拿到屋里去！"银铃一般傲慢的女人声。

娟子的姨姨忙从门外赶进来，一把接过包袱，说："行啦，行啦！这么点东西还要人家拿。我早不让你叫人家来，你可不听。"她把伪军打发走，接着插上门。

娟子舒口气，擦擦额上的细汗，又把枪上了保险，放在炕上。两眼打量着很漂亮爱风流的表姐。

婵子很瘦，但依旧很艳丽。两只桃形的眼睛闪着水波，雪白的脸面搽着均匀的胭脂。腰很细，胸脯突出。粉红色缎子花旗袍紧绷在身上，整个身子的轮廓都显露得非常清晰，走起路来腰软得和青柳枝一般，头上的卷发也跟着摇动起来。只是由于过多的吸烟，雪白的牙齿变成黄色，纤细的小手上的指甲也被熏黄了……

娟子看着，不知是惋惜怜悯她还是讨厌她，心里有一阵子不好受。

她慢慢转过身来，一见娟子和炕上的枪，惊呼一声，慌忙退回去。

她母亲在后面说："有什么好叫的？这是你娟子妹！"

"你不是说我爹从烟台回来啦？"婵子颤抖着嘴唇。

"快进去吧！不说谎你还来？你姨也来啦，叫我找你回来看看。"

"她！在哪？"婵子又叫起来。

"婵子，我在这呐。"母亲说着从东房间走过来。

婵子惊愕地看着母亲，半天说不出话来。

"别害怕，孩子！你先和你妹说说话，姨再和你唠唠。"母亲说着走出门，坐在院子里。

"快进去呀！"姨把婵子推进去，自己出来坐在妹子身旁，胆怯地看着门外，不安地听着门里。婵子浑身哆嗦，强作笑容，那双水灵灵的眼睛，一刻也不离开发着黑电光的手枪。【阅读能力点：通过对婵子动作和外貌的描写，表现出她内心的不安、害怕、焦虑。】她费力地说："啊、啊，妹妹，多会儿来的？"

娟子亲热地招呼道："快坐下吧，我和妈来几天啦。"看她吓成那样，笑着收起枪，"别害怕，人不动，它自己不会响！"

婵子这才侧身坐到炕沿上。娟子说："好几年没见面啦，真想得慌。姐姐过得可好？"

婵子余惊未消，听这一问，脸上青一块红一块，忙说："糊里糊涂消磨日子吧！也没别的法子啊！"

娟子凑近一些，低声严肃地说："找你来没别的事，实对你说了吧。我是八路军派来的，我们马上要打这个据点！你想想，到那时你自己见不得人的事可怎么办？"她见她低下头，接着说："德国已投降，日本鬼子也快完蛋了！你若聪明点，想想自己的后路，就给我们办点事。我也知道，你原是个好人，就是男人死后自己没主见受了人家的骗，才过着这种不正经的日子。你也会听说，八路军除了铁汉奸是不杀的。可是对死不回头的，那可不客气啦！"【阅读能力点：娟子在说服婵子反正，为八路军服务。】

婵子本来也是个聪明的女人，念过几年书，懂得一些爱国道理，但她自小爱虚荣，和一些风流子弟混在一起，养成享乐至上的思想，水一样的性情。她丈夫死后，杨胖子翻译官看她漂亮风流，老去纠缠她。婵子刚上来还很瞧不起他，不肯跟汉奸胡来。可是日子一久，她一时找不着合心男人，自己受不了寡居的生活，又看看到处是日本人的天下，杨翻译官在日本人跟前很红，有钱有势，又是个"有学问"的人，架不住他的引诱，就和他勾搭上了。近一年来，婵子也看出日本人一天不如一天兴旺了，而杨胖子翻译官也是个靠不住的人，想想自己的前途，也深感空虚无望，她心中就苦恼起来。可是她也没有什么法子，只好抱着过一天快活一天的打算混日子……

现在婵子听表妹这一说，引起她的悲伤，心早乱了。她央求道："好妹妹，都是我错啦。这鬼日子我也过够了。你有什么事快说吧，我一定尽力。"

"你把庞文的印拿出来，我们用用！"

"啊！这不行。他收得最严。"她吃惊地摇着头。

"怎么不行？杨胖子收得再严还能避着你！"娟子见她不肯应，又说，"做这事当然有危险，可是到底会生出法子来。你说说他藏在哪儿？"

"他藏在睡觉屋子的保险柜里。"

"钥匙呢？"

"装在口袋里。"

"那还不行？"娟子说，"你和他睡在一起，等他睡着了把钥匙掏出来，用印在信笺上磕七八张就行啦！这还不容易吗？"

婵子低下头，开始动摇了，慢慢地说："行倒行。我有些怕。娟妹，等八路军打开城时，你可真保着我呀！"

"你放心！做好了还给你立功，我保你没事。"娟子鼓励她，又加重口气警告道，"你做不成千万不能露马脚，回来咱们想法子。如果你坏了我们，八路军把城拿下，你向哪里跑？"

姨忍不住闯进来，拉着女儿哭道："婵子，你可要有点良心啊！你姨和你妹待咱多好，冒生死来看咱！咱们是亲戚，你可不能再向着鬼子啊！"

婵子也哭了。她满口答应下来。

第二天一早，婵子就把盖着庞文印鉴的八张信笺拿来了。

中午，德松把孔江子和他侦察好的敌情送了来。

【学习要点】

为了顺利完成道水战役的任务，在敌人的严密防守下，战士们找到了突破的方法，他们利用娟子表姐与日本翻译官的关系展开里应外合。娟子对表姐采取了说服工作，利用心理战术，起到了一定的作用。

【读品悟】

在抗日战争的关键时候，娟子不愿因为孩子而无法参加战斗，因为她是一名共产党员，她心里始终惦记着抗战的工作。但在面对孩子和事业的两难选择中，她陷入了难题。最后在母亲的帮助下，她顺利走出家门参加了战斗。当时的许多革命者都为了革命事业而牺牲小我。

【思考探究】

1. 百姓得到了希特勒投降的消息兴奋不已，战士们投入到最后的战斗中，他们的新任务是什么？能够顺利实现吗？

2. 娟子一心想早日参加革命工作，但却办不到，这是为什么？最后，有什么办法能帮助娟子解决这个问题呢？

第二十章

名师导读

抗日胜利的曙光即将到来，这最后一场战役是什么？能够如八路军所预期的顺利进行吗？又是谁走漏了风声？母亲在这场战斗中发挥着举足轻重的作用，这是为什么？

傍晚，初夏的傍晚。突起的大风，忽忽地横扫原野，掀起弥天的风沙，燕子被吹侧了翅膀，小鸟被刮得闪趔趄，没等太阳落就把天空刮黑了。块块的碎云急驰着聚集起来，越来越黑。一会儿，就传来远处的滚滚闷雷声。

德强领着便衣队员，分别拿着日军大队长签署的通行证，突进城里来……

【阅读能力点：夺取道水的战役开始了。】

"有人敲门。"正在吃晚饭，娟子的表嫂一听门响，说着站起来。

"你吃饭吧，我去看看。"母亲说着往外走。

天很黑，看不清脸面，可是母子俩的目光一对，都认出来了。

"妈！"德强兴奋地叫道，"你好吗？"

"好。我的儿！快进屋歇会儿吧！"母亲说着就拉儿子进来。"不，妈！"德强悄声说，"别惊动她们了，等天一亮就是咱们的天下，那时再看姨吧！妈，德松哥他们在哪里？""那也好。"母亲又悄声说，"他们在北头王财主马棚墙外等你。快去吧！"

"妈，你可要好好在屋里待着。打仗时枪很紧，不要出去呀！"德强关怀地说，转身要走。

"哎，"母亲忙拉住他，"孩子，妈不要紧。你和同志们可多留点神哪！告诉我，你们要待在哪？"

"妈，我们几个隐蔽在靠东城门的福昌饭店里。妈，你放心好啦！"

母亲看着儿子的影子很快消失在暮色里，过了很久，她才轻轻地关上门。

【阅读能力点：通过动作描写，表现出母亲对儿子的担忧。】

德强找到约定的地点，德松和孔江子已等在那里。他俩把东城门的地势、敌人火力的分布情况，详细地向德强交代一遍。德强又悄声对他们说："咱们的军队已把城围得紧紧的，就等着我们的了。你们回去，要沉住气，不要引起敌人的怀疑。听到战斗打响了，自己找地方隐蔽起来，等咱们的部队冲进城就好啦！"

"你们都住在哪里？"孔江子问道。

"我们……"德强本要告诉他，但一想起于司令员那句"目前对这种人的信任应有一定的限度"的警语，就停顿住，接着说，"我们都分散开了。你们注意自己行动好啦。"【阅读能力点：聪明的德强对孔江子保持着警惕性，他谨记着司令员的话。】

孔江子转身走了。德强扯下德松，紧握着他的手，在他耳朵上说："区长，德松哥！行动前我领的一组在福昌饭店，李班长那组隐蔽在西门旁边文德客栈，有什么急事来告诉我们。夜里要警惕些啊！胜利就在明天，这是最后关头了！"

沉闷的雷声越来越大，它似乎要冲出浓云的束缚，撕碎云层，解脱出来。部队都匍匐在城墙的周围，趴在掩体里。战士们都把衣服脱下，包盖着武器弹药。雨水顺着一个个黑红强壮的肌体，泉水般地往下流。虽是初夏，北方的夜晚加上风雨，还是冷得使人打哆嗦。

各村来的担架队，由区委书记姜永泉率领着，几乎有战士那样多。尽管军队向他们说过多少次，不要到前面来。但他们总是当耳旁风，都紧跟在部队的后面，有的还想到军队前面去呢！

仁义并没在家照顾孩子，他领着民工来了。他们紧跟着第一连。王东海连长说过好几次，叫他们别上来，等战斗打响来也不迟。仁义每次都叫大家退回去，但大家都不走。他自己也觉得腿很重，一步也不想挪。

战斗，黎明前的战斗！在激动着每个人的心！

忽然，战士们听到后面响起脚踩泥浆噗噗哑哑的声音，越来越近。

王连长和指导员正在巡视阵地，借着闪电光一看：成群的妇女们，抬的抬，挑的挑，提的提，扛的扛，摇摇晃晃走上来。妇救会、青妇队送饭来了。

城里，狼窟虎穴的城里！【阅读能力点：通过"狼窟虎穴"表现出城里的危险。】

日军大队长庞文对孔江子的回来并没发生过特别的怀疑。因为孔江子这个人在他的脑子中印象很好，他的命令孔江子总是百依百从地执行，对皇军表现出非常的尊敬和殷勤。可是处于他的职务，尤其在目前局势下的特别戒心，他对孔江子的回来还是警惕着的，他把监视孔江子的责任交给他最信任的特务队长郝三去做。

这特务队长郝三，是个非常残忍刁苛的人。自从他弟弟郝四——就是在王官庄被娟子姐妹杀死的那个伪军班长——下乡扫荡被打死后，他更加入骨地仇恨八路军。孔江子回来后，郝三就生气他没把自己弟弟带好，很是看不顺眼，老想挑他的毛病，搞他一下。

孔江子同德强接过头回来后，心里很高兴。自己又给八路军立下大功，要受到奖赏和赞扬，别人更看得起他了。孔江子越想越得意，一见把兄弟来请他去喝点酒，心想不会有事，就和他一块去了。【阅读能力点：孔江子放松了警惕，定会出现意外。】

两人坐在阴暗的小酒馆里，吃吃喝喝挺投机。那俞小队副对孔江子比待亲爹还热几分，敬酒敬菜，夸奖孔江子大贤大德，又骂起郝三不是人……孔江子本来心里就痛快，加上这一奉承，又喝了酒，就完全把把兄弟当成亲人看待，嘴也滑溜起来。

"兄弟，"孔江子拍着俞小队副的肩膀，说，"你的苦处我知道，在人家手底下混事就是受气的买卖。拿我说吧，往常还不是在王竹、王流子脚底下踩着！"

"那是，那是！可都没有像郝三的为人不讲情面，这么歹毒……"

"哎，那是你没亲身尝过。这些人没一个懂人情的，都不够朋友。"

"唉！在这种过了今天不知明天的鬼地方，我真混不下去了。大哥，你看八路能攻破城吗？"

"这个嘛，我也说不上。"

"要是城真被八路打开怎么办？大哥，不瞒你说，小弟真想另找门路。"

"真的吗？"孔江子看他直点头，样子很认真，就靠近他的耳朵，说，"这是咱弟兄讲话，可不能向外人说！"

"大哥，你不相信我吗？"

孔江子心想，要是能把这个人拉着投降，就更显示出自己有本事，功劳更大了，同时也算救了结拜兄弟。于是更压低声音说："兄弟，这城破是一定了。要是你真想保住自己，真该早打算盘、早做准备。你想投降，我可以替你担保，到八路军那……"孔江子突然顿住，立时感到一阵恐怖！他想起这个俞小队副被八路军杀掉的汉奸父亲、哥哥，和他平时对共产党的仇恨言行……他马上感到失言了，这个烧香磕头山盟海誓的把兄弟，也是个对自己有危险的人！【阅读能力点：孔江子为自己的话感到后悔，这会为他引来杀身之祸吗？】

"好，这太好啦！说呀，我到八路军那里会怎么样啊？"

孔江子听他这一说，越发觉得他心怀不善。为掩盖不安，他仰脸喝一口酒，接着嬉笑着提高声音说："嘿嘿，多喝了点酒，我和兄弟你说起笑话来啦！像我们这种人到了八路那里，我担保你的脑袋搬家。哈哈……"

俞小队副想再套孔江子说下去，可是孔江子怎么也不说了……

孔江子和把兄弟分手后，回到住屋越想越不对头，心里越慌起来。他前思后虑拿不定主意，最后决定去把事情告诉给德松，看他说怎么办。若是有意外，要赶快躲藏起来才好啊！

孔江子正要出大门，迎面碰上三个人。没说二话，立刻将孔江子扭起来。为首的郝三喝道："走！押到大队长那去！"

孔江子立时面如土色（脸色呈灰白色。形容惊恐之极），身如筛糠！

"咚咚咚！"一阵急促的打门声。

母亲吃了一惊。她没有睡，紧抱着孩子坐在炕上。望着那黢黑的窗户，心随着雨点在跳动。母亲想到战士们都在雨地里，一定被雨淋得全身透湿，她多么盼着枪响啊！可是她又有些怕那枪响，因为她儿子和枪响有关，他会不会发生意外呢？还有家里的两个孩子，夜里很少离开妈身边，不想她吗？德刚会哭不？秀子做饭做得好吗……

敲门声冲断母亲的思路，她忙赶出来。院子里黑咕隆咚，稀泥差点把她滑倒了。

"谁？"母亲问。

"快点！姨啊！事情糟啦……"

母亲一开门，婵子像从泥水里爬出来的，披头散发，一头撞进来，抱着母亲就哭。【阅读能力点：通过婵子的动作描写表现出事情的紧急。】

母亲知道不好，忙问："快说，什么事？！"

"姨啊！那孔江子被鬼子抓去，挨打不过，把什么都招出来啦！我在屋里听得准准的，你快藏起来吧！"婵子哭叫着。

"啊！"母亲全被惊住，接着她急促地说："婵子！你快领家里人躲一躲，把菊生带好！我马上出门！"

母亲说着就走。

"姨啊！到地下室藏着吧，出去不得呀！马上有人来抓啦！"

婵子拉住不放。

"快松手！我有急事。"母亲倒平静些了，急急走出门。

嗤一道闪电，克嚓嚓一声焦雷，母亲沉重地摔进泥水里……

德松来后就找一个独屋住着，准备发生意外好应付。他一点睡意没有。他想到马上要战斗，敌人的死亡就在眼前了，心里充满了无限的喜悦和对胜利的信心。想到这里，他坐起来，握住枪，两眼从窗口凝视着漆黑的夜色。听着狂风骤雨的鸣响，他觉得时间过得太慢了，一分钟像一天那样长……【阅读能力点：德刚在焦急等待着战斗的开始，显得迫不及待。】

他忽然听到像有脚步声。呀！是很多人向这里走来。他忙趴到窗上一看——啊！刺刀在闪着阴冷的灰光，苍色的钢盔被雨点打得嘣嘣直响。要战斗的念头，迅速地通过他的全身！

"表弟……开门哪……"一声悲惨的叫唤，犹如夜晚站在房头上的猫头鹰的嚎声。【写作借鉴点：运用了比喻的修辞手法，如同猫头鹰般的惨叫预示着厄运的到来。】在这后面，是刺刀的犀尖，指挥刀的利刃。"这家伙叛变了？！"德松心里在说，嘴却闭得紧紧的。他用枪筒挑开窗纸，准准地瞄着。

那个俞小队副气急地骂道："你这小子，耳朵长毛啦？你插翅也难飞出去！快出来投降……"

叭的一枪。那孔江子的把兄弟俞小队副应声倒下去。德松又连打几枪，又一个敌人倒在泥水里。

庞文也赶来了，命令机枪向屋里开火。德松觉着肩膀一热，仰倒在炕上。窗纸被打着了火，窗棂着了，房子也着了。屋里充满浓重的乌烟，德松呛得流泪，喘不过气来，几乎窒息过去。

他拼命挣扎，重新爬到窗台上，胸脯又中几弹，他用一只手撑起身体，另只手向外开枪。他全身被血浸透，痛楚得把嘴唇都咬破了。但他听着敌人被他打的惨叫声，那苍白的脸上，显出骄傲自豪的笑影。【阅读能力点：即使在倒下的最后一刻，德松仍然为自己能打倒敌人而自豪。】在一下弱似一下的心跳停止时，他还在想着："抗战快胜利了。鬼子要完蛋了。我也对得起党和人民了。我的革命成功了！"

孔江子骇然地望着房上蹿跳的火苗，那熊熊的火焰像是烧煎着他的肺腑，他感到浑身刀刺般的灼热。孔江子失魂落魄（形容惊慌忧虑、心神不定、行动失常的样子）地向后退缩着、哆嗦着……

原先，敌人仗着这坚固的城防，对八路军并不害怕，静等牟平的来援，企图开门出兵夹击八路军。可是一知城里进来人了，就惶恐起来。敌人实行戒严，满城搜捕，城门加强了防守。

母亲不顾一切地向前奔跑。她的衣服早被淋湿，鞋子已跑掉，在及脚腕深的泥水里，迈着艰难的步子。风吹散她的发髻，长长的灰白头发随风摔打。骤雨猛烈地打到脸上，使她眼睛睁不开，头抬不起。她怎么也站不稳，时时被刮倒在泥水里。她爬起来，又向前跑。看不到路，她用手去摸。碰到墙上，她来不及管哪里碰伤哪里痛，忙折回来又向前冲！走，快走！跑，猛跑！冲，把全身的力量使出来，向前猛冲！

母亲跑到福昌饭店门口，听到几声枪响，接着忽忽拉拉一群人冲过来。她略一怔，忙叫道："德强！妈在这里！"

德强领着三个便衣队员，急忙赶上来，扶住母亲，说："妈！你怎么来啦？我们听到街上风声不好，急忙赶出来。刚出胡同就遇上敌人。妈……"

"别说了。孔江子对鬼子说实话啦！你们快动手去啊！"【阅读能力点：母亲奋力奔跑就是为了给儿子报信，她做到了。】

"啊！"德强他们都大吃一惊。德强忙说："妈，你快躲一躲。我们就走！"

"砰砰砰！"街口上传来枪声。

"快！去告诉李班长，叫他们马上行动！"德强知道情况危急，忙对一个队员命令，见队员跑步走后，又对母亲说："妈，你快走啊！"

"孩子，对面鬼子来啦！这是深胡同，一时跑不出去。你们都快走，我留下对付他们！"【阅读能力点：为了革命的胜利，母亲甘愿放弃生命。】

"妈！这怎么行？你快走！我们迎上去……"

"别说啦，你听脚步声！"母亲打断儿子的话，性急地说，"你们就那三个人，去开城门要紧啊！鬼子这么多你们怎么架得住？快走！"母亲随即以坚定的口气说："德强！把手榴弹给妈一个！"

"妈！？你……"儿子明白了母亲要手榴弹的意思。德强没忘记母亲常常怀念的七子夫妇是以手榴弹与敌人同归于尽（一起死亡或一同毁灭）的。

"还等着干什么？！快呀！我自有法子。"

德强和战士们都流下眼泪，不忍心离去。可是眼看敌人就要上来了，如果迎上去拼了，任务谁来完成呢？

母亲为使儿子下决心，已开始向敌人来的方向迎去。德强知道无法挽回，又想到任务，急步赶上母亲。他没把手榴弹给母亲，而将于司令员送他的左轮手枪塞进母亲手里，抱着母亲的两臂，哭着说："妈！给你这个。你勾一下它就响一声，不用动它。妈，我……"

"好，孩子！你快领同志们去开城门。别哭，妈不一定死啊！快走！"母亲说着猛一把将儿子推开。

母亲生平第一次握到枪，心里有说不出的激动。她很镇静，感到武器有那么大的力量，无怪乎当战士的都那样勇敢了。一群敌人忽然冲过来。母亲故意地咳嗷一声。

"不要动!"敌人喊道。

"我没动呀!"母亲镇静地回答。

"他妈的,是个女人!"郝三骂着走上前,喝问道,"快说!刚才谁打枪?"

"我打的!"母亲坦然地回答。

"你打的?笑话。快说!人跑哪去啦?"

"怎么,你们不信吗?"母亲把手枪对准敌人——她的手毕竟发颤——用力勾了两下扳机。

敌人狂乱地闪到两边,一个栽倒下去。

母亲正要再勾枪机,但被郝三一枪打中左胸。她感到全身一软,瘫痪着坐倒在墙根上……

突然,东面响起了激烈的枪声!【阅读能力点:枪声代表着八路军冲进来了,战斗打响了。】

郝三又匆忙向母亲连开两枪,领着队伍朝枪响处跑去。

德强他们离开母亲,直取东门。不料迎头碰上三四个巡逻的敌人。两方相距只几步远。德强和两个战士立刻开枪,将敌人消灭后,又向城门扑去。

守城门的敌人已经做好充分的准备,从城门一旁的地堡里,用重机枪封锁住接近门洞的去路。德强他们被打得抬不起头来,身子趴在路旁的泥水沟里,心急得直跳。

正在这时,在西方,一颗绿色的信号弹,划破了夜空,撕破了黑暗,升到半空中。接着是更加密集激烈的枪弹声,激昂的冲锋号声,震撼云霄的喊杀声……

德强知道是李班长他们已经把西门打开,部队冲进城里来了。同时他们也听到东门外的战士们已开始冲锋了,心焦得如同着了火一般!德强不顾一切,他立即吩咐两个战士向城门接近,自己一手握着拉出弦来的手榴弹,一手抢着驳壳枪,朝敌人的机枪阵地冲去……

东城门是靠根据地的方向,敌人的防守特别严密,火力也布置得最强。并且,敌人把围城壕挖通了,进出都要放吊桥才行。外面的部队已经冲到壕沟边,可是在又宽又深的鸿沟前怔住了。王东海一看城门未打开,知道里面出了意外,就执行于司令员的命令：打不开城门就强攻！王连长立刻命令把事先准备好的长木板搭上堑壕，他抡着驳壳枪，第一个跑着冲过去，一面大喊："同志们！快冲过来！过来就是胜利！"冲到墙根，迅速把云梯搭上墙头，一个战士很快地向上爬。可是刚到上面，他就被打下来了。

王东海把手枪向腰间一插，推开一个要爬的排长，自己飞快地爬上去。快要到墙头，他猛力向上一跃，只觉得嗓子一热口里发腥，头一晕身子晃了晃。他用力抓住墙头，没有跌下去！【阅读能力点：描写出攻打东城门的艰难。】

王东海抽出枪，向墙头两边的敌人猛扫。他打着枪跳上墙头。领着爬上来的几个战士消灭守卫的敌人。正打着，敌人地堡里的重机枪疯狂地压过来，打得王东海他们伸展不得。

德强从敌人的机枪口的侧面向地堡接近，可是敌人的地堡四周都是枪眼，不停地向他射击。他愤怒地盯着机枪的一蹿一跳的火舌，把手枪插好，从腰里掏出手榴弹，一手握住一个，手榴弹的弦都套在手指上。他猛地向机枪口打去一颗。随着爆炸声，德强飞快地扑上去，把另一个手榴弹从枪眼中扔进地堡里。轰的一声，机枪哑巴了！

那两个便衣队员在德强炸哑了机枪之后，迅速地冲进门洞，打开城门，放下吊桥。立时，如潮水般的战士们，涌了进来。【写作借鉴点：运用了比喻的修辞手法，将战士们比作潮水，形容人数之多，速度之快。】

王连长领着战士们跳下城墙，汇合了从城门冲进来的部队，在德强和便衣队员的带领下，杀进城中心区去。

城里的每个街头、每个巷尾、每个角落，都展开激烈、殊死的战斗！手榴弹飞出手，跟着就是白刃战，敌我厮杀在一起。战斗迅速地向纵深发展。伪军举手投降，鬼子垂死挣扎。最后，只剩下西北角上庞文和一队鬼子住的那个最大的碉堡了。

战士们马上铁桶似的把它包围起来。都登上周围的屋顶，伏下来，向敌人射击。

王东海刚爬上一所高房子，忽然眼前一黑，身子一歪——倾倒下来。幸而跌在院子里的草垛上。担架队抢上来，抬着就走。鸡叫了。天快亮了。狂风被预

告黑暗将逝、光明降临的晨风所代替，暴雨也不甘心地渐渐停下来。【阅读能力点：天明即将到来，也预示着战斗即将胜利。】

于司令员立即派部队去支援打敌增援的部队。在离道水十几里路的地方，也发生了激烈残酷的血战！在这里有两个连打敌增援，带领这两个连的营长，就是咱们几年没见了的柳八爷。

现在的柳八爷，可不是前二年的柳八爷了。这不单是他的着装有了改变：那顶破狗皮帽子，早顺着五龙河流到南海去了；那件灰老鼠皮色的大褂，也早烧成灰，飞散在胶济铁路的上空。而更重要的是，他已是一个共产党员，一个名符其实（名声或名义和实际相符）的人民军队的营长了。

流寇的习气，在他身上失踪了。但暴烈的性子、磅礴的气质，还是深深地刻在他的骨子里。

道水的枪炮声传来了，双方都增加了勇气。敌人是由于急着拯救亡命的伙伴、重要的基地而发狂。八路军是为了解放祖国、消灭强盗、为最后的胜利而奋勇战斗。

敌人以强大的火力，轰击着每个地方。

我军的阵地都被打平，战士们牺牲得渐渐多起来。

啊！当过战士的人都会体验到：当你躺在硝烟弥漫、枪炮声震耳欲聋的阵地上，艰难地眯起愤怒的眼睛，猛烈地向敌人射击；而在你的身旁，躺着的是曾和你一块行军打仗、一块吃饭睡觉、一块吵吵闹闹嘻嘻笑笑的战友的遗体，并且他们的鲜血还没有凝固，正在把你的军装浸湿时，你的心情会是怎样的啊！【阅读能力点：战斗使我军伤员越来越多，战士们抱着为同伴报仇的信念坚持奋战。】

最后一颗手榴弹飞出手。像猛狮勇虎下山的战士们，瞪大血红的眼睛，跟着用一只左臂抡舞着大片刀的人，向扑上来的敌人，狠命地杀去！

敌人又被打下去。战士们从敌人的尸首上拣回子弹和武器，准备继续打击敌人。雨停了。也是城里围攻最后一个碉堡的时候。战士们等待着胜利的捷报。

啊，坦克！敌人的坦克来了。它们后面跟随的是弯着腰的敌人。

几百步，几十步……眼看要轧到阵地前沿上了。两个战士飞快地迎上去。一个倒下，另一个冲上去，被坦克压到底下了。

人们身上出了冷汗，一部分人开始向后看了，更多的眼睛在看柳营长。

那柳营长却不慌不忙，用裹腿把三个手榴弹捆在一起，导火线扭在一块，然后把这扎手榴弹捆在腰间。他忽然跃起身，大片刀举在头顶，嘶声叫着，声音听起来使人悚然："哪个向后退，我就劈了他！同志们！坚持住，胜利就是我们的！有种的跟我冲啊！"【阅读能力点：表现出柳营长为了抗战的胜利奋勇杀敌。】

战士们紧跟在营长的后面，飞也似的向坦克扑去。柳八爷的大片砍刀，在月光下闪着青红的光！

敌人立刻向柳营长射击。他根本不躲避，用全力以赴（把全部力量都投入进去）的磅礴气势猛冲上去！

一个鬼子端着刺刀迎来。柳营长刀起头落斩了他，就抡刀狠命地向坦克的履带砍去！只听铮的一声，刀发出可怕的响声飞到空中。震得柳八爷五脏麻木。柳营长没有踌躇，他怒吼一声，一个翻身跳到坦克前面。就在他身体刚被轧倒的一瞬，他抽动了手榴弹的导火线！一声巨大的爆炸声，坦克的链带哗啦一声垮下来，冒起浓沉的黑烟。后面两辆见到这个情景，急忙掉头逃窜。

战士们猛扑上来，奋力拼杀敌人……

不一会儿，教导员率领一连人赶来了……德强领着部队，直到把敌人围住，他才急忙地向母亲所在的地方跑来。

城里各处的枪声已停下来，都集中在西北角。街上躺着横七竖八的敌人尸首。担架队在抢救伤员。一群群俘虏垂着脑袋被押着。

德强的心里越走越紧张。他希望在那里见到母亲，可又希望别见着：她还会活吗？！要是被敌人抓去了，说不定遭遇会更惨……

他来到福昌饭店前面，什么也看不到。他急促地叫几声，也没有回答。他用手电筒照着，溜着墙根找，一见水里有缕缕的血迹，心更加跳荡，赶忙顺着看去，他猛然停住了！

德强发现掩在血水里的一个黑东西，忙去捡起来："啊，枪！左轮手枪！"他心里一跳，眼睛已开始模糊。虽是在黑夜里，那泪花却闪出光亮。他迅速地把弹膛打开，看见里面还剩下一颗子弹。他知道母亲打出两枪。【阅读能力点：德

【强找到了手枪，可是母亲去哪了？是否牺牲了？】

德强把枪用力甩甩，在衣服上把子弹上的血水擦干……忽听对面传来枪声。他立刻把子弹装上膛，闪到墙根。迎面跑来特务队长郝三。他见城破，想藏到情妇家里，再瞅空子逃到牟平去。却不料被战士们发觉，跟踪追来。那郝三一面奔跑，一面向后还击。

德强见来人跑到跟前，趁他向后还击之时，猛冲上去，将他拦腰抱住。郝三略一惊，掉过枪就向抱他的人打。德强却料到他这一着，准确地用一只手抓住对方的手脖子，向上一折——叭的一声，枪打到空中去了。郝三倒也凶猛，不等对手再动，奋力一转身，照德强胸口就是一拳。德强虽然身痛，但还是猛力夺下敌人的枪，指住喝道："举起手！"

郝三听着后面的人已赶上来，他不顾一切，转身就跑。"好小子，你跑不了！"德强激怒得厉害，他立刻从腰里抽出母亲的血沐浴过的左轮手枪，用那最后一颗子弹，向在黑暗里奔跑的影子，狠狠地打出去！

扑通一声，郝三一头栽进污泥里。

敌人不投降，就坚决消灭他！

于得海司令员下令实行最后的手段——炸毁碉堡！

千万人的欢呼，震撼着大地！

"真的？！"德强一听人说母亲没有死，被担架队救出来，几乎不相信这是真的。过大的惊喜，使这个刚毅的青年像孩子似的，忍不住眼泪簌簌流下来。他拼命向临时包扎所奔去。【阅读能力点：德强得知母亲没有死，激动不已。】

母亲，她静静躺在担架上。她一直昏迷！她的头被打破，前额包着宽宽的绷带。左面的肋骨被打断两根，身子只能仰躺着。在灯光下，她的脸是那样苍白、那样没有血色。

东方现出一片乳白色。曙光以它无比的新生力量，终于击败顽强衰落的黑暗。它以胜利者的姿态，带来了黎明！【阅读能力点：以自然环境暗示着胜利已经到来。】

"妈！看，红旗！"德刚兴奋地叫道。

在解放了的城墙最高处,站着一个年轻英俊的战士。在他那草绿色军帽帽檐下的前额上,裹着洁白的绷带,肩上背着带刺刀的大枪。他双手紧紧扶着旗杆。火红的旗帜在半空中哗哗地飘扬。红旗那艳丽血红的光芒,向四外散射开来!母亲仰脸看着。她那苍白的脸面迎着红旗和阳光,也泛起一层淡淡的红晕。

【学习要点】

这部小说讲述了母亲积极投身村里的抗日斗争,成为了一位革命母亲。她懂得了对付残暴的敌人,只有拿起枪杆子进行斗争的真理。母亲这一形象是故事的主人公和灵魂人物,表现出特定历史时期的女性英雄事迹,塑造了伟大母亲的英雄形象。

【读品悟】

整部小说在胜利夺取道水后结束,文中肯定了人民群众蕴藏的伟大力量,用事实证明了人民群众才是历史的创造者、历史的主人这一永恒的主题。

【思考探究】

1. 请用自己的话语描述道水战役的全过程,并指出精彩之处。
2. 当母亲听说孔江子出卖了八路军,她是如何做的?